文 化 名 家 暨
"四个一批"人才作品文库

新 闻 界

天地有香

徐立京 著

中華書局

图书在版编目(CIP)数据

天地有香/徐立京著. —北京:中华书局,2013.11
(文化名家暨"四个一批"人才作品文库)
ISBN 978 – 7 – 101 – 09706 – 1

Ⅰ.天… Ⅱ.徐… Ⅲ.新闻 – 作品集 – 中国 – 当代
Ⅳ.I253

中国版本图书馆 CIP 数据核字(2013)第 236317 号

书　　名	天地有香	
著　　者	徐立京	
丛 书 名	文化名家暨"四个一批"人才作品文库	
责任编辑	高　天	
装帧设计	毛　淳	
出版发行	中华书局	
	(北京市丰台区太平桥西里38号　100073)	
	http://www.zhbc.com.cn	
	E-mail:zhbc@zhbc.com.cn	
印　　刷	北京瑞古冠中印刷厂	
版　　次	2013 年 11 月北京第 1 版	
	2013 年 11 月北京第 1 次印刷	
规　　格	开本/700×1000 毫米　1/16	
	印张 31½　插页 4　字数 476 千字	
国际书号	ISBN 978 – 7 – 101 – 09706 – 1	
定　　价	86.00 元	

出 版 说 明

实施文化名家暨"四个一批"人才工程，是宣传思想文化领域贯彻落实人才强国战略、提高建设社会主义先进文化能力的一项重大举措。这一工程着眼于对宣传思想文化领域的优秀高层次人才的培养和扶持，积极为他们创新创业和健康成长提供良好条件、营造良好环境，着力培养造就一批造诣高深、成就突出、影响广泛的宣传思想文化领军人才和名家大师。为集中展示文化名家暨"四个一批"人才的优秀成果，发挥其示范引导作用，文化名家暨"四个一批"人才工程领导小组决定编辑出版《文化名家暨"四个一批"人才作品文库》。《文库》主要收集出版文化名家暨"四个一批"人才的代表性作品和有关重要成果。《文库》出版将分期分批进行，采用统一标识、统一版式、统一封面设计陆续出版。

文化名家暨"四个一批"人才

工程领导小组办公室

2012年12月

徐立京

　　1970年11月生，四川西昌人。1992年毕业于南开大学中文系，获文学学士学位；1995年毕业于中国人民大学中文系，获文学硕士学位。毕业后进入经济日报社工作至今，先后在副刊部、政法社会新闻中心、导刊部、文化新闻部，从事文化新闻、时政新闻、法制新闻、经济深度报道等采编工作，多年担任经济日报两会报道政协采访组组长。现任经济日报社人事部主任，高级编辑。策划、主笔的新闻作品多篇获全国性奖项，其中，系列报道《城市河流，让我们重新认识你》获第十七届中国新闻奖一等奖，深度报道《深圳自主创新主要经验深度调研》被新华社全文转发，通讯《感动我们的那一个个瞬间——2003中国抗击非典纪实》获全国新闻界抗击非典新闻宣传优秀作品奖。曾获"全国三八红旗手"、"全国优秀新闻工作者"称号。是全国新闻出版行业领军人才，享受国务院颁发的政府特殊津贴。

目 录

——两会代表委员议政

——党代表剪影

下编　言论/杂谈

——文化时评

——两会漫笔

——时事快论

——王府井漫步

序

一

十分感谢《文库》策划出版部门对文化名家暨"四个一批"人才的关心和支持,给了我一个出版自己新闻作品集的机会。

长了40多年,这是我第一次出版"专著"。出书,像我这等年纪的人,依然固守于传统的思维,认为是很庄重很神圣的,不似当下的某种风气,几欲把出书变成了没有标准的自娱自乐。所以,便问自己,出一本作品集,在满足自我那小小的虚荣心之外,可有什么意义? 对社会可有价值?

只有找到了肯定的答案,心里才觉得有出这本作品集的底气,才觉得自己没有浪费资源,对得起大自然造化的纸墨,对得起其间的人力物力。

答案找到了,正在于这本书的名字:"天地有香"。

当我回顾16年新闻岗位从业经历、整理刊出的近200万字新闻报道的时候,"天地有香"这四个字,自然而然从我脑海中跳了出来。

众多的采访对象,历历浮现在眼前,采访他们时那种情感上的触动,那种思维上受到的启发,那种一起为国为民喜与忧的情怀,又生动起来,温润如昔。

他们之中,有先进典型,在平凡的岗位上做出了不平凡的业绩;有普通人,以一己之力默默地生活着、奉献着;有企业家、银行家、经济学家,承受着改革与发展之重,用智慧和实践推动着社会进步;有文化名家、大师、专业人才,在经济匆匆赶路中呵护着心灵栖息的文化芳草地;有全国人大代表、政协委员,参政议政,建言献策,俯仰皆为民生;有各级党政领导,情系一方热土,探索、求解、追梦……

很多人说,新闻是易碎品。可是,当我想起这些年来做新闻的采访对象,重新翻阅那年那月对他们的采访报道时,我强烈地感受到了新闻报道在价值上的一种永久性——记录了社会进步中各种各样人们不同的贡献与创造。历史总在翻开新的一页,采访对象总在变换之中,但曾经的贡献与创造是永恒的。而新闻报道也因为记录了这些人、这些贡献与创造而具有了穿越时空的价值。从这个意义上说,新闻不是易碎的。

因此,在对新闻作品作大幅度的取舍时,我毫不犹豫地选择了把人物报道/访谈作为作品集第一重要的部分。报道长长短短、深深浅浅,从采写的技术层面上看,有的作品很有局限,然而,我珍爱每一篇。因为诸多采访对象为了大局、大义、大爱而作的思考与实践、追求与坚持,当时令我感动,如今依然感动着我,温暖着我。他们像一抹星光、一缕清香,很多很多的他们汇聚起来,不就是改革开放30多年的璀璨星空、"中国奇迹"、"中国故事"的满园芬芳吗?

也因此,我谨以"天地有香"这个书名,表达对他们的感谢与敬意,表达对这个伟大时代的感谢与敬意。

二

整理书稿,也就在整理自己的采编生涯。自然会问,当了这16年记者,怎么当的? 怎样才是一名好记者?

没有干过记者这一行的,或者刚刚进入这个行业的,可能会认为,记者还不好做吗? 不就是问一问、记一记吗? 特别是在互联网技术发达的3.0、4.0时代,信息的搜集加工变得更容易了。可我的体会是,越做记者,越觉得记者不好做。一名记者要做到称职,至少要练就"寻"、"访"、"听"、"问"、"写"、"思"等几方面的基本功,姑且称作"记者六艺"吧。

寻,寻找到有新闻价值的新闻线索、新闻人物、新闻事件、新闻场景。每一天,都在发生许多事情,有的记者发现了新闻,有的充耳不闻视若无睹;同一个新闻,有的挖掘到了关注度高、影响力大的"真金",有的只写出了平平淡淡的"大路货";同一起事件,有的能找到关键人物和核心环节,有的满篇皆是"据悉"、"据介绍";同样公平的进入机会,在意外事故、突发灾难、重要会议活动等新闻富集的场合,有的往前冲,有的往后退……如此大的差别,涉及到记者的新闻敏感、价值判断、人脉积累以及敬业精神。

访，找到了线索、人和事，如何展开并完成采访？方式有很多：电话采访、书面采访，一对一采访、集体采访，预设式采访、开放式采访，等等，不一而足。不管采用什么方式，只要合乎实际，实现了预期的采访目标，就算是成功的采访。对记者的考验在于，在采访条件很受限制的情况下，怎么完成一个比较充分而深入的采访呢？记者应做有心人。2004 年，报社派我参加中宣部新闻局组织的采访团，去青岛港采访新时期产业工人代表许振超。除了"分配"到的半个小时，同时被十几家媒体包围的许振超根本不可能再有时间接受我的单独采访，怎样才能按照报社要求做出深度的、独家的人物报道？我利用一切可能去熟悉、了解、感我的采访对象：陪他开会，看他录制电视节目，采访他的工友、家人，阅读他的工作日志，让自己完完全全沉浸到他的世界里，但避免看之前所有对他的报道——做一手材料的占有者，不做已有信息的重复者。于是，在所有前去采访他的记者中，只有我掌握了他的行程安排；在得知许振超即日要去北京做客一档电视节目时，我立即订了同一个航班；在很多人还在熟睡的大清早，我紧跟着他到机场换了旁边的座位号，在飞机上完成了对他的独家采访。后来，我应《中国记者》杂志之约写了一篇业务文章，将这次采访总结为"贴身式采访"（那时正流行"零距离采访"的概念）。现在想来，叫"浸入式采访"可能更合适。这里有两个关键点：一是在现场，二是要投入。我以为，这是能"访"出精彩的最为重要的因素。

听，学会倾听，重在静听。采访的表象是"一问一答、有问有答"，因而许多记者在采访时都把注意力放在了提问上，其实"听"是基本前提。我见过两会采访时匆忙跑会的记者，见过发布会上"问"不对题的记者，见过采访时生硬打断说者的记者，见过把录音笔往那儿一摆就左顾右盼的记者，见过写稿时断章取义的记者，这都是不懂得"听"的记者。强调听之"静"，是指要用心去听，边听边想，既能真正理解采访对象所说，又能对听到的内容作出一个初步的判断。学会"倾听"和"静听"，不仅是对采访对象的礼貌，也是消化、梳理新闻信息的重要过程。

问，是记者的天职。不会发问的记者，肯定不是称职的记者，这已是共识。需要注意的是，记者的"问"，不是为了自己，而是出于公共利益，小一点说，是为了读者，大一点说，是为了人民。因此，记者提问，应当力戒个人角度、私人立场,也应当避免个人主义、炫耀自我。记者准备每一个问题,首先要问自己:这个问题是读者感兴趣的吗?是群众关心的吗?只要"是",就大胆去问,勇敢去追,而不必在意这个问题是否高深、专业,是否能显示出记者的水平。倘若提问只是为了表明记者有多么在行,反而背离了记者"问"之天职的初衷。

写,是采访的自然结果。只要前面的工作做到位,"写"不应是太难的事。在采访的过程中就应想清楚:写什么?怎样写?写给谁看?和其他文体相比,新闻文体最突出的要求是准确、简洁。我甚至可以极端一些地说,任何风格与修辞,只要干扰了表达的准确、简洁,就是多余的。这应是新闻写作的共性。而个性也是需要的,那就是记者本人独特的思维方式和表达方式。但无论记者锤炼何种写作的个性,我以为,有一点要自始至终刻在心里,即:新闻传播是一种公共阅读、大众阅读,新闻写作要有强烈的读者意识,不能追求张扬"小我"的风格和个性。

思,是记者的生命、采写的本质。我将"思"放在了"记者六艺"的最后,事实上它贯穿了新闻采访的全过程,采访就是一连串的思考。记者通过捕捉、发掘、观察与分析,发人之所未见,带给社会有价值的信息。如果没有思考上的贡献,在新闻传播链上记者就成了没有自身意义的存在。这也是为什么新闻业内和社会读者都高度重视观点新闻与深度报道的原因。值得进一步追问的是,好的思考从哪里来?学习、实践、积累……都很重要,而至关重要的是价值关怀。只有当记者超乎私利去思考时,思考的翅膀才能自由自在地飞高。价值观与新闻理念越"纯净",记者的思考越能发出灿烂的光芒。

这是我对于记者"思"之要义的思考。正因如此,在这本新闻作品集的选编中,除了人物报道/访谈,我把有限的篇幅留给了言论/杂谈,有的青涩一些,有的成熟一些,却都是采访中真诚思考的结晶。其中的"王府井漫步",是2006年至2008年间在《经济日报》"市场观察"版上开设的个人署名言论专栏。

三

这本新闻作品集的编辑出版颇费了些时日,原定的编辑出版日程表正好与《经济日报》创刊30周年纪念文集重合交叉,承担了编辑报社纪念文集任务的我,没有多想便把出自己作品集的事情放在了一边,直到报社纪念文集所有出版工作告一段落才开始着手这本集子。

作品集里收录的报道全部来自《经济日报》,编排时以内容板块为框架,以时间为序,个别地方把同一人物的报道集中在了一起。实际上,除了选编刊发在《经济日报》上的文章,我也没有多少别的文章可选。这么多年来,我为其他报刊写的稿件屈指可数,所有的时间,我都在为《经济日报》而写。

这就是我的取舍。对《经济日报》,对经济报人,我饱含爱与感恩。

我是幸运的,在那个物质朴素而精神飞扬的 90 年代,因为偶然的机缘,来到了《经济日报》实习,又因为实习表现得到老师们的认可,与《经济日报》和经济报人素昧平生的我,就这样跨进了经济日报社的大门。缘分来得如此简单,却又如此绵长,从那一天起,我的成长、我的生命,就紧紧和《经济日报》联系在了一起,并通过这个平台,汇入到为党的事业、国家的发展、社会的进步、人民的幸福而奋斗的时代潮流里。从中,我深切体会到了将小小之“自我”与大大之“家国”融合在一起的那种沉甸甸的幸福感。那一张张报样、一期期报纸,是经济报人对时代的记录与见证,又何尝不是我们生命的年轮?

回顾从 1995 年 7 月进入报社至今的 18 个年头,用“仰望”两个字,最能概括我一路走来的状态和心态。仰望“经济日报”这 4 个金光闪闪的大字,仰望《经济日报》揽时代风云的创业史,仰望妙手著华章、铁肩担道义的报人前辈和同事,仰望“记者——无冕之王”这个令多少人崇敬的职业。

像原野上的小草仰望高山,我为《经济日报》在改革开放进程和新闻史上达到的高度而自豪,对带领报社艰苦创业、创造这一高度的老领导、老报人、前辈和同事,充满了崇敬之情。这种敬仰的感情,有过语言文字上的表达,却从未充分地表达,或者说,用语言文字根本就难以表达。许多的名字、许多的报人,都是业界的泰斗、翘楚,我仰望着他们的背影,把敬慕存在心底。《经济日报》30 年辉煌的创业史,正是这些让人尊敬的领导和前辈书写的,这些杰出的报人及其优良作风,是《经济日报》最可宝贵的财富。能够在他们的引领下前行,对于曾经年轻的我,该是怎样的荣幸与庆幸?

仰之弥高,钻之弥坚。仰望着高山,我这棵小草渴望深深地扎根大地。刻苦学习、勤奋工作,是我 18 年来从不曾改变的状态。报社的每一位优秀报人都是老师,刊发的每一篇锦绣文章都是教材;业务讨论中的经验传授,闲谈交流中的只言片语，都常常带给我顿悟；用心揣摩领导、老师们审签的版样、阅改的报道，让我得以把握对错、优劣、高下之间那"失之毫厘，差之千里"的精妙。就这样，小草仰望高山，高山则以其底蕴、胸怀与气度滋养着小草，托举着小草，让我们这些小草也渐渐具有了像山一样的高度——不是因为小草有多高，而是高山对小草的接纳与包容。这就是《经济日报》薪火相传的传帮带的团队精神、多给年轻人机会的奉献精神。在此，我无法一一列举这些滋养我们、托举我们的报人的名字，因为实在是很多很多，见过面的、没见过面的，接触多的、接触少的，在我的心里，永远铭刻这些帮助和教诲，永远充满感恩之情！

在这样仰望的状态中，我像一只蜜蜂，勤劳地采写着、编辑着、工作着，是忙碌的、辛劳的，也是充实的、踏实的，因为我知道自己身在一个如此荣光的新闻平台，身在一个如此强大的传媒团队。时间以加速度的态势在仰望中流走，忽然有一天，当头上的白发越来越多的时候，当"四十不惑"的界标被逾越并越走越远的时候，当越来越多地被称为"老师"的时候，当培训一茬茬新入社大学生、被他们晶晶亮的眼睛望着的时候，我蓦然惊觉，对于我们这个年龄段的经济报人来说，仅有仰望是不够的。我们必须眺望——

眺望远方，眺望未来，眺望《经济日报》新的30年、60年，眺望当我们不在以后《经济日报》的日子和风景……当我们被报社的新人所仰望的时候，我们能不能像当年自己所仰望的报人前辈那样为《经济日报》创造令人景仰的高度？我们能不能像当年滋养自己成长的报人前辈那样将年轻一代的经济报人托举到一个新的高度？我们这些被呵护、被抚育的小草，能不能嬗变为大树，即使我们老去或故去的时候，也能化作一片可滋后人的荫凉？

在仰望中，我们成长；

在眺望中，我们担当。

徐立京

2013 年 7 月 24 日于北京

上编

人物报道/访谈

——先进典型风采

【日期】　2004－04－12
【版次】　3
【版面】　综合新闻

精彩人生,始于遗憾;
历尽艰辛,终至无憾。

一个码头工人的无悔人生

——记新时期产业工人的优秀代表许振超

在几天的采访中,一直想找出许振超外表上最有特征的细节,好让读者一下子就记住他的模样,但记者还是徒劳了。比起上世纪50年代出生、经历几十年雨雪风霜的同龄人,他脸上的皱纹并不更多;比起写字楼里的白领,他的肤色稍稍黝黑一些,可站在海港的工友中间,这种健康的颜色就一点也不显得特别了。

面对媒体的无数次追问,许振超再三说:"我是一个普普通通、平平淡淡的码头工人。"确实,他就是一个普通人,是走进人群中、转瞬就抓不住他身影的那种普通人,是见面时认得、可回想起来似乎老说不清楚他长什么样的那种普通人。当他穿着工作服与工友在高高的桥吊爬上爬下的时候,当他挎着菜篮子和爱人一起去买点葱头白菜的时候,你很难想象他是一名"世界冠军",创造了世界集装箱桥吊作业最高纪录,创造了令世界同行钦佩不已的"振超效率"……

一路平平淡淡走来,许振超却收获了人生的精彩。

不能改变环境,但可以改变自己

一个人可以没有文凭,但不可以没有知识;可以不进大学殿堂,但不可以不学习。我不能改变环境,但我可以改变自己。

谁的青春没有梦呢? 许振超年少时的梦想并不是当一名码头工人。他的偶像是俄罗斯"火箭之父"齐奥尔科夫斯基和人类首位宇航员加加林。

1950 年 1 月,许振超出生在一个工人之家。他自幼聪明好学,学习成绩不管到哪儿总在班里前几名。1958 年,原苏联的第一颗人造卫星上天;1961年 4 月 12 日,加加林乘坐"东方"号宇宙飞船进入太空。这两件大事在振超幼小的心灵中留下了难以磨灭的印象。不当科学家就当飞行员! 小振超对无线电着了迷,他是青岛二中科技组的骨干,会自己组装收音机。

说起青岛二中,这可是全市乃至整个山东省最好的中学之一。少年振超心中的清华、北大梦,像胸前的校徽一闪一闪,熠熠生辉。

但命运容不得许振超按自己的设计去画人生的圆。1967 年,他初中毕业,正好赶上"文革"。在最不愿意最不应该离开校园的年龄告别校园,这是他人生最大的遗憾。为此,他用了一生的努力来弥补。

许振超在家里是老大,下面还有四个弟弟妹妹。父亲一个月 52 元钱的工资要养活全家七口人。学校和街道考虑到他们家的困难,没有让他上山下乡,而是推荐他到国棉厂当了一名工人,一干就是 7 年。"我死了上学的心,当时的环境不容你想这想那。该干活干活,还得干好。我这个人不愿别人说不是,干不好心里想想就不舒服。可闲下来,苦闷极了。大车间里一二百人全是女工,就我们一两个男工,大小伙子干这个? 我感觉很别扭。"

他那颗年轻的心向往着红红火火、热热闹闹的劳动场面。恰逢样板戏《海港》上演,码头工人意气风发地唱道:"大吊车真厉害,成吨的钢铁轻轻一抓就起来……"那热烈的场景和奔放的激情,立刻吸引了自小在海边长大、对大海特别有感情的许振超。1974 年,他刚好有个机会可以到青岛港工作,年仅 24 岁的他痛痛快快地当上了一名码头工人。

然而,戏剧就是戏剧,现实就是现实。没几天,许振超的心就凉了半截。

那个时候,码头工人的作业方式和工作环境比起旧时代的"老搬",并没有多少改善。许振超说:"劳动现场又脏又乱又差,工人粗粗拉拉的,连件干净的工作服都没有。我没有直接干装卸,干的是皮带机电。就这么简单的电工活,我们班里七八个人连最起码最基本的知识和技术都不知道,他们全是以前干装卸,有了工伤,照顾到这里来的。冬天天冷,那会儿又没有袜子、棉鞋穿,码头工人用布把脚一层层裹起来保暖。吃饭的时候,把被汗浸湿的裹脚布取下来晾一晾,那个味道当然不好闻。这边在吃饭,那边在晾裹脚布。看着这个情景,我不禁想,完了,这辈子完了。难道我就要成为这样的码头工人吗?难道码头工人就不能摆脱出大力、流大汗的命运吗?难道我就要这样过一辈子吗?"

那是许振超第一次体会到人生的绝望感。

他也忘不了那种心灵的刺痛感。许振超因为成绩突出,在同学间是有些自豪感的。没想到去同学家里玩,一听说他到港务局当了码头工人,脸色顿时变了。这让许振超很不得劲儿。

许振超没有因此而沉沦。他想起了培根那句"知识就是力量"的名言。"一个人可以没有文凭,但不可以没有知识;可以不进大学殿堂,但不可以不学习。我不能改变环境,但我可以改变自己,做一个有作为、受尊敬的码头工人!"

做不了科学家,就做能工巧匠

许振超不想当一名一知半解的桥吊司机,当司机也要当到最好!当到管、用、养、修都很擅长的"全能"境界!

学习,成为许振超生命的第一需求和永恒动力。

坚持记学习笔记和工作日志,是许振超终身保持的习惯。几十年下来,光笔记本就近百本,足有一大袋子。在五次搬家的过程中,这些笔记大多散失了,好不容易留存下来的,也就是记者见到的十来本。好几个本子已经泛黄,字迹透着年轻人的生涩,却是非常工整。在许振超心目中,这几本年岁比女儿还要大、纸质粗糙的笔记本,有着超乎寻常的分量。

有一本印着延安宝塔的巴掌大的小红本,是许振超最珍爱的宝贝。翻开第一页,上面写着"钢丝绳型号说明",再往后,是一幅幅手绘的门机电路图。这不是单纯的电路图,而是记载着几十年前许振超的艰苦奋斗和甜蜜往事。这是妻子许金文 1975 年送给他的定情物。"刚开始谈恋爱,我第一次很郑重地送他礼物。那时社会上'知识无用论'盛行,可他在发奋学习。"

许振超果然很喜欢。他那会儿由于肯钻研、技术好,已被领导调去操作当时港口最先进的起重机械——门机。他不满足于会开,想把这个大块头弄明白。他把队里的几本技术书都看遍了,觉得还不行,到处借书看。但光借书总不是办法,他便从生活费中省钱买书看。新书贵,买不起,他挑旧书买。有一次下了夜班,他骑自行车跑了 40 多里路,到李村集书摊上买了几本旧书,回到家顾不上休息,先过足书瘾。如许金文大姐所愿,他用两年多时间,弄懂了门机的构造原理,解决了操作和维修门机时遇到的主要问题,答案和学习心得就记在小红本上。逐渐,许振超成长为青岛港技术最全面的门机司机。1984 年,青岛港确立了发展集装箱业务的战略目标,组建了集装箱公司,许振超在全港中第一个入选桥吊司机,开上了全港人的"看家宝"——技术含量最高、造价高达 4000 多万的大型集装箱装卸设备。说起这段往事,一向言语平实的许振超也有了浓浓的诗意:"几次搬家清理东西,媳妇儿都想扔掉它,我哪里舍得啊? 我是把自己最珍爱的东西用来记录了我最热爱的东西!"

在另外两本发黄的软皮练习簿上,写着密密麻麻的英语单词,全是和机电有关的专业术语。这里有许振超的另一段珍贵记忆。

刚当桥吊司机时,一看厚达 100 多张的图纸,许振超傻眼了,全是英文。他在中学学的是俄语,英文的 26 个字母都认不全。他去买了本英汉电子小词典,一个词一个词地查,一个词一个词地学。几年后,他有机会到香港,看到商店里卖能发音的电子英汉快译通,如获至宝,立即买下。这个快译通成了他的随身宝贝。为了安全操作,他请技术主管依据随机资料搞个使用规程。那位主管一看资料全是专业英语,太难,把它撂到了一边。许振超再没去催,他利用休息时间,默默地找来资料,对照着他的词典和快译通,一句一句地翻译,并结合自己的工作经验,针对使用中的安全隐患,几天后拿出了《桥吊双箱吊具操作规程》。技术主管们打心眼里佩服他。其实,许振超的英语至今是"哑语",连日常会话都不会说,可他把专业英语搞得滚瓜烂熟。这要花多大代价？只有他自己最清楚。

要过的难关岂止是英语？桥吊这个长150米、高75米、重达1300吨的大家伙，看似简单，实则非常复杂，它的运作涉及液压基础学、电机学、电机自动化、数字电路、模拟电路等学科。对于一个初中生来说，掌握这些实在太艰难了。可许振超不想当一名一知半解的桥吊司机，当司机也要当到最好！当到管、用、养、修都很擅长的"全能"境界！下班回家，他大门不出，二门不迈，一个劲地猛学。房子只有十几个平方，桌子、床等都让他给占了，电子零件、图纸、参考书摆得到处都是，逼得爱人端着菜板在楼道地上切菜。老父亲说他看起书来成了直眼的棍子，半夜两点也不打盹；爱人说他学起来是聋子，什么也听不见。

练就一身"绝活儿"

　　谁让咱底子薄呢！电子技术变化太快，不学怎么跟得上？咱当不了科学家，但可以练就一身"绝活儿"，做个能工巧匠。

正当许振超对操作桥吊越来越得心应手的时候，发生了一件让他刻骨铭心的事。

那是1990年，青岛港的一台桥吊坏了，厂方也束手无策。原来，虽然机器是上海港机厂造的，但核心的电力拖动系统是瑞典BBC的，只有请外国专家。洋专家在青岛港呆了12天，一下子拿走了4.3万元的维修费。而当时公司上百人，几十台机械，忙活一天一夜，也不过挣个三四万块钱。当许振超试着向外方专家请教点"真经"时，人家耸耸肩，不屑一顾。

许振超的心在颤抖。他着魔似地钻研。可每次碰到控制电路板时，就束手无策了，因为所有的技术难点都在电路板上，怎么办？一个大胆的设想跳了出来：用桥吊的控制模板倒推电路图。桥吊上最神秘、最核心的就是电力拖动系统，掌握这个系统必须要有完整的电路图。有了这张图，等于解剖了桥吊的全身电路神经，处理起故障来，就会轻松得多。

那段日子可真难熬啊！每天下班，许振超带着借来的备用控制模板（桥吊上共有两套模板，一套在用，一套备用），一头扎进自己的小屋里反复揣摩。

一块书本大的模板，上面是嵌入的几百个电子元件，下面是弯弯曲曲的印刷电路，这样的模板在桥吊上一共有20块！盯着模板正反两面小得像蚂蚁一样的2000多个焊点，再仔细观察各种不足半个厘米长的电子元件，他认真地进行模拟勾画。为了分辨细如发丝、若隐若现的线路，他用玻璃板制作了一个简易支架，将电路板放在玻璃上，下面安上100瓦的灯泡，通过强光使模板上的线路清楚地显现出来，然后再一笔一笔地绘制草图。

后来，青岛港上了新桥吊，技术升级了，用的是美国通用电器公司的电力拖动系统。这次倒推模板更困难，因为它使用了带夹层的印刷电路板。为了一根信号线，许振超曾苦苦地查了一个多星期。

从瑞典的BBC到美国的GE，他前后用4年时间倒推了12块模板，掌握了青岛港十几台桥吊的电路神经。每一块模板还回去时，都毫发无损。当上海港机厂的专家得知许振超解剖了桥吊电力神经时，连连惊叹：了不起！要知道，这不仅在青岛港，在全国也是独一份儿。

许振超成了名副其实的"桥吊大拿"。有一次，新港区桥吊液压张紧装置坏了，技术主管们折腾了一天也没办法，闻讯赶来的许振超只用3分钟就断明了故障；就连上海港机厂的专家在改进桥吊设计时，都专门请教他，吸收了20多条意见……

尽管如此，许振超对自己的技术水平仍不满足。看他回家一学就是大半夜，妻子劝他："睡吧，差不多就行了。"许振超理解她的心意，却又摇了摇头："谁让咱底子薄呢！电子技术变化太快，不学怎么能跟得上？"他心里想：咱当不了科学家，但可以练就一身"绝活儿"，做个能工巧匠，无愧于时代，无愧于港口的培养。

那不是一台普通的桥吊

在别人眼里，或许那只是一台普普通通的桥吊，可在亲历者和奋斗者的内心深处，它却是一座永恒的丰碑！

2001年冬天，许振超体会到了人生的第二次绝望感。如果说，人生的第一次绝望，是奋起的前奏，那么，第二次绝望，则和他人生中的一大精彩相伴相生。

　　那一年,青岛市和青岛港务局集团作出了集装箱码头西移的重大战略。半年之内,原在老港区作业的外贸集装箱航线要举港西移至港阔水深的黄岛前湾新港区。

　　按计划,青岛港从上海订购了两台国内最大的桥吊,其中一台必须在年底前安装完成。但由于种种原因,一直到11月底,前期工作还没有到位。11月21日,集团总裁常德传到现场调研,当场罢免了身为工程师的桥吊安装总指挥。

　　接着,他把许振超请到跟前问:“让你接任桥吊安装总指挥,能不能保证在40天内把桥吊安装到位?”

　　许振超懵了,做梦也没想到总指挥的任务会落到他头上。看着码头上堆了13船的桥吊部件,再算算剩下的40天工期,他想:个人得失是小事,桥吊安装工期再拖下去,港口的集装箱发展就有可能因此失去机遇。现在不正是需要他的时候吗?“军令状”他立定了!

　　接受任务后,许振超办了两件事:一是打电话告诉爱人,他在黄岛干活,从现在起到年底就不回去了,让她放心;二是买了10箱方便面,住到了码头上。

　　当时的前湾码头还是一片荒地,没有生活设施,天气又特别冷,现场用作办公室的集装箱里,温度和室外几乎一样,都在零下十几度,穿上冰冷的工作鞋,总要跺几分钟的脚,才能暖和过来。送的饮用水不够喝,他和工友们得提着两个大水壶,跑一里路找消防栓接水烧着喝;吃饭在三里地以外,错过了点,就干啃方便面、凉馒头;困了,裹上大衣在纸箱壳上打个盹。每天没日没夜地干,没睡过几次囫囵觉,经常是眼里布满血丝,嘴上裂开了口子。有一次许振超感冒发烧,几天不退,身子像散了架,走路都发飘。但他始终硬撑着,不让自己倒下去,他嘱咐自己:振超啊!你如果是条汉子,就要顶起来,站稳了,绝不能在这个节骨眼儿上倒下去!

　　入夜,许振超辗转反侧,寒冷冻得他无法入睡,那双老寒腿又胀又沉,而他的心里更是焦急得睡不着!怎样才能保证让本应3个月安好的桥吊在40天内矗立起来?他反复研究收集来的桥吊安装数据,做出了一个令人瞠目结舌的决定——全面推翻厂家安装方案。在新方案中,他一改传统做法,尽可能地在地面拼装零件,减少高空吊装环节,改用900吨大水吊吊装作业。他反复向厂家解释,你们的老方案没有错,但它对码头陆域平整标准要求非常高,根本不切合前湾港这一在建码头的实际情况。

尽管这样,他的新方案还是遭到了厂家的激烈反对,对方把老厂长都搬来了。在压力面前,许振超不得不做出妥协,答应按照老方案再试两次,结果他们一共试了5次,均告失败。在这种情况下,许振超果断行使总指挥的权力,调换了厂方安装指挥,按照自己的新方案进行安装。这时已是12月初了。

每天,许振超都向常德传总裁汇报进展情况。12月7日,他在汇报中这样写道:"工期一拖再拖,加上天气原因和驻外时间过长,厂方现场施工人员普遍情绪不高,信心不足。在这种情况下,即使900吨水吊方案确定,现有人员能否保证安全施工,我们没有把握。为此,我们已向安装公司提出,更换一批水平比较高的安装工人。安装公司已表示同意。……已和渤海石油集团签订900吨水吊租用合同,预计水吊到港时间为12月15日前后。"

但是,当总装前一切准备工作就绪后,这台900吨水吊、这一新方案中最关键的设备,因为天气原因还无法到港。连日的大风大雪刮得许振超的心里凉飕飕的。到了12月27日,水吊仍然未到。再有三四天就……许振超近乎绝望了,他觉得自己真的担不起这样的压力了。

12月28日,水吊终于抵达前湾码头。12月31日晚22时17分,重达650多吨的桥吊上半部分与400多吨的桥吊支腿,在离地面50多米的半空中成功对接,桥吊安装成功了!那一瞬间,许振超凝视着夜空中桥吊那庞大的身躯,几十天的艰苦和担心、疲劳和病痛、超极限的压力和负荷,再也压抑不住,化为滚滚热泪夺眶而出。在别人眼里,或许那只是一台普普通通的桥吊,可在亲历者和奋斗者的内心深处,它却是一座永恒的丰碑!

如果没有桥吊的如期安装,就没有青岛港西移战略的顺利实现;没有顺利西移,就没有青岛港集装箱业务跃居国内前三的大跨越;没有青岛港的大跃升,就没有青岛市"以港兴市"战略的全面启动。正因如此,许振超说他是幸运的。他,一个普通的码头工人,用自己的拼搏和奉献,参与了一个伟大的历史创造。这,是多么幸福的事!

干了一件天大的事

　　许振超说：人总是要有一点精神的，在工作岗位上，干就干一流，争就争第一，为企业增效，为国家争光。在这种精神支撑和鼓舞下，"振超效率"诞生了。

　　说起"振超效率"，他开心地笑了，说："我们干了一件天大的事。"

　　许振超说：人总是要有一点精神的，在工作岗位上，干就干一流，争就争第一，为企业增效，为国家争光。在这种精神支撑和鼓舞下，"振超效率"诞生了。

　　随着港口西移战略的顺利进行，现代化桥吊一台台增加，带领职工创造集装箱装卸世界纪录这个念头在他脑海中越来越强烈，也越来越自信！

　　2003年1月，集团领导对他说："打破世界纪录，就用你振超的名字来命名这个港口品牌。"

　　2003年4月27日夜，按照计划，许振超和队友准备在"地中海阿莱西亚"轮上打响创造新纪录的攻坚战。

　　可就在作业前10小时，许振超拿到船舶资料时才发现，在这条船上要破世界纪录非常困难。船上的重箱占60%以上，配载又不均衡。现有的世界纪录都是在空箱的情况下创造的。但他想，纪录是人创造的，我们就是要用真枪实弹创出新的世界纪录。

　　战斗于晚上20时20分打响，在320米长的巨轮船边，8台桥吊一字排开。现场灯火通明，气势磅礴。船上、船下相互联系、密切配合，大型拖车在码头上穿梭不停，安装在桥吊上的大型钟表指针在一秒一秒地划过，记录着这次不同凡响的作业。到次日凌晨2时47分，在准确计算的时间内，以6小时27分钟的高速度，完成了全船3400个标准箱的装卸，许振超和队友创出了每小时单机效率70.3自然箱和单船效率339自然箱的世界纪录。

　　那一刻，许振超激动的心情犹如体育健儿夺得金牌一样。人群散去，他呆在现场久久舍不得离开，盯着桥吊上"工人伟大，劳动光荣"8个大字，他的眼睛湿润了，"我们用事实证明：中国的码头工人不比别人差。别人能干的，我们也能干;别人不能干的,我们照样能干!"

5 个月后,2003 年 9 月 30 日,在接卸"地中海阿莱西亚"轮的作业中,许振超率领团队又把每小时单船 339 自然箱这个纪录提高到了每小时 381 自然箱,再次刷新了世界集装箱装卸的最高纪录。

记者问许振超:干了这样一件"天大的事",为什么最喜爱记工作日志的你没有留下一些记录呢?

他一开始没有回答。待到处得熟了,他才告诉记者,怎么会不记呢? 但他把它们藏了起来,到现在谁也没有看过呢。记者没有再刨根问底,就让许振超珍藏属于他的回忆吧! 那浸透着血泪、艰辛、磨难、坚韧的回忆,只有一样希望过、痛苦过、奋斗过、追求过的人,才有资格读,才读得懂!

记者又问许振超:你现在是业内公认的"桥吊专家",你的水平比一般的工程师还要高,你为什么没有去考个大本乃至研究生的学历呢? 他回答说:我也想过考个更高的学历,可工作实在太忙了。学历和对实践有用的知识,我只能有精力选一个。学历真的就那么重要吗?

记者也曾问许振超:想做科学家的你当了一辈子的码头工人,你离你的梦想是不是越来越远了? 他回答说:做工人,我很自豪,因为我做到了自己力所能及的最好,是最好的工人。少年时代除了想当科学家,我们那代人还有一个理想,就是做一名对社会有用的人,一个对国家有贡献的人。这个理想,我实现了。

许振超说,他离他的梦想很近很近;他没有遗憾。

他说这话时的真诚,不容亵渎。

(本文采访与经济日报同事胡考绪、刘成共同完成)

【日期】 2004 – 04 – 13
【版次】 9
【栏目】 今日导刊

一个码头工人的内心世界

——许振超家庭老照片背后的故事

新婚旅途中拍下的婚纱照

一看这张婚纱照上的"帅男靓女",记者就乐了。这是许振超和妻子许金文在 1979 年 4 月,到上海旅行结婚时照的。

记者开玩笑道:"在那个年头又是旅行结婚又是婚纱摄影,你倒挺时尚的。"许振超乐呵呵地说:"年轻人,谁还没有一点浪漫?"

其实,许振超和许金文大姐的恋爱,谈得特实在。金文大姐喜欢许振超什么呢?"爱学习。小时候老听大人夸他学习好,'文革'爆发了,大家都不读书了,可他还是想方设法找书看。他的动手能力也强,隔壁邻居有啥东西坏了,到他手里准能修好。我想,这知根知底、踏踏实实的,过日子靠得住。"

许振超是怎么注意到金文大姐的呢? 他的回答很有"夫妻相","我因为考上全市的重点中学,在院里小有名气,所以她报考初中时,她的爸爸来咨询我该考哪所学校。我一看她的成绩单,学习不错,印象就很深"。

许振超刚参加工作时的月工资是 36 元,从第一个月领工资开始,他每个月都会拿 10 块钱给疼爱他的姥娘(姥姥),10 来年没有间断过。剩下的会拿一部分给父母。1979 年 4 月 25 日,他带着攒下来的 200 多元钱,和新婚妻子到上海度蜜月。"那在当时可是一笔大财富。走之前就想拍张结婚照,人这一辈子就这么几件大事,洞房花烛、金榜题名,总得留点纪念。但青岛没有拍婚纱照的。到上海住在亲戚家,一听他们说洋浦可以拍,我们立刻激动得很,第二天就跑去花几块钱照了一张。那是在上海的一周里,最让人兴奋的事了。"

他们并没有像现在的年轻人一样把这张婚纱照高高地挂起来。"太珍贵了,舍不得放外面,怕弄坏了。几十年来,我们俩搬了五次家,这张照片还是保存得好好的。"许振超说。

提起这五次搬家,又引出一段浓浓的思绪。

这对年轻的小夫妻旅行结婚回来就分居,没有房子嘛。时间久了不是办法,临时借间房子住。这也不是长久之计。还好,港口了解情况后,给许振超在市北区 6 号码头解决了一间旧宿舍。那是一个 9 平方米的码头工人工棚,地面跟工地一样,坑坑洼洼的。许振超和弟兄们用手推车推了几车红砖,把地码平,住了进去。后来,他在家给工友、邻里修手表、收音机什么的,零件不小心掉进砖缝里,他就得把砖抠起来,满地找。于是,他又自己打了水泥地。屋子靠海边,非常潮湿,即使在夏天,乒乓球掉在地上都弹不起来。

条件尽管艰苦,许振超和妻子却很满足。毕竟,终于有了自己的小小空间。那时,人们只休一个星期天,妻子能正常歇,许振超不能,他和工友三班倒。轮到能和妻子一块儿休息时,小两口就一块儿买菜、做饭,闲了下下跳棋。小屋里起初什么也没有,他自己打小橱柜,把破旧的门窗重新做,还打了一套蛮漂亮的家具,连锯子、刨子、凿子,都是他自个儿做的。至今许振超的家里还挂着一把木工锯,就是这段时期的家庭"文物"。1981 年 1 月,女儿小雪出生了。这间充满生活气息的小屋又增添了欢声笑语。女儿大一点了,许振超有空就用肩膀扛起女儿,到码头上看大吊车、看浪花。他还把 4 岁的女儿带到 18 米高的门机上,让她看看爸爸开的大家伙。

六七年之后的 1985 年,青岛港组建集装箱公司,港口得到进一步发展,港务局在东部郊区投资盖新宿舍,为工人们改善生活环境。新宿舍离码头 11 公里,没有通公交车,许振超上下班得骑 3 个多小时的自行车。"可房子真大! 两室一厅,50 多平方米。5 年后,1990 年底,我父亲退休了。我每周去看父母一次。他们和没成家的弟妹住在市中心的一个日式小楼里,13 平方米,只能睡上下吊铺。看到父亲年龄那么大,还在爬上爬下,心里不是滋味。正好他退休了,住远一点没关系。我就让他们搬过来,住得宽敞、舒服些,我们仨去睡吊铺。"

一家三口睡了7年多吊铺。到了1998年,许振超在市区买了一套三居,布置得漂漂亮亮的,这就是他们现在的家。那会儿他已是青岛港前湾集装箱码头桥吊队队长,和100多名工友一起管理、操作着码头最值钱的"家当"——顺岸24台超大型桥吊和77台轮胎吊,总价值20多亿元,相当于一个大型企业的"家底"。迅速发展的青岛港务局在职工收入分配上向一线重要岗位倾斜,许振超和队友的月工资,比管理层还要多,在青岛市也算高的。经济基础的提升改变了市民对码头工人的认识,同时也增强了职工对这个岗位的职业认同感。

有能力为家人构筑一个温暖舒适的"窝",许振超打心眼里自豪。

第一次和心爱的桥吊合个影

这是1986年,许振超第一次和心爱的桥吊合了张影。

1985年,青岛港组建集装箱公司。当时的青岛港是一个年吞吐量不到2000万吨的小港,由于规模太小,有关部门在"圈定"中国五大集装箱大港时,根本就没有考虑到这个"小字辈"。可奋发图强的青岛港人认准了这一货种的发展潜力,确立了发展集装箱业务的战略目标。由于没有政策和资金支持,别的港口可以投巨资建码头,买昂贵的进口桥吊,青岛港只有从牙缝里省钱,自己改造老码头,选购价格便宜但技术还不成熟的国产桥吊。

在照片上,许振超的身后,就是青岛港的第一台桥吊。他的身边,是和他一起入选全港第一批桥吊司机的工友郑来祥、简鸿达。在全港人的注目中,他们走进桥吊驾驶室,开上了当时最贵的码头机械,觉得十分光荣。公司领导拍着他们的肩膀说,你们手里开的可是咱全港人的"看家宝"啊。

这几个年轻人一起参与了第一台桥吊的安装工作。许振超回忆说:"我一见桥吊,吃惊不小。我开了10年门机,门机和桥吊比起来,真是小巫见大巫! 门机的电器控制柜有3个就够了,桥吊需要18个,全是集成电路板。光是把零部件从船上卸下来,我们就花了一周的时间。装一台门机用3天,这台桥吊用了大半年。装到一半时,金属架子搭好了,桥吊的模样有了,还有很多细活要干,有记者来采访、拍照,我们趁机拍了一张,这是永久性的纪念!"

在许振超眼里,这哪里是一台普通的桥吊? 分明是他一点一点"接生"又看着一天一天长大的"孩子"。许金文大姐讲了这样一件事:

"1991年7月,具体日子记不清了,那天刮飓风。他下了班回家,我见他脸色发青、阴沉阴沉的,从来没有过这样子,问他怎么了。他说大桥吊叫风刮倒了,有个工友牺牲了。我心里很难过,又不想让家里这么沉闷,就开了个玩笑,说他睡觉了,你也休息吧。没想到他的眼泪一下子哗哗地流出来了,止都止不住。这是我第一次看到他掉眼泪。我不知该说什么,只好翻来覆去地说洗洗吃饭吧。他扒了几口饭,腾地站起来往家门外走,说怎么倒下去,要叫它怎么站起来!"

在许振超留存下来的工作日志中,记者看到了这段记录:"7月19日,4时30分左右,52泊位突起狂风,将两台桥吊刮倒。2号车无人,1号车司机2人,田洪国不幸遇难,赵显新受重伤。灾难!!!!! 现场惨不忍睹,7年心血付之东去。7月20日,夜有8级大风预报。丙班司机将场地能动的车全部锚定,3号、2号(电器进水)加木楔塞轮胎,小车加木楔掩好,以防不测。全部工作均在大雨中进行。……"

许振超和工友抓紧抢修,风雨之后,大桥吊又矗立在了大海边。自那以后,一到下雨天,他最担心的就是桥吊的安全,不顾家人劝阻往码头跑。时间久了,全队技术人员都养成了"刮风下雨打的往港上赶"的习惯。

回忆起这段往事,许振超动情地说:"就像和你血肉相连的孩子,到了六七岁,忽然受伤,倒在地上,你是什么感觉? 桥吊就是我的'孩子'。"

从这个故事,记者由衷地体会到了许振超对工友、对桥吊的感情,也深刻地认识到了海港工人、桥吊司机工作的艰辛。即使没有生命的威胁,没有雨雪风霜、大风大浪的考验,日常的工作条件,也需要他们具有坚强的意志。

在码头工人中流传着一段顺口溜,形象地刻画出桥吊作业的艰苦和危险:"登上桥吊腿发颤,抢修故障半空悬,风雪如刀雨洗脸,棉袄一穿大半年。"桥吊维修是高空作业,温度比地面低两三度,无风也有三级风;在三九天修桥吊,手一会儿就冻麻了,只好赶快跑回机房,在空调旁暖暖手,趁着热乎劲再去修。在地面上修吊具,常常是晴天一身汗,雨天一身泥,忙时一身泥。就是在这样的环境下,许振超一干 30 年。

在许振超的宿舍里,总有一双厚毛袜放在床头。他说,这几年风湿加重,总觉得脚底发凉,一年四季,连晚上睡觉都得穿着袜子,早上起床,脚不敢直接站在地上,得轻轻蹾几下才站得起来。就是拖着这双严重的"老寒腿",他几十年顶风冒雨,在 70 多米高的桥吊上爬上爬下;就是拖着这双严重的"老寒腿",他在 2001 年寒冬,为了确保新港口桥吊如期安装,在室内外温度一样的集装箱小屋里,一住 40 多个日夜;就是拖着这双严重的"老寒腿",为了避免桥吊短路引发致命性故障,他主动要求带电排查,一个人钻进电控柜,把所有的工友赶出去,冒着被 440 伏电压击倒的危险,赤手排查那间距只有几个毫米的集成电路;就是拖着这双严重的"老寒腿",为了抢修紧急出现的滑轮故障,他冒着瓢泼的大雨,趴在探到海面 50 米高的桥吊前大梁上,被淋了整整 6 个多小时……

许振超不觉着苦。

大学生王培山到前湾集装箱码头桥吊队上班的第一天,那大片大片的黄土,大片大片的沼泽,那像刀子一样刺骨的寒风,使他动摇了。他不解的是,身边这个相当于他的父辈的许队长,怎么忙得那样乐呵。他问许振超:你不觉得苦吗? 两年过去了,他还清晰地记得许振超的回答:你只要把这儿当成家,就不会觉得苦了。这句听似平淡的话深深地震撼了一个年轻人的心。半年以后,这个倔强的大学生,已经成长为桥吊队的技术骨干。

和许振超共事了十几年的老工友赵显新说："许队长是真把码头当成自己的家了。别说是苦了,他连命都可以不要。"

和女儿一起过 50 岁生日

这是许振超 50 多年来唯一一张过生日的照片。

许振超过生日的次数屈指可数。小时候因为家里困难,顾不上张罗这事儿,能吃个鸡蛋就算过生日了。成家后,妻子要给他过生日,许振超说自己家里没这个传统,免了吧。特别是当了港口集装箱码头桥吊队队长后,工作十分繁忙,即使想过也抽不出时间来。女儿小雪的生日,他是惦记在心头的。可一到女儿生日 1 月 15 日这一天,他常常不是当班就是加班,赶不回来,于是他老给小雪补过生日,真正在 1 月 15 日当天过的没几次。小雪嘴上不说什么,心里很看重,觉得不在这天过便没气氛,希望爸爸妈妈那天都能在身边,能"如期"收到生日礼物。许振超知道女儿的心思,却又不能如她所愿,心里总有歉疚之感。

许振超的生日和女儿相差没几天,1 月 8 日。1999 年元旦一过,按中国的传统,许振超便是虚岁 50 的人了。年过半百,素来不过生日的许振超琢磨,该过一过,向父母表示感谢了。谁知那天班上有事,没过成。他想,干脆和女儿一起过生日吧。到了 1 月 15 日那天,在许振超的父母家,50 岁的父亲和 18 岁的女儿一起点燃了生日蜡烛,"祝你生日快乐"的歌声围绕着他们,留下了一个家庭的温馨时刻。小雪说，那是她最满足最完美的一个生日。

尽管小雪过生日的时候，父亲总不在；尽管在节假日，总是母女俩互相做伴；尽管一连7个年头的春节，父亲都在码头上工作，不能和她们团圆……但小雪从来没有怪怨过父亲。她说："他很爱很爱这个家。虽然他在闲暇时间不能陪我们，可他用他的方式表达对我们的爱。早上他去上班时，我还没起床；晚上他下班时，我可能已经睡了，一天说不上几句话，他就给我写纸条。常常我打开铅笔盒时，发现里面放着父亲留的纸条，内容大多是鼓励我好好学习，或者提醒我改掉各种小毛病。他观察很细，很多生活细节问题，都不会放过。比如让我克服丢三落四的坏习惯啦，反正多是我的'不光彩的小毛病'。从小学到现在大学毕业了，父亲写的纸条不知有多少。好多纸条我都舍不得扔，看着它们，我就感受到了父亲的爱。"

女儿是父亲的"小棉袄"。小雪出生不久，许振超就开始攒钱，留着她上大学用。家里买的那台钢琴，也是许振超的主意。现在，小雪的钢琴弹得很好，看到父亲回到家疲倦的样子，她会给他弹几首美妙的曲子放松放松。小雪从小爱画画，许振超有空就教她画，不过教的都是吊车、二极管、电路图之类。小雪从青岛大学机电系毕业时，论文里画的电路图被老师当作示范样本，同学夸她画得好，小雪笑着说："学前班就开始画了。"

小雪告诉记者，她是父亲忠实的"铁杆"和崇拜者。"父亲勤奋、好学，对热爱的东西特别有韧劲儿，几十年如一日。我是在他的影响下长大的。"

今年1月8日晚上，许振超又度过了一个终生难忘的生日。

那天下班后，队友们都没走，想一起给他们的队长过一次生日。许振超知道后，说什么也不答应，大家这一次没有听队长的话：

——许队，我们每个人的生日你记得清清楚楚，买蛋糕、送问候，可你自己从来不过生日，这次说什么也得让大伙儿给你庆贺庆贺；

——许队，你去年春节顶风冒雪跑遍了大半个山东，到我们7名农村大学生的家里拜年，家里人对我们能有你这样的队长又感动又放心，这次就给我们一个表达感谢的机会吧；

——许队，你自己经常啃个冷馒头就是一顿饭，可下雨下雪天，你却给我们备好姜汤暖身子，你把我们每个职工的事放在心上，唯独忘了你自己。

——许队，那年冬天，2号桥吊电缆崩断，你第一个冲到75米高的大梁，趴在半米宽的钢板上,探出半个身子修电缆。你不让我们这些小青年上,你说太危险,都是年轻人,掉下一个怎么向家里交代。你是用心赢得了我们的心啊!

……

许振超望着队友们恳切的目光,听着大家掏心窝子的话,不禁热泪盈眶。

许振超对记者说,能过这两个生日,他知足了。

夫妻俩迄今唯一的一次崂山游

这是许振超和妻子许金文迄今唯一一次共游崂山的照片。

许振超回忆说:"那是在 1995 年,我们工会组织爬崂山,可以带家属。像这样两个人一块去玩的机会不多,所以玩得特别开心。别看崂山离得近,我们就上过这么一次。"

与家人一起去旅游的镜头,在许振超的生活中弥足珍贵。2001 年"五一"节,夫妻俩带上孩子去济南玩了 3 天。这是他们迄今唯一一次全家人出去旅游,也是许振超休的唯一一个"黄金周"。

这几个"唯一",有许振超对家人的亏欠感,更有亲人对许振超的理解和支持。这么多年来,金文大姐在很多时候体验到的是一种孤独。许多个年三十晚上,她只能在电话里和他说说过年的话。家里多少事,她一人承担,不让老许操心。她知道老许的脾气,他爱码头,爱桥吊,爱他的岗位,越是在节假日,越是在团圆的时节,他越要坚守岗位,把享受天伦之乐的机会留给工友,谁让他是一队之长呢？新港口离市区远，许振超平时住在码头，一周回家一天。金文大姐心疼他，不让他干家务活："你的任务是休息、休息、再休息！"许振超的腿脚不好，金文大姐就试着用热水给他泡完脚再捏一捏。这时的许队便笑："怪不得人家说做足底按摩舒服，真的很舒服啊！"金文大姐也乐了："那当然啦，我已经在自己的脚上试过了，看怎么捏才更舒服。"她告诉记者："一边给他捏捏脚，一边和他说说家常话，这种时刻，我也觉得挺幸福的。"

在金文大姐心里，没有对许振超的抱怨。"那一年我生小孩，他为了多攒一星期的产假，之前两个月都在和工友倒班，没有休一天。老人身体不好，帮不上忙，从医院到回家的两个星期里，就他一个人照顾我们娘俩：熬鸡汤、做饭、洗衣服、给孩子换尿布，他什么也不让我干，说月子里得养好，不能落下毛病。还有一次，我的腰椎摔伤了，他什么都不顾了，哪里也不去，守了我十几天。听人说腰椎养伤关键在平躺休息，他就让我躺在平板床上一动不动，连喝口水都是他喂我，不让我起身。结果，我的腰椎愈合得很好，现在干重活都没什么感觉。虽然很多时候是我一个人在家守着电视，虽然很多个节日，是女儿和我一起度过，可只要是我最需要他的时候，他靠得住。"

许振超的父亲是老工人，自己的儿子能给工人阶级争口气是他最大的愿望。2003 年，听说青岛港务局常德传总裁亲自点儿子的名，要他创集装箱作业世界纪录，就撂给儿子一句话，"往后别往家跑了，什么时候拿了世界冠军，什么时候来见我"。有一回，已近 80 高龄的许大爷因脑溢血住院，闻讯赶来的许振超想要陪床，硬是被倔强的老爷子赶出了病房。担心的他只好在病房外站了一宿，又回到了码头。

亲人的理解和支持，是许振超在事业上不断超越自我的强大后盾。说起这些，许振超很动感情。他的心愿是，退休后，和妻子、女儿一起到北京、到海南、到新疆、到祖国美丽的地方，走一走，看一看，以弥补对家人的亏欠。

这是一个男人的情感。其实，对于许振超的亲人来说，他们从来就没有感到欠缺什么，他们因为许振超的快乐而快乐，因为许振超的充实而充实，因为许振超的自豪而自豪。因为有爱，他们深感幸福而富有。

【日期】　2004 - 11 - 27
【版次】　1
【版面】　要闻

在生命最后的日子里

——追记原内蒙古自治区党委常委、
呼和浩特市委书记牛玉儒同志

2004 年 6 月 15 日一早,呼和浩特市水务局副局长马文文站在如意广场,心里有种说不出来的紧张——牛玉儒书记一会儿就来视察东河工程,他的病情得到控制了吗?

尽管牛玉儒的病情从未对外发布,但关心他的各级干部和工作人员,还是陆续知道了他身患重病的消息。经过在京一个多月的治疗,大家都急切地盼望他健康归来!

车停了,牛玉儒书记那饱含激情的笑容跳入眼底,迎候他的同志们特别高兴:生龙活虎、风风火火的玉儒书记终于回来了! 回来了可就再别走了!

一行人说笑着往东河边走去。细心的马文文发现,牛玉儒书记下车时悠了一下,西服似乎也显得有点宽大。要知道,身为蒙古族后代、草原之子的牛玉儒,本是长得很魁伟的,从来走路如风,上下台阶跟跳一样。马文文敏感地意识到,牛玉儒书记所经历的病痛的考验,还没有结束。

事实上,这将是一场生死考验。

誓　言

今年 4 月份参加呼和浩特市人代会与政协会期间,牛玉儒总觉胃不舒服,几次让工作人员为他买药,却不见效。他坚持到 4 月 26 日市人代会闭幕后,才和妻子谢莉赶到北京协和医院复查,诊断明确他已经是结肠癌肝转移。

听到这个结果,谢莉呆了。

这么多年来她一直提心吊胆,担心丈夫这架没日没夜不停运转的机器哪一天会出现故障,可她没料到这一天会来得这样早、这样无情! 他才51岁啊……

谢莉强作镇静,不想让丈夫知道残酷的事实。丈夫看出了她的难过,反倒宽慰她:"我会没事的,我对呼市老百姓的承诺还没有兑现,要干的事儿还多着呢!"

那是字字铿锵的诺言:"在内蒙古自治区成立60周年也就是2007年之前,我们要为呼市人民办好三件事。"2003年6月25日,带着抗击非典取得阶段性胜利的喜悦,上任刚刚两个多月的牛玉儒书记第一次接受了呼市电视台的专访,向全市人民做出了庄重的承诺:

第一件事,使呼市经济总量在现有基础上再翻一番多,也就是在2003年实现GDP400亿元的基础上达到800亿元以上。这意味着届时呼市将在全国5个少数民族自治区首府城市里面位居第一,在西部12个省会、首府城市里可能排在第三位或者第四位;

第二件事,使呼市的城市建设能够再上一个新的水平、新的台阶,使首府更加美丽,更加有魅力,真正成为草原上一座迷人的"青城";

第三件事,使呼市的城乡居民收入能有一个跨越式的增长,广大人民群众的生活水平和质量有一个新的提高。

此前没有到过呼和浩特的人,恐怕很难理解这些承诺在呼市百姓中引起了怎样的热望和共鸣。城区那大片大片灰旧简陋、黑水瓦砌的老平房,一条条狭窄昏暗、通行不便的小街巷,缺少绿意、青城不青的城市景致,使得老百姓总结出一个顺口溜:"包头越建越像深圳,呼市越来越像丰镇(县)。"虽然呼市近几年来一直保持快速发展的良好势头,但发展的速度还是和全市人民的期望有差距,他们热切希望自己的城市和家园尽快变得再富足一些、再漂亮一些、再有现代化气息一些。

老百姓的心思,牛玉儒懂。

呼市是他的第二故乡,对这片生活工作了20多年的土地,他清楚地知道有多少城市建设的历史欠账需要去弥补,有多少未来的发展蓝图需要去描画。他常常利用午休、晚上的时间,自己一个人或者走路或者打车,到居民区、到小街小巷、到基层走一走、看一看、聊一聊。哪一路段经常出现堵车现象,哪条巷子路灯不亮,哪个小区急需为居民提供娱乐场所……他都一一记在心间。"这样一来,你会发现有很多问题需要研究和解决。很多具体的工作,一个城市很多的具体事务,如果你不深入到最基层去了解,那是不行的。"这是牛玉儒生前常对各级领导干部说的话。

出租车司机杨树林记忆犹新:去年 6 月一个星期天上午,一位中年男子上了他的出租车,这不是电视中见过的新来的市委书记吗?杨树林没有想到,牛书记一上来就主动和他聊天:每天收入怎样?市民最近有什么想法?对城建有什么要求?那股急于想了解民情的劲头一下子让杨树林觉得心里热乎乎的。他告诉牛书记,上公厕是个老大难,堵车也是个大问题。他问:"听说您当包头市长时把包头治理得不错,能不能把呼和浩特也建设得更好一些?"牛玉儒坚决地回答说:"请你相信,用不了多长时间,呼和浩特的城市面貌就会得到改观,你反映的现象很快就会得到解决。"果然,几个月之内,多条拥堵的马路被拓宽,街头出现了多座造型新颖现代的免费公厕。路畅了,杨树林的出租车开得更欢了。

就这样一条街一条街地走,一个区一个区地跑,尽悉掌握了市情民意的牛玉儒迅速形成了呼和浩特市的发展设想。2003 年 6 月 24 日,他主持召开了市委中心组学习会,指出:作为首府城市,呼和浩特应该发展得更快一些,更好一些,也能够发展得更快一些,更好一些。这不仅是形势的需要,也是自治区党委、政府的期望和广大人民群众的意愿。随后召开的市委九届四次全会达成共识,"三个翻番、一个第一"的目标得以明确,即:到 2007 年时,全市经济总量、财政收入和城乡居民收入在 2003 年的基础上实现翻番,综合经济实力和人均收入水平位居全国 5 个少数民族自治区首府城市第一。全市GDP 将实现 800 亿元,财政收入实现 80 亿元,城市居民人均可支配收入达到1.6 万元,农民人均纯收入达到 6000 元。

这是牛玉儒同志代表市委、市政府和各级领导干部对呼市 200 多万各族群众的誓言。

得知呼和浩特市制定的发展新目标,自治区党委书记储波难抑激动。尽管他了解牛玉儒向来对事业充满激情和信心,向来是自加压力,负重前行,但他仍然被牛玉儒提出的三个翻一番震动了:"这是一个通过十二分努力才能达到的目标。他不满足于十分的目标,没有给自己留任何回旋余地。不留后路,把自己逼向绝境,正是牛玉儒同志的可敬可爱之处!"

事实证明,这一目标是对呼和浩特发展趋势和发展条件的科学判断,通过艰苦的努力,完全可以达到。2003 年,呼市 GDP 首次突破 400 亿元,增速在全国 27 个省会和自治区首府城市中位居第一。今年上半年,全市 GDP 实现 240 亿元,比去年同期提高了 2.5 个百分点。

足　迹

今年"五一"期间,牛玉儒在北京协和医院做了切除手术。他对妻子说,在长假期间把手术做完,争取 3 天下地,7 天拆线,15 天出院回去工作。

3 天后,牛玉儒真的强忍疼痛下地了;7 天后,也真的拆线了;但 15 天后,他没有能够实现回去工作的愿望。他必须接受化疗。

"我们从来没有告诉牛书记他的真实病况。刚开始住院时,他自个儿还会向大夫询问病情,做完第一次化疗后,直到去世,他再也没有提过一个病字。我们的话题只有一个,那就是工作。"身边工作人员李理说,他每天躺在病房里,从早到晚不停地通过电话部署安排工作,不停地与工作人员商讨从电话里反馈来的情况。只要化疗后体力稍稍恢复,他就"逼"着妻子跟大夫商量,准许他回去安顿安顿工作上的事。那种忘我和执着,使得心疼的妻子和担忧的大夫也不得不妥协了。

6 月 15 日,病中第一次回到呼市的牛玉儒,急着组织人员乘坐中巴车到市区各处检查城市建设情况。"那天天气很好,他的兴致也特别高,一上午看了很多地方,每到一处他都会仔细查问工程进展程度,了解实际存在的困难,和大家交流解决办法。到后来我们怕他身体受不了,劝他回去休息,可牛书记只要进入工作状态,就如鱼得水,别人怎么劝得住啊!"李理回忆说。

沿着牛玉儒书记那天走过的路线,记者来到了东河。在四纬桥上凭栏远眺,清风习习,微波荡漾,白玉石河栏蜿蜒,两岸大面积的绿化带花草相间,广场上浩大的音乐喷泉花样百变。谁曾想,一年前,这条季节河还是一条逢风黄沙漫漫、遇雨易发山洪的灾难河呢? 东河综合治理工程是牛玉儒力促的"民心工程"。他生前来过东河多少次,过问了多少次,连市水务局的同志都数不清了。在牛玉儒眼里，这项工程不仅能为全市防洪提供安全保障，同时也是一项集社会效益、环境效益等综合功能为一体的生态工程。

记者眼前浮起了这样一幕。那是去年9月东河治理一期工程竣工后，前去参观游览的群众人山人海，一位头发花白的老人在人群中认出了牛玉儒，他竖起大拇指说："玉儒书记，我是骑着自行车走了一个多小时专门从旧城赶过来的！过去这就是一个烂河道，看看现在，这喷泉、这草坪、这路灯，太美了！在呼市住了这些年，今天我算是开了眼！谢谢你玉儒书记！"听了这番肺腑之言，握着老人有些颤抖的双手，牛玉儒的眼睛湿润了。

6月15日是他最后一次站在四纬桥上，他手指南边尚未治理的河道，告诉身边的领导同志二期工程一定要尽快开工，"一期工程只修竣了5公里，还有异常繁重和艰巨的建设工作等着我们去做。要在科学施工、保证质量的前提下，争分夺秒，抓紧施工进度"。

走呼伦路，经火车站广场，穿通道北路，过海拉尔大街……不管到哪儿，司机和陪同采访的工作人员都会向记者讲起牛玉儒曾经的足迹。"这马路上的井盖原来高出路面很多，开车时得躲着走，牛书记让他们按规定重装后，平坦多了。""那片古建筑是公主府公园，过去周围的违章建筑总也拆不掉，牛书记说一不二，很快就清理干净了。""以前这儿上下班一堵好长时间，现在路扩宽了，又改成单行道，顺畅多了。""去年这条小巷还是土路，一下雨全是泥，现在全市几百条小街巷的路面都硬化了。"

"看见那些人行便道了吗？为这，很少发火的牛书记没少冲我急。"市建委主任孙建华回忆说："一个周六晚上，九点钟的样子，我接到牛书记的电话，说明早一块儿去看马路。那天他领我们看得特别细，都是存在问题的地方，显然他已经事先掌握了。走到兴安南路时，只见刚铺好的盲道上有根电线杆挡在正中央，牛书记火了，说'这不是明摆着害人吗？这盲道不如不铺！'这是他到呼市后第一次发这么大的脾气。他指示我们立即做好清理工作，并对市区内所有盲道进行检查。还有一次，他发现便道砖虽然漂亮但雨雪天打滑，他把我叫过去狠狠批评，说'老人摔坏了怎么办？做什么事就得做到位，不能只图表面光鲜。我们搞城市建设资金本来就紧张，一定要把老百姓的血汗钱用好！与其让老百姓骂你们，不如我骂你们！'"

一片绿叶，一棵小草，一个井盖，一块青砖，一盏路灯，无不萦绕着牛玉儒的音容笑貌。他说过:"搞城市建设,就像装修自己的家一样。哪些地方需要装修,怎么装修,必须时时做到心中有数。"他说过:"光是主干道、闹市区建美了还不行,一定要把小街小巷亮化美化,因为更多的群众是住在胡同里。"他还说过:"一个城市要注重细节。百姓生活环境和生活质量的改善,就是从无数个细节中体现的。"

牛玉儒为装修好呼和浩特这个大"家"所倾注的心血,老百姓切身感受到了,他们亲切地称他为"家长"。但他真诚地说:"我不是家长,我是为广大群众服好务的勤务员、服务员!"

远　见

6月28日,接受完又一次化疗的牛玉儒坚持从北京回到了呼市。这是他病中第二次回来。

这时候,他走路已经有些吃力了,妻子哭着请求他安心在京养病,可他固执得像头牛:"让我回去工作,比什么药都管用!"他想了解让他日夜牵挂着的各工业园区的项目落实情况。虽然在医院他几乎每天让工作人员打电话询问有关各方,但还是迫不及待要亲眼去看一看。

6月30日,他出席了全市基层党组织建设经验交流暨"两优一先"表彰大会。7月1日,他专程前往开发区视察。

牛玉儒首先来到了位于如意开发区的汗鼎光电(内蒙古)有限公司的项目建设工地。半个月前的6月16日,他刚刚抱病参加了这个项目的开工奠基仪式。此刻,看到工地上机器轰鸣、一派热火朝天的建设场面,他十分高兴!时任副市长、现任市委副书记的张伯旭回忆说:"当时他一口气说了三个'最',说这是内蒙古有史以来技术含量最高、规模最大,也将是效益最好的项目,要确保工程质量,确保如期投产运营。"

汗鼎光电项目是牛玉儒生前最操心、最挂记、最重视的一个项目。它由国际著名电子企业——台湾建鼎集团投资设立,主要生产光盘驱动器及其部件和高端电子产品。初期投资规模20多亿元,预计2005年2月正式投产,一期可实现产值300亿元,并拉动30多家配套企业实现产值100亿元,相当于去年呼市的GDP总量。

"没有牛玉儒书记卓越的领导艺术和人格魅力,这么一个大项目是不可能落户呼市的。"张伯旭动情地说,"是他三赴广东以自己的诚意感动了投资者,是他用智慧化解对方的疑虑达成了彼此间的共识,是他的果敢为项目的推进扫除了一个又一个障碍。我和他共事一年零10天,我们谈得最多的就是这个项目。他住院后我去看他,医生和家属让我少说两句,可他拉住我的手不放,一谈就是半小时。8月6日,他躺在病床上和我谈了40多分钟,大部分时间谈建鼎,谈要求谈思路谈能为投资者做些什么。这是最后一次听到他的声音。等8月13日再去看他时,他已经处于弥留状态,不认识我了。他做事就是这样,像一个战士冲向战场,奋不顾身,个人的健康、休息、面子、架子、风险,全然不顾,说干就扑上去,而且一定要干好。我们和他在一起,好像跟了他好多年,有说不完的话,他的品质、作风、能力,都让我们深深佩服。"

同样为汗鼎光电项目呕心沥血的张伯旭深知,牛书记之所以格外看重这个项目,不仅在于它能带来几百亿元的产值,更重要的是,这一高端电子产品生产基地的建成,将彻底改变呼和浩特乃至内蒙古的产业结构,为该地区产业结构的优化升级和经济发展增添新动力。牛玉儒清醒地看到,再走过去仅仅依靠自然资源"靠山吃山"的路子,既受自然规律限制,甚至和环保相冲突,也不可能实现超常规发展。电子产业既是高新技术产业,又是绿色产业,同时能大量解决就业,正是在宏观调控下加快发展、落实科学发展观的一条有效途径。在他的大力推动下,市委九届五次全会明确提出将电子信息作为全市三大支柱产业之一。汗鼎光电项目由此成为全市、全自治区的"1号工程"。

说起牛玉儒的一言一行,汗鼎光电(内蒙古)有限公司总经理武沛曜感动不已:"他对我们的支持是那样坦荡无私,我们甚至没有请他吃过一顿饭!"

"牛书记身上有一种不可思议的吸引力,他那种热情、坦诚和豪爽,以及对各方面问题的专业素养,常常让我们感动而惊奇,使我们愿意在呼市投资。"浙江投资商黄杰的话很有代表性。许多投资者往往与牛玉儒接触一次、洽谈一次就成了知己。

去年11月,他到包头考察,偶然认识了新希望集团总裁刘永好,当即邀请他们来呼市投资。正准备出发去机场的刘永好一行被他那激情澎湃的介绍深深打动了,转而留下董事会成员到呼市考察。现在,新希望在呼市投资的项目已经开工。"这样的效率在我们公司的项目合作史上从未有过。"集团副总经理莫晓亮说:"通过这次合作,我们深刻感受到了这个地区领导者的执政能力和执政水平,看到了呼和浩特经济发展存在的巨大潜力。"

7月1日中午时分,牛玉儒到达香港兴达集团设在金川开发区的园区时,已经非常疲劳了。看到他脸色苍白,两腿微微发颤,陪同人员的心里一阵阵发酸,可牛玉儒却始终兴致勃勃。在内蒙古 TCL 王牌电器公司扩建工程现场,他看见工程师在指导小学生组装电脑时,也想自己去试试。在伊利新工业园,当他得知伊利将引进世界最先进工艺生产奶品配套包装时,立即提出去参观在建中的厂房。他倍感欣慰地说:"乳品产业作为呼市的支柱产业已经确立,但还是比较脆弱。仅仅局限于液态奶占领全国市场是不够的,必须拉长产业链。伊利开始做上游的包装,完整产业配套,非常重要!"

上午的视察结束时,已是 12 点多。一路上谈笑风生的牛玉儒刚回到车上,就闭上眼睛、一句话也说不出了。汗珠从他的脸上滴落下来,嘴角却露出了淡淡的笑容,是啊,看到一个个关系国计民生的大项目进展顺利,他不虚此行!

牵 挂

那是谢莉想起来就要落泪的背影。

市委九届六次全委会就要召开了,7 月 15 日,牛玉儒提前一天回到了呼市。进了家门就让妻子给他准备第二天参加会议的衣服。翻遍衣柜也没找出一身合适的,他的腰围已从 2 尺 9 掉到 2 尺 2,衣服大得不能穿了。他说那就多穿几件衬衣吧,尽量别让同志们看出他身体上的变化。他一件一件在衣镜前试着穿,还让妻子和女儿从背后给他看看肩膀是否还显得那样干瘪。眼泪模糊了谢莉的视线,其实怎么会看不出来呢? 他现在已不到 110 斤! 她极力克制着自己的感情,连声说挺好的挺好的。丈夫里三层外三层到底穿了多少件衣服,她实在没有勇气去数。7 月份的天,正值酷暑,这对一个刚刚做完化疗的病人来说是多么残忍,而面对病魔,他又是多么地尊严!

第二天一早,他衣着整齐、精神饱满地走出家门开会去了。谢莉的心也跟了去。整整一个上午,她无数次到院门外迎接丈夫回来,可小巷内总是空无一人。等到 12 点过了,他才脸色惨白、被司机搀扶着回到家。

他无力地倒在床边,双眼紧闭,连调整自己合适姿势的力气都没有了,好久好久躺在床上一动不动。谢莉和女儿向司机一问,才知道他在大会上作了 2 个小时 10 分钟的即兴讲话。

那是一次让所有与会同志铭心刻骨的讲话。

全委会由牛玉儒主持召开并作工作报告。会前市委为他的身体着想,经他同意,将准备的讲话稿压缩在 40 分钟之内。可在会上,牛玉儒一直脱稿讲话,其敏捷的思路和洋溢的激情如江河一泻千里。报告中发展的紧迫感、使命感,感染了场内每一个人!雷鸣般的掌声此起彼伏。耳闻目睹牛玉儒那明亮的眼神、坚定的手势和洪亮的声音,与会者几乎忘了他已经病势沉重。然而,这,是他最后一次回到呼市,是他最后一次讲话!

储波书记感慨地对记者说:"我是个唯物主义者,可看到他最后一次回来时那么良好的精神状态,我曾经相信也许会出现奇迹。以他的聪明,他怎么会不知道自己的病情呢?自治区党委副书记岳福洪同志去看望他时,他说过去战争年代年轻人 20 几岁就献出青春,我已经活了 50 岁了,比他们多一半,也可以了。实际上他早就做好了最坏的准备,但他没在任何人面前表现出悲痛和哀伤。在困难面前,他从来敢于攻坚!包头震后重建,4 年完成 1400 多万平方米危房改造,他做到了;去年非典呼市是重灾区,他一上任就遇到了突如其来的疫情,他挺住了;政治经济生活中矛盾错综复杂,他绝不回避,扛住了;这次面对绝症,在生死关头,我曾幻想他也能顶过去!"

但事与愿违,牛玉儒的病情每况愈下。8 月 10 日,他开始进入深度昏迷状态,说话已很困难。这天下午,他昏睡醒来后,发现妻子两眼红肿地坐在他的床边,他蠕动着双唇仿佛要向妻子表白些什么。他的眼神是那么温和,表情是那样恋恋不舍,却又显得那样无奈。他的眼眶很快溢满了泪花,仿佛在向妻子暗示,就要离她而去了……

他不想走!那是眷恋的泪水。好多工作才刚刚开了个头,对老百姓的承诺还没有实现啊!

他不想走!那是牵挂的泪水。新栽的绿化树成活了吗?呼伦路的道牙子铺好了吗?一人巷的街灯亮了吗?特困户孙震世的女儿上大学的钱落实了吗?

　　他不想走！那是歉疚的泪水。81 岁的老父亲啊,儿子说过要回老家看您,却总也回不去;儿子啊,你刚刚考上大学,爸爸还没有来得及去看看你的宿舍;爱人啊,相濡以沫 25 年,我给你的时间太少了,我说过退休后好好在家陪你,给你做饭干家务活,请原谅我不得不食言了……

　　8 月 14 日,牛玉儒永远地走了。

　　8 月 19 日 6 时 28 分,牛玉儒的骨灰安然运抵呼市。6 时 40 分左右,当骨灰护送车队驶出站台来到火车站广场时,早已候在道路两旁的市民们泪如泉涌,呜咽声掩盖了车队马达的轰鸣声。大家一声声呼唤着:"牛书记,你可回来了……""牛书记,呼市人民永远怀念您!"在青城百姓的眼里,他们的牛书记真正做到了当一任领导、兴一方经济、富一方群众、建一方文明、保一方平安,上不愧党、下不愧民;他们的好书记永远活在人民的心中!

　　　　　　　　　　　　　(本文采访与经济日报同事陈力共同完成)

【日期】　2004 – 11 – 27
【版次】　4
【版面】　综合新闻/采访札记

一位市委书记的幸福感

当牛玉儒的先进事迹大量向记者涌来的时候,坦率地说,在感动之余,最初对他是有一些不理解的。

不太理解他的"忙"。疾病不是没有征兆的,他早就觉得不舒服,总让人买两片药一吃了事。今年年初的体检他因为忙于开会也没去。机器都有检修的时候,何况血肉之躯! 他这么一个聪明人,怎么就想不明白这一点?

不太理解他的"累"。他不是一般的累,而是在透支自己的精力和生命。在呼市工作仅有的493天中,他有200多天在外出差,常常乘最早一趟航班出发,当天赶最晚的航班回来。他从未休过黄金周和双休日。和妻子结婚25年,他们在一块儿的时间加起来不到5年! 公务员不也开始强制性休假吗?他一个省部级领导,何苦要这样累?

不太理解他的"细"。路灯怎么安、便道怎么铺、街巷怎么扩、楼房怎么建,他都要一一过问,一一落实。作为一名市委书记,何必如此事事躬亲以至积劳成疾?

这种不理解是善意的。总以为,像他这样有魄力有才干有品格的领导干部能活得更长一些,有更多的时间为百姓做事,是人民之福。同时,记者希望像他这样的楷模也能享受常人的亲情和欢乐,而不必苛求自己是完人是铁人。但是随着采访的深入,记者渐渐理解了他。

记者沿着牛玉儒的足迹走遍了呼市大街小巷,看到了短短一年多这个城市惊人的变化,更看到了许许多多他正在做即将做却终于无法做的事。大片仍未改造的灰旧平房,街边尚未清理的垃圾,缺少精气神的建筑,无不表明刚刚开始展露容颜的呼市要成为草原上最亮丽的明珠,还需要这里的各级干部和人民群众倍加努力。这时,记者理解了牛玉儒作为市委书记的"忙"和"累"。一个和发达地区有着较大差距的西部少数民族地区要迎头赶上,必须只争朝夕,付出超常的艰辛。不那么"忙"和"累",行吗?

很多与牛玉儒共事的干部都告诉记者,他很懂领导艺术,从来放手让大家去做事,整个班子非常团结。不是他想管那么"细",是不那么管就不行。对此他十分清楚,他曾说过,许多事只有一把手重视了,各级干部才会真正重视。他还说过,城市建设重在细节,我们做工作也重在细节。曾经因为一个井盖没及时安上,他打电话给市建委主任大发脾气,说:"你觉得是小事,如果有小孩不慎掉进去,就是人命关天的大事! 站在这样的高度来认识我们的工作,你说有什么是小事?"这个故事令身为母亲的记者为之动容。真的,不那么"细",行吗?

在妻子埋怨牛玉儒这样当领导是不是有点傻的时候,他说:"请你多体谅我一些,我现在必须得这么干,上有组织的重托,下有对老百姓的承诺,我这个市委书记现在别无选择。"采访结束后,记者读懂了牛玉儒说这话时的心情。一个充满事业心和使命感的人,一个一心为民的共产党员,在操劳和安逸之间,在奉献与享受之间,在小我与大家之间,必然选择前者,即使是以生命的代价!

牛玉儒曾对好友讲过,有一次他和妻子到一个不起眼的餐馆吃晚饭被认出来了,大家主动走过来围着他,争着告诉他看到城市变化后的喜悦,他说那一刻他特别幸福,不管有多少辛苦、劳累甚至委屈,他觉得老百姓是理解他的。当一个又一个市民迫不及待向记者倾诉他们对牛书记的怀念时,当如意广场上的喷泉跃动出青城的灵性时,当中山路上的霓虹灯闪烁出一个城市的梦想时,记者深深感到,一个人用人民赋予的权力,为万千百姓和他们的家园增添了无数动人的记忆,这,是何等的幸福!

【日期】　2008 – 02 – 19
【版次】　2
【栏目】　综合新闻

真情,跨越山山水水

——记自发自费赴湘抗冰救灾的 13 位河北唐山农民兄弟

到郴州找宋志永去!

宋志永是谁? 河北唐山市玉田县东八里铺村的一名普通农民。

在雨雪冰冻天气袭击我国南方的时候,没有人组织,没有人动员,宋志永和他的 12 位村民伙伴放弃了与家人团聚的幸福,放弃了欢度春节的惬意,自费包车奔赴湖南,昼夜兼程,跨越山山水水,目的是为了到受灾最重的地方支援抗冰救灾!

记者在一线亲身感受到了这一壮举背后流露出的真情。

相伴:为了共同的坚守

要找到宋志永并不容易。

2 月 8 日抵达郴州以来的日子里,他和队友们一直转战在冰雪覆盖的深山里,哪里最需要人力,哪里最艰苦,他们就赶到哪里。记者几次给他打电话希望约定见面的地点,但他总说要等电力抢险指挥部的命令。"再联系吧!"末了还不忘叮嘱一句"干活的时候不能采访,绝不能影响干活!"那什么时候才有时间呢? "我们每天早上 5:30 起床,要干到晚上七八点才收工,这会儿还没吃饭呢。"他乐呵呵地说。记者低头看表,此时已是晚上 9 点。

2 月 17 日一早,记者听说宋志永一行将去郴州桂阳县清和乡参与修复 110 千伏蓉祥线 48 号铁塔,立即驱车前往。当记者来到修建现场时,不料宋志永他们已转到鲁塘镇去了。追着去找。在坑坑洼洼的路上颠簸前行,越往里走,受灾程度越严重,重建难度越大。近两个小时的跋涉后,记者总算见到了刚刚吃过午饭正在鲁塘电力公司大院里待命的这些农民兄弟。

在众多车辆中,一辆白色江铃面包车格外显眼,车的两侧贴着红色大字:"一方有难,八方支援";"河北唐山市玉田县东八里铺村农民分队"。

找你们可真难啊!对记者的感叹,唐山农民兄弟们笑了,"我们没有固定的地方,有时一天换3个工地,都是急活!""前些天最紧张的时候,我们一天立1座铁塔,从年初二到今天,我们参加修复的铁塔不下10座了。"

虽然这时仍未见到宋志永,但从10多位队友你一句我一句的讲述里,记者听到了一个奔波千里支援救灾的完整故事。

春节前,从电视上得知国家电网从全国各地调集电力抢险人员增援灾区的情况后,村民们都坐不住了。宋志永想,咱农民捐不了多少钱,可有的是一身力气,向灾区捐款不如为重建出力!他决定起个头,从家里折子上支了4万元钱,花1万元租了一辆面包车,又到村里开了张介绍信。

2月6日大年三十早上,宋志永来到了邻居家。"去灾区出把子力气去,车我租好了,去不去?""中!"王宝国、杨国平等12位村民,包括年龄最大62岁的王加祥和年龄最小19岁的王金龙,二话没说就同意一块出门。

正月初一下午,他们抵达原计划中的救灾目的地长沙。几经周折,找到设在市内一家宾馆的湖南省救灾指挥部门。一位工作人员对他们说,长沙灾情基本解除,你们的心意我们领了,请早点回家吧。当晚,大伙商量,咋能轻易放弃呢?听说湖南灾情最重的地方在郴州,咱们就去那里!

奔赴抗灾一线,成为大家共同的选择。灾情紧急,能早到一刻,决不拖延一分!第二天凌晨5点,他们就动身了。

到了郴州市,宋志永径直跑到一处抢险救灾协调会的会场。会上湖南电力安装工程公司一位经理发言说,国家电网湖南省电力公司承担的重建项目,正为人手紧张而犯愁。

会一散,宋志永一下跑到这位经理面前:我们是从唐山来的,愿意义务救灾。干不了技术活,我们可以抬工具,运材料,让我们参加吧!

他们被编入一支总人数为40人的抢险队,当天下午就投入一线抢险。他们的主要任务就是深入山区清除山路上的积雪,把替换的电力设备运上山,将损坏的设备背下山。就这样,平均每个人每次都要负重几十公斤,走上千米的陡峭山路,一个小时打个来回。

随着电力抢险从郴州市内向周边县乡拓展,加上业务越来越熟,宋志永等人承担的任务,也在逐渐加重。连日来,他们像一支电力抢险游击队,转战了七八个山头。"现在虽然没有下雪,可是山顶的风非常大。因为运输不方便,我们今天又是到了下午两点多才吃上饭。"两鬓已经斑白的王加祥说,"有活干才没白来,肩膀上扛着材料才踏实,再苦再累也能坚持!"

相依:父子兵与亲兄弟

和这群农民兄弟的对话只进行了半个多小时,15:50命令来了——马上赶到蓉祥线60号工地,与解放军塔山英雄部队党员突击队的战士们一起抢运电力设备。大伙儿一听来了精神,在座椅上坐得笔直笔直。

跟在他们的后面,记者看到了一个个坚强的背影。让我们记住这13位农民的名字:杨国明、杨东、王加祥、王得良、宋志先、王宝国、王宝忠、曹秀军、尹福、宋久富、杨国平、王金龙,还有不在场的宋志永。他们之中,有两对父子和三对兄弟,正所谓打仗亲兄弟,上阵父子兵。

来到工地,在泥泞的地面上,横放着刚从外地调运过来的新的电线杆,每根重约1吨。而他们正要靠肩扛手提,将这些电网的脊梁重新矗立在群山之间!

"爹,咱俩扛这头。""哥,这边我来。"这些父子和弟兄们熟练地用绳索将碗口粗的木棒捆在电线杆上,调好着力点,躬下腰,"起!"大家一起站起身、迈开步,向那山坡一点一点迈进。"小心脚下。"被大伙尊称为"叔"的王加祥走在最前面,不时提醒着。是啊,在这群配合默契、无比坚忍的农民战士面前,千斤之重、万里之遥又算什么呢? 就连62岁的王加祥,也不落人后。他说,既然出来了,一定不能给自己的老伴、儿孙丢脸,回去要告诉他们,咱干得不错,还是个壮劳力呢!

"他们干活不知累,吃住不讲要求,这样的队伍,我们欢迎!"郴州电力局退休职工老郑说。

其实,第一次到湖南的这些农民兄弟有许多不适应,可他们从来不吭声。住惯了北方暖炕农舍的他们,没有想到南方的冬天这么冷。13个人中,有人很快因为受寒后胃痛难忍。没辙，只好睡前用塑料壶盛点热水，晚上双手抱着放在肚子上暖暖胃。吃饭也是个问题。上万电力职工在郴州抢险，从干部到职工，工地上的工作餐是只有一个菜的份饭，湖南菜里辣椒多，有几个人怕辣，可从没人"闹过伙食"。记者问起这些，47岁的王宝国笑着说："没事！没事！我们现在已经习惯了，也能吃点辣子了。"碰到困难，宋志永就说："比起灾区人民断电停水受的苦，我们这点苦算啥？"

队友们向记者介绍，别看个子高大的宋志永是个典型的北方汉子，到灾区抗险却变得心细如发。从唐山出发时，他给每人准备了除冰扫雪用的铁锹、镐、扫帚、手套，还有食品甚至手纸，为什么？他不想给灾区人民增添麻烦。可还是有一样东西没想到——鞋。他们只备了两双塑料套靴。早晨的山路连冰带雪，中午阳光一照，又变得连泥带水的，干完活后没穿套靴的人袜子一拧一把水。于是他们就在袜子外边套塑料袋，照样干。后来，湖南省电力安装工程公司为他们配了套靴，但冰灾后的湖南深山，寒风刺骨，道路泥泞，套靴踩下去，粘的黄泥有几斤重。而宋志永觉着是自己把大伙儿叫来的，因此干活特别卖力，总挑重活干。久而久之，连湖南省电力安装工程公司的经理和技术人员们，都叫他"宋队长"。每次上下班前，"宋队长"都要召集大家开个会。会上，大伙主要明确任务和分工，特别是提示安全事项。大家有个共识：咱是来郴州救灾的，不能给灾区人民和电力部门添乱！

相拥：我们就是一家人

2月17日傍晚6点过，记者终于见到了宋志永本人。这位魁伟强壮的汉子眼含泪水，沉浸在一种难以言述的激动之中。

原来，2月15日宋志永一行再一次来到市电业局请求指派"战斗任务"时，这13位一直在默默奉献的可敬可爱的唐山农民兄弟，才被当地媒体记者所发现。2月16日晚，当关于他们的新闻节目在郴州电视台播出后，无数郴州人民被感动了！有一位患肝癌晚期的老军人李太芝在短暂的清醒瞬间看到这条新闻后，立即让女儿打听宋志永的联系电话，要给他2000元做手机话费补助。他说他要等着见见"宋队长"。

2月17日中午，就在记者急急从桂阳向鲁塘赶去找宋志永时，他正打车从鲁塘急行七八十公里到郴州市来看这位老人，他寻思着下车后买个花篮带去唐山人民的问候。没想还没赶到，就接到电话说老人已经去世了。他来到医院，李太芝的老伴把装有 2000 元钱的红包放到宋志永手里，两人拥抱在一起，失声痛哭。"我当时所感到的那种激动的情绪，有生以来是第一次，眼泪止不住地流下来了，很难用语言表达。"宋志永对记者说，"我和大爷的女儿手牵着手，向遗体鞠了三个躬。我想对他说，中华一家亲，唐山人和郴州人，就是一家人！"

离开医院，宋志永悄悄赶往郴州市红十字会，将给他的 2000 元钱以老人的名义悉数捐出。"让大爷的爱心在家乡大地上闪光。"他说。

就在前一天，宋志永和他的伙伴已经将郴州市委、市政府奖励给他们每个人的 1000 元钱捐献给了市儿童福利院，"我们来这里是为了抗灾救灾，没有任何要索取什么的想法。这边灾情严重，需要花钱的地方太多了，钱必须花到郴州人民身上。有大家的关爱和鼓励就足够了"。

王加祥老人对记者说，我们十几个人来到郴州，是冲着援助灾区人民的大爱大义来的。"32 年前唐山大地震时，全国人民都在支援我们，现在南方遭了灾，我们也应该去支援他们。"这就是 13 位农民兄弟和他们家里人最纯朴的想法。

王加祥没有忘记，当家里房子在地震中倒塌时，是全国各地来的救援物资帮助他很快在废墟上建起了新家；

宋志永没有忘记，那时才两三岁的他几乎是穿着全国人民捐的"百家衣"长大的；

宋志永的母亲没有忘记，大地震时自己的病是上海医疗队的医生治好的；

……

郴州人会永远记得，是祖国四面八方的支援，为他们重新点燃灯火、照亮希望！

爱心照亮心灵，真情迎来春天。在突发的灾害面前，中华民族伟大的凝聚力和团队战斗力激情勃发。在万众一心并肩抗灾的磅礴洪流中，13 位唐山农民恰如一朵浪花，折射出绚烂的时代光华！

（本文采访与经济日报同事刘麟共同完成）

——文化名人探访

【日期】　1997 – 05 – 24
【版次】　5
【栏目】　星期刊/星期专访

徐冬冬:"热闹"的"寂寞"

　　这一阵儿,徐冬冬的生活可谓热闹极了:各大媒体对他"围追堵截",5月22日在北京人民大会堂举行的向世界500家图书馆赠送《徐冬冬画集》的仪式上,30多个国家的驻华使节前来祝贺,上百家图书馆的代表荟萃一堂,作为这台文化交流大戏的主角,徐冬冬赢得了满堂喝彩。

　　为了这一天,38岁的徐冬冬已经准备了5年甚至更久!

　　在热闹仪式之外的徐冬冬所经历的更多的便是寂寞。对此,他并不觉得苦恼,在他看来,寂寞是画家的生活常态,画家的使命就是在寂寞中感受人生、思考人生并表现人生。令徐冬冬苦恼的是,本该热闹的艺术交流在我们这个时代的特殊背景下却越来越"安静"了。1990年,文化部为他成功地主办了全国10省市巡回画展后,不满足的徐冬冬又萌生出新的"灵感":向世界展现中国当代艺术家的能力和魅力,向世界介绍中国传统文化!

　　这个想法立即得到了矢志传播我国优秀文化的中国人民对外友好协会、北京润鼎鑫胜文化艺术发展公司的大力支持。从此,双方精诚合作,共同促成了一项规模宏大的国际文化交流活动——向世界500家图书馆赠送《徐冬冬画集》。这是我国艺术家第一次向如此之多的图书馆赠书,赠送范围包括亚洲、美洲、欧洲、澳洲等30几个国家和地区的国家级图书馆、教育图书馆、美术专业图书馆,以及我国各省、自治区、直辖市级的图书馆和著名大学的图书馆。

　　之所以选择向图书馆赠书这种交流方式,首先是因为徐冬冬对图书馆情有独钟。从小在图书馆泡大的徐冬冬常说,图书馆是最好的老师,胸怀博大,没有门户之见,一本好书放在图书馆里让更多的人去学习,不是比被某个富翁以巨金收藏更有价值吗?

　　徐冬冬还有一层深意:希望通过这种方式促进我国对外艺术交流向深层次发展。他说,目前一些画家的对外艺术交流方式往往停留在把自己的画作拿到国际上卖个好价钱,这很有局限性。而学术研究则能使各国朋友更深入更全面地了解中国人民的精神风貌和中华传统文化。《徐冬冬画集》所编入的250幅作品多为中国风景画,因为在世界美术史上,风景画始于中国,而西方直至文艺复兴时期才有纯粹的风景画作品。所以,从学术研究的角度比较中外艺术家对自然风景和自然的态度差异及关注程度,十分有利于彼此之间的理解与沟通。这就是徐冬冬同意将画集赠予世界各国图书馆的又一初衷。

　　最后,徐冬冬告诉记者,"寂寞"的文化艺术交流采取了"热闹"的新闻发布会形式,无外乎是希望能有更多的人关心它、爱护它,以期涂抹出更加精彩的艺术交流大手笔!

【日期】　1999 – 03 – 26
【版次】　9
【栏目】　周末

让中国画国际化

　　初春时节,一身风尘的徐冬冬载誉回到北京。从去年 10 月至今年 3 月,这位年轻的国家一级美术师飞赴美国,自费向美 120 家图书馆和美术馆赠送《徐冬冬画集》。1997 年,他还在北京人民大会堂举行了向世界 500 家图书馆赠送画集的仪式。这一系列赠书活动被称作"中国画家的环球工程"、"中外文化交流的一项现代行为艺术"。日前,记者走访了徐冬冬先生。

　　记者:不掺杂任何商业色彩的国际文化交流几乎向来是政府机构间的事情,您为什么要自费从事这一活动?

　　徐冬冬:我发起捐赠画册的活动,是想承担起国际文化交流的义务。我以为,中国的当代绘画要走向国际舞台,首先画家自身要勇于走向世界。在政府的努力之外,画家个人应在文化交流中担负责任,有所作为。

　　记者:在传统观念看来,艺术家是要有些"清高之气"的,"送货上门"好像总是不如"姜太公钓鱼",不知您作何感想?

　　徐冬冬:这可能正是多年来中国画家极少主动与世界进行沟通和交流的原因吧。而这种"清高",是不利于中国绘画国际化的。目前在国际市场上,人们见到的中国画大都是明清以前的作品,世界对中国的现当代绘画艺术知之甚少,不是说现当代没有精品,而是别人不知道。现在,经济领域中的观念更新了,"酒香也怕巷子深",但在艺术领域中,大家还是不习惯于主动出击。我"送书上门",正是想让全世界不同肤色、不同文化、不同层次的人们来探讨、研究、了解当代中国绘画艺术和艺术家。而艺术也只有在不断的学习和借鉴中才能壮大,才能走向世界。

　　记者:您一再提到,中国画需要国际化。人们常说,越是民族的,越是世界的。您怎么理解民族性和国际性？

徐冬冬：这两者并不对立。所谓国际性,并非意味着要抹杀艺术的民族风格,而是要在民族传统基础上,吸收世界潮流的先进因素,创造出本民族没有的东西,这也是对民族文化的贡献。我们不可能老是在画梅兰竹菊,老是在画黄山峨眉,应把现代人的思维和民族传统融合,不断发展。这就是推陈出新。

【日期】　1998－02－27
【版次】　5
【栏目】　周末

傅红星：用真实再现伟大

　　由中央新闻纪录电影制片厂与北京建基影视公司联合摄制的大型电影文献片《周恩来外交风云》，目前正陆续在全国各地上映。这部影片中有不少鲜为人知的场景属首次公开，记录了以周恩来总理为"主角"、我国党和政府诸多领导人与上百名各国政要一起登场的中国外交风云。钱其琛副总理亲自担任该片的总顾问并题写片名，肯定此片是"新中国外交史的一部教科书"。日前，记者就影片的拍摄背景、过程及特点走访了编导傅红星。

　　记者：请问，拍摄此片是政治任务还是个人选择？

　　傅红星：1998 年是周恩来诞辰 100 周年，也是新影成立 45 周年。《周恩来外交风云》是新影厂建厂 45 周年为纪念周总理而精心准备的献礼，同时，这又是我个人多年来的心愿。回眸历史是世纪末的普遍情怀：这个世纪是怎么走过来的？有哪些重要事件和重要人物？人们总想了解历史或者重温往事。周恩来无疑是这百年间中国最耀眼的外交巨星，是最具震撼力的伟人之一。我从两年前就开始着手构思这部影片。

　　记者：周恩来的一生丰富而博大，为何仅仅选取外交部分？

　　傅红星：要全面、深入地反映周恩来的一生，以电影的篇幅很难做到。周总理是新中国外交的创始人和奠基人，他在 1949 年 9 月底被任命为政府首任总理兼外交部部长。1950 年 10 月 1 日之前与新中国建交的只有 16 个国家，到 1975 年底，周恩来逝世前几天，已有 107 个国家与新中国建立了外交关系。江泽民主席在接受摄制组采访时说，周恩来总理"曾制定并创造性地贯彻了我国独立自主的和平外交政策，为我国的外交事业作出了卓越的贡献。"此外，我国影视极少专门表现外交领域的题材，纪录片则几乎没有，而这一题材的精彩和惊险是非常适合影视制作的，本片就是一个尝试。

记者：像这样大规模的制作，通常都有一个较庞大的写作班子，而本片撰稿却只有您一个人，这是为什么？

傅红星：这是纪录片，仅有文笔好不行，还需要了解周恩来，了解新中国外交史，了解电影的特殊语言。我所编导的片子一直是个人撰稿。这样可以保持作品风格的完整、统一和连贯。

记者：在这部影片中，您所追求的风格是什么？

傅红星：理智、客观、准确。每个镜头、每句解说都要经得起严格推敲和史实检验；绝不煽情，像躲避瘟疫一样躲避形容词，把感情深藏心中，通过理性来加以表现，总之，用真实再现伟大。

记者：的确，周恩来的伟大不需要华丽的语言来表达。真实是最有力量的，而简洁、朴素本身就是周恩来的伟大。那么，您如何保证影片的准确？

傅红星：本片得到了中共中央办公厅、外交部、中央文献研究室、中央档案馆、外交学会、外交学院等部门的大力支持，尚健在的历届外交部长均亲任影片顾问。很多世界著名领导人、政治家接受了摄制组的采访。为了解说词的完善，我做了13次修改。除了阅读难以计数的相关书籍以外，还观摩了近千部中外纪录片，并专程赴美国查阅了有关资料。

记者：您对这部影片的票房预期是多少？

傅红星：充满信心。我自信这是一部政治性、市场性和艺术性结合得比较好的影片，具有大信息量、多镜头、快节奏和一流的剪接技巧。其中50%的内容是中国观众以前从未见过的，剧组特地用几万美金从国外购买资料，以求新鲜、好看。90分钟的影片，容纳了1800个镜头，创中国电影之最，平均不到3分钟就有一个曾让世界为之一震的故事展现，相信会赢得观众。

记者：随着影片的完成，您个人最深的感受是什么？

傅红星：就想大哭一场，千言万语不知从何说起。剧组人员工作的地方都贴着周恩来总理的照片，每天超负荷运转，没有12点以前休息的。影片合成阶段，连续72个小时作战，今年农历大年三十还在加班。大家都特别投入，总理在看着我们呢！周恩来是中国人的代表，从一定意义上说，不少外国人是通过周恩来认识中国的；而我是在摇片机上、在剪接台上一格一格认识周恩来的，拍片的过程，也是不断了解、不断学习的过程，最大的收获，就是做人。

【日期】 1998 – 12 – 18
【版次】 5
【栏目】 周末/20 年,我们一起走过

李谷一:一曲《乡恋》浓缩变迁

记者:20 年前,您演唱的一曲《乡恋》受到了青年人的热烈欢迎,却也引来了不理解者激烈的反对和抨击,您本人因此从"歌坛新秀"一下子变为所谓"靡靡之音"的"典型代表",一首歌曲及其演唱者遭遇如此极端的毁誉参半,这在社会生活中并不多见。现在,《乡恋》已被公认为我国当代音乐发展史上的一座里程碑。您能谈谈当时的情况吗?

李谷一:用今天的眼光来看,《乡恋》并不是什么了不起的大作品,之所以产生了巨大的反响,是因为它出现在新旧交替、变化激烈的社会转型期,是时代把它推到了里程碑这样的高峰位置。

当然,《乡恋》的创作和演唱在当时确实是有新意的,是有一些突破的:歌词一改概念化、口号化的风格,变得贴近生活,就像在对人们诉说一样;曲调没有太大的跳度,易唱好学;编配上较多地采用了现代的流行的手法,比如使用电子琴、电子鼓这样的乐器;在演唱上,我借鉴、吸收了西洋音乐的一些东西,没有了以往的那种高亢、嘹亮,而是给人一种如诉如泣的感觉。许多人并不知道,《乡恋》这首歌有两稿,第一稿从写作到演唱都很专业,音调高,音域宽;第二稿通俗易懂,更为群众喜闻乐见。我们有意识地选择了第二稿,也就是人们现在熟悉的这个样子,这正是想带给人们新的审美感受。我们是这么考虑的,党的十一届三中全会刚刚召开,"极左"的禁锢和封闭开始被打破,在百业待兴的时代里,人们需要从"伤痕文学"的悲切、痛苦中走出来,需要有清新的作品来鼓舞人心,社会各方面都渴望变革——《乡恋》就是在这种背景下产生的,它在音乐领域里最早以较新的面孔出现了。

在演唱这首歌之前,我就相信观众会喜欢,但我没有预料到会引起那么大的关注,可以说是轰动,我更没有想到社会各界对此会持两种截然不同、泾渭分明的观点和态度。我每天收到上百封观众来信,说这首歌使他们感到"耳目一新","像清风扑面而来"。不管在哪里演出,总有观众在台下齐声要求:"乡恋! 乡恋!"不唱这首歌就不让我离开。与此同时,攻击的声音也从方方面面向我涌来,个别权威对这首歌的新尝试完全不能接受,有些人根本不是从学术上来提出善意的批评,而是从政治上诽谤我、压制我,进行人身攻击。真是褒贬同步,悲喜交加,我的情绪起伏很大,身心疲惫不堪。

记者:是的,在相当长的一段时间里,您都成了"有争议的人物";而因为《乡恋》的演唱,您又被誉为大陆"流行歌曲第一人"。一首歌同时给您带来莫大的压力和荣誉,不知您回忆起来作何感想?

李谷一:当时,我对所发生的这一切感到难以理解。我觉得《乡恋》立意很好,很健康,唱出了人们需要的一种温情,它连爱情歌曲都算不上,怎么就成了"亡国之音"呢? 现在想起来,都可以理解了:在社会的变革时期中,新旧之争通过《乡恋》形成了两个对立面展开交锋,我们个人便不得不承受这种碰撞的痛苦。关于《乡恋》和我本人的争论,差不多持续了 10 年之久,所以,我有时想,改革的每一步走得都不容易啊。其实,进步和保守的较量,不仅表现在文艺领域里,在经济领域中,承包、个体、股份制等等,不也是经过波折、反复才逐渐发展起来的吗?

记者:您在争议和碰撞中一直表现出非凡的勇气,继演唱《乡恋》、《妹妹找哥泪花流》、《知音》等一大批很流行的歌曲之后,又进行了组建轻音乐团这样再遭非议的探索。请问,是什么力量在支撑着您?

李谷一:我不敢说自己很聪明,但起码的悟性还是有的——对时代的悟性。我相信自己所做的这一切都是对的。我的性格像家乡湖南的辣子,泼辣、坚强、能吃苦,只要相信是对的,我就会坚持到底,在困难面前绝不低头。在《乡恋》的问题上就是这样。那几年,广播电视不许放这首歌,我便走到哪里唱到哪里,不仅仅是因为观众要听,而且我有我的想法:我相信这是首好歌,观众知道了它的真面目,一定会接受它、喜欢它。在录音时,有人曾要我改变唱法,如果改改个别咬字、发音还可以,倘若说我的整个唱法、整个感觉都有问题,那我宁肯不录也不会改!

记者:今天的年轻歌手无疑是幸运的:各种参赛、演出的机会比比皆是,有丰富的曲目可以挑选,有广阔的空间可以发展,有宽松的环境可以创作。经历过那么多波折的您是否羡慕他们?

李谷一:是的,我羡慕他们,生活在这个时代是多么幸福啊!改革开放平稳深入,文艺空前繁荣,各种艺术门类并进,国内外交流频繁,艺术探索迎来了最平和最自由的时期。这也是音乐最为普及的时代。你看,到处都是卡拉OK,人们不再满足于欣赏,而是乐在参与,在参与的过程中,人们的音乐知识增多了,音乐感觉敏锐了,鉴赏能力提高了,这反过来对从事专业工作的音乐人提出了更高的要求。会唱的多了,唱得好的多了,一个演员如果在台上不是很有功力,不是很专业,观众一下子就知道了。所以,年轻歌手现在所面临的压力和我们那时候遇到的压力在性质上是完全不同的,他们唯一的压力是能否唱出好歌、能否出名。现在的环境宽松而友善,只要他们肯下功夫,肯刻苦,就会有回报。事实上,他们也必须努力才能在这个人才辈出的时代脱颖而出。社会的步伐、生活的节奏越来越快,歌手、歌曲被淘汰和更新的周期越来越短,他们(也包括我们)必须学会适应正在快速变化的社会。

记者:在社会的各个领域里,随着机会的增多,竞争也日趋激烈。现在,靠一首歌成名的青年歌手不少,但很多都是昙花一现,而您始终活跃在歌坛上,受到广大观众的喜爱。您认为其中的关键是什么?

李谷一:不排除有天生条件比较好的因素,但关键还是年轻时专业基本功打得很扎实,而且我有自己的东西,在演唱的处理方面有自己的独到之处,这应该是一名歌唱演员最重要的吧。我一直在走中西结合的路子,多年的实践表明,这条路是富有生命力的。另外,我的成名作有几十首,有丰富的曲目积累。我想,还有一个最主要的原因是,年轻时所留下的美好印象仍然存活在那个时代的人们心中,人总是会怀旧的,当他们回忆那个年代时,他们会想起我。这几点大概是关键所在。

记者:比起今天千姿百态的流行歌曲,当初因"前卫"而饱受指责的《乡恋》甚至算得上"传统"。时代的变迁是如此富有戏剧性,以至于很多过来人常有恍如一梦之感,年轻人更觉不可思议。您怎么看待这种变化?

李谷一:我觉得没什么不可思议的,一切都是真实的,历史的脚步就是这么走过来的,正如歌里所唱,我走过我自己,我走过历史。没有从那个时代走过来,我现在怎么能心平气和地谈论这些?我怎么能体会到今天这个时代有多好？年轻一代可以从教科书上知道过去，但我怀疑他们未必能真正了解——社会的变化对上一代意味着什么，下一代往往难以理解。我们那个时候，迪斯科被视作"洪水猛兽"，内衣也不好意思晾在阳台上。现在，连老太太都把迪斯科当作健身操，电视上哪天不见隆胸、卫生巾的广告？……社会变化多快啊，每天都有新事物、新现象产生，你能想象下个世纪会是什么样吗？正如我们的上一辈对当初的变化看不惯一样，对于今天出现的某些东西，我也不太能接受。但人生的起落给了我一个很大的启示：我们对任何自己不知道不理解不能接受的东西，要先多问几个为什么，不能还不知道全貌，就首先以怀疑的反对的态度对待它。要多思考、多研究、多调查，不要过早地轻易地下结论。我们自己应在实践中不断学习，不断充实，不断提高和完善。

【日期】 1999 – 03 – 07

【版次】 4

【栏目】 绿原

冰心把爱留给世界

——全国政协委员四人谈

世纪老人——仅差几个月就年满百岁的冰心女士于 2 月 28 日含笑离开了人间。冰心走了,给人们留下了无尽的绵绵哀思。连日来,人们以各种方式表达着自己对这位世纪文坛泰斗的敬仰之情。正在北京出席全国政协九届二次会议的四位文艺界委员向记者倾诉了他们对冰心老人的一片思念。

张锲(中国作家协会副主席):

慈母般的光辉

冰心老人虽然离开了我们,但我总觉得她还活着。这两天,我的脑子里一直闪烁着她的形象。2 月 28 日晚上在北京医院,我和作协的一些领导成员以及中央统战部的同志把她送到了太平间。尽管我知道她离开了我们,可她那慈祥、智慧、充满着对我们国家和民族深情厚爱的、饱含着对一代又一代青年人的关怀的面容,还刻在我的心里。

冰心的去世,给我们带来巨大的悲痛,更给我们留下了她对这个世界无尽的爱心。作为曾有较长时间工作在她身边的一名作协的工作人员,我有幸和她有着较多的接触,感受到她那慈母般关怀的光辉。

她对我们的关切细致入微。1993 年,我心肌梗塞发作,住进中日友好医院进行紧急抢救。这时候,我很想念冰心,但我和我的家属都不敢惊动她,她当时已是90多岁的老人了。不知她从哪里知道了我生病的消息,突然给我寄来一张明信片,上面写着7个字:"张锲,我想你。冰心"。我在病床上看到这7个字时,不禁泪如雨下。今天想起来,又忍不住难过,我也想对她说:冰心大姐,我想你。

像这样的事不是一件两件,而是多得数不清;不是对我一个人,而是对很多很多人。她去世前一天,我在医院里遇到了她曾关怀也曾被广泛报道过的5个孤儿——周同山和他的兄弟,他们带着儿女、孙儿孙女一二十口人到医院来看望她。这时,冰心已失去了知觉,他们每个人怀着深情向她鞠了一躬,悄悄地告别了。

她是一位德高望重的文学大师,是20世纪中国历史的见证人,受到海内外各界人士的共同爱戴,然而她始终把自己当作一个普通人,平等地对待周围的一切人,包括作协的每一个司机、工作人员,包括每一个青年作家,包括每一个普通妇女和孩子。她一生处理了无数的信件,许多信件都是写给青年特别是青年作家的,当看到一个青年作家成长起来时,她就非常高兴。每一次有青年作家去看她,临走时她都依依不舍地握着大家的手,不愿让他们离开。

冰心老人虽然是高龄去世的,但我还是觉得她这最后20年是累坏了。她天天都要接待许多群众尤其是妇女和孩子;很难说得清她一天要处理多少来信,要读多少青年作家的文章,为他们的书写序言、题词和勉励的话。有时,她的女儿和我们这些常接近的工作人员不忍心看到她在病多年迈的情况下还那么劳累,想竭力阻止一些人去看望她,都被她拒绝了。

记得大约在90年代初,那几天她身体不好,医生不准她谈话,并在家门上贴了张条子:遵医嘱,谢绝探访。可是有一次,来了一个60多名小学生组成的代表团,孩子们给冰心写了一封信,信上说:知道您身体不好,只希望您在阳台上出现一下,让我们能在阳台下看您一眼。接到这样的信,冰心当然就把他们一个个接到家里。60多个孩子啊,都想和她握握手、拍张照片,想想吧,90多岁的老人,又是多病之身,把孩子送走后,她已经疲惫不堪了。像这样一次次的难以拒绝,一次次的超负荷,不免使她的健康状况更糟了。

由于身体不好,冰心吃得很少。有一次我去医院看她,发现她的晚饭只不过是半块腐乳、一小碗稀饭。吸收这么一点点营养,却付出了如此之多,这就是冰心老人。

今年10月5日就是冰心百年,我们原来已经做好各种准备,包括举行盛大的文学晚会,没想到还没有等到这一天,她便悄然离去了,但在那一天,我们仍然要在北京音乐厅举办"冰心百年文学之夜"。

冰心一辈子不愿给大家添麻烦,走的时候安详而平静。她去世仅仅几天,来自海内外的表达对她的悼念之思和敬爱之情的电报、传真、信件,已经像雪片一样飞来。她把爱给了我们的国家、民族和一代代年轻人,人们也把爱回报给她。我深信,冰心的名字将会永远留在中国人民心里,留在中国作家和热爱中国文学的一代代年轻人心里。

邓友梅(中国作家协会副主席):

坚守美与真

解放初,冰心刚从日本回来时我们就认识了。大约是在1953年吧,我们都在中央文学研究所学习,回去时正巧同坐一辆车,我告诉她自己在14岁时就读过她写的《姑姑》,她笑了,说就数这篇读得人少,没想到你读的第一篇就是它!那是我们的第一次交谈,可我对她没有一点陌生感。她对我们这些青年作家关爱备至,使我和她相处从一开始就很自然、轻松。

相识近半个世纪,我从没见过冰心发脾气,有些事我都非常生气、忍不住了,可她仍不往心里去。记得"文革"刚结束时,有一次我们从国外回来,准备住在上海宾馆,当时还按等级分配房间,宾馆的人说冰心等级不够,不能住。我一下子火了,冰心在全国能有几个?但冰心先生摆摆手,不动气。不只是因为她有涵养,更在于她对人对事怀有一颗爱心。在谈到社会上不好的现象时,她的口气不是指责,而是充满惋惜。

和冰心在一起的日子是快乐而温馨的。80年代初,我们一块儿访日,日本人都坐榻榻米,她已经80多岁了,一起一坐很不方便,我就扶着她,她开玩笑说:"看来有儿子还是比有闺女强。"自那以后,我见到冰心就称她"老妈"。其实在许多青年作家的心中,她真是像妈妈一样。

在冰心瘦弱的外表下有一颗坚强的心。"文革"期间她被关牛棚时,很坦然,很镇静,我曾问她为什么能如此,她回答说:"我什么都看明白了,'四人帮'早晚会垮台,不合理的事早晚会终止。"她从不悲观,始终坚信真理会胜利,只是时间问题。这种信念,既出于她的智慧,也源于她对美和真的信心。她的作品洋溢着美,她一向坚持文章要有益于世道人心,有益于灵魂的美与善。这种精神我们要一代一代地传承下去。

张贤亮(中国作家协会主席团成员):

毕生无愧

冰心是全国文艺界所有人都敬仰的老一辈成就卓著的作家,无论我们这一辈还是更年轻一些的作家都视她为一位慈祥的老教师。就我本人来说,10岁左右就开始读她的作品,受到她的影响。

我和冰心接触不多,但有一件事给我留下了很深的印象。去年"两会"期间,我们搞了一份提案,中心意思是中国人民将以什么样的形式和世界人民一道共同迎接新世纪的到来。在征集文化界人士的签名过程中,98岁高龄的冰心老人毫不犹豫地颤抖着手签上了自己的名字。一件小事足见老人对国家、对世界大事的关心和责任。

冰心的辞世既在意料之中又在意料之外,但她的一生是无愧的一生,她始终坚持文学的理想,尤其是她在生命最后的20年,依然不顾自己年高体弱,写出一篇又一篇清新亮丽、震撼人心的文字,毕生将文学作为净化人们灵魂的一种形式。我们每个人也会走到自己人生的终点,希望我们也能像冰心那样一生无愧。

舒乙（中国现代文学馆常务副馆长）：

一位感情透明的人

冰心是一位极端透明的诗人。有一件事给我留下了非常深刻的印象。那是在 90 年代初，北图举办文学家生平和成就系列展，其中一次是关于老舍的，我们自然要请她去看一看。她那时行动已经不方便了，一年里也难得出来一两回，可她特别想去，她和老舍是老朋友啊。我们选了一个闭馆的休息日，用轮椅把她推到展馆，这样就不至于会有很多人围上来打搅她老人家。

一开始她饶有兴趣地观看着展览，愉快地和在场的人合影，和老舍的雕像合影，可看到后来，看到很伤心的地方，忽然哭了，当着那么多人的面痛哭失声。我们都吓坏了，担心情绪波动对她的身体不好，赶快推着轮椅进电梯，她仍然大哭不已；又赶快把她送到车上，她还在哭；一直到家才好不容易止住了。由此可以看出，冰心的感情之奔放、外露，是极其少见的。她从不掩饰自己的感情，哭就号啕大哭，笑就开怀大笑。完完全全的诗人气质。

尽管冰心年岁大，行动不便，但她还是特别活泼，好开玩笑。有一次，我们请她参观现代文学馆。文学馆是巴金倡议、冰心积极响应的结晶，她为此已捐了好多东西。那天也是坐轮椅去的，文学馆虽是平房，可院子大，一会儿一个门槛，几个年轻人就抬着轮椅跨过去。冰心和大家开玩笑：真好玩，我头一回坐轿子了。她举办的是西式婚礼，以前从没坐过轿子。她仔细浏览各个作家文库，到了《冰心文库》时，她连说："可怜，可怜，捐得少，还得捐。"

回去后，冰心果然把落有她和吴文藻先生上款的字画统统捐给了文学馆，只留下墙上挂着的 5 幅。她还捐了许多作家送的签名本、在日期间的藏书和各种各样的聘书、奖状、荣誉证书等等，包括数不清的读者来信。她的读者来信本来就多，她又从来不扔，保存了好几麻袋。我们把这些来信专门放在四面透明的柜子里，参观者一眼就可以见出它们的分量，见出冰心在读者心目中的分量。

老年的冰心依旧喜欢亲近大自然，喜欢到阳光下走走。一次，我陪她到北图参观作家作品展，特意推着她绕着那棵大大的白果树走一走，只有我们两个人，她高兴极了。后来她说她不出来了，因为总有很多人围观，她不愿意。

冰心与人交往的方式特别亲切。有时连着两星期没去看望她，一见面她的第一句话就是："哎呀，我好想你呀！你怎么老不来呀？"如果女同志去了，她总把身边的位置让给女同志坐，她说："男同志不管了，在我这儿，妇女是第一位的。"

她的机智、幽默、达观使人难忘。记得有一回来了位福建老乡，请她写几个字。她提笔写了两句话，"有为有不为，知足不知足"。等那人走了，我们问她这是什么意思，她说，世界上有些事是必须做的——爱国，有些事是万万不能做的——不爱国；享受的事要知足，求知的事要不知足。这段话多么富有哲理啊！但她很含蓄，不会主动向那人点破，让他自己去琢磨。而她内心是有着清楚的判断标准的。

冰心的爱憎特别特别分明。她说话向来直截了当，毫不掩饰自己的爱恶喜好。一次，一个境外华裔作家来拜访她，那人走以后，冰心直率地告诉我们："我不喜欢他。第一，他不爱国；第二，他老说他自己好。"对于她十分喜爱的几位女作家，她总是予以鼓励，也常常提出真挚的批评。有时她会说"你写得太小了"，意思是希望她们能站得更高些，要写关注面更广的东西。这些善意而中肯的意见使那些作家深受感动。

得知冰心去世的消息，我还是觉得突然。因为她已病危过好几次，都挺过来了，我们原希望这次她也能渡过来。对她的离开，我心里说不出有多么惋惜和遗憾！只差几个月她就100岁了，我们将举行盛大的文学节，第一项内容便是文学馆开馆，这是她和巴老倾注心血为爱好文学的人们种下的一棵树，在即将结出硕果之际，她却离我们远去了。

关于冰心的后事，我有一个想法。80年前的北京张自忠路中剪子巷33号是冰心仅存的故居，现在有几户人家住着。冰心在此居住的10年，是她一生中最有特殊意义的时期，她正是在这几间小屋里发表了处女作、问题小说和冰心体小诗，她是从这里走上文坛的。她在晚年的一篇散文代表作《我的家在哪里》中写道，她做梦梦到了中剪子巷，"能在我梦中回到脑海的只有这个地方，这就是我的家"。所以，我将在这次政协会议上提一个提案，建议把此处辟为冰心纪念馆，以这种方式来永久地纪念这位世纪老人。

【日期】　1999 – 03 – 08
【版次】　6
【栏目】　两会特刊

王世光：我的提议落实啦

　　3月4日，见到刚参加完小组讨论的中央歌剧芭蕾舞剧院院长王世光委员，问他"今年有什么提案"，他便开心地笑："我的提议已经落实啦！现在是一身轻松开两会。"何以如此潇洒？王委员抿一口茶，开始慢条斯理地"从头道来"——

　　"2月9日上午，朱总理邀请科教文卫体等各界人士到中南海举行座谈，我非常荣幸，得到了在座谈会上发言的机会。那天共有十几位同志发言，时间限定每人10分钟。大家都是有备而来，发言十分踊跃。朱镕基总理、李岚清副总理等国务院领导同志对每个人的发言都很重视，不时插话询问情况，并就各方面关心的问题与大家坦诚地交换意见，气氛热烈而不拘束。

　　"科技、教育界的同志发过言后，朱总理说，下面是不是来点高雅艺术？听到这话，我顿觉心里热乎乎的，总理很关心高雅艺术的发展啊。我首先告诉总理，中央歌剧院一向有个口号：'高雅艺术要搞好群众关系'。朱总理和李岚清副总理一听就笑了。因为高雅这个称谓虽然是相对于通俗提出来的，但很容易造成脱离老百姓生活的印象，所以我们一直在努力使歌剧和群众更接近。我向总理汇报了这方面的情况。

　　"随后，我也如实对总理讲述了高雅艺术目前面临的困难。去年中央歌剧院共演出110场，平均每周两场，演员们很勤奋、很辛苦，但歌剧这个剧种仅靠演出收入是很难持续发展的，它需要政府的扶持，也需要社会的支持和关心。现在剧场'场租猛如虎'，到了中央级专业演出团体难以承受的地步。而且演出成本居高不下，票价必然高，广大群众难以接受，影响了艺术精品的普及。听到这里，朱总理当时就请李岚清同志打电话给保利剧场说一说，对我们的演出给予优惠。这真像现场办公一样，马上就解决了实际问题。

"接着，我提出一个建议。我说，国家大剧院的设计方案即将拍板定案，这是令人十分振奋的事。但大剧院建好之后，如何组织演出？如何经营？按照国际演出市场惯例，演出合同至少两年前就签了，等建好剧院再来考虑就晚了。所以我建议尽快设立一个'艺术委员会'，由专人来制订计划。总理听后点点头，说这个意见很好，并请在场的文化部副部长李源潮回去后赶快办，还说艺术委员会也要参与现在的设计定案，看看设计是否适合演出。

"朱总理这种务实、高效的作风使我和在场的每个同志都极其感动。我的提议落实了，心情真是舒畅。"

【日期】　1999 – 03 – 11
【版次】　10
【栏目】　两会特刊

张艺谋:文化、经济一条船

张艺谋的三菱越野车似乎是唯一可以安静聊天的地方,我们的采访就在这里进行。

张艺谋主动谈起了参会的感受:"我喜欢听小组讨论,既然当选政协委员,就不能挂虚名,在其位得谋其政。昨天大伙还说,朱总理的报告很务实,如果早几十年能这样,中国今天的情况要好得多! 不管怎样,现在政府敢于正视困难,关注民生疾苦,这是老百姓的福音。"

我问他:"《政府工作报告》提到文化建设的地方不多,作为文化人是不是有点失落感?"

张艺谋摇摇头:"我很理解。文化是人们物质生活提高之后寻求精神表达的一种方式,现阶段面临的是物质基础问题,是生存问题,是'活着'的问题。只能等这个国家强大了、老百姓生活富裕了,文化发展才能有好的前景。我昨晚看格莱美奖颁奖的现场直播,它只是美国流行音乐的一个圈内奖,但它的覆盖面和影响力都是世界第一位的,为什么? 它国力强大啊! 经济实力带着文化走,文化不可能单独强大。我们整天说'弘扬文化',就因为不这样才说啊,美国人从来不说'弘扬文化',可人家心里很明白。"

大概因为我是经济日报的记者,张艺谋和我聊起了经济问题:"下一世纪,消费文化仍会在相当长的时期内占据主导地位。不管是俗还是雅,各种文化活动都会和经济挂上钩,任何文化形式想要有广泛的影响和传播,势必搭上消费文化这条船来运输自己的货,不正视这种消费需求,就没有市场。"

说到这里,一直注视着前方的张艺谋把视线调转过来,嘴角浮起一丝淡淡的笑意:"现在,文化和经济在一条船上走,没有文化人不谈钱的,但文化人就是文化人，要清醒，不能为钱而文化。我自己尽可能让自己保持清醒，既顺应潮流，电影拍得好看、有趣，观众喜欢，又不丧失文化个性，有内容，有东西。老百姓看电影以找乐为目的，但文化的意义在于它不以娱乐为目的，至少不是唯一目的，不是说非得以文载道不可，但一定要有精神，有境界。"

一部电影接着一部电影，而且每一部都要比以前更好，这种自我超越对任何人来说都不容易做到，谈起这一点，张艺谋说："我没想过什么'超越'，这个词太理论、太抽象了，犯不着为这么虚的字眼费脑筋，保持一颗平常心最重要，我对自己的要求很简单，不重复，回头看自己的过去，每一次在形式和内容上都有新变化、新感觉就行了。也是本能吧，读到好的小说、剧本，先问自己会不会重复，如果会，再好也放弃，其实人不是万能的，每个人都有局限，但还是想尽量尝试，延展空间。"说这话的张艺谋显得十分平和。

【日期】　1999 – 03 – 12
【版次】　13
【栏目】　周末

黄新德:打假勿忘拒假唱

在 3·15 国际消费者权益日即将来临之际,安徽省黄梅戏剧院副院长黄新德委员对目前演出市场泛滥成灾的假唱现象深表担忧。他指出,作为精神文明的传播者,文艺界有责任对这一现象大声说"不","最省劲、最能获利、最肆无忌惮、最堂而皇之的造假行为,就是假唱!"黄新德委员说这番话的时候很激动。

他的慷慨陈词是被一场小组讨论引发的。在刚刚闭幕的全国政协九届二次会议上,文艺组在分组讨论时谈到了假唱和真唱的问题。当时,一些人认为,假唱虽然有"欺骗"观众之嫌,但在个别情况下是一种保证演出效果的必要手段,比如说身体不好呀,音响设备稍差呀,总之情有可原。

黄新德委员对此持截然不同的观点,他说:"在全国一片打假声中讨论这个问题,真是文艺工作者的一种悲哀。问题的关键在于,不仅仅是部分演员觉得假唱合情合理,就连许多观众也默然认可了这种'造假行为'。和造假酒、卖假药的偷偷摸摸、提心吊胆比起来,假唱是在众目睽睽之下,当着亿万老百姓的面公然作假。"

对于很多艺术门类来说,"造假"的可能性几乎不存在,画家不可能当着众人"假画",舞蹈演员不可能当着观众"假跳",而演唱由于技术手段的运用却能轻而易举地做到"假唱"。假唱的产生最初确实是出于客观需要,80 年代后期,电视增添了一个新品种——电视文艺晚会,由于那时技术条件所限,还做不到直播,只能采取录播的办法,但为了制造一种现场感,于是假唱应运而生。黄新德委员指出,这是可以理解的,问题在于,现在这种假唱已经蔓延到了各种场合,剧场、歌厅、体育馆等等,乃至于在人民大会堂这样严肃的地方,在"三下乡"这样庄重的场合,都有人用假唱"糊弄"观众;乃至于今年的春节晚会全部采用真唱这一本不该成为新闻的事儿也会被作为新闻而大炒特炒。

也许有人以为,假唱一不会像假酒喝死人,二不会像假药耽误人,没什么大不了的。黄新德委员指出,这正是假唱的危害性所在。在假唱的浪潮中,相当一部分歌唱演员一味借助于技术"改造"和"包装",放松了业务素质的真正提高。更为重要的是,宣传真善美的人自己却在造假,传播精神文明的人自己却不文明,长此以往,难免会让观众失望。目前,观众对一些所谓"歌星"的反感和疏远不就表明了人们的态度吗? 所以,黄新德委员强调,文艺工作者要对得起自己的良心,对得起广大观众的厚爱,在3·15打假之际,勿忘拒绝假唱!

【日期】　1999 – 04 – 02
【版次】　9
【栏目】　周末专访

小泽征尔：长久的期待

相隔 20 年后，著名指挥家小泽征尔将率美国波士顿交响乐团在 5 月再度来中国进行访问演出。这是小泽第三次重返自己的出生地，1935 年 9 月，他出生在沈阳的一个日裔家庭，第二年迁居北京，直到 1941 年才举家回国。3 月 29 日，记者对小泽大师进行了电话采访。

记者：作为一个东方人，指挥着西方的乐团，演奏西方的音乐，你是如何使东西方文化融为一体的？

小泽：我需要至少两个小时来回答你的问题，你也至少需要两个小时才能弄明白我的答案，这是一个非常复杂的问题。

记者：你还记得 20 多年前你指挥小提琴协奏曲《梁祝》和琵琶协奏曲《草原英雄小姐妹》的情景吗？

小泽：当然，这是我一生中的一个美妙时刻。你提到的那些曲目不是在同一次演出中演奏的。1979 年，我与沈阳交响乐团合作演出了《梁祝》。《草原英雄小姐妹》是 1978 年我同中央乐团合作的，这个曲目我也曾指挥波士顿交响乐团演出过。现在所有的问题都集中到 1979 年，事实上，我第一次在中国演出是在 1978 年，也是在这年，我第一次听到了美妙的二胡曲《二泉映月》，后来我指挥了由这个曲目改编的弦乐作品，当时演奏二胡的演员是姜建华，还有一个二胡演奏家，比姜建华大 10 岁（指闵惠芬），后来听说她得癌症了，不知现在怎么样？

我想对我在中国的演出活动多谈一些。1978 年，我指挥中央乐团演出了柏辽兹的《罗马的狂欢节》、琵琶协奏曲《二泉映月》以及勃拉姆斯的《第二交响乐》，都很精彩，这是我指挥生涯中最值得纪念的演出之一。记得当时我问中央乐团的成员:谁演奏过勃拉姆斯,只有3个队员举起了手,这是因为在那个时候,中国是禁止西方音乐的。现在的情况是大不一样了。

1979年,我同波士顿交响乐团一起访问了中国,我们和中央乐团举行了联合演出,这次(1999)是波士顿交响乐团第二次访问中国了。

记者:在过去的20年中,你是否感受到了中国音乐、中国人民和中国社会总体的变化?

小泽:我感受到了变化,但我说不出来那些具体的东西,变化发生在各个方面。我的朋友们谈起这些变化时,讲的东西都不太一样。

记者:你曾表示此次中国之行有特殊意义,为什么?

小泽:你知道,我出生在中国并且在中国有很多的朋友,而且,我知道在中国有很多的人喜欢我的音乐,我确实想再次访问中国,这是我长久的期待了。特别是在今年,我计划专门为那些不听古典音乐的人们举行音乐会,包括青年人。

记者:你会再来吗?

小泽:当然了。我希望在北京音乐会之后能够访问沈阳。

【日期】　1999 – 12 –30
【版次】　9
【栏目】　生活周刊

乔羽:期待更精彩的生活

乔羽(著名词作家,生于 1927 年 11 月):

我不是岁数很大的人,但在这即将过去的百年当中,极其平凡的我生活了 72 年,差不多有 3/4 世纪的时间,因此也可以说看到了不少的世事沧桑,生出许多感慨来。回眸本世纪,我有两种很强烈的感觉:20 世纪上半叶是中国人大苦大难的年代;20 世纪下半叶是中国人扬眉吐气的年代。小时候听母亲讲,我在一间小破房里刚生下来不久,就有一颗炮弹打进来,落到床前头,幸亏没炸,大家都吓坏了,那真是军阀混战、民不聊生啊!后来,我稍微长大了一点,日本帝国主义又开始在我们的国土上横行,正如《国歌》中所唱,中华民族到了"最危险的时候"。经过大半个世纪的奋斗,我们终于迎来了历史的转折,在本世纪行将结束之际,香港、澳门相继回归祖国,这是中国人最为自豪的时刻。所以,当全人类共同迎接新千年的第一道曙光之时,我们中国人不要忘记 20 世纪对于中华民族的特别意义。我是一个乐观主义者,对历史对未来充满信心。我相信下个世纪会更好,人们会生活得更富裕,更能发挥自己的创造性;生产力和科技将得到空前的发展,在这方面怎么估计都不为过。毫无疑问,新世纪将是一个大奋起、大兴旺、大发展的时期,将是一个更热闹更激烈的世纪。当然任何一种进步都将伴随代价,我们也不应盲目乐观。

一个民族的大发展大奋起总是孕育着大文学开花结果的肥沃土壤。我以为,当中国在新世纪取得进一步的大繁荣的时候,会出现更多更大的文学家艺术家科学家。本世纪我们国家也有不少人才,但称得上世界一流水平、具有历史里程碑意义的人物并不多,下个世纪应该能够产生这种人物了;并且不是一个两个,而是成百上千;不是某个部门,而是各个领域。可惜我是从

70 多岁才进入新世纪的,人老了,而世纪是新的。虽然如此,我还是要尽自己努力,在新的日子里写出更具艺术品格的作品。我想这也不难。因为飞速发展的社会提供了条件,只要我们充满感情地去生活去表现,就有可能获得非常大的成功。

【日期】 1999 - 12 - 30
【版次】 9
【栏目】 生活周刊

魏明伦:展开经济文化的双翼

魏明伦(中国戏剧家协会副主席,生于 1941 年 8 月):

再过几天就是 2000 年了,我可以聊以自慰的是,终于完成了《中华世纪坛赋》的创作,这也算是我向新世纪的献礼吧。这篇赋是应中华世纪坛组委会办公室正式委托而作的,10 月 27 日接到委托书,12 月 1 日写毕,一个多月内写出这 280 个字,即使谈不上呕心沥血,也可说是字字费尽思量。总感觉责任重大啊,世纪坛是国家标志性建筑,面对新世纪,意欲实现民族复兴的中国人应有一番特别的感受,要把中华民族传承几千年的文明和对新千年的梦想都浓缩在一篇短短的赋文里,这对我来说,是挑战,更是幸运。

根据中华世纪坛组委会的要求,我在写作中重点突出了科技和文化。"论英雄不计成败,数风流可鉴兴亡。浪淘何物?功归谁家?文化乃常青树,科学乃聚宝盆。创造人间福祉,推动历史车轮。"回溯历史,中华民族曾有过辉煌灿烂的文明,而科技和文化正是重要的内在动力。当我们忽视科技、文化,否定一切人类文明时,便导致了"文革"浩劫的产生。下个世纪,我们仍要把科技和文化放在相当重要的位置,提高民族整体素质,唯有如此,才能"转国运蒸蒸日上,升国旗冉冉凌空","踏星斗飞过世纪之交,驾神舟立于强国之林"。

在发展经济的同时,我们一定要注意文化的问题。经济和文化是飞鸟之双翼,尽管二者有排斥的一面,但更多的是同一性,互为因果。经济贫困很难繁荣文化,富足流油之地未必都兴礼仪,饱暖之后,所思何事?必须重视文化建设,方能实现经济与文化的良性循环。

【日期】　2000 - 03 - 02
【版次】　9
【栏目】　文化周刊

作家刘恒的幸福生活

随着北京电视台正在播放的电视连续剧《贫嘴张大民的幸福生活》渐近尾声,观众也通过他们所喜爱的主人公又一次与张大民的创造者——实力派作家刘恒相逢在荧屏。以《冬之门》、《伏羲伏羲》等作品享誉文坛的刘恒,很久以来就频频与影视"触电",他所担纲编剧的《本命年》、《菊豆》、《秋菊打官司》、《漂亮妈妈》,总是给观众带来惊喜和愉快。而此番人们对"贫嘴"张大民的喜爱和认可程度,又让这位作家感到了意外的惊喜和愉快。近日,他接受了本报记者的专访。

记者:张大民的生动、真实、亲切,使得很多观众觉得这个人物就是从作家血液里流出来的,你是怎么想到创作这样一个形象的? 你希望通过他表现什么?

刘恒:这是自然而然的写作,绝不是刻意的,没有高深的目的,"张大民"只是我的创作计划的一部分。每个人都有他的任务要完成,我的任务就是创作。对我来说,张大民和我作品里的其他人物没有太大的区别,他们是相似的,因为他们都是让我牵肠挂肚的,都要花费很多精力。唯一有区别的,是读者(观众)的反应之大出乎我的意料。这对我是个鼓舞。

我的生活当然和张大民不一样,不过对于他,我是熟悉的。我从小就生活在胡同里,我母亲现在还住在那儿。唐山地震后在院子里盖起一间6平方米的小房,床底下就是棵被砍掉的大葡萄树。在这里我住了10年,发表了我的处女作,所以对这间小屋我有很深的感情。现在,站在我家楼上就能看到被居民用小屋包起来的树。

记者:近年来有不少文学作品都借影视之力而畅销,比如《雍正王朝》、

《突出重围》。你如何看待这种现象?

刘恒:好的影视作品以好的文学为基础,文学为影视创作提供营养、材料,这是写小说的骄傲。影视观众面大,会让文学作品引起更多人的兴趣,使一部分观众愿意再掏钱买书看,这是附带的好处——文学为繁荣影视作贡献,影视也给了文学很好的回报,两者相辅相成。但也不能一概而论。有的文学作品拍成影视卖得很好;有的没拍,卖得照样很好。这主要是因人而异,因题材而异,因质量而异。

记者:你的文学作品被改编成影视的比例很高,而且上映后市场反响都还不错。你自认为是出于什么原因?

刘恒:作品本身质量好,合作者的素质好。好的导演,好的演员,好的创作,珠联璧合,相得益彰,各得其所。当然,作品的质量评判,标准比较复杂。我说好,是自我感觉,不可能避免偏差,哪个父母不觉得自家的孩子漂亮呢?可是如果不好,不会有这么多的导演愿意来改编,这应该代表一种评价。尽管这些导演的艺术出发点、艺术观念和个性不一样,但他们都能在我的作品里找到他们需要的东西。

记者:张艺谋曾说过,文学是一切艺术之源,假如文学越来越成为小圈子里的东西,影视也很难繁荣。对这种观点,你怎么看?

刘恒:有道理,反映了一定的现实状况。这也显示了电影对文学的某种依赖性。脱离了文学,影视创作会受到影响。这仍然是文学的光荣。

记者:你多次提到文学的骄傲和光荣,那么你认为文学应对新世纪的中国现代化作出哪些贡献?

刘恒:文学能起的作用和贡献微乎其微。我以为,左右这个世界的力量,一是科技,二是经济,三是政治,四是军事,文学排在比较遥远的地方。但我要继续写下去。虽然它对于整个社会来说是微乎其微的,对我个人却非常重要,我个人在人海里也是微乎其微的。人们接受我写的人物,并由此得到一点对生活的感悟,我就感到愉快、幸福。在当今这个人们享受方式越来越多的信息化社会里,文学作为传统的精神享受的方式,将会发生哪些改变,现在还不好预测,但我相信,不管如何变化,文学依然会对人们的精神生活作出贡献。

记者:能向读者透露你目前的创作情况吗?

刘恒:正在写一部话剧,现实题材的,题目还没定。不是为某个剧院或某个人而创作的,是我自己的写作计划。预计在春夏之交完成。

【日期】　2000 – 06 – 01

【版次】　9

【栏目】　文化周刊

　　本报"东人西行"、"西人东行"采访活动已经相继圆满结束,不管是身在其中的东人、西人,还是对此表示关注的广大读者,都一致强调"转变观念,解放思想"对西部大开发的重要性。观念究竟怎么"转"? 思想究竟怎么"放"? 在宁夏商海遨游多年的著名作家张贤亮近日接受本报记者采访时指出,惰性的文化氛围是转变观念的最大障碍之一。

张贤亮:西部人应走出惰性文化氛围的"玻璃瓶"

　　说起西部大开发,俨然以西部人自居的张贤亮非常放任他的激动:话语一泻千里,而身体随着话语起伏不断大幅度地摆动。他形容自己"急得上蹿下跳"。

　　关于西部大开发,张贤亮应该是有发言权的。这位著名作家从 60 年代至今,一直在宁夏生活、工作,而西部影视城的创立和发展,也成就了他从文到商的传奇。既有着作家对社会文化的深刻洞察,又有着企业家对经济环境的切身感受,张贤亮看西部,自然就有了他独特的视角。

西部人好比蹲在一个玻璃瓶子里,对外部世界看得一清二楚,心里明明白白,可实践中却难以迈开前行的脚步

　　采访从一个有意思的现象谈起。

　　记者:我来自西部的一个中等城市,近年来每次回家,我都发现家乡人离现代大都市的时尚非常接近,他们对国际潮流并不陌生,他们所谈论的话题和流行几乎同步,他们的眼睛看得见新鲜的事物——我觉得西部人在观念上并不保守。然而,为什么人们谈到西部大开发时,总要首先提出"转变观念"的问题呢?

张贤亮：确实,经过20多年的改革开放,西部尽管经济发展相对滞后,但当地的人们在这个信息多元的开放性世界中,大都不能说是"保守"的。在这么多年的接触中,我感到包括宁夏在内的西部省区的一些领导同志是很有能力的,思想也相当开放。他们对世界和中国国情也有清楚的认识,特别是主要领导同志,更不乏政治积极性和要干一番事业的热忱愿望。而从另一方面来看,虽然"转变观念,解放思想"也已成了西部人的共识,可是,直到今天,在做了不少动员传达和舆论宣传工作以后,"观念转变"及"思想解放"的效果并不太明显。西部地区制订的基本思路和具体举措,还是沿用东部及沿海发达起来的地区早已施行过的一些政策,缺乏独创性和创新精神。

记者：那么,究竟是什么制约了西部人观念的真正更新呢?

张贤亮：我有一比,可将西部人比作蹲在一个玻璃瓶子里,对外部世界看得一清二楚,心里明明白白,可实践中却难以迈开前行的脚步。这个玻璃瓶子是什么呢? 从我在宁夏生活了近半个世纪的体会看,就是一种守旧的惰性的文化氛围。

且让我举几个实际例子来说明。

如今西部各省区都纷纷提出"争先"的口号,都想争"西部大开发"之"先"。提出这种口号当然也可喜可嘉,但却没有一个省区"敢为天下先",行动上仍然不自觉地奉行老子的"不为天下先"的精神——东部省区没有做过的不做,西部其他省区还没有做的也先别做,互相观望。套用"重复建设"这句话,西部省区各自推出的政策可以说是"重复政策",在同一种政策层面上互相竞价。譬如吸引人才的问题。现在各省区都认识到了人才在西部大开发中的重要性,于是纷纷推出优惠条件去吸引外地人才。其实,因为历史原因(几十年来大学生的分配、过去政治运动中的"发配"及"三线建设"等等),西部自己还是有人才的。然而,目前还没有见到一个省区认认真真地调查摸底自己拥有多少人才及人才使用情况,认认真真研究究竟是什么制约了这些本地人才发挥各自的学识才能,也没有认认真真研究哪些人才是非由外地引进不可的。

再譬如国企的改革。西部仍然在整顿领导班子、内部挖潜、技术革新这一层面上做文章,没有从党的十五大提出的"公有制的多种实现形式"上进行体制改革的探索。在这方面,东部沿海许多省市已经有了试点并取得初步的成功,可是,西部地区仍缺乏学习引进这类先进经验的勇气。而没有体制与机制的创新,技术创新及人的才能的发挥都会落空。

西部大开发要迈过"观念更新"这道坎儿,必须走出惰性的文化氛围这个"玻璃瓶",塑造开放的进取的创新的西部精神。

记者:"玻璃瓶"这个比喻很生动很形象,同时,也让人感到一种无奈。

张贤亮:各方面的惰性相互牵制,相互掣肘,长年累月地逐渐形成一种顽固的因循守旧的文化氛围,西部人都生活于其中,那是一张无形的网,使改革在西部未能像东部那样取得突破性的进展。

长期以来,西部不是不想发展,但由于市场经济的历史基础一向比东部地区薄弱,再加上西部一些省区长期受国家财政的补贴,群众在计划经济中生活的时期比较长,城市人口长期享受着计划经济时期的种种福利劳保待遇,早已习惯于过固定的低水平生活,觉得那已经是一种"小康"的生活状态,而在一些贫困地区,有三代人之久受输血型扶贫政策的哺养,竟然出现一些劳动者不爱劳动、劳动者不愿劳动、劳动者不会劳动的怪事。城乡社会都弥漫着不求进取和"等靠要"的风气。大部分干部群众对改革是拥护的,但改革只要稍一触动小小的既得利益,哪怕以后能博取到更大的利益,也不愿冒一下眼前的风险。在这样的社会氛围中推行体制上的改革,其难度可想而知。真如鲁迅说的,移动一下火炉和小板凳都会打破头。所以,一些有见识并且有工作经验的领导干部最终也学会了、习惯了多一事不如少一事的作风。这种"西部精神"是很可怕的。

记者:也就是说,西部大开发要迈过"观念更新"这道坎儿,必须走出惰性的文化氛围这个"玻璃瓶",塑造开放的进取的创新的西部精神。

张贤亮:是的。以我的观察,西部一些领导干部对实际事务理解得也许很透彻,处理具体问题也许较妥善,却对隐形的社会文化氛围注意不够,而这个问题正是必须有所作为的问题。目前西部在发展经济的热潮中,总喊着招商引资,喊着改善投资环境,喊着高科技,这些当然是非常非常重要的,而对于人文环境的构建、新的文化氛围的培育,即我们常说的精神文明建设对整个社会包括对经济发展的作用理解得还很不充分。我希望在西部大开发中要同时注意社会的文化精神建设，尤其是对敢于冒风险的各方面的改革者，以及有独创精神、开拓精神的各级干部要多加鼓励，要有适当配套的组织手段来营造一种勇于探索、勇于进取的社会氛围，并使这种无形的风貌普遍化。

【日期】　2000 – 09 – 29
【版次】　3
【栏目】　文体市场

伊门道夫:艺术是为大众服务的

　　继毕加索、达利这两位世界级艺术大师"入住"中华世纪坛之后,又一位同样重量级的艺术家带着他的作品来到了这里——金秋 10 月,由中华人民共和国文化部、德意志联邦共和国驻中国大使馆主办,中国对外艺术展览中心承办的《德国画家伊门道夫作品展》在中华世纪坛一层现代艺术馆隆重举行。这是庆祝中德建交 30 周年的大型活动之一,也是今年我国对外文化交流的一件盛事,为京城国庆文化盛筵平添了许多色彩。

　　伊门道夫的到来为中华世纪坛艺术馆世界艺术大师系列展注入了新的气息。画家自己说得最明白,和毕加索、达利不同,这一次的大师是"活"着的。看过近百件均价达 14 万美元的真品,再和画家本人聊聊科隆的水、北京的天以及关于画作的缕缕感想,真的感觉触摸到了一位真实的而不是仅仅存在于人们记忆和想象中的艺术大师——对于中国观众来说,这种"真实"意味着和西方现代艺术的潮流更接近了一步。

　　从举止、装扮看不出伊门道夫作为艺术家的与众不同,他就像一个普普通通的德国人,严谨、善思索,待人接物保持着不失礼貌的距离,他说,画家的需要和大众一样,那就是艺术的自由和社会的公正。但是,只要你深入 90 多件展品的内部,你就会感受到一位艺术家丰富的心灵和敏感的神经。伊门道夫是德国新表现主义的代表人物,他凭借对社会变革的高度关注和对艺术风格的不断出新,为 20 世纪 80 年代德国后现代艺术发展拓展了新的空间。伊门道夫的作品不管采取了何种奇特、复杂而又极富创意的图像符号,其实质总是直指当时德国乃至世界的社会现实,暗合着画家在各个历史时期的"心灵波动"。其中 20 世纪 80 年代创作的《裂缝》系列组画将德意志民族最大的政治问题——民族分裂问题展示给公众,引起轰动,他本人也被誉为东西德合并的先知。

　　在采访中,伊门道夫一再对记者强调艺术家对社会对政治的作用。他认为,艺术是为大众服务的,艺术作品为人们心灵之间的沟通架起了桥梁。正因如此,他非常看重这次在中国办展览的意义。这是中国观众第一次近距离接触德国现代艺术。"我并不在乎人们是否看得懂,重要的是中德现代艺术的对话、中德两国人民的交流已经开始了。"伊门道夫最后说。

【日期】　2009 – 04 – 26
【版次】　5
【栏目】　文化周末·话题/权威访谈

高书生:推动文化体制改革促进文化企业发展

【采访背景】

2003 年年底,为推动文化体制改革试点工作,促进经营性文化事业单位转制为企业,支持文化产业发展,中宣部会同有关职能部门共同研究制定了文化体制改革配套政策。据此,财政部、海关总署、国家税务总局联合发布了《关于文化体制改革中经营性文化事业单位转制为企业的若干税收政策问题的通知》和《关于支持文化企业发展若干税收政策问题的通知》,对文化体制改革的税收优惠政策进行了细化,执行期限为 2004 年 1 月 1 日至 2008 年 12 月 31 日。

为推动文化体制改革工作在面上推开、向纵深发展,进一步加大政策支持力度,2008 年相关部门对文化体制改革配套政策进行了延期和修订,仍以国务院办公厅名义下发,即国办发[2008]114 号文件,包括《文化体制改革中经营性文化事业单位转制为企业的规定》和《文化体制改革中支持文化企业发展的规定》。为落实文化体制改革的税收优惠政策,不久前,财政部、海关总署和国家税务总局又联合下发了《关于文化体制改革中经营性文化事业单位转制为企业的若干税收政策问题的通知》和《关于支持文化企业发展若干税收政策问题的通知》,执行期限为 2009 年 1 月 1 日至 2013 年 12 月 31 日。本报记者就此采访了中宣部文化体制改革和发展办公室副主任高书生。

问:与 2003 年相比,这次出台的税收优惠政策有哪些变化?

答:新出台的税收优惠政策,是对已执行 5 年税收优惠政策的延续、补充和完善,一方面对过去行之有效的优惠政策予以保留,并结合税法修订进行规范和完善，另一方面根据文化体制改革的新情况，适当增加了有利于在重点领域和关键环节推动改革和发展的税收优惠政策。

具体说，予以保留的税收优惠政策主要包括：经营性文化事业单位转制为企业后免征企业所得税；由财政部门拨付事业经费的经营性文化事业单位转制为企业，对其自用房产免征房产税；对图书、报纸、期刊、音像制品、电子出版物、电影和电视完成片等按规定享受出口退税政策，境外演出取得的境外收入不征营业税；为生产重点文化产品而进口国内不能生产的自用设备及配套件、备件等，免征进口关税。

电影产业税收优惠政策也是这次予以保留的重点，从电影制片到发行再到在农村的放映等环节都给予了免征增值税和营业税的税收优惠，同时结合电影产业发展的趋势和特点，在电影收入形态上，不仅包括了传统的拷贝收入、发行收入，而且增加了转让版权收入。

这次新增加的税收优惠政策，主要体现在推动改革的重点领域和关键环节。比如，为推动党报、党刊发行体制改革，党报、党刊将其发行、印刷业务及相应的经营性资产剥离组建的文化企业，所取得的党报、党刊发行收入和印刷收入免征增值税；为推动经营性文化单位建立现代企业制度，加快进行股份制改造以至上市融资，对其资产评估增值涉及的企业所得税，以及资产划拨或转让涉及的增值税、营业税、城建税等给予适当的税收优惠。此外，对于广播电视运营服务企业收取的有线数字电视基本收视维护费，免征期限不超过 3 年的营业税。

为保持政策的连续性，新出台的文化体制改革税收优惠政策，对过去规定的新办文化企业免征 3 年企业所得税的优惠政策进行了衔接。凡是在 2004 年 1 月 1 日至 2008 年 12 月 31 日期间注册的文化企业，免征 3 年企业所得税的优惠政策尚未执行到期的，仍可按规定的期限继续执行。比如，在 2008 年 12 月 31 日注册的新办文化企业，可在 2009 年 1 月 1 日至 2011 年 12 月 31 日期间享受免征 3 年企业所得税的优惠。

此外，这次出台的税收优惠政策与 5 年前相比，针对性和目的性更强，重点更突出，既要继续为经营性文化事业单位转制提供税收优惠，又要为转制后企业发展壮大提供更好的政策环境。

问：经过 5 年来的实践，税收优惠政策对文化体制改革和文化产业的发展起到了什么样的促进作用？

答：这次文化体制改革税收优惠政策的修订和完善，经过了充分的调查研究和评估论证。去年4月，中宣部改革办牵头，会同财政部、国家税务总局以及宣传文化部门，对2003年制定的文化体制改革税收优惠政策执行情况进行了认真评估。从调研评估的情况看，各项税收优惠政策在文化体制改革中发挥了不可替代的作用，特别是为经营性文化事业单位转制工作提供了强有力的资金支持，同时也促进了文化产业的快速发展。

据粗略估计，2004年至2008年5年中，全国共有2000多家转制文化单位被核准享受税收优惠政策，各项税收减免额为90亿元左右。

税收优惠对推动经营性文化单位转制产生了激励作用，对转制文化企业增加积累、提高市场开拓能力发挥了很好的作用。比如，福建新华发行（集团）有限责任公司是2003年中央确定的35家试点单位之一，2004年5月完成转制，至2008年年底，5年享受企业所得税优惠总计1.7亿元，所获得的免税款主要用于产业发展：一是加强基层网点建设改造。陆续投资在全省新建、购置了图书网点，同时对部分门市、仓库、办公室进行了装修改造，为读者购书营造了良好的氛围和环境。二是新建现代化物流配送系统。投资建设全省规模最大、自动化和信息化程度最高的出版物物流配送枢纽。三是加强信息网络化建设。投资开发集团公司的业务经营、财务管理信息系统，初步实现了集团公司的经营管理网络化。四是加大扶持出版物出口力度。支持在境外举办书展，积极开拓境外出版物市场。同时还在海外设点办店，成立图书发行公司。

问：广大经营性文化事业单位和文化企业应该怎样用好用足这次新出台的税收优惠政策？

答：过去5年税收优惠政策的执行，充分体现了"早改早受益"的政策导向。凡是得到优惠政策期限长、减免税额多的单位，必定是转制工作启动早、行动快的单位；凡是政策落实得好的行业，必定是在改革中走在前列的行业；凡是政策落实得好的地区，必定是改革工作开展得较为深入的地区。随着我国社会主义市场经济体制的不断完善，以及法制化进程的加快，国家对某个行业实行特殊优惠政策的余地越来越小，税收优惠政策到期后再延长的可能性已经很小。政策的时效性，决定了用足用好政策的紧迫性。

　　需要指出的是，《关于文化体制改革中经营性文化事业单位转制为企业的若干税收政策问题的通知》和《关于支持文化企业发展若干税收政策问题的通知》规定了两个政策的适用范围，其中前者适用于转制文化企业，后者适用于所有的文化企业，不分所有制。

（本文与经济日报同事乔申颖共同采写）

——两会代表委员议政

【日期】 1998 – 11 – 06
【版次】 5
【栏目】 周末/"20年,我们一起走过"

梁从诚:这种选择很自然

　　20年前,一位民间组织的负责人就环保问题致信一位外国政府首脑的事情几乎不可能发生在中国的大地上;20年后,这样的事情却实实在在地出现在我们的生活中。

　　10月9日,本报《周末》刊出《谁来保卫可可西里》一文,报道了我国一级保护动物藏羚羊面临被大量盗猎的悲惨处境,以及我国政府为保护藏羚羊所做的艰苦卓绝的努力。而在此之前,全国政协委员、非政府环保组织"自然之友"的会长梁从诚先生于10月6日致信正在访华的英国首相布莱尔,请他关注藏羚羊保护和藏羚绒贸易问题。10月7日,布莱尔首相回信给梁先生:"你对非法猎杀藏羚羊的憎恶和对这一物种前景的忧虑,我深怀同感。我一定会把你的要求转告给联合王国和欧洲联盟的环境主管当局。我希望将有可能终止这种非法贸易。"据悉,这是我国民间组织首次向外国政府首脑发公开信。"自然之友"为什么尝试用这种方式来解决环保问题? 非政府组织在环保上能发挥什么样的作用? 20年来,我国在环保方面有何进步? 带着这些问题,本报记者走访了梁从诚先生。

　　记者:20年前,您个人在做什么工作? 您是从什么时候投身于环保事业的?

梁：20年前，"文革"刚刚结束，挨整的我终于在政治上得到解放，被安排到大百科全书出版社做编辑。和大多数人一样，我当时的环保意识也很薄弱。不是说那时的环保问题不严重，而是没有个人参与的意识，总觉那只是环保局的事儿。我后来投身环保事业没有什么戏剧性的原因，只是出于公民责任感的一种很自然的选择。政府对环保日益重视，公众对环保的认识逐渐提高，环保成为国家可持续发展战略的重要组成部分，也成为世界性的话题。和朋友在一起时，越来越多地谈到环境恶化，不免让人忧虑，谈多了便想，不能只是抱怨，个人为什么不去实实在在做点事呢？于是从1993年起，我和几个志同道合的朋友开始筹划成立"自然之友"。

　　记者：您怎么想到通过NGO（非政府组织）的形式来做环保工作？

　　梁：20年前，我根本不知NGO为何物，整个社会对NGO都不熟悉。近几年来，随着国家对外交往的深入，NGO逐步为人们所了解。策划组织"自然之友"时，我已经知道国外的NGO在环保中发挥着广泛而有效的作用，但还不清楚在我国会怎样。这几年的事实表明，在政府的努力之外，民间组织在环保方面可以发挥积极作用，政府对我们的工作也很支持。

　　我常说，社会环保就像一个大家庭，政府好比这个家庭的主妇，如果只有主妇想把屋子收拾干净，其他家庭成员却在一边糟蹋，主妇即使有三头六臂也没办法啊，更何况中国这样一个人口众多的大家庭呢？环保不仅是政府的事，也是大家的事。每个人哪怕只是少用一次快餐盒，少扔一个塑料袋，随手关一次灯，拧紧水龙头，主妇的工作也会轻松很多。环保正是从小事开始的。

　　记者：环境保护涉及很多内容，当人们正为身边的大气污染、水污染而高声疾呼时，为什么您和您的"自然之友"却走进了遥远的可可西里，开始关注起大多数人都感到陌生的藏羚羊？

　　梁："自然之友"同样关心污染问题，但生态问题是环境问题的重要组成部分，而这一部分常为人们所忽略。藏羚羊是中国特有的动物，1979年被列入《国际野生濒危动植物贸易公约》（CITES）严禁贸易物种名录。然而，尽管有这样的国际禁令，自80年代中期开始，由于高额利润的驱使，每年约有两万只以上的藏羚羊被猎杀取绒。目前，我国的藏羚羊总数已下降到7.5~10万只，如果盗猎继续以这样的规模进行下去，20年内藏羚羊将有可能被灭绝。生态是一个整体，好比一座大楼，抽掉一块砖不会垮，抽到一定时候，就非垮不可，一个物种就是一块砖。藏羚羊的问题较少有人关注，我也是前不久才认识到藏羚羊现状的紧迫性的。既然知道了，就必须尽自己的一份力，这种责任是不容逃避的。

记者：您为何采取向布莱尔首相写信这样的方式？

梁：英国在藏羚羊绒贸易中的作用比较特殊，伦敦是世界上藏羚羊绒制品最重要的市场和集散地之一。在布莱尔首相访华前 10 多天，英国驻华大使请我吃饭，席间谈起了藏羚羊保护问题，大使给我出主意：向首相发公开信。我们的策略是，让消费者了解真相。由于藏羚羊绒制品极其昂贵，能消费得起的只是特别有钱的一小部分人。不能说他们明知身上的披肩沾满了鲜血还会心安理得地享用，关键是他们并不知道藏羚羊绒的真正来源。商人们一直在编造谎言，说绒是藏羚羊换季时自然脱落后由牧民从草原上一点一点捡来的。事实上，这些绒都是从猎杀的藏羚羊皮上摘取的。布莱尔首相给我回信本身固然重要，但更重要的是，以这种方式引起国外传媒和公众的普遍关注，对那些披着藏羚羊绒披肩走来走去的人形成压力。好汉不挡财路，只要有利可图，藏羚羊绒非法走私、贸易就不会停止，藏羚羊就会始终处于危险之中。只有堵住消费源头，藏羚羊才看得到生存的希望。

"自然之友"作为中国一家较有影响的非政府环保组织，发挥民间组织的优势，已经为保护藏羚羊做了很多工作。向政府首脑发公开信，这种做法在国外比较普遍，但在我国可能还是第一次。看来效果很好，英国电讯报、独立报、BBC 的记者都前来采访并就藏羚羊问题做了报道。

记者：作为我国最大的民间环保组织，"自然之友"自 1994 年成立以来主要在哪几方面开展工作？

梁：培训中小学环保教师是我们的经常性工作。环保问题不单纯是技术性的知识问题，更主要的是意识问题。造纸厂的厂长不懂得污染？明白着呢，可他还是一个劲儿地往河里倒污水。所以环保教育更重要的是培养人们的价值观、责任感、爱心和对大自然的感情。我们的中小学教育在这方面做得还不够，因此"自然之友"常常组织座谈会，开展交流活动，提高中小学环保教师的素质。

观鸟小组的活动也搞得有声有色。"自然之友"反对笼养野生鸟。许多养鸟爱好者并不知道，笼养野生鸟会对鸟类资源造成很大破坏，平均要抓 20

只才能存活 1 只,其余的在捕捉、运输的过程中就死去了。我们主张到野外看鸟,带着望远镜去郊区乡间观察欣赏各种鸟类的习性、姿态,既保护了鸟资源,又是亲近自然、愉悦身心的休闲方式。最近正在编《北京地区观鸟手册》一书,很快就会出版。

"自然之友"刚刚成立了讲演团。现在很多地方开展环保教育都苦于找不到人去讲,我们的会员便自愿报名组成讲演团,去幼儿园、小学、中学、大学,包括一些公司、机关传播环保知识。

记者:会员活动的经费从何而来?

梁:靠化缘。主要是一些国外大机构的支持。很遗憾,目前国内企业家还没有这种意识。不过,环境问题是世界性的,支持我们也就是支持他们自己,而且大部分环境问题都是发达国家造成的。由于经费有限,"自然之友"不可能像国外的 NGO 一样有一个大的固定机构,所有活动全靠自愿者利用业余时间来做。"自然之友"从来不请客,不花冤枉钱,你看,办公室的沙发都是捡来的。我希望永远保持这种灵活、平易、简朴的风格,避免官僚化。

记者:身为民间组织,"自然之友"在开展活动时是否会遇到不理解? 感到力不从心?

梁:当然。环境问题那么大,那么复杂。NGO 在我国是新生事物,我想用自己的探索为它开个好头。这种探索的意义也许并不低于环保的意义,甚至更大。公众对 NGO、对环保的陌生感在渐渐消除,"自然之友"从 1994 年的几十人发展到现在的 500 多人,而且每天都收到一批想加入的申请信,关心、支持并愿意身体力行的人越来越多,这就是中国环保事业的希望!

记者:您的爷爷梁启超先生献身中国改良运动,您的父亲梁思成教授为中国的城市建筑毕其一生,而您则在年过花甲之时选择了环保事业,对此您作何比较?

梁:我和他们的影响没法比,尤其是我爷爷,他作为中国近代改良思想的启蒙者之一,影响过几代人。这种比较也是没有意义的,时代不同,选择不同,他那时还没有环保问题,连工业化也没有呢。其实办什么事都不用和别人比,一比就背包袱,就变得不真诚了,在自己的岗位上,尽自己最大的努力,对得起社会,也对得起家族,这就足够了。

【日期】 1999 – 03 – 04
【版次】 5
【版面】 两会特刊

　　去年两会,周秉德等数位委员一份编号2331的《关于为反腐倡廉,建议立法不允许军队等权力机构办企业的建议案》,引起极大的反响,其范围之广、程度之深、速度之快、落实之有力,连提案者本人也始料不及——

"脱钩提案"出台前后

　　一份引起广泛关注的提案。
　　一份全国人民拍手叫好的提案。
　　一份连提案撰写者本人都意想不到的提案。
　　这就是在去年的全国政协九届一次会议上,周秉德等六位委员提出的一份编号为2331的《关于为反腐倡廉,建议立法不允许军队等权力机构办企业的建议案》。
　　这个提案引起高度的重视。在提案提出的 3 个月后,也就是 1998 年 7 月,中共中央作出了军队、武警部队和政法机关一律不再从事经商活动的重大决定。7 月 28 日,中共中央纪律检查委员会、中央政法委员会召开贯彻这一决定的电视电话会议;10 月 6 日至 7 日,中共中央、国务院、中央军委再次召开落实这项决策的工作会议;11 月,由国家经贸委牵头、国家计委等 16 个部门参加的"全国军队武警部队和政法机关企业交接工作办公室"成立;12 月 15 日起,全国军队、武警部队所办的经营性企业,全部移交全国交接工作办公室和各省、自治区、直辖市交接办公室;12 月 28 日,全国接受军队、武警部队企业工作会议在京召开,研究和部署接受企业在过渡期间的管理和清理、处理、规范工作。
　　谈起这些,周秉德委员坦率地对记者说:"中央这一系列措施的力度之大、步骤之快,使我深受鼓舞,但绝对不是因为我提出了这个提案才会有这些动作,党和国家领导人一定早就对此有所考虑了。当然,能和中央想到一起,我很欣慰,也很荣耀。"

去年3月,周秉德首次以政协委员的身份参加两会,她想写的第一份提案,就是要把萦绕在脑海多年的思考整理出来:"反对军队和公检法办企业,不是我一朝一夕的想法了,从部队一开始搞三产时我就难以理解。权力机构办企业,往往会与民争利,滥用职权,从而引发不公平竞争。后果更为严重的是,军队和公检法在有国家正式供给的情况下还要去想方设法赚钱,极易干扰履行职能,侵蚀队伍肌体,滋生腐败现象,有损党的形象。我感到,从爱护党和国家的前途考虑,应当提出这个问题。"

其实,周秉德委员的丈夫正是一名军人。大概正因为这份渊源,她对军队建设格外关注,也更加爱惜军队的荣誉:"我不愿意看到我们的军队被金钱所腐蚀。"

提案得到及时反馈,是周秉德委员始料未及的。6月21日,公安部首先传来答复,紧接着,高检、总后、高法分别于6月23日、8月25日、9月28日给予回复。这些答复认为提案所反映的意见"非常正确",分析了产生问题的种种原因,介绍了已经制定的相关规定,并提出了下一步即将采取的措施。周秉德委员颇有感触地告诉记者:"提案得到有关方面的尊重,能有一个交代,增添了我对政协委员参政议政的信心。职能部门在这个过程中所表现出的认真负责,也让我十分感动。"

一份提案能引起如此良好的社会影响,论理周秉德委员该"到此为止"了,但这位个子不高、年过花甲的女性在平和下依然不改尖锐——她还有些不满足。她说:"我的提案重在'立法',现在还只有规定,并未立出法来,我想,违法与违规的严重程度是大大不同的,如果立法禁止军队等权力机构办企业,将有利于这个问题得到根本、彻底的解决。"

那么,周秉德委员是否会在政协九届二次会议上对此还将建言呢?思考良久,她告诉记者,目前"还在考虑之中"。

【日期】 2003 – 03 – 05
【版次】 5
【栏目】 两会新闻

在周恩来同志诞辰 105 周年纪念日里,听周秉德委员讲节约的故事——

两套咔叽布衣裤和一件提案

3 月 5 日,是周恩来诞辰 105 周年纪念日。全国政协委员、中国新闻社原副社长周秉德郑重地向政协十届一次会议提交了一份提案,建议将位于江苏淮安市的周恩来纪念馆和周恩来故居管理处合并,统一管理,以避免人力、物力、财力上的不必要浪费。

周秉德委员是周恩来总理三弟周恩寿的长女。周恩来夫妇无子女,周秉德在嫡亲侄辈中年龄居长,在亲属中她与伯父周恩来、伯母邓颖超来往最密切,曾与周恩来和邓颖超共同生活了 15 年之久。

以周秉德委员和周总理的特别关系,她为何要提出这样一份提案呢?

"这个想法,我已经在脑子里酝酿很久了。"周秉德委员告诉记者。

楚州区原是县级的淮安市,是周恩来总理的故乡。那里有好几处有关这位伟人的纪念馆、旧居、遗址,其中最著名的是周恩来纪念馆和周恩来故居管理处。这两处纪念馆在内容和形式上互相呼应,均是人们缅怀周总理的常去之地,而且同在一区,相距不过一公里。但由于历史原因,在管理上一直处于割裂状态。周恩来故居管理处始终由楚州区文化部门管理,周恩来纪念馆则由省文化厅直接管理。

"我建议两个纪念馆一套班子,统一管理。原因很简单,就是看见能省的钱没有省下来,心疼。"

周秉德委员给记者讲了这样一个故事:

"那年 6 月下旬,刚刚小学毕业的我随爸爸来到了北平,并顺利地考上了北京师大女附中(现为北京师范大学附属实验中学)。平时我住校,每个周末才回家看伯父、伯母。

　　"有一回,卫士叔叔见我从天津来时穿的两身小花衣裙在秋季显得单薄了,便骑自行车带我到王府井定做了两套秋天穿的衣裤。没几天,第一套蓝色咔叽布小套服完工了,穿上真精神。吃饭时,伯父看见了,说:'不错!哪里来的?'我如实回答。几天后,我又换上了另一套黄咔叽布的衣裤,这下伯父看见后便皱了眉:'怎么又做了一套?浪费!'当时实行的是供给制,伯父嫌我做多了,多花了公家的经费。

　　"不论伯母怎样解释'秉德住校,得有两身衣服换洗',伯父却不原谅,谈起了自己的住校史:'我在南开上中学,夏天就一件单布长衫,冬天也就一件藏青棉袍,周六回去洗净晾干。现在国家还困难,我们要节省嘛。'我那时并不太懂,但还是使劲地点头。

　　"几十年过去了,伯父的言传身教伴随着我走到今天。小时候,我可能不懂得能省一套咔叽布衣裤就该尽量省,但现在我却知道,两处纪念馆应该'合二为一'了。"

【日期】　1999 – 03 – 05
【版次】　5
【版面】　两会特刊

20% 成功　20% 失败　60% 部分成功

慎对风险投资

一年来,民建中央提交政协九届一次会议的《关于加快发展我国风险投资事业案》,因为被列为大会 1 号提案而广受瞩目,其后迅速在全国范围内掀起一轮风险投资热:

——1998 年 4 月,50 余位专家参加的风险投资研讨会在京举行;

——5 月,深圳金蝶公司宣布引入"太平洋风险投资基金"2000 万元;

——6 月,科技部有关负责人表示,将探索风险投资体制;

——同月,上海市出台了"促进高新技术成果转化的若干规定",计划在 3 年间安排 6 亿元风险投资基金;

——9 月,国家发展计划委员会副主任李荣融透露,将积极、有步骤地发展风险投资基金;

……

面对这股汹涌的热潮,民建中央副秘书长兼调研部部长熊大方委员日前指出,"要谨慎对待风险投资热"。两会期间,记者走访了熊大方委员。

记者:去年两会,民建中央竭力呼吁热情支持风险投资的发展,正是热潮涌动之时,又提出要冷静看待这个现象。一热一冷,是出于什么考虑?

熊大方:加快发展风险投资事业的提案能引起强烈的社会反响,特别是受到政府、企业的高度重视,我们自然非常高兴,但从去年的推进情况来看,有几个问题值得注意,需要大家有更清醒、更全面的思考。

首先是关于风险投资的认识问题,目前甚至在一些基本问题上还存在认识误区。比如,什么是风险投资？现在很多人把风险投资等同于投资风险。风险投资是一种特殊的投资方式,是由专业人员或专业机构向那些刚刚成立、增长迅速、潜力很大风险也很大的企业提供融资并参与其管理的行为。如果把风险投资理解为风险,就会使人们望而却步,尤其会导致强调规避风险的金融界不敢涉足。

其实,任何投资都不可能没有风险。有资料显示,风险投资的项目中,20％成功,20％失败,60％则是部分成功。直接向项目投资,不是银行和保险公司的任务,它们可以用提供担保业务、适当支持风险投资管理公司的办法来助一臂之力。

记者:尽管金融业对风险投资仍抱着小心翼翼的态度,但各地的风险投资管理公司已四面开花,据悉,这一年内就新增七八十家。

熊大方:这也是基本认识不到位的表现。由于存在所谓的"高风险、高回报",于是一些企业干什么都挂上个"风险投资",盲目乱投,但从它们的经营方式和结果看,均未能跳出一般意义上的投资公司的窠臼。我说过,风险投资是一种特殊的投资方式,要有一套完整的措施保证风险得到分散。例如,建立风险基金,把风险化解到社会各方面;进行组合投资,把风险化解到各个项目;分不同阶段、不同力度来投资,把风险化解到各个时间段。假如不能掌握这些驾驭投资风险的措施,今天的很多风险投资管理公司将来是要吃苦头的。所以,仅仅感觉到风险投资的重要性是不够的,还必须对其有充分认识,否则不利于下一步工作的开展。

记者:从我国的国情出发,您认为下一步的工作该怎么做？

熊大方:我非常赞同民建中央成思危主席的看法。他认为,应当分三步走:第一步,建立真正意义上的风险投资管理公司,要有一批专门人才和专门机构来管理。现在,一头有资本,一头有科研项目,缺少的是风险投资家队伍;第二步,在此基础上建立风险基金,保证资金来源的可靠性;第三步,开辟第二板块市场,完善推出机制。从目前的情况来看,首要的工作是建立管理公司,通过它们的试验和推广,逐渐熟悉风险投资,促进风险投资机制的形成。

记者:当前的风险投资热中,政府扮演了非常重要、主动的角色,您怎么评价政府在推进风险投资事业中的地位和作用？

熊大方：这正是值得注意的一个重要方面。政府的关注是很必要的，但不等于政府要一头扎进去，政府可以参股，但不要控股，要指导，但不要干预。这是风险投资的性质所决定的。风险投资是通过分散风险的方式来集中资金，而国家"包办"搞投资不可能分散风险，势必回到过去的投资体制。因此，我们认为，政府不应成为风险投资的投资主体，最好是"官助民办"，政府投入一部分启动资金，通过少量的投入带动社会各方面的广泛投入。

【日期】　1999－03－11
【版次】　5
【栏目】　两会特刊

回归之际忆小平

　　澳门回归在即,全国政协委员、澳门出入口商会会长吴荣恪向记者讲述起一段往事,不禁心潮澎湃。

　　"那是在 1984 年秋天,我有幸作为港澳同胞国庆观礼团的一员,应邀到首都北京参加中华人民共和国成立 35 周年庆典活动。10 月 3 日,邓小平先生在人民大会堂西大厅接见了我们。在聆听了邓先生介绍港人治港、香港驻军和'一国两制'方针后,香港代表纷纷发言。最后剩下的时间不多了,还没有一个澳门代表提问,我想我应该问问关于澳门的问题,于是我举手向邓先生请教。这是第一次有人公开向中央领导人问澳门问题。

　　"听完我的问话,大概只过了几秒钟,邓小平先生当场回答说:'澳门问题将会和香港一样,用同一个方式解决。'这是中央领导人第一次关于解决澳门问题的公开表态。

　　"我当时的提问只是忽然间产生的念头。但在此之前我就一直很关注澳门问题,我想,迟早都要解决,只是个时间性问题,早作准备,不是有利于各方面工作的顺利进行吗?

　　"由于这一问一答来得突然,立即在澳门社会各界引起了不同程度的反响,大多数人表示欢迎。历经这么多年,事实证明我问得没错。"

　　已是第五次参加政协会议的吴荣恪委员对这些年来国家经济实力的增强感触颇深,他说:"没有祖国强大的国力,没有祖国日益提高的国际地位,澳门的回归是不可能在本世纪实现的。"

　　吴荣恪表示,作为澳门工商界的一员,作为政协委员,他将为加强澳门与内地的经济交往和合作尽一臂之力。他说:"没有邓小平先生'一国两制'的伟大构想,就没有澳门人当家做主的今天,因而我们理应为他所开创的改革开放事业作出积极贡献,在为澳门经济创造更广阔的发展空间的同时,要发挥澳门作为珠江三角洲西部对外窗口的作用,利用澳门现有对外贸易的渠道和不可代替的各种优势,促进祖国对外经贸发展。"

【日期】　1999 – 03 – 13
【版次】　5
【版面】　两会特刊

钱正英"有话要说"

3月11日上午,全国政协提案委员会举行的工程质量座谈会接近尾声之时,一直认真听着会议发言的全国政协副主席钱正英感到"有话要讲",这位搞了一辈子工程的原水电部部长恳切地说:"其实解决工程质量问题的办法已经涵盖在国务院和各部门的部署中了,但我还是不放心,我想很多老百姓也和我有同样的感觉。"

为什么呢?她解释说:"我担心的是,这些部署能否真正落实?现在的质量问题背后是腐败问题,腐败就像一种软化剂,可以把各项规定都软化了、变形了。此外,再好的规定到了一些地方常常被挂起来,结果还是落实不了。所以,我提一个建议,应该把已经发生的恶性事故追究到底,严肃惩处,要让人们知道,这些规定是动真格的!连过去的案例都查不清楚,解决不好,怎么能让老百姓对现在的部署有足够的信心呢?"

接着,她给大家讲了一个故事:"乾隆年间,长江发大水,荆州一段的水直接冲进了县城,乾隆下令好好检查原因。开始下面的人马马虎虎敷衍了一通,乾隆觉得不对,命令再查,查出是因为一个地主在荆江大堤边上圈了一块地围垦。查到这里,乾隆说还不行,得查清是谁批准他圈地的,后来一直查到了10年前批准这个地主占地的官员身上。当年封建社会的官员都能追查到10年前,我们为什么不一查到底,严肃追究有关人员和领导的责任呢?"最后,她掷地有声地表示:"如果查到我当部长时负责的工程有质量问题,我愿意承担责任!"

【日期】　2001－03－04
【版次】　5
【版面】　两会特刊

京城昨日再度风舞尘扬　委员疾呼关注生态

　　3月3日中午12点，记者结束了对政协全国九届常委邓成城委员的采访，准备离开华润饭店。刚走出大门，立即被卷入风涡中。一路行来，只见地面上不时有枯叶、纸片被吹得打起了滚，远处的天边一片灰黄，空气中充满了沙尘的味道。目睹此情此景，顿觉邓成城委员的大声疾呼显得格外迫切："治理沙尘暴刻不容缓！"

　　邓成城委员来自甘肃兰州，对沙尘暴的危害早有切身感受。近年来，由于沙尘暴在我国发生的频率越来越高，强度越来越大，持续的时间越来越长，覆盖的地域范围越来越广，他对这个问题更是作了深入的调研和思考，今年专门就此提交了一份提案。他说："沙尘暴现在的影响不仅限于北方，甚至开始波及到南方地区，呈现出愈演愈烈的态势。这种发展趋势已经引起全社会的关注和老百姓的担忧，有关部门应尽快采取防治措施。"

　　据不完全统计，从1952年至今，我国已发生沙尘暴37次。邓成城委员举了一个例子说明其危害之严重：1993年5月5日的特大沙尘暴席卷了西北大部分地区，前后持续近5个小时，农作物受灾面积达560万亩，沙埋水渠总长2000多公里，兰新干线运输中断31个小时，死亡85人，伤264人，失踪36人，造成直接经济损失约5.6亿元。

　　在提案中，邓成城委员分析了沙尘暴产生的原因，并提出了相应的治理建议，比如进一步加快防风固沙林带建设，尽快划定西北地区生态功能区，建立严格的生态工程监理制度，认真落实节水政策，调整西北工业结构，等等。但是，首要的还是要提高对治理沙尘暴重要性、紧迫性的认识。他说："应把治理沙尘暴和西部大开发战略的实施联系起来。"因为，西北地区属于世界四大沙尘暴区的中亚区,是全球沙尘暴高活动区,其中甘肃河西地区和内蒙古西部的情况尤为严重。如果不解决沙尘暴的问题,必将制约西部地区引进人才、资金、项目,阻碍西部经济的发展,影响西部大开发战略的推进。所以,"治理沙尘暴确实到了非治不可的时候了! 确实到了痛下决心的时候了!"

　　记者写完这篇稿的时候,屋外的风刮得更猛了,天色更加昏暗。据悉,我国北方大部地区这几天都会遭遇到这种大风沙尘天气,内蒙古中西部、甘肃、河西走廊的局部地区已经遭遇沙尘暴。衷心祝愿邓成城委员的建议尽快得到实现,让我们的天空变得透彻湛蓝。

【日期】 2001 - 03 - 08
【版次】 5
【版面】 两会特刊

厉无畏:中国正迎来新一轮经济增长周期

"中国正迎来新一轮经济增长周期!"在民革组委员讨论政府工作报告和"十五"计划纲要的小组会上,九届全国政协常委、上海社科院部门经济研究所所长厉无畏很干脆地说。

这句话立即让大家为之一振。

厉无畏委员继续说道:"去年,国民经济发展出现了重要转机。这个转机的出现不是偶然的,而是一种必然。以此为转折,中国经济进入了新的上升曲线,'十五'期间将有很大发展。"

接下来,他分析了五大新的经济增长因素。

第一,世界经济的增长和中国经济周期吻合。按照长波理论,世界经济从1800年起,每50年一个长周期。第4个长周期始于二战以后,现在正处于第5个长周期的开始阶段,世界经济总体将向上走。去年,中国克服了亚洲金融危机带来的困难,扭转了近两年增长速度下滑的局面,实现了恢复性增长。国际国内两个周期的重叠,有利于国民经济持续快速增长。

第二,中国工业化已越过初级阶段,进入重化工工业、装备工业的阶段。这一阶段将以资本、技术相对密集的重化工、装备工业为发展主体,并带动第三产业快速发展,城市化进程大大加快;房地产业至少会带来十多年的增长。值得注意的是,世界产业转移有了新变化,转移到我国的不再仅仅是劳动密集型的,还包括重化工的转移,特别是在沿海地区。

第三,以电子通讯技术产品为主的高新技术产业快速增长,形成新的经济增长点。我国以电子通讯技术产品为主的信息产业连续3年以30%的速度增长,据预测,未来10年其产值将翻两番。在世界重化工、装备工业向我国转移的同时,高新技术产业的生产部分也在转移,从天津到深圳,沿海已形成电子通讯产品的生产带。

第四,充满活力的民营经济快速发展,是又一个新的增长点。党的十五大召开以来,民营经济连年以 30% ~ 40% 的高速度增长,去年上缴税收占全部总额的 1/3,提供了 1200 万个就业岗位,这是相当可观的。预计民营经济在未来 5—10 年,仍将以 10% 以上的速度发展,非常有利于增强整个国民经济的活力,创造大量的就业机会,缓解社会就业压力。

第五,以"入世"为标志的新一轮开放启动,表明中国经济进入全面开放型的市场经济。接轨后的中国经济将吸引更多的跨国公司和国际资本,引进外资将大幅度上升。外资的构成将发生重大变化,由中小企业转向大的跨国公司,项目规模增大,技术水平有所提高,并带来先进的管理经验。

厉无畏委员最后总结说,未来 5—10 年,小的波动可能会有,但在新的增长因素的支持下,中国经济保持 7% ~ 8% 的增长没有问题,其上升的趋势不可逆转。

【日期】 2003－03－07
【版次】 11
【栏目】 两会新闻

蔡继明委员：全面看待收入差距

○收入差距拉大不是改革的必然成本，而是由于改革还不够深入、还不够完善

○人们只是对不合理的收入差距有意见，而对由贡献差别造成的收入不平等是接受的

○按生产要素贡献分配与坚持效率优先、兼顾平等的原则是并行不悖的

收入分配差距拉大，是当前人们关注的一个敏感话题，也是今年两会代表委员关注的焦点之一。代表委员们分析认为：只要按十六大精神完善按劳分配为主体、多种分配方式并存的分配制度，就可以逐步理顺收入分配关系。如何看待收入差距问题？长期从事分配理论研究的全国政协委员、清华大学教授蔡继明强调，我们一定要有一个正确的前提：收入差距拉大，不是改革的必然成本，而是由于改革还不够深入、还不够完善。

蔡委员说，对于当前人们对收入分配状况的不满，要一分为二来认识。人们只是对那些不合理的收入差距有意见，由贡献差别所造成的收入不平等，通常是可以被理解和被接受的。对于袁隆平院士获得的几百万元奖励，没有人会得"红眼病"，谁都知道，他创造了比几百万多得多的价值。就目前情况看，问题的核心在于：其一，根据贡献大小，应该拉开的收入差距没有拉开，这主要表现在公有制内部，包括国有企事业单位；其二，不应该拉开的收入差距反而拉开了，收入的差别偏离或超过了贡献的差别，这主要表现在：由于垄断而造成的行业之间的收入差距，由于城乡分割而造成的城乡居民之间的收入差距，由于权力寻租或者高收入阶层不照章纳税而造成的收入差距。

这两个方面无疑都违背了按贡献分配的原则,既损害了平等,又丧失了效率。

他认为,十六大确立了劳动、资本、技术、管理等生产要素按贡献参与分配的原则,是对社会主义基本经济制度的又一新的认识和规定,是对中国特色社会主义理论的进一步完善和发展,具有重大的理论意义和现实意义。按生产要素贡献分配与坚持效率优先、兼顾平等的原则,是并行不悖的。按生产要素的贡献进行分配,允许和鼓励资本、技术等生产要素参与收益分配,并承认根据非劳动生产要素的贡献所获得的利润、利息、股息等收入是合理的,这在实践中不仅能够调动劳动者的积极性,而且能够调动非劳动要素所有者的积极性,有助于促进资本积累、技术进步和企业家阶层的形成,做到人尽其才,物尽其用,地尽其力。

蔡继明特别指出,面对新形势新问题,一定要防止平均主义、吃大锅饭思想重新抬头。当务之急,既不是笼统地缩小收入不平等,也不是简单地扩大收入差别,而是要在保证贫困阶层绝对生活水平不断提高的前提下,全面贯彻生产要素按贡献参与分配的原则,深化经济体制和政治体制改革,从制度上消除产生上述收入分配不公现象的根源,理顺分配关系,规范分配秩序,以便“让一切劳动、知识、技术、管理和资本的活力竞相迸发”,“让一切创造社会财富的源泉充分涌流”。只有当社会财富越来越充足,社会生产力高度发展,可供再分配的蛋糕越做越大,人们的相对收入差别才能逐步缩小。我们要通过广泛的宣传和教育,提高人们对生产要素按贡献参与分配的合理性的认识,增强人们对由于贡献差别所造成的收入差别的心理承受力,以便在全面建设小康社会的进程中,妥善处理好平等和效率的关系,逐步实现共同富裕的目标。

【日期】 2003 – 03 – 08
【版次】 7
【栏目】 两会特刊

绩优公司难以直接上市,买壳企业身陷重围,刘汉元委员感叹——

蜗牛背着重重的"壳"

"这几年我们看了 20 多个'壳',结果没有一个敢钻进去!"通过近年来对"壳资源"的"望、闻、问、切",全国政协委员、通威企业集团董事长刘汉元对股市如何健康发展,颇有心得。

壳资源有"壳"无"肉"

我国股市的现状是,一些业绩优良的企业难以直接上市,只得另辟蹊径,走借壳上市之路。

据统计,1994 年买壳上市的有 2 家,到 1999 年达 84 家,呈急剧上升的趋势。在 1996 年—1998 年间,共有 46 家民营企业上市,其中有 27 家是买壳上市,比重达 58.7%。1998 年上市的 24 家民营企业中有 19 家是买壳上市,比重高达 79.2%。这表明,买壳上市已成为民营企业进入证券市场的主要方式。

这种情况造成壳资源价格畸高,实际转让价格一般高于净资产价格的 20% ~ 30%,有的每股转让溢价率甚至高达 100% 以上。往往一家经营业绩很差的上市公司的"壳",却卖出非常高的价格。据不完全测算,1994 年买壳上市的交易总金额为 0.94 亿元,1995 年为 5.7 亿元,1997 年 27.16 亿元,1998 年 97.9 亿元,而 1999 年则高达 192.2 亿元。6 年间耗散了 300 多亿元的社会资金!

不能承受的"买壳"之重

不仅如此,买壳上市的企业在转让价格方面付出高额成本后,还要在壳资源公司的重组上付出高昂的代价。其一,买壳公司将背上"壳"公司沉重的负债;其二,买壳公司要为解决种种历史遗留问题而疲于奔命;最后,由于这些以及其他问题的拖累,上市公司无法投入更多的精力和财力去扩展原有绩优业务、开发有潜力的新业务,经营业绩每况愈下,使企业陷入经营泥潭而不能自拔。

刘汉元委员说,现在民营企业的规模大多在几千万到一两亿元之间,购买 1 个壳资源的巨大代价足以损坏企业正常运转的马达。

根据有关专家对 1997 年到 1999 年三年内重组的上市公司的实证分析,这些公司普遍存在着"重组—恶化—再重组"的恶性循环现象。其中,科利华便是一个典型的例子。从事教育软件开发的科利华为了上市,于 1999 年买下困难重重的上市公司"阿城钢铁"。但是在重组方面花费 4 亿多元的科利华,仍然不能扭转阿城钢铁的亏损局面,最终阿城钢铁不得不于 2001 年停产。这样的例子还有很多。

让绩优企业轻装上阵

刘汉元认为,如果我们的股市能够不惟"成分",形成正常进出机制,那么很多优良的企业就不会在壳资源购买方面付出高昂的转让成本,就可能顺利地在股市上筹集到必要的资金,产生更大的经济效益,给投资者丰厚的回报,使我国股市成为能吸引大量社会资金的投资沃土。

刘汉元建议,在加强监管的同时,必须加快绩优公司的上市速度,以"优"驱"劣",才能尽快改善上市公司主体质量,才能与中国目前的国民经济发展的需要相适应,才能有效发挥资本市场在现代经济中的资源配置作用,建设一个健康而又生机勃勃的中国股市。

【日期】 2003 - 03 - 09
【版次】 6
【版面】 两会特刊

全国政协委员、金融专家黄泽民指出,在我国目前诚信和法制水平较低的情况下——

"管理层收购"须严把三关

面对去年以来管理层收购的热潮,以及由此而引出的一些问题,全国政协委员、华东师范大学国际金融研究所所长黄泽民教授在接受记者采访时指出,管理层收购须慎行! 在我国目前诚信和法制水平较低的市场环境中,管理层收购的实施如不把好关,将会产生诸多负面问题。

管理层收购的英文缩写是 MBO,意思是企业管理层利用借贷资金收购其所服务企业的股权,完成企业管理者成为股东的角色转换。现在,我国不少地方正在积极推进 MBO,以期从根本上解决长期以来困扰国有企业发展的"产权虚位"问题。

黄泽民委员说,从目前的实际情况来看,MBO 在我国实施正面临三大必须解决的问题:

一是收购者由谁来决定。在国外,对目标公司的收购是一个众多收购者之间的竞争过程,如果目标公司的管理者或经理层赢得了这场竞争,这样的收购就叫 MBO;反之,则属其他类型的企业收购。由此可见,目标公司的管理层并不是天然的收购者,唯有在与其他收购者竞争中胜出,MBO 方能实现。但是,目前我国实施的 MBO 首先背离了竞争原则,许多 MBO 案中收购者是通过行政方法解决或决定的,弊端由此而产生。

二是收购价格如何确定。即收购价格如何确定、由谁确定的问题。这也是我国众多 MBO 案走样走调的原因。协议收购和要约收购是目前我国实施 MBO 的两种主要方式。从大部分案例看,收购价格低于净资产的绝非少数。

由此可见,在没有市场竞争的条件下按协议价格收购,已经造成国有资产的流失。更为严重的是,有些国有企业管理者为了获得较低的收购价格,竟然采用隐藏企业利润等会计手段来扩大账面亏损、降低每股净资产价格,收购完成以后,再恢复账面利润,从而实行分红派现,大肆套取现金。

三是收购资金从何而来。从企业的高级管理层转化为企业的大股东,从国家干部转化为企业老板,必须拿出巨额资金来收购目标公司的股权,资金从何而来?理论上用目标公司被收购股权质押可获得收购资金,但是,由于我国商业银行受制度性约束及金融市场上可供选择的工具少,MBO实施过程中的融资在我国是一大难题。然而,管理层收购使某些人一夜之间就可由国家干部变为腰缠万贯的企业老板,在巨大的个人经济利益的驱使下,不少收购者采取了某些迂回的、隐蔽的融资手段,亏损的依然是国有资产。

黄泽民委员不无忧虑地告诉记者,由于我国目前尚不完全具备西方发达国家实施MBO的市场环境,因此,在一些人的观念中,MBO是一夜暴富的空前绝后的良机,而不是公平、公正、合法的市场交易。一些怪异的情况由此产生:如先让自己管理的国企严重亏损,然后再去收购;再如借MBO之名贷款,用贷款短期投资实现套现,损害中小股东的利益;还有某些中介机构借MBO之名,大肆圈钱。

针对我国目前实施MBO中出现的种种问题,黄泽民委员认为,当前最重要的问题是,究竟由谁来代表国有资产。管理层收购代表的是作为买方的个人利益,但是,作为卖方的国有资产的代表人是谁?国有企业在经营中出现了"产权虚位",在出售中难道还是"产权虚位"吗?国有企业的股权转让、国有控股公司的股权转让,应该遵循市场经济的竞争法则。如果在众多的竞买者中,管理层出了好价钱,并完成了对目标公司的收购,这才是真正的MBO。所以,从这个意义上讲,MBO只是一个结果,而不是目标。如果认为MBO是目标,或者认为MBO是国企改革的方式的话,损害的只会是国家的利益、中小股东的利益。

【日期】　2003 – 03 – 17
【版次】　2
【栏目】　两会新闻

让老百姓能"以钱生钱"

——全国人大常委会副委员长成思危一席谈

全国人大常委会副委员长、著名经济学家成思危自然是个大忙人。近年来，在诸多政务之外，他把精力几乎都用到了虚拟经济的发展上，不仅推动南开大学成立了虚拟经济与管理研究中心，还组织召开了两次全国性研讨会。而这次两会上，民建中央提出的备受投资者关注的提案《恢复股市本色》，也凝结了他的许多心血。

虚拟经济离普通老百姓的生活似乎很远，但成思危的一句解释让每一个人都感受到了虚拟经济和自己的密切关系："简单地说，虚拟经济就是直接以钱生钱的活动。"

他说，目前虚拟经济的规模大大超过实体经济。全世界虚拟经济总量到2000年底是160万亿美元，大体相当于全球 GDP 总和的5倍；虚拟资本每天流动量是2万亿美元左右，大约为世界日平均贸易额的50倍。而我国的虚拟经济与实体经济相比，规模还较小。股市市值最高时也仅相当于 GDP 的55%，而且只有1/3是流通股债券。市场和货币市场也相对较小，金融衍生物基本上还没有发展，我们还没有像华尔街、伦巴德街那样大规模的金融中心。同时，我们在驾驭虚拟经济方面缺乏经验。十六大报告指出，"要正确处理虚拟经济和实体经济的关系"，这是第一次把虚拟经济的概念引入中共中央的正式文件。我们要充分发挥虚拟经济对我国经济发展的促进作用，并尽量防范和消除它的消极影响。

今年1月末9.81万亿元的储蓄存款余额再创历史新高。银行存款利率已一降再降，为什么老百姓把钱放在银行里就是不花呢？一条重要原因就是,百姓缺乏畅通、有效的投资渠道。成思危说,如果我们通过发展虚拟经济,为人们提供更多的直接以钱生钱的门道,比如股票、期货、债券、货币、外汇、金融衍生物等金融市场,则居民储蓄的资金将有所转移。投资反过来又会刺激消费,形成对经济增长的双拉动,于国于民都有利。

成思危谈到,从虚拟经济的发展过程看,有价证券是生息资本社会化的产物,而股市则是有价证券市场化的产物,股市最基础的作用就是既为投资者提供直接投资的机会,也为企业提供直接融资的机会。对于投资者来说,由于股市风险高,因此对企业股票的期望收益要高于债券;而对企业来说,由于要求投资者共担风险,故应当有较高的盈利与投资者共享。因此,应不断探索适合中国国情的、与社会主义市场经济体制相适应的股市发展道路。一方面要让投资者在公开、公正、公平的股市上将资金投入他认为有价值的企业,并自主决定要持有股票等待分红还是要卖出股票取得现金;另一方面要让有良好盈利能力并且需要资金的企业以比较低的成本获得比较有效的融资,以支持企业的发展。

对于"股市泡沫论",成思危认为:"股市本身是虚拟经济。虚拟经济总是处于膨胀、泡沫生成、泡沫破灭、紧缩这样一种循环运动中。但这种周期性并不是简单的循环往复,而是波浪式前进、螺旋式上升的。我相信在党中央和国务院的坚强领导下,经过艰苦努力,一定能够使我国股市恢复本色,踏上健康发展的康庄大道。"

【日期】　2005 – 03 – 14
【版次】　15
【栏目】　两会新闻

成思危代表为改善宏观调控支三招

　　如何加强和改善宏观调控？全国人大常委会副委员长、民建中央主席成思危给出了三条建议：

　　一、从实际出发,适时调整调控的手段与力度。当前以控制土地供应和银行贷款为主要手段的宏观调控已经取得了积极的效果,但有相当多的企业特别是中小企业感到经济环境偏"冷"。为此,建议切实按照中央在宏观调控之初就提出的"有保有压"方针,对调控的手段与力度进行调整。主要是把这次以"两个阀门"紧急关闭为特征的、以行政手段为主的应急性宏观调控行为,向常规意义上的以调整货币政策和财政税收政策以及产业政策等宏观经济政策为主要手段的宏观调控过渡;向以主要针对中长期问题的经济结构调整等政策过渡;把宏观调控的着眼点更多地转向调整结构、转变增长方式和深化改革上。

　　二、加强对宏观经济的全面策划和统筹。建议在中央设立一个负责全面策划和统筹的总体计划部门,对宏观经济进行实时监控和研究,协助中央决策层确定国家长远发展的目标体系及其优先顺序,并将领导者定性的价值观及对未来的设想转化为定量的指标体系。

　　三、加强并改善统计工作。建议建立系统的、权威的、具有高度透明度的宏观经济指标的发布渠道与制度,改进抽样调查及统计推断方法,同时建立公共信息公告制度,为宏观调控提供坚实的基础,并引导全社会固定资产投资方向。

【日期】   2004 – 03 – 09
【版次】   5
【栏目】   来自两会的经济新闻

　　国家外汇管理局局长郭树清委员接受本报记者独家采访时透露,外汇管理要进行根本性的调整——

4033 亿美元外汇储备怎么管

　　○ 改变"宽进严出"的管理模式
　　○ 调整"内紧外松"的管理格局
　　○ 转变"重公轻私"的管理观念

　　国家外汇管理局局长郭树清委员在两会上接受本报记者独家采访时透露,为了在新的形势下实现国民经济的内外均衡,外汇管理工作必须进行根本性的调整。

　　据介绍,这主要涉及三个方面:一是改变"宽进严出"的管理模式,建立健全对资金流入流出全过程的监控体系,逐步使资金双向流动的条件和环境趋于一致;二是调整"内紧外松"的管理格局,逐步减少对内资外资的区别管理,创造公平竞争环境,促进多种经济主体共同发展;三是转变"重公轻私"的管理观念,按照同等对待法人和自然人的原则,规范居民个人和非居民个人外汇收支的管理,堵塞目前存在的各种漏洞。

　　郭树清说,2003 年无论是对国内经济还是涉外经济来说,都是非常特殊的一年。国民经济增长达到了 1997 年以来的最高速度。对外贸易的扩大超出了所有预测,资本的流入流出空前活跃。国家外汇储备净增加的数额等于 2000 年以前几十年累积的规模。外汇管理已经经历了而且还将继续面临着极不寻常的形势。据初步分析,如果国际国内经济没有特殊的变化,较多的资金流入仍然是货币政策和外汇管理面临的基本形势。实现货币供应的适度增长和国际收支平衡,都会遇到新的较大挑战。因此,外汇管理本身必须进行根本性的调整,以改善国际收支平衡,迎接新的历史性转折的关键时刻。

为什么要改变"宽进严出"的管理模式?郭树清说,过去外汇管理上偏重于鼓励资金流入,而对资金流出管得比较严,导致了资金流动的不平衡。这种管理方式在过去是必要的,也是情有可原的。现在外汇不那么短缺了,到去年底外汇储备余额4033亿美元,这就需要改变管理方式,加强对资金流入流出全过程的管理,实现进出平衡,略有节余。今年将采取措施加强资金流入和结汇管理。例如,完善对贸易融资的监管,加强对境外机构资金和境外上市募集资金的管理,完善外商投资企业资本金结汇管理等。同时,有选择地拓宽资本流出的渠道。例如,进一步扩大境外投资外汇管理改革试点范围,适当调整移民财产和非居民继承遗产的转移政策,研究引进国际金融机构在国内发行人民币债券等。

为什么要调整"内紧外松"的管理格局?郭树清说,过去对内资企业和个人用汇严格限制,对外商投资企业则给了很多优惠政策。在1993年左右,内资企业还不能开外汇账户,但外商投资企业可以。在新的形势下,内外资企业都需要给予国民待遇,逐步靠拢。当然,这不是说要减少对外资企业的服务,而是要在进一步做好服务的同时,为各种经济主体创造发展的公平环境。对内外资企业,要按它们经济活动和行为的性质来进行管理,而不是按出身和名分实行区别对待。今年将采取的措施包括:统一中外资银行外债和外汇贷款管理政策,支持民营企业商务出境用汇等。

为什么要转变"重公轻私"的管理观念?郭树清说,由于历史上的原因,我们对法人实体的外汇管理有一套比较规范、详细的法规,对居民和非居民个人的管理和服务却比较少,采取的办法流于简单。实际上,我国加入WTO后,企业法人和居民自然人在经济行为上越来越趋于一致,很难区分。现在已经允许个人从事对外贸易。所以必须把企业法人和居民自然人在外汇管理上一致起来,统一服务。该服务的都要服务,该限制的都要限制,该监管的都要监管。

【日期】　2005 – 03 – 11
【版次】　6
【栏目】　来自两会的经济新闻

中国人民银行副行长、国家外汇管理局局长郭树清委员披露2004年新增外汇储备的构成,并提请地方政府和有关部门注意——

招商引资：重"量"更要重"质"

"我们对资本流入应高度关注。"

中国人民银行副行长、国家外汇管理局局长郭树清委员在接受本报记者采访时着重强调:"这会影响到国家宏观调控政策的实施效果。地方政府和有关部门对招商引资的认识要有一个根本性转变,重'量'更要重'质'!"

我国外汇储备至去年底已高达6099亿美元,较上年新增2067亿多美元。一方面,外汇储备的增加,有利于增强国际清偿能力,提高综合国力和人民币信誉,降低改革风险,同时有利于应对突发事件,维护国家金融安全。另一方面,外汇储备增长过快,国际收支持续较大顺差,也意味着在充分利用国际、国内两个市场、两种资源方面存在着较大的改进余地,并对国民经济的总量和结构造成一定的负面影响。

郭树清向本报记者披露了2004年新增外汇储备的构成:外商直接投资606亿美元;海关统计进出口贸易顺差320亿美元;进出口贸易项下外汇多收少支增加300多亿美元;外债增长350亿美元;服务贸易顺差100多亿美元;个人转移和收益以及其他300亿美元左右;证券投资项下100多亿美元;还有国内机构在海外金融资产投资收益、汇率变化收益等等。从上述构成来看,总体上是合规的、正常的,主要行为主体是企业和居民个人,主要因素是市场因素。"但是有几项构成所显示的一些新情况新动向,令我们不能掉以轻心。"郭树清转而指出:

一是新增外债规模达350亿美元,比上年增长18%。特别是短期外债增长非常快,占全部外债余额的比例已超过45%,越过了40%的警戒线。尽管我国外债总量小,不到外汇储备的1/3,从总体上看问题不大,但就外债本身的规模和结构的变化而言,需要引起重视。"债务和直接投资不一样,到期必须还本付息,风险大,尤其是短期资本,来得快去得快。而我国要履行入世承诺,对大量外商投资企业和外商投资银行的管理主要是登记备案,约束力不太强。"郭树清说。

二是在个人投资方面,外汇结汇有相当一部分属于资本项目而非当期经常项目,是用于投资的。在沿海一些城市,目前已发现境外个人购房几十套甚至上百套的现象,这种行为显然属于投资乃至投机。我国现行的规定是,境外非居民个人购房必须是自用,不能用于投资牟利。

三是无论贸易还是外商直接投资,都存在弄虚作假的情况。表面上是做贸易和投资,实际上是购买境内人民币、房产、土地,在房地产市场和货币市场进行投机,甚至还有相当数量的假外资。

正是由于这些因素的逐渐显现,郭树清委员对当前一些地方政府和部门缺乏宏观意识,不惜一切代价进行招商引资表示忧虑。他特别不赞成那种为了引进外资,层层下指标、下任务甚至和工资、奖金、绩效考核挂钩的做法。"出发点是好的,但一些领导干部如果单纯追求引进外资的数量而不重视质量,从长远看对经济发展损害很大,导致产业结构雷同、低水平重复、价格恶性竞争。尤其是缺乏充分的防范金融风险意识,对投机性资本不设防,使房地产价格被炒得很高,对企业、银行和居民构成风险。这对改善投资环境并没有好处。房地产价格上升会带动所有费用上升,不利于居民享有更多的教育、科技、文化。"

郭树清呼吁各地区各部门一定要转变观念,加快转变对外贸易增长方式,改进招商引资的方式。"进一步扩大对外开放不等于给外资超国民待遇。我们要按WTO要求,加快落实开放市场的承诺,同时统一内资和外资的国民待遇。要像《政府工作报告》所指出的那样,积极合理利用外资。着力提高利用外资质量,更好地把引进外资与提升国内产业结构和技术水平结合起来。"

郭树清希望通过本报传递出国家外汇管理部门和金融监管部门的坚定决心:"对于违反外汇管理规定的资本流入,我们非常关注。我们正在对有关事实进行认真调查,一定会依法作出严肃处理。"

【日期】 2006 - 04 - 06
【版次】 11
【栏目】 经济视点

中国有能力建设国际一流商业银行

——专访中国建设银行股份有限公司董事长郭树清

编者按:一年来,建行的改革备受瞩目,尤其是 2005 年 10 月 27 日,建行在香港成功挂牌上市,这对国有商业银行乃至中国银行业的改革来说,是一个具有里程碑意义的事件。但是,银行改革的内容和任务,远非上市可以涵盖与实现,内部变革、机制转换是更为紧要和迫切的要求。

特别是到 2006 年年底,WTO 过渡期将结束,中国金融业的大门将向所有合格的国际金融机构敞开。在改革开放中成长、在市场风雨中历练的中国国有商业银行准备好了吗?履新一年的郭树清近日接受了本报记者独家采访,就此做了坦率而真诚的分析和阐述。

建行上市为什么说是成功的?

这次的改革,不是在形式上从"老三会"变成"新三会",而是有内部实质性的变革和机制上的转换;上市也不是从形式上把股票卖出去了,而是国际投资者和全球市场认可了你的改革。

(**记者旁白:**身着深灰色的夹克,郭树清从从容容地走过来。身后报春图上怒放的红梅,越发衬出他素有的淡定和沉静。我们的采访开始了。)

随着社会上对几大银行重组上市关注的升温,不少业界和媒体的朋友都在问我这样一个问题,国有商业银行改革取得突破或成功,究竟最主要表现在哪些方面?

在回答这个问题之前,先来看看原来的情况。党中央、国务院从 1997 年以来,把深化金融改革、防范金融风险放到突出的优先的战略地位上来,国有商业银行不良资产率偏高的情况开始逐步扭转。1998 年,财政部发行特别国债,向四大国有商业银行注资 2700 亿元充实资本金;1999 年,成立四大资产管理公司剥离 1.4 万亿元不良资产;2004 年和 2005 年,国家先后选择建行、中行和工行进行股份制改革试点,并从外汇储备中先后拿出 600 亿美元注入这三家银行,共剥离 7300 多亿元可疑类贷款和核销 4300 亿元损失类贷款。通过一系列政策措施,这三家银行的资本充足率都达到 9% 以上,不良贷款率下降到 5% 以下。其他方面,如服务质量、产品创新、风险内控、系统建设、机构调整、人力资源配置以及案件防范等等都取得了显著的进步。了解内情的人都知道,这些都来之不易,可以说是经历了一个十分艰难的过程。

如果只看一时的财务指标,确实并不能说明有实质性转变,人们会担心,这是国家政策作用的结果,但是中、建两行注资已两年多了,迄今为止走势是令人鼓舞的。衡量一家商业银行办得好坏,有两个最基本最客观的尺度,一是客户服务水平,二是风险管理能力。这两个方面都是硬标准,用来评估国有银行改革的实际成效也是非常合适的。

国际投资者最关心的几个方面,他们都看到了较满意的答案。一是现代公司治理结构,建行董事会、监事会、管理层的运作严格依照法律和公司章程。其尽职尽责之认真程度,甚至超过了国外某些知名银行;二是风险内控,从 1999 年就开始实行独立的审批人制度,去年又进行了审计垂直化和风险管理改革试点;三是业务流程改造,全面落实“以客户为中心,以市场为导向”的经营理念;四是劳动用工和薪酬制度改革,力度之大,工作之细,任务之重,在其他国家也是很少见的;其他如领导人员问责制、廉洁从业规范、组织机构改革,计算机网络建设,与美国银行的业务合作,几乎所有方面都在扎扎实实地向前推进。总之,国际投资者看到,建行的改革、管理和发展确实动了真格的。

建行用两年不到的时间完成了财务重组,这是一个非常了不起的成绩。但是更艰难更关键的在于内部改革。如果投资者对你没信心,还会担心不良率再度上升。因此,这次的改革,不是在形式上从“老三会”变成“新三会”,而是有内部实质性的变革和机制上的转换;上市也不是从形式上把股票卖出去了，而是国际投资者和全球市场认可了你的改革，相信你将来不大可能再出现以前那种不良资产无限制膨胀的风险了。金融是现代经济的核心，银行是金融的核心。因此银行改革的重要性和复杂性毋庸置疑。这就是为什么中央如此重视银行改革，为什么说是输不起的改革，只能成功不能失败。正是从这个意义上说，工、中、建三家银行股改的启动和建行上市的成功，确实是国有商业银行改革的一项重大突破。第一，标志着我国国有商业银行在目前阶段上已初步摆脱了系统性风险；第二，标志着我国金融体系从最危险的状况中脱离出来，把可能导致金融危机的巨型炸弹的"引信"拆除了，这对国家金融和经济的稳定至关重要；第三，标志着我国银行体系开始融入国际金融市场。

从另一方面来看，建行上市成功也为其他国有商业银行探索了路子，为后来者的国际定价提供了参照。建行股票的市净率（股票价格与每股净资产的比值）最高时为 2.57 倍，市盈率（股票价格与每股收益的比值）为 18.9 倍。就是上市之初的定价，其市净率、市盈率也达到甚至超过许多国际先进银行的水平。建行的定价把国企上市的价格拉起来了，为国家以后在国际市场上发行债务、筹资、融资，树立了一个高水平的基准和起点，这对整个中国银行界和企业界都是有积极意义的。

（**记者旁白**：对于国有商业银行上市的重大意义，金融界人士自豪地描述为"神六上天，建行上市"。2005 年 10 月 14 日，建行开始在香港招股，很凑巧，那天清晨，神舟六号的两名航天员巡天时，正飞过香港，鸟瞰香江。更凑巧的是，神舟六号飞船降落回收的地方——内蒙古四子王旗红格尔草原，正是郭树清 1974 年 8 月至 1978 年 2 月下乡插队的地方。）

股票定价为什么会敢于"冒险"？

外国的金融专家告诫我们说，这样做是要吃苦头的，"你以为你是花旗吗？"我笑着告诉他们，"建行确实不是花旗，但我们有潜力有能力达到花旗的水平！"

我们当初着实冒了一定的风险。按照国际惯例，银行定价参照的是上市股票价格相当于净资产比率多少倍（市净率），通常初步上市能定到 1.6 倍就不错了，因为世界平均水平也就 2 倍左右，包括国际一流银行美国银行、汇丰、花旗等银行。而建行根据对市场的把握，一开始就定在 1.65 至 1.82 倍，然后又提高到 1.96 倍，超过了亚洲先进银行平均水平，也超过了美国银行、汇丰银行的水平。

国际市场最初对此并不完全认可。华尔街的不少权威机构和媒体都认为我们定得贵了。香港许多大公司、大财团撤了订单，他们这样做是完全可以理解的。上市后股价连续十几天一点没涨，有一天收市时还小幅地跌破了发行价格 2.5 分。外国的金融专家告诫我们说，这样做是要吃苦头的，"你以为你是花旗吗？"国内也有朋友关心地问我，那段时间是不是经常失眠，心理压力是不是特别大。我笑着告诉他们，"建行确实不是花旗，但我们有潜力有能力达到花旗的水平！"诚然，在经营管理水平和运行机制方面，我们与国际一流银行之间存在着差距，这是毋庸讳言的。但中国的宏观经济持续向好，中国政府改革的决心和我们已采取的行动都给投资者留下了深刻印象，中国银行业的增长前景胜过外国同行，还有人民币走势坚挺，这些都是我们定价的有利因素。

（**记者旁白：**记得在去年 9 月间，正是建行备战上市最紧张的时候，出现在公众场合的郭树清谈笑风生，但闭口不谈任何有关上市的事情，他说这是投资商和监管机构的要求。从他坚定的态度中，记者能够感受到一种说不出的压力，而从他那神思敏捷、暗含机锋的应对中，更能捕捉到一种胸有成竹的自信。）

事实证明，我们的判断是正确的，价格定得非常恰当和成功。首先表现在我们一下子就定到了国际一流商业银行的水准上；其次是股价在一段时间的平稳运行之后开始上升，价值约 12 亿美元的超额配售成功实现，总筹资额达 715.8 亿港元。业内人士认为，发行价那么高，上市后很难稳住。在国际资本市场上也很少见到这么大一个盘子不往下走的。有外国朋友问我，你们怎么能对市场估计得这么准确呢？我开玩笑说，我们使用了每秒 100 亿次的计算机。是天时、地利、人和多种条件汇合在一起才形成了这个结果。

回想起从上市、定价到发行的整个过程，建行的团队确实做得很完美，无可挑剔。我们的团队接触了许多潜在的战略投资者，对所有可能涉及的问题都做了全面深刻的了解,尤其精于计算。坦率地说,我有时甚至有点担心我们过于精明了,因为生意场上谁也不比谁差多少。你在某一方面占了便宜,也许就会在其他某一方面吃亏。招股说明书修改几十次,路演会见了几百家机构,还有几十家投资银行和基金公司的专业分析师各自独立写出研究报告,可以说把我们每项长处和短处都翻腾了许多遍。后来我们看到有的朋友写文章说,建行上市可能没有考虑到自己有庞大的网络,这是很值钱的。说实话,这让我们哭笑不得。事实上我们找出了所有的有利因素。如果不把这类有利因素打出来,怎么能说服外国投资者做出合理决策呢?外方对我们的情况十分了解,他们在谈判时更愿意列举我们的不利因素。我们对所有真实的情况都不否认不回避,同时对任何虚假的臆造的东西也不客气。总之,从一开始我们就坚持一条,必须保证让投资者看到一个完整的客观的图景,怎么评估、怎么判断是每个参与者自己的事情。就这一点而言,我感到十分满意。

(**记者旁白**:郭树清曾赴英国牛津大学作访问研究,行长常振明、副行长陈佐夫、范一飞等人都曾留学美国。所有的推介会,他们都不用翻译,自己用英语与基金经理们交流。"建行管理层在推介会上表现出来高水准的专业素养、极具特色的个人风格,都给我留下了深刻的印象。他们还很风趣幽默,这很出乎我的意料,也改变了我对中国国有企业管理层的一贯看法。他们确实让我耳目一新。"美国纽约的一位基金经理如是说。)

事实证明我们引进战略投资者的抉择是正确的。目前我行与美国银行的20个业务合作项目正在展开,有的已迅速见到成效。例如:从今年4月1日起,双方部分客户就可以在对方的 ATM 机上取款。美国银行承诺不在中国市场上与建行开展业务竞争,关闭其已开办的零售网点;但是不限制建行在美国市场开办分支机构及收购兼并。与淡马锡的合作也已启动,最近将有一批人员赴新加坡培训。

尤为让人欣慰的是,建行的成功上市让国际市场和业内人士对中国国有商业银行刮目相看。建行这次股票发行创造了很多"第一",华尔街和欧美商学院纷纷将其作为案例进行研究。去年年底和今年年初,国际金融界和媒体给建行和我本人授予了二十多个奖项,虽然我一次也没去领过,但心里是高兴的,因为这至少可以节约一笔可观的商业银行的广告营销费用。

（**记者旁白**：2005 年，建行获英国《银行家》杂志"中国最佳银行"称号，《亚洲风险》杂志 2005 年度中国内地最佳金融风险管理大奖，是本年度中国银行业中唯一获上述殊荣的银行；获《亚洲金融》"2005 年年度最佳交易、最佳股权交易、最佳首次公开发行、最佳股份化和中国最佳交易"等多项国际性大奖，郭树清获"年度资本市场风云人物"奖；……2005 年 11 月 21 日，惠誉首次给予建行 A¯ 的长期外币评级，评级展望为稳定，短期外币评级为 F2，支持评级为 1，同时将建行的个体评级从 D/E 上调至 D。）

今年年内，中国银行和中国工商银行将相继上市，许多记者都提到一个问题：建行先行一步对它们有何借鉴？我们在上市路演时多次说过，几家银行各有所长，历来都是互相学习、互相支持的。建行从工行、中行、农行和交行、招行、民生银行以及其他许多内外资银行都学到过有益的做法。作为国有商业银行，四家大行有共同的难题、共享的经验，但大量存在的还是各家的特殊情况。像我们的网点分布地点、人力资源配置不合理问题，就比中行和工行严重得多。银行改革方面，国务院确定的方针是"一行一策"，因此，需要根据各自的"行"情和特点，探索出实事求是、"因行制宜"的改革和发展模式。

为什么有信心建一流商业银行？

客观、历史地看待国有商业银行极其重要，"好得很"与"糟得很"的观点都不对，都失之于偏颇。中外资银行各有自己的优势，但是，中国的银行在中国的市场竞争不过外国银行，是没有道理的。

上市以前，社会上对国有商业银行的评价普遍偏低，成功上市以后又满目皆是国有商业银行资产如何优质等等。在我看来，客观、历史地看待国有商业银行非常重要，"好得很"与"糟得很"的观点都可能失之偏颇。有利和不利、优势和不足、取得的成绩和存在的困难，都要看到。建行上市前后，我们都反复强调，建行与国际先进银行相比，差距和不足太多了。首先是经营理念还没有真正转变到"以客户为中心、以市场为导向"，这是最根本的问题。

（**记者旁白**：2005 年 6 月 23 日，郭树清在《建设银行报》发表署名文章《建立以客户为中心的理念和机制是股份制改造的中心内容》，指出"国有独资商业银行股份制改造面临着多方面的任务,但是最关键的是转变经营机制,真正建立起'以客户为中心'的企业文化。能否为客户提供最好的银行服务是衡量改革成败的最重要标准"。这个衡量标准的提出,让建行员工深受触动。)

经营理念的转变仍然是一个艰巨的任务。"以客户为中心、以市场为导向"绝不是泛泛而谈,它体现在每一个工作流程和环节、每一个产品、每一项服务以及每一名员工的言行。一年来,建行的员工已经感受到了翻天覆地的变化,但我觉得还不够。过去,所有的工作都是从自己方便出发,一旦从客户角度考虑,什么时间开门关门、客户想要什么产品和服务,等等,问题马上不一样了。原来,很多人对让客户排队等待习以为常,现在发现不对了,如果自己是客户,当然希望有所改善。过去为客户服务时,如果计算机系统出了毛病,觉得这是不可抗拒因素,好像交易失败天经地义,现在就不可能这么看了。风险控制也是如此。我们的风险管理制度要比欧美银行复杂得多,条例印出来有好几本,都是从自己方便出发,怕出问题,各级机构和每个环节都往上加规定,严格建章立制,看似很"安全",可实际操作性很差。

其次,我们应对市场风险和汇率风险的能力还比较差。世界一流银行的风险管理很完善,不良率在1%以下。建行目前的不良贷款率已经较低,出现不良贷款的概率也变得很小。但是,我们是处在一个相对确定的货币市场之中,利率还没有完全市场化,汇率刚开始有一点浮动。随着改革向纵深发展,未来面临的市场风险会逐步加大,国有商业银行必须尽快提高应对市场风险的能力。

第三,在产品开发上,我们距离适应市场的需求还差得很远。此外,在员工队伍的素质、组织架构、人力资源管理等方面都还有很大差距。

尽管如此,我对中国建设世界一流商业银行非常有信心。最近很多人都在问,今年WTO过渡期将结束,中外银行将面对面竞争,我们有信心吗?尽管外资银行有许多优势,但是,中国的银行在中国的市场竞争不过外国银行,是没有道理的。

为什么这样说呢?放在国际背景下,我们熟悉中国市场,熟悉中国文化,熟悉我们的客户。几大国有商业银行拥有庞大的网络和众多的客户,像建行有1.3亿多个人客户,和几乎所有的中国大公司都有业务往来。更为重要的

是,不管是国际还是国内,不管是宏观还是微观,有许多有利因素支持着我对中国建设世界一流商业银行的信心:

信心来自国家良好的经济发展趋势。改革开放 28 年来,我国经济长期高速增长,充满活力,企业生机勃勃;

信心来自中央倡导的科学发展观和以人为本的理念,这些已深入到我们的基层机构,在员工的头脑中开始扎根;

信心来自我们以开放的心态对待商业银行改革,善于学习世界上先进的东西;信心来自过去 10 多年银行改革过程中,特别是最近两三年改革所取得的快速进步;

信心来自外国投资者和国际资本市场对中国银行业的认可……

(**记者旁白**:说到这个地方时,一向以冷静著称的郭树清在言语间忽然多了几许激情和诗意,记者不由被这种坚定不移的信心所感染。看到身边越来越多的建行广告“中国建设银行建设现代生活”,不少街头的大型广告牌上出现了建行赞助大型公益活动的标识,确实令人有一种今日建行非昨日建行的感受。)

事实上,这些年来,国有商业银行的改革确实取得了实质性的进展,运行机制有了根本性的变化。

比如说,在建行上市的过程中,不断有外国投资者问我们两个最为关键的问题:一是你们的银行差在什么地方? 二是你们怎样来控制风险? 怎么保证不出呆坏账?

我先回答第二个问题。在控制风险方面,建行已经有了很大进步。建行最早建立起独立信贷审批人制度,独立信贷审批人不受各级行长制约,他们不受任何影响和干预地进行贷款审批。我们还采用了国际上最先进的经济资本、经济增加值管理办法,以此来考核分支机构是否创造效益,引导它们把各种成本考虑进去,包括风险成本和机会成本。这使我们比较早地有效地控制风险。建行受这一轮宏观调控的影响很小,因为我们已经把先进的管理办法运用起来了。

再回答第一个问题。我们对投资者没有隐瞒自身的不足,最主要的不足是,还没有完全建立起“以客户为中心、以市场为导向”的经营理念和运行机制。已经做了,但还不够。投资者相信,如果一个商业银行清醒地认识到自己的不足并采取措施,是能够得到客户认可的。问题存在不可怕,关键在于解决问题的办法。只要有解决方案,就可以得到投资者的信任。以客户还是以银行为中心? 这不是一个简单的问题,而是一场革命性的变革。国有商业银行改革的难点不少,比如说体制机制的遗留问题,人员素质不适应新的形势,等等,但更主要的还是在观念、理念、文化上离现代商业银行的要求还存在差距。真正转变到"以客户为中心",我们过去的很多东西都需要彻底改变,包括规章制度、业务规范、产品说明,甚至员工和客户打交道时的言谈举止。客户最需要的不是你在他面前满脸堆笑,他希望得到的是你用最有效、最有利的方式来解决他的金融问题,满足他的需求。

很多不知内情的人都以为我们去年决策层管理层的工作重心是抓上市,其实我们80%以上的时间和精力花在了抓内部改革和管理上。倡导服务理念的转变是我最重要的工作,目前已经收到了实实在在的效果。像营业网点的布置,过去70%至80%的面积给了对公客户,剩下30%左右给个人客户,因为大家想当然地认为对公业务赚钱多,要给客户更大的空间。这显然是不合理的。又如个人账户资金往机构账户转账,过去不能直接做,理由是防止公私混淆,这意味着如果你从公司买房、买汽车,不能使用转账支付,你给希望小学捐款也不能使用转账支付,你不觉得荒唐? 再如,类似的影响服务效率、服务质量的问题,去年梳理出来几十个大的方面,多数已得到解决或开始解决。我们收到的投诉处理得都非常认真,效果很好,渐渐地,我收到的表扬信息开始超过了投诉的信息。不过,问题仍然不少。

(**记者旁白**:点击建行的网站首页,最引人注目的就是一句话:"建行帮您实现"。人民币升值了,你手中的美元该如何处理? 我们提供咨询和理财。你想提前购买自己的汽车和住房,但没存那么多钱? 我们的服务帮您实现梦想……网页上无处不在的温馨服务理念和服务产品,让人们看到了一个转型中的现代商业银行。)

与现代商业银行相适应的人力资源管理改革也在强力推进。3年间,建行分流了七八万人,近3万个网点减少到1.4万个,撤并了很多布局不合理、和金融资源不匹配、长期亏损的网点。这个工作量非常大,也是我国特殊的国情。国外的商业银行可能也没有一家经历过我们这样大规模的人员调整。但我们做得基本上是平稳的,没有出大的问题。有记者问我是怎样做到这一点的？我想,首先一条就是要"求真务实",其次要"出于公心,平等待人"。商业银行管理需要"在商言商",公事公办,该怎么办就怎么办。但是对分流员工必须多理解、多尊重,设身处地为他们着想。这些同志绝大多数都很为国家着想,为银行着想,建行今天的成绩,他们是作出贡献和牺牲的。以我的体会,这些年国有银行改革的外部环境确实大有好转,政府的干预越来越少了,比如对贷款活动的直接干预已经非常罕见了。但是,各级政府对银行的困难更关心了,做好机构、人员调整工作,离不开地方政府的大力支持和积极配合。

为什么我们欢迎更加充分的竞争？

很多朋友善意地为我们如何面对日趋激烈的竞争而担心,但是创造公平竞争的环境还是很大的问题。不过从宏观上说,从实现改革的目标来看,现在的问题不是竞争对手太多,而是竞争对手太少!

目前国有商业银行改革的一举一动都成为社会热点,其实反映出人们对"十一五"期间国家金融业发展趋势的高度关注。我相信,通过深化改革,国有商业银行风险控制能力会更强,服务水平会更高,不良资产率会更低,产品创新会更快,恶性案件会更少,案件造成的损失会更小。1996年以来,建行每年发生的案件数量呈明显的急剧下降之势。更应引起重视的不是案件发生的数量,而是案件造成的损失。外国银行的案件不比我们少,但有本质的不同,就是它每个案件涉及的金额少,一般在几百或几千美元上下,而我们的涉案金额动辄百万千万元甚至几亿元,国外极少有这样的情况,这就是制度和机制上的区别。我们要进一步加强内控制度改革,找准风险点,虽然不能完全杜绝案件的发生,但是要保证大的案件不发生,发生案件后能及时发现,及时制止,及时控制住损失。

很多朋友善意地为我们如何面对日趋激烈的竞争而担心,不过从宏观上说,从实现改革目标来看,现在的问题不是竞争对手太多,而是竞争对手太少!希望能有更多的多种所有制和各种形态的金融机构出现。因为当前经济社会发展对金融服务的需求很大、很急迫,现有的所有金融机构只能满足实际需要的 1/3,其中银行服务也只能满足 50%,社会上的大量需求满足不了,许多企业找不到融资的渠道,很多企业重组、兼并、换股的想法都因为缺少金融工具无法实现,可供选择的个人理财产品也很少。现在什么地方排队? 到银行排队,买国债排队,买企业债排队,买基金排队,这充分说明银行业、金融业的供给不足。

实际上,竞争对手不怕多。外资银行进来,同台竞争,新经验、新产品普及会更快,我们银行的技术水平势必会提高得更快,金融市场会成熟得更快,金融生态会改善得更快。充分的竞争有利于我们做强做大,降低风险,因为企业直接融资多了,自有资金多了,转嫁给银行的风险就会减少。而且小的金融机构一方面是我们的对手,另一方面也是我们的客户,它也有支付、结算的需求,我们可以为其提供服务,这反而增加了我们的市场机会。

不下水游泳,永远学不会游泳。在竞争中把中国的银行建设成为世界一流的商业银行,是中国银行家的梦想。5 年规划,10 年远景,建设银行一定能够建成国际一流的现代商业银行。那时的建行,将自立于全球现代商业银行之林,活跃于国际金融舞台,建行品牌将风靡天下。

(**记者旁白**:虽然意犹未尽,但我们的采访不得不结束了,因为等待着这位银行家去做的事情确实太多太多。一年时光飞逝,两鬓华发渐生,国有商业银行和整个中国银行业面临的改革、发展任务之繁重,恐怕只有身在其中者才会有最深切的感受,而经历山重水复之后豁然开朗、渐入佳境的那种惬意感,也只有亲历者才能真切地品味。正是在坚定不移的努力中,具有国际一流水平的中国现代商业银行渐行渐近。)

【日期】　2004 – 03 – 12
【版次】　6
【栏目】　两会特刊/采访随想录

年检年检，自己先"简"一"简"

　　一听记者来自经济日报，江西省工商联副会长王翔委员就说："你们报纸前不久登的两条新闻，我们很感兴趣。"一是北京市政府对涉及企业的年检事项进行大幅精简；二是一封记者来信，说的是陕西省的企业家呼吁有关部门简化企业年检手续。

　　王翔委员说，这两篇报道从不同侧面反映了改进现行企业年检办法的必要性和可能性。他今年提交的提案就是：修改《企业年度检验办法》，简化企业年检手续。

　　"其实企业年检本来是很简单的事情，但在现实中却被复杂化了。"王翔说："《企业年度检验办法》第三条明确规定，年检是工商行政管理机关依法按年度对企业进行检查，确认企业继续经营资格的法定制度。通俗地讲，就是管理部门为了了解企业是否存续的措施。可是，目前在大多数地方，企业办理年检手续时，不但要提交年检报告书、营业执照正副本原件、资产负债表和损益表，有的还被要求提交审计报告、验资报告、各种专项许可证或相应文件、住所使用证明、企业账目乃至银行对账单等文件。审计报告、验资报告还常常被责成到指定的会计师事务所、审计事务所进行验资、审计，手续十分繁杂。

　　"别看只是一次年检，可前前后后得花去企业 4 个月时间！按照《企业年度检验办法》，登记主管机关年检的主要审查内容除了有 13 项具体项目外，还有第 14 项'其他需要审查的事项'，这个'其他'给了许多地方很多伸缩空间。管理机构要对所有市场主体的大量事项进行审查，同时还要办理大量案件，查处违法、违规行为。审查内容过多，不仅工作质量难以保证，也提高了行政成本。

"企业的成本也不低。企业要交纳的年检费是 50 元,但审计、验资费少则几百元、多则上万元甚至更多,这无形中增加了企业的负担。"

他建议尽快修改《企业年度检验办法》,实行信函报送或网上报送制度,减轻企业负担,使地方的规章制度与国家的法规规定相衔接。

【日期】 2005 – 03 – 08
【版次】 5
【版面】 两会特刊

尹明善委员痛陈创新缺失之苦——

"摩托车只卖 14 元 1 斤"

从 2001 年开始,中国摩托车业出现全行业亏损,2002 年每辆车利润只有 8 元钱。以前靠出口能挣一些钱,现在出口这一块也救不了了。"原来中国摩托车在越南能卖到 700 多美元一辆,如今一辆车已经卖不到 300 美元,也就是 14 元 1 斤的水平。"重庆力帆集团董事长尹明善委员一说到摩托车行业同质竞争的情况就激动不已。

"100 多家厂,都是组装整车,一个图纸,一个模样。产品型号是相同的,技术含量也是相同的。你把张三的耳朵揪下来,照样能合丝合缝地安到李四的头上。而你把本田、雅马哈的耳朵拿下来,是绝对安不到通用或是福特身上的。长期沿袭这种制造方式,缺乏自主创新,拿不出跟别人不一样的东西,结果就是低价位同归于尽的竞争!"

怎样才能走出国际市场中的低价格泥潭呢?尹明善的深刻认识是:变同质化竞争为差异化竞争,提高自主创新能力,通过掌握产品核心技术来获得国际竞争力。

有好长一段时间,尹明善曾经对日本摩托车价格是中国摩托车的三四倍很不服气。中国摩托车产量已是世界第一,论质量也达到了日本的 90%,为什么日本摩托车质量仅高一成,价格却是 3 倍之多呢?

琢磨得多了,他慢慢悟出了其中的道理。"我们以前不都用手洗衣服吗?你会发现,大面儿的污垢好洗,用 5 分钟时间就能洗掉 90% 的污垢,可要把最后 10% 的污垢特别是衣领和袖口洗干净,那得再花上三四个 5 分钟。所以日本摩托车质量比我们高一成,价格就高两三倍,天经地义!"

　　90% 的质量和 100% 质量相比,就差那么 10%,却已是云泥之别。"质量高一分,价格高两成;质量低一级,价格降两等。"尹明善将他的感悟总结为"洗衣原理"。"我们要拼命把这 10% 提上去。这 10%,就是产品核心技术,就是自主创新!"

【日期】　2005 - 03 - 12
【版次】　6
【版面】　两会特刊

高天乐委员呼吁——

别再把劳动力廉价当优势

清欠难、民工荒、保姆荒，无不折射出我国劳动关系紧张的现状，吸纳了1亿多人就业的民营企业，更是矛盾的频发区。

民建中央常委、天正集团公司董事长高天乐委员经调查后认为，当前民营企业劳动关系紧张表现为"五大征候"：一是劳动和工作环境恶劣，不执行法定的劳动安全卫生标准或不采取有效的防护措施；二是劳动合约不规范，劳动报酬不匹配；三是福利保障欠缺，不交纳综合保险，发生事故不支付工伤、医疗、抚恤补贴等；四是技能培训缺乏；五是实行野蛮的强制劳动和暴力管理。

高天乐分析，"五大征候"从表面上看是民营企业法制观念淡薄造成的，深层原因则是地方政府与民营企业长期以来都将"低劳动力成本"作为企业发展、招商引资的"法宝"。在这种观念驱使下，一方面，企业为了最大限度谋取利润，以牺牲员工基本的合法权益为代价，拼命压低劳动力成本；另一方面，地方政府将劳动力便宜作为吸引投资的竞争手段，不重视维护职工利益，劳动法规形同虚设，监管不力。

为切实解决劳动关系紧张的问题，高天乐委员分别对政府部门和民营企业提出建议：

——地方政府要切实转变观念和职能，加大政策引导、经济调控、市场监管力度，不要再以"低劳动力成本"，作为招商引资的"法宝"。各级领导干部要做到以人为本。对政府的政绩考核不应仅看 GDP 的增长，还要关注增长背后的公平性。

——民营企业要树立以人为本的经营理念，将人力资源作为第一资源来对待，让企业的发展成果惠及广大员工，提倡健康、协调、可持续的发展观。

【日期】　2006 – 03 – 13
【版次】　9
【栏目】　两会特刊

陈明德委员：让"袖珍企业"唱好就业大戏

连续几年开"两会"，全国政协常委、民建中央副主席陈明德委员关注的都是中小企业的发展问题，而这一次，他把视线直接对准了很少受到注意的"袖珍企业"——比中小企业还要小的微小型企业。

应重视微小企业

他解释说，微小型企业通常指自我雇佣、个体经营，包括不付薪酬的家庭雇员的小企业。这类微小型企业的创立和发展不仅能够创造大量自我就业机会，而且对扶助困难群体、促进经济发展和保持社会稳定都具有积极的作用。

"今后 20 多年里，我国面临着巨大的社会就业压力，通过微小型企业的创立，实现自我就业，这将不再是就业的补充形式，而是重要形式。"陈明德加重语气说，"政府工作报告提出，2006 年国民经济和社会发展的主要预期目标之一是城镇新增就业 900 万人，城镇登记失业率控制在 4.6% 。解决就业再就业问题，应该让'袖珍企业'唱大戏！"

当前微小型企业在发展中面临着不少困难，限制了其吸纳劳动力的能力和活力，如融资困难、生存压力较大、缺乏必要的社会保障等等。

如何支持微小企业

为此，陈明德委员建议，应努力营造比较宽松的政策环境，支持微小型企业的创立和发展。主要措施包括：一是制定面向微小型企业的就业支持政策。如依据雇员人数给予微小型企业经营者以税费减免优惠，鼓励扩大就业，充分发挥微小型企业扶助弱势群体就业的作用。

二是加大金融对微小型企业扶持力度。鼓励支持风险投资机构、民间担保中介机构或协会组织，向微小型企业提供资金支持或小额贷款担保。进一步研究和制定拓展微小型企业融资渠道的措施和优惠政策，支持面向微小型企业融资贷款试点工作的开展。

三是加大对微小型企业的支持力度。建立为微小企业提供创业培训、法律咨询、市场咨询的综合服务机构和体系。降低微小型企业的准入门槛，扩大微小型企业的经营许可范围。

四是加强社会保障对微小型企业的辅助力度。应将微小型企业从业者纳入社会保障体系，推行具有简便易行、操作性强、选择余地大、进入门槛低等特点的社保品种。处理好微小型企业就业的灵活性与社会保险的关系，可从征缴的税收中按一定比例提取社会保障费的方式，使微小型企业从业者享有社保的权利，得到失业、养老、医疗等方面的保障。

五是加强社区对微小型企业的服务力度。通过社区组建类似微小型企业民间协会的互助式组织，加强经营信息交流与资金互助关系。有条件的社区，还应为微小型企业提供经营场地。

期待更多具体措施

令人高兴的是，一些地方和部门已经认识到了扶持发展微小型企业的重要性。比如上海市就采取多种措施改善微小型企业开业环境。截至2005年11月底，该市服务于微小型企业的开业贷款担保累计已达3.02亿元。已建和在建开业服务园区59个，进驻非正规就业劳动组织3400家；开业培训已累计培训近8万人次。目前，共有非正规就业劳动组织3.4万家，从业人员36万，其中2188家已成功转制为小企业。虹口区还启动了2000万元的创业孵化基金，扶持区内失业、下岗、协保人员创办微小型企业。同时，微小型企业吸纳区内就业特困人员，区政府还按每人每年1500元的标准给予补贴。

"企业虽小,作用不小。微小型企业的发展事关民生,希望各地更多关注量大面广的微小型企业,让这些'袖珍企业'拥有健康成长的良好环境和广阔空间。"陈明德委员最后说。

【日期】 2007 – 05 – 13
【版次】 2
【栏目】 经济话题面对面

　　就纺织工业如何转变增长方式、实现产业升级,本报记者对话全国政协委员、中国纺织工业协会会长杜钰洲——

纺织工业要提高科技和品牌贡献率

纺织工业的数量与质量

　　数据:今年1季度,除了欧美设限的31个品种出口增速下降外,我国其他纺织产品品种出口都达到了两位数的增长,在此基础上,整个纺织行业出口增长14.7%。

　　记者:您对纺织贸易走势怎么看?

　　杜钰洲:目前,我国纺织品外贸出口在总体上仍能保持增长的势头,但今明两年增幅将趋于下降。作出这一判断主要基于以下几方面原因:从有利方面分析,一是世界经济保持平稳增长。二是我国纺织品服装国际竞争力得到进一步提升。虽然欧美对我国31类纺织品服装进行设限,但只限数量不限价格,对纺织行业总体影响有限。2006年我国在这些设限范围的出口额占对欧美出口额的20.6%,占对世界出口的6.7%,市场空间仍然很大。三是技术进步和创新能力增强使纺织行业产品质量和市场适应力提高。四是市场配置资源的基础性作用进一步发挥,放开进出口经营权后,更多的民营纺织企业进入国际市场,去年出口增长了60%。如今民营企业自营出口和通过专业进出口公司出口的总额已占全行业出口总额的64.6%。从不利方面分析,存在一些不确定因素。包括:国际贸易保护主义抬头,石油高价位,各种经贸关系的不确定性,中国纺织工业比较优势在取消配额后集中释放效应逐渐减弱,国内人工成本上升,人民币汇率升值,以及进出口政策的调整,都会增加出口成本。

记者:在贸易摩擦不断的情况下,我国纺织品出口连年保持较高增长,您认为关键原因是什么?

杜钰洲:主要是因为我们的竞争力在提高。

正如美国贸易委员会在2003年经过对主要纺织品服装供应国考察后的结论所说:中国能以有竞争力的价格提供任何品种任何质量的服装纺织品,是美国大型服装公司和零售商的首选国。这正是近年来贸易摩擦增多的本质原因。我国传统纺织业是以发挥比较优势为主的竞争性行业,现在也还是这样。但不应孤立地认为比较优势仅仅是劳动力工资低。实际上中国纺织工业平均工资在以每年10%左右的速度增长。关键在于劳动的质量在逐年提高,单位劳动创造的价值量在提高。必须用好我们真正的比较优势,比如说丰富的劳动力资源、良好的产业配套能力、投资环境的优越、已融入全球化的开放环境,等等。因此决不应忽视产业升级所带来的新的竞争力对我国比较优势的正相关作用。

我国纺织工业正在转变出口的增长方式,重要的一个表现就是附加值的增加。在"十五"期间已经开始出现这个可喜的变化。从2001年到2005年的5年间,是纺织工业技术进步最快、品牌发展最活跃、劳动生产率提高最快的时期。

怎样提高科技贡献率

数据:纺织工业在"十一五"期间的奋斗目标是:到2010年,中国纺织工业在2005年的基础上,全员劳动生产率的增幅将比"十五"期间提高1/3。单位增加值纤维消耗下降20%,污水排放量下降22%,单位纤维能耗下降10%。

记者:您在很多场合都强调纺织业要加快转变增长方式,实现产业升级,这是出于什么考虑?

杜钰洲：讨论这个问题的前提之一，是我们要充分认识到纺织工业是一个关系国计民生的传统支柱产业。目前从业人员达 2000 万人，其中 70% 左右是农村转移劳动力，而纺织工业每年使用 700 多万吨国产天然纤维，涉及 1 亿农民的生计；纺织工业遍及广大县镇区域的产业集群，对农村城市化进程发挥了重大的作用。

总体而言，我国纺织品在国际市场上占有很大的份额，中国的纺织品质优价廉，得到了世界公认，表现出了很强的竞争力。但也要看到，我们的产品主要是贴牌出口，自己获得的基本是加工的利润。由于品牌和营销网络没有掌握在自己手里，因此中国加工企业获得的附加值在国际价值链中只占到 20% 左右。这就表明中国纺织工业转变增长方式有两个着力点，即提高科学技术和品牌对纺织工业增长的贡献率。提高这两个贡献率是中国纺织工业以科学发展观建设现代化纺织强国最重要的目标和动力。

记者：您前面也谈到，中国纺织品的国际竞争力，并不单单靠国内劳动力便宜，行业科技进步的贡献率十分关键。那么，进一步提高科技贡献率的着力点在哪里？

杜钰洲：必须体现在以下三个方面，即大幅度提高先进装备的比重，大幅度提高全行业研发投入的强度，大幅度提高产业队伍素质。这是行业提高创新能力的基础性条件，对哪一项都不能忽视。先进的装备不仅是纺织劳动力发展的测量器，而且是先进社会化关系的指示器，是实现内涵型扩大再生产的物质基础，这就要引导全行业积极调整投资结构，将扩大规模的动机转向投资先进生产力。研发投入的多少直接反映着行业创新的实践能力。重硬件、轻软件是中国纺织工业最突出的薄弱环节，仅仅有先进装备不能产出创新价值，也不能自动形成企业的核心竞争力。

所谓产业队伍素质，不仅指队伍中个人的素质，还包括社会化水平，比如产业链的整合能力、产学研的结合水平、科研成果的转化能力、产业技术的集成创新能力等等。总之提高队伍素质既要提高职工素质，又要提高社会化水平，最大限度提高创新资源的集约化效果。

记者：中国纺织工业协会将如何推动企业进行技术创新？

杜钰洲：我们在 2004 年全行业科技大会上通过了《纺织工业科学技术发展纲要》，提出了 28 项关键技术和 10 项成套关键设备，作为"十一五"及中长期科技发展的重点。还组织相关部门和专业协会对各项关键技术进行了细化和分解,编制了一系列关于"十一五"纺织行业科技攻关和产业化《项目指南》,为各地和各行业企业制订发展规划提供指导,为各级政府部门科技列项提供依据。协会今后还将充分发挥各种社会资源优势,引导企业投资、社会投资,争取各级政府的行政资源向纺织科技进步倾斜;同时加大对外开放,广泛开展国际合作交流;还将面向广大中小企业大力推动产业创新平台服务,促使纺织行业的经济增长从资源依赖型向创新推动型转变。

如何培养自主品牌

数据:贴牌加工出口企业获得的利润大约只占产品跨国供应价值链的20%左右。纺织行业已有175个产品获"中国名牌"称号。

记者:您提出,要使科技和品牌真正成为促进纺织业转变增长方式的推动力。那么,如何来考察和核算品牌对行业和企业的贡献率呢?

杜钰洲:科学技术属于生产力层面上的推动力,品牌是属于生产关系和上层建筑层面上的推动力。科学技术不等于品牌,品牌是反映商品关系的评价尺度,是基于消费者关系的社会价值的集中体现,包含很多因素,是生产、交换、分配、消费的全过程的社会评价。在品牌价值层面,它是质量、创新、快速反应、社会责任四位一体的价值体系。形成一个社会公认的好品牌很不容易,要有一个过程,而消费者的认同是最根本的。所谓消费包括生产消费和消费者最终消费。消费者评价纺织品服装的使用价值包括物质性使用价值和文化审美性使用价值。在现代社会,人们不仅关心产品本身的这些使用价值,还关心商品全过程的社会责任。讲品牌贡献率,就要体现产业链的整体素质,比如生产效率、资源节约、环境保护、人文关怀等等。仅仅讲技术是不够的。所以我们在科技贡献率之外,又特别提出了品牌贡献率。

记者:在国际知名品牌占据竞争优势的情况下,您认为国内企业培育具有国际影响力的自主品牌的现实途径是什么?

杜钰洲:一是增强企业培育自主品牌的意识,但我国纺织服装业的自主品牌建设要循序渐进,求真务实,克服急躁情绪和形式主义;二是要建立、完善和加强知识产权和品牌保护机制;三是加大对行业培育自主品牌的支持力度,比如对设计、市场开拓等方面的政策支持,鼓励支持企业积极开展境内外商标注册,完善品牌质量管理体系、企业社会责任管理体系等,鼓励纺织各行业、重点区域通过建立并发挥产业创新公共服务平台的作用,创建行业性、区域性公共品牌;四是重点扶持一批在品牌设计、技术研发、市场营销网络建设、第三方物流等方面的优势企业,提升它们对行业品牌建设的公共服务水平;五是建立和扩大国际营销渠道,降低流通成本,培育战略伙伴,建设跨国研发与营销要素,增强我国自主品牌的国际竞争力,从而尽快提高纺织服装自主品牌产品出口的比重。

　　同时,要积极推进纺织企业国际化经营。鼓励有条件的纺织企业"走出去",充分利用国内外两种资源、两个市场。"走出去"就纺织行业来说,重点是"自主品牌"走出去。品牌代表着技术、市场和营销方式。仅仅"加工能力"走出去,风险很大。现在摆在我们面前的挑战是国际品牌本土化发展速度很快,而本土品牌国际化很难。本土品牌国际化就包含增强本土品牌在国际市场上的控制力。这也是国际化的必由之路。因此,应鼓励自主品牌企业在境外投资设厂或采取收购、租赁、合资合作等投资方式;行业协会积极组织扶持自主品牌企业出国展览、境外培训、投资考察、对外推介、对外交流等活动;支持有条件的企业在境外设立研发机构,获得国际认证、申请国际专利、注册国际品牌;鼓励企业在主销市场设立分销中心等,提高对纺织产品终端市场的控制力。在"十一五"末期形成一批拥有自主知识产权、主业突出、核心竞争力强、具有国际竞争力的纺织跨国(集团)公司。

　　总之,"十一五"期间将是纺织行业发展的关键时期,机遇大于挑战。

【日期】　2009 - 03 - 10
【版次】　7
【版面】　两会特刊

尔肯江·吐拉洪委员：
实现保增长与保民生的良性互动

　　"2008 年,国家加大公共教育资源向农村地区、贫困地区倾斜力度,新疆少数民族教育跨出历史性大步。"见到记者,新疆维吾尔自治区党委常委尔肯江·吐拉洪委员高兴地说。

　　去年 11 月,新疆维吾尔自治区党委七届七次全委扩大会议提出,将加大对教育事业的投入,积极争取国家支持,在新疆南部贫困地区和田、喀什、克孜勒苏柯尔克孜自治州逐步实现高中阶段免费教育。

　　"这不是因为新疆财力有多么雄厚,而是着眼于新疆经济社会发展和少数民族整体素质提高而采取的措施。"尔肯江·吐拉洪委员说,"中央提出保增长、保稳定、保民生,这三方面是密切联系、相辅相成的。新疆在争取国家支持的基础上,探索逐步实行高中阶段免费教育,就是希望通过坚持教育优先,实现保增长与保民生的良性互动。"

　　他告诉记者,今年国家将向新疆投入 30 多亿元加快发展基础教育和学前"双语"教育事业。预计到 2012 年,新疆农村 85% 以上的少数民族儿童可接受学前"双语"教育。"在全力推动'双语'教育工作的同时,自治区还将提高边远贫困地区教育水平,普及高中阶段教育,大力发展中等职业教育。我将就此向大会提交提案。"尔肯江·吐拉洪委员说。

【日期】　2009 – 03 – 13
【版次】　5
【版面】　两会特刊

陈经纬委员:大力加强信用风险管理体系建设

"引发国际金融危机的一个重要原因是信用风险管理严重缺失。无论从当前积极应对国际金融危机,还是从保障经济社会持续科学发展看,都必须大力加强我国的信用风险管理体系建设。"这是全国政协委员、中国国际商会副会长、经纬集团董事局主席陈经纬在全国政协十一届二次会议上所作大会发言的主题。

陈经纬委员对于信用风险管理问题的研究由来已久,他已连续 5 年参加由中国国际贸易促进委员会与全国整顿和规范市场经济秩序领导小组办公室等机构共同举办的中国国际信用和风险管理大会。他认为,在当前经济形势下,加强信用风险管理体系建设的重要性越发突出。

"应对国际金融危机,我们需要增强信心。信心来自多方面,不仅我们对自己要有足够的信心,而且在经济社会交往中还需要相互之间的信心。'信用'正是增强相互交往信心的基本条件。"陈经纬委员说,而且现在网络交易、金融衍生产品和各行业的信用交易逐年扩大,信用风险也随之增大。

陈经纬委员说,信用体系不健全已在很多方面影响企业的健康发展。例如,为什么困扰中小企业多年的融资难问题没有太大突破呢? 正是由于信用管理体系尚未建立健全,中小企业信用担保没有第三方权威评级机构认可,不能靠信用担保从银行获得贷款,只能作抵押贷款。建立信用体系是解决中小企业"融资难"的关键突破口。

陈经纬委员建议,要把信用管理作为一项系统工程来抓,做到统筹考虑,多管齐下。

第一,加快信用管理法律法规的制定。应尽快出台公平信用报告法,对信用行业的管理定下基本的制度框架,以促进信用行业规范健康起步。

第二,完善征信制度,加快信用数据库的建立。必须进一步完善征信制度,鼓励各信用中介机构注重自身信用数据库建设,政府部门和行业也要加快信用数据库建设,并积极创造条件使信息资源实现社会共享。

第三,促进信用中介机构的建立和规范,不断完善信用评估机制。从现在起,要在加快信用中介机构建立的过程中,制定相关制度以约束和保障信用中介机构客观、公正、独立、规范地竞争和发展。

第四,强化企业信用管理意识和机构设置。这些年我国企业进出口逐年增多,在企业对外的投资、收购、兼并中,应更加重视信用风险管理,更好地防患于未然。

第五,强化对信用行业的管理和监督。我国信用行业发展历史短,在加快立法的同时,必须强化对该行业的监管。

第六,加快信用管理人才的培养,以适应行业快速发展的需要。可以在有条件的大专院校开设信用管理课程,也可加强培训,对正在或即将从事这项工作的人员进行培训,增强其专业技能和职业操守。

在采访行将结束之时,陈经纬委员对记者说,经济日报在去年底曾推出"企业诚信经营大家谈"的系列报道,非常有意义。"信用风险管理在我国是一项较新的工作。有了全社会的共同重视,以立法来保障,以信用风险管理体系为基础,就一定能够把经济损失减少到最低限度,从而实现科学发展、可持续发展。"他说。

【日期】　2010 – 03 – 04
【版次】　5
【版面】　两会特刊

吉晓辉委员:金融支撑坚强有力

　　"过去的一年,在应对国际金融危机冲击、保持经济平稳较快发展这场重大考验中,我们既取得了显著成果,又积累了在复杂环境中推动经济社会又好又快发展的重要经验。"全国政协委员、上海浦东发展银行董事长吉晓辉对记者表示。

　　他说,国际金融危机对金融业带来了深远影响,一系列变革推动银行业进入新的发展阶段。国内银行业全力将危机带来的不利影响降到最低水平,特别是在贯彻落实中央应对国际金融危机冲击的一揽子计划和政策措施中,坚持做到"既审慎又积极",创新金融服务,为国民经济在全球率先实现总体回升向好提供了坚强有力的金融支撑。银行业在服务经济转型升级中创造了新价值,获得了新发展。

　　"2009 年,浦发银行净利润增长 5.43% 。预计整个银行业实现两位数增长。"吉晓辉委员说,"这样的增长态势受益于整体宏观经济恢复上涨的发展态势。而银行业在支持结构调整方面加大了力度,使营业收入总量不断扩大,结构更趋合理。"

【日期】　2010 – 03 – 09
【版次】　9
【版面】　两会特刊

刘长铭委员：为培养创新型人才打好基础

　　"政府工作报告在提到推进教育改革时,强调要对办学体制、教学内容、教育方法、评价制度等进行系统改革。我想基础教育改革的一个重要目标,就是要为培养创新型人才打好基础。"全国政协委员、北京四中校长刘长铭在接受记者采访时说,"为建设创新型国家服务,为培养创新型人才服务,是时代对基础教育提出的必然要求,也是基础教育的一次深刻变革。"

　　刘长铭委员认为:"实施素质教育的核心,是培养学生的创新精神和创新能力。这不仅仅是一个传授知识与方法或者能力培养的问题,在本质上是价值观的塑造——把学习、思考、工作和创造当作一种乐趣,并从中感受到无尽的幸福。"

　　刘长铭委员建议,基础教育阶段是为培养创新型人才打好基础的一个重要着力点,要以学生价值观构建为核心,保护学生对学习、思考和创造的热情。

　　近年来,北京四中在教育教学改革方面进行了新的探索和实践。刘长铭委员告诉记者:"希望随着教育改革的推进,社会和学校都不再炒作高考升学率,也不以此来考核和评价我们的教师和学生。好的教育的标准不是学生们一定要考进名牌大学,而是使他们拥有强健的体魄、丰富的大脑,以及乐观豁达、积极向上的人生态度。"

【日期】 2010 – 03 – 10
【版次】 8
【栏目】 两会新闻/代表委员讲述身边事

程萍委员：加大对农民培训的投入

"今年两会，我特别想说说农民培训。全社会在高度关注'农民进城以后怎么办'、加大对转移农民的培训力度的同时，也要更加关心'留在村里的农民怎么办'，要加大对留在农业的农民的培训。"全国政协委员、广东省农业厅副厅长程萍长期在农业科技领域搞研发和推广，深知农民科技素质的提高对转变农业发展方式的重要性。

程萍委员认为，近年来，伴随城镇化、工业化进程的快速推进，大量有文化的青壮年农村劳动力从农村走了出来，留在农村的劳动力明显呈现出老龄化、妇幼化、文化程度低的特征，对科技知识缺少必要的了解，与现代农业生产的要求严重脱节。

"目前，我国农产品的新品种基本上5至6年就要更新一代，农民急需得到全方位的长期专业培训，要掌握不断更新的品种性能、栽培技术，真正实现从农民向农业工人的转化，以适应农业结构调整的需要。"程萍委员说。

程萍委员建议，要加大对农民培训的投入，"有关部门已经启动了新型农民培训、阳光工程等针对农民培训的工作，同时着手建立现代农业产业技术体系，让农业专家、农技推广人员和农民连接起来，让农业生产的每一个环节都有科技支撑，其中也包括对农民的培训。这些都是很好的开始，现在的当务之急是需要全社会都来进一步关注农民培训，加大力度，帮助广大农民提高从事现代农业的能力，为加快转变农业发展方式提供有力的人力资源保障。"

（刊发原题为《让农业生产的每一个环节都有科技支撑》）

【日期】　2010 – 03 – 14
【版次】　7
【栏目】　两会关注

低碳经济本质上是可持续发展经济。李小琳委员认为,发展低碳经济——

从大处着眼,从小处着手

全国政协委员、中国电力投资集团公司副总经理、中国电力国际有限公司董事长李小琳在接受本报记者采访时说:"我国作为发展中大国,大力发展低碳经济,从现实看是迫在眉睫,从历史看是任重道远。"

李小琳委员认为,作为一种新的经济发展形态,低碳经济本质上是可持续发展经济,核心是能源技术和减排技术创新、产业结构和制度创新以及人类生存发展观念的根本性转变,实现低碳生产、低碳生活。"低碳经济"概念不光是时髦的词汇,还是人们对生产生活方式的深刻反思。

李小琳委员建议,推动低碳经济要从大处着眼、从小处着手。

"从大处着眼",是指要形成我国低碳经济发展蓝图。其中一个重要方面是加快制定与低碳经济发展保持一致的国家产业政策。包括制定新能源等新兴战略产业的刺激政策,引导、支持和规范企业在低碳经济领域积极投资;把可再生能源、先进核能、碳捕集和封存等先进低碳技术,作为提升国家科技竞争力的核心内容,促进低碳技术创新。

"从小处着手",即不管是企业还是个人,都要对原来的生产生活方式进行再思考并做出相应的改变。企业应付诸行动,主动积极地做好节能减排,加强技术攻关,把更多的绿色能源和"低碳产品"奉献给大众,这是企业的社会责任。作为个人来讲,应从生活的小事做起,比如拒绝白色污染、随手关灯等,这不但是一种美德,也是一种生活方式。

李小琳委员还特别谈到,推动低碳经济发展,首先需要促进全民在环境观念上和公众参与意识上的转变，为此必须要做好政策、文化的双重"导引"。政策是刚性导引，从利益调整上明确导向。文化是软性导引。"在发挥好文化导引方面，中华传统优秀文化精神有许多是值得吸收、弘扬的。比如，尊重自然，敬畏自然，热爱自然；量力而行，量入为出，勤俭节约等等。这些不仅是我们中华民族的美德，其实也是我们的思考方式。要用好文化的力量，让全社会形成共识，只有建立在生态文明基础上的可持续发展，才具有牢不可破的强大后劲。"她说。发展低碳经济的主要途径，是继续大力推进节能减排，推广循环经济模式，进一步加快新能源产业发展。

"整个电力行业这几年在节能环保、新能源开发上都做出了很大努力。"李小琳委员说，2009年是我国电力新能源快速发展的一年。风电装机容量新增897万千瓦，占到全年新增装机容量的10%，太阳能新增也达到1.87万千瓦；电力新能源的投资出现了大幅增长，核电新增基本建设规模为850万千瓦，核电、风电全年基本建设投资完成额同比分别增长74.91%和43.90%，"我们中电国际已经投资了近300万千瓦的项目，其中包括风能、垃圾发电、生物质发电，分布在10多个省区市，相当于每年碳排放减排量600万吨。在中电国际现在的电力结构当中，清洁能源比重已经占到30%，可以说在五大发电集团当中都是比较高的。整个集团关停小火电114台，相当于720万千瓦容量。"

李小琳委员谈到，电力新能源作为技术密集型、资本密集型产业，目前还处在前期发展阶段。围绕"争取到2020年使中国非化石能源占一次能源消费比重达15%左右"的目标，又要保持高效、节能，取得预期的经济和社会效益，以促进我国新能源产业在世界新能源发展中占领战略制高点，还要做更加艰苦细致的工作。

"在现有产业结构当中，74%是火电，20%多是水电，新能源只占到2.28%，这个数字还是很低的，我们仍要大力发展新能源。"她建议：一是要尽快出台新能源产业发展整体规划。根据电力新能源不同细分子行业的发展阶段，尽快形成有针对性的整体规划和统一规范。二是要整合新能源产业，提高产业集中度，着力培育具有国际竞争力的大型企业。特别是要集中国家优势，组建、扶持高端的研发机构，加大新能源技术研发的力度，力争在核心技术上尽快取得突破，赶超国际先进水平。三是要加强电源项目与电网相协调的统一规划,完善新能源新增电量的上网机制。四是要提高我国电力新能源企业参与国际竞争与合作的程度。

　　她说,要让千家万户真正用上新能源电力,关键还是要深化电力体制改革。一方面,加快深化电价机制改革,理顺上网电价、输配电价和销售电价的定价机制,适时启动煤电联动机制,此外在目前大用户直供电成功试点的基础上,扩大试点范围,加快研究并推行输配标准电价。另一方面,促进电源结构调整,保障电网基础设施配套,使发电端能够多鼓励新能源,多鼓励优化结构的产品。同时,也能够以优质的质量输送到末端。

——党代表剪影

【日期】　1997 – 09 – 13
【版次】　5
【栏目】　星期刊／星期专访

信心满怀写未来

——访新闻界部分十五大代表

举世瞩目的第十五次全国代表大会已在北京隆重拉开了帷幕,2048 名代表济济一堂,共襄盛会,记者日前专程走访了出席十五大的新闻界代表,请他们结合自己的职业特点谈谈出席十五大的感受和想法。

何平:世纪之交的思索

站在这个世纪之交回首上个世纪之交,也许更能认识我们民族的历史命运,从而更加深刻地认识这次党代会的意义。上个世纪之交,中华民族是带着被列强瓜分、任人宰割的奇耻大辱进入 20 世纪的。此后,在长达半个多世纪的时间里,救亡图存、富民强国的历史任务最终是由中国共产党人实现的,没有共产党就没有新中国,没有中国特色社会主义,就没有改革开放的今天。这就是历史的结论。所以,能亲身参加这样一个有着划时代意义的党代会,我感到非常荣幸。

作为新闻界出席党的十五大的代表之一,我感到自己肩负着全国 5800 万党员的嘱托,也肩负着 12 亿人民的嘱托,既觉得非常光荣,又深感责任重大。身为代表,我首先要很好地学习,领会精神;其次要很好地行使代表的权利,为开好这次大会做出自己的努力。

(何平系新华社总编辑助理、高级记者)

卢小飞：不负党和人民的重托

我参加新闻工作已整整 21 个年头,其中有 11 年是在西藏度过的;我也插过队,在中国最穷的地区之一——陕西当过农民。在记录农村、记录中国的岁月里,这是我第一次当代表出席党代会,所以我十分珍惜党和人民的选择。珍惜的涵义有两层:一是在学习大会精神的同时,还要总结经验,展望未来。记者要做"目光四射的人",身为记者的代表更要实事求是。我对未来充满信心,虽然我们每走一步都要付出很多艰辛,但我们在进步;二是在平时的新闻工作中要进一步继承和发扬联系群众的好传统,选择一种最贴近群众,最为群众所欢迎、所接受的形式来宣传党的路线方针。

（卢小飞系人民日报社记者部副主任、主任记者）

方明：做好党的播音员

党的十五大具有里程碑性质,能当选为代表,并且还当大会工作人员,宣读文件、决议和选举名单,我感到非常光荣。

播音员是用语言艺术进行宣传的党的新闻工作者。播音员只有具备了过硬的政治素质、良好的文化素质、丰富的知识面和深厚的语言功力,才能完成好党的宣传任务,并非一些人所理解的照本宣科、念稿子。改革开放中出现的主持人,仍然是播音工作的一部分,是播音工作的一个岗位。所不同的是,由于工作的需要,主持人的工作范围有所扩大,常常集采、编、播、制作于一身。因此,对主持人的要求应该更高,视野应更广阔,理解应更深刻,播出的东西应更具魅力,同时还要起推广普通话的作用,这是宪法所规定的,现在一些主持人的南腔北调是不对的。改革不能抛弃最基本的规矩,要通过新的机制,把好的东西坚持下来,把不适合听众需要的东西加以纠正。我相信,十五大以后,对广大播音员、主持人来说,对所有的广播电视工作者来说,改革的任务会更重。

(方明系中央人民广播电台播音部主任、播音指导)

孙玉胜:荣誉意味着更重的责任

十五大是一次历史性的会议,作为个人能亲身经历如此重要的跨世纪的会议,真是莫大的荣幸。我并没有做出什么轰轰烈烈的业绩,党和人民却给予我这么高这么重的荣誉。荣誉对我来说,意味着更大的压力和更重的责任。我总认为,这次当选为代表和我个人关系不大,而是我们的栏目得到了观众的承认、得到了党和人民的充分肯定。《东方时空》、《焦点访谈》、《实话实说》和《新闻调查》这4个栏目的生根发芽、开花结果都归功于改革开放,我个人在新闻工作上取得的一点点成绩也得益于改革开放。

(孙玉胜系中央电视台新闻评论部主任、主任记者)

熊蕾:大家都应重视对外宣传

我当代表的感觉可以用6个字来形容:没想到,挺惶恐。新华社到处都有比我更好的,选择我,应该说是对外宣传工作的重视。这些年新闻战线的代表不算多,对外宣传的代表就更少了。

十五大当然不可能解决对外宣传这样的具体问题,但不管什么问题,都可能会涉及到对外宣传。特别是我国深化改革,扩大开放,和世界经济的联系日益,对外宣传有必要上一个更高的台阶。不仅是新闻战线的人要关心对外宣传,社会各界的人对这方面的重要性和紧迫性都应有所认识,并且掌握起码的对外宣传艺术。这不只是单纯的宣传问题,而是关系到党和国家国际形象的大问题,不能掉以轻心。我们以何种国际形象走向世界,关系到民族的命运,关系到开放能否最终成功。

（熊蕾系新华社对外部政文编辑室主任、高级编辑）

【日期】 2002 – 11 – 07
【版次】 3
【版面】 要闻

十六大代表、中央金融工委常务副书记阎海旺接受本报记者专访时说——

用"三个代表"重要思想推进金融改革

37名代表组成的中央金融系统代表团将亮相十六大,这是该系统第一次单独组团参加党的全国代表大会。十六大代表、中央金融工委常务副书记阎海旺就此接受了本报记者的专访。

阎海旺说,中央金融系统首次单独组团参加党的全国代表大会,充分体现了以江泽民同志为核心的第三代中央领导集体对金融工作的高度重视,同时也是深化金融体制改革的结果。

金融是现代经济的核心,随着社会主义市场经济的建立和完善,金融在我国现代化建设中的作用日益突出。党的十五大后不久,中央专门召开全国金融工作会议,决定成立中央金融工委和金融机构系统党委,对金融系统党组织实行垂直领导,干部实行垂直管理。这是切实加强金融系统党建的一项重要决策,也是深化金融体制改革,建立和完善现代金融体系的一大举措,对于保证党的路线方针政策和党中央、国务院指示、决定的贯彻落实,确保金融安全、高效、稳健运行,更好地推动改革开放和现代化建设事业都是十分必要的。

几年来,这一改革举措成效显著。中央金融工委和中央金融系统各级党委坚定不移地学习贯彻"三个代表"重要思想,紧密结合金融行业特点,大力加强金融系统党的建设,为推进金融改革,加快金融发展提供了强大的思想政治保证。

通过践行"三个代表"重要思想,中央金融系统的改革和发展取得了明显的进展。近几年来,国有商业银行实现了不良贷款比率每年下降 2～3 个百分点的目标;今年上半年,国有独资商业银行降低不良贷款工作又取得新成效,按四级和五级分类,不良贷款比率分别比年初下降了 1.96% 和 2.65%。证券市场发展迅速,截至 2002 年 8 月底,共有上市公司 1197 家,累计筹资金额超过 1 万亿元;证券市场的运行和监管逐渐规范,加大了惩戒违规、违法行为的力度,2001 年共有 10 家违法违规的公司受到退市处罚,广大投资者的权益进一步得到保护。保险业一直保持较快的发展速度,保险市场秩序整顿初见成效,市场秩序有了明显改善。

阎海旺充分肯定了中央金融系统单独组团参加十六大的意义。他说,党的十三届四中全会以来,以江泽民同志为核心的党中央高度重视金融工作,特别是十五大后,把深化金融改革、整顿金融秩序、防范和化解金融风险摆在突出位置,作为经济工作的一项重要任务。1997 年成功地抵御了亚洲金融危机的冲击,维护了金融稳定。1999 年初,举办了省部级主要领导干部金融研究班,专门研究金融问题。今年 2 月,中央再次召开全国金融工作会议,提出了今后一个时期金融工作的指导方针和任务,明确了金融工作的重点。

阎海旺指出,当前金融系统就是要学习、宣传、实践"三个代表"重要思想,不断提高党建工作水平,努力开创金融改革和发展的新局面,全面增强我国金融业的竞争力。中央金融系统代表团将满腔热情,满怀信心,认真履行代表职责,集中精力开好会议,把十六大精神贯彻落实到今后的工作中去,为我国全面建设小康社会,推进改革开放和现代化建设的伟大事业作出新的更大贡献。

【日期】 2002 – 11 – 07

【版次】 5

【版面】 十六大特刊

"大事"印在脑海里

　　11月6日上午10点,记者走进重庆大学党委书记祝家麟代表的房间,说起各大报纸刊发的《中共十三届四中全会以来大事记》,他微微一笑:"其实,不用看报纸,这些大事早已印在脑海、刻在心上了。"

　　祝家麟代表很清楚地记得,1989年政治风波过后,在法、美、德等国学习、访问多年的他回到了国内。在当时特殊、复杂的国内外环境中,中国的社会主义大旗怎么扛?改革开放还要不要继续下去?和许多人一样,他的心里没有底。但是,党中央所作的一系列重大决策,很快打消了人们的疑虑。在以江泽民同志为核心的第三代党中央领导集体的英明领导下,全国各族人民高举邓小平理论伟大旗帜,迎来了中华民族几千年发展史上最波澜壮阔的13年。

　　"就拿我的工作环境来说吧。1991年,重庆建工学院的学生不到5000名,10年过去,合并后的重庆大学已有全日制学生35700多人,还不包括成人教育的20000人。"祝家麟代表说,上世纪80年代,由于大学名额有限,许多优秀学生被挡在大学门外。现在,只要努力,人人都可以进入大学继续接受教育。从精英教育到大众教育的转变,是一个非常了不起的变化,它满足了广大人民群众享有良好教育的愿望,为人的全面发展提供了条件。

　　祝家麟代表指出,高等教育事业的大发展只是我国各项建设事业欣欣向荣的一个侧面,同时又涉及到整个改革的配套问题。在计划经济模式下,高校要实现像今天这样大规模的扩招,是根本不可能的。只有在市场经济条件下,快速增长的经济为国家加大教育投入提供了保证,改革的深化建立健全了高等教育办学模式,如筹资、招生、就业指导、教育成本分担、教育管理等各个方面都建立了新机制,高等教育才可能成就今天的繁荣。

【日期】　2002 – 11 – 10
【版次】　5
【版面】　十六大特刊

报告闪耀着创新的光辉

——陈至立代表喜谈体会

"江泽民同志的报告真是令人耳目一'新'！"在中央国家机关代表团的小组讨论上，教育部部长陈至立代表兴奋地说。

细致的陈至立代表作了一个统计："在 36 页的报告里，江泽民同志提到'新'字的地方多达 61 处。新局面、新形势、新步伐、新成效、新境界、新力量、新活力、新创造、新突破、理论创新、科技创新、文化创新……每一个'新'字都包含着十分丰富的内涵。"

她说，创新是整篇报告的灵魂和精髓。在十个部分的内容中，处处充满着伟大的创新精神，闪耀着创新的光辉，有许多提法都是第一次出现在党的全国代表大会的报告中。

比如，报告提出，要在中国共产党的坚强领导下，发展社会主义市场经济、社会主义民主政治和社会主义先进文化，不断促进社会主义物质文明、政治文明和精神文明的协调发展。"物质文明、政治文明和精神文明协调发展，这就是一个新的提法，它为我们揭示了全面建设小康社会的深层次含义，指明了如何推进中华民族伟大复兴的奋斗目标。"

再比如，报告中说，必须尊重劳动、尊重知识、尊重人才、尊重创造，这要作为党和国家的一项重大方针在全社会认真贯彻。陈至立代表谈到，报告在这里对劳动的定义作了精辟阐释，不论是体力劳动还是脑力劳动，不论是简单劳动还是复杂劳动，一切为我国社会主义现代化建设作出贡献的劳动，都是光荣的，都应该得到承认和尊重。这些阐释的分量是很重的。

陈至立代表认为，江泽民同志的报告从始至终贯穿着敢于创新、善于创新的精神和智慧,必将大大推动全党全国人民进一步解放思想,让全社会焕发出无穷的创造力。

【日期】　2002 – 11 – 11
【版次】　3
【版面】　要闻

加快建设西部经济强市

——访十六大代表、陕西省委副书记、西安市委书记栗战书

　　"江泽民同志的报告把'发展'提到执政兴国第一要务的地位,这一论断与邓小平提出的'以经济建设为中心'、'发展是硬道理'是一脉相承的,进一步强调了我们党在领导和促进国家经济发展中的历史责任,为我们党更好地执政兴国指明了方向。"十六大代表、陕西省委副书记、西安市委书记栗战书对记者说。

　　他认为,对这一重要论断,可以从以下三个方面来理解:

　　一是要从保持执政党的先进性来认识。当代中国最关键的问题和最主要的任务是发展,作为执政党来说,就应该把发展作为执政当中最关键的课题、最主要的任务、最优先的日程,竭尽全力处理好、解决好。

　　二是从"三个代表"重要思想的要求来解决。生产力的先进性,是在发展中保持和实现的,只有不断发展的生产力,才可能是先进的。文化的先进性,同样是在发展中体现出来的。最广大人民的根本利益,也是一个历史的、发展的范畴。坚持"三个代表"重要思想,就是要坚持发展。

　　三是把发展与执政问题联系起来把握。这一论述突出了发展在党的执政内容、执政过程、执政基础中的重要地位。从执政内容来说,党要处理的事务纷繁复杂,但"第一要务"者,发展也,其他事务都要与之相适应、相配合。从执政过程来讲,每一个时期、每一个环节都要着眼于发展,有利于发展。执政目的是要解决发展的问题,执政的措施要围绕着发展来制定,执政的成效要用发展的实绩来检验。

栗战书代表说,今年西安市明确提出了建西部经济强市、创西部最佳的目标。要实现这个目标,关键在发展。如何加快西安发展? 他认为,必须坚持"五抓":

一要把"经营城市"作为启动点,要"营销西安",使西安成为投资的热点地区。二要把县域经济作为基础点。必须加快县域经济的发展速度,尽快缩短与西部其他城市的差距。三要抓支撑点。工业是西安经济发展的支撑点。要以科技进步为动力,推进工业结构调整和优化升级。四要抓增长点。旅游是西安的经济增长点。要整合旅游资源,推进旅游产业化、规模化、市场化、国际化进程。五要抓保障点。党的建设和精神文明建设是加快西安发展的重要保障。要按照"三个代表"重要思想的要求,全面加强党的建设,为加快西安发展提供坚强的政治、思想和组织保证。

【日期】　2002 – 11 – 11
【版次】　5
【栏目】　十六大特刊/采访随想

新概念引出新思路

　　"江泽民同志的报告堪称是一部浓缩型的马克思主义文献经典,每一个新概念、新提法,哪怕只有两三个字,展开来都包含着丰富的内涵。而这些新概念后面,往往都预示着一种新思路。"这是代表们在讨论中的共同感受。

　　就拿"系统集成"这个概念来说吧。报告在第四部分阐述新型工业化道路时提出,要推进关键技术创新和系统集成。"系统集成"? 简单的几个字,在中国电子信息产业集团公司总经理杨晓堂代表的解读中,就成了一篇厚重的大文章。

　　杨晓堂代表说,系统集成这个概念对发展信息产业太关键了。我国信息产业资源非常丰富,可惜在一定程度上各自为战,削弱了整体竞争力。如果我们整合全系统资源,在国际市场上是可以和强者较量的。美国人对这一点很明白,他们说集成电路(英语简称 IC)也可译成"集成中国",因为中国人系统集成后就是一个"集成电路",就能创造出空前的效益。

　　其实,系统集成的重要性,岂止体现在一个企业、一个行业的发展上呢? 对于一个城市一个地区一个国家,同样必须要有系统集成的概念。在世界经济一体化、经济分工更加细化的大环境下,各个国家和地区都要注意发挥自己的特色,在系统中找好自己的位置,凭借比较优势参与世界经济的大循环,从而在全球市场上占有一席之地。力图面面俱到、当"全能冠军"的思维固然勇气可嘉,在实践中却是不现实的。

　　在全球竞争中,我们面临着发达国家占优势的压力,同时也面临着科技迅速发展和世界经济一体化的压力。爱尔兰国家不大,可它是世界软件业佼佼者,印度是发展中国家,但它的软件业却很发达。所以国家不论大小,只要能在世界经济大循环中找准自己的"席位",就可以迅速发展。

杨晓堂代表感叹说,在党的代表大会的报告中提出系统集成的概念,这是第一次,是对信息时代经济发展规律的深刻总结和理论创新。中国国土何其辽阔,资源何其丰富,把这个大系统集成好了,必将创造出全新的生产力。

【日期】　2002 – 11 – 12
【版次】　4
【版面】　要闻

理论创新为改革护航

——访十六大代表、红塔集团董事长柳万东

　　一向稳重、低调的柳万东代表见到记者时难掩兴奋,这位红塔集团的当家人高兴地说:"'三个代表'重要思想开拓了马克思主义理论的新境界,这一重大理论创新将为国企改革保驾护航,迎来发展的好时节。"

　　柳万东代表回顾国企改革所走过的不平凡历程时非常感慨,他说:"每一次国企改革出现新局面,都源于我们在理论和思路上有了新突破。党的十四大确立了建立社会主义市场经济体制的目标,国有企业走出了计划经济的严重束缚。十四届三中全会指出建立社会主义市场经济体制,现代企业制度的建立浮出水面。十五大对经济体制改革作出了一系列重大突破,国有企业进入了以产权改革为核心的深层次改革阶段。理论上的一步步跨越,代表着先进生产力的根本需要,使国有企业在改革与调整中不断发展壮大。"

　　柳万东代表说,今年以来,许多省区市的国有企业改革有了突破性进展。江泽民同志的报告对这些实践作了肯定,并为今后国企改革提出了明确任务,指出:除极少数必须由国家独资经营的企业外,积极推行股份制,发展混合所有制经济,实行投资主体多元化,完善法人治理结构。随着这一轮改革的深入,我们过去遇到的种种难题,都将迎刃而解。

　　柳万东代表还谈到,这一轮产权制度改革是在我国加入 WTO 的背景下进行的,因而国有企业与国际的对接就变得自然而然,将出现"引进来"与"走出去"相结合的必然结果。他表示,按照十六大精神,深化改革,开拓创新,成为具有国际竞争力的大企业集团,是红塔集团近期的奋斗目标。

【日期】　2007－10－09
【版次】　5
【栏目】　喜迎党的十七大特刊

于芳代表：沉甸甸的责任

10月7日19点刚过,记者走进中央人民广播电台播音部的办公室,刚结束《全国新闻联播》播报的于芳看上去精神饱满。"十一"期间,她每天都在工作,不是上早班就是值晚班,格外忙碌。她说:"党的十七大即将召开,我们的工作任务很重,这个国庆过得特别充实。"她那听众朋友熟悉的声音里,透着兴奋。

从十四大开始,于芳作为工作人员连续三次为全国党代会服务,这次第一回作为代表参会,她感到责任更大、担子更重了。

"祖国繁荣昌盛,人民欢欣鼓舞。通过每天播报的新闻,感受着祖国一点一滴的变化,这样的喜悦和骄傲真是让人特别提劲!"她的话语间饱含着对党和人民事业兴旺发达的欢欣与自豪。

在于芳的办公桌上,有一摞厚厚的来信。"这些都是各地读者和听众通过新闻报道得知我是党的十七大代表后寄过来的。"于芳告诉记者,信件来自全国各地,吉林市梨树村的一位农民特意写信给她表达自己对取消农业税、发放种粮补贴的感受,希望她能将农民的心声带到会上去。

于芳说:"我真没想到会有这么多人对一个普通的基层代表给予如此高的期望和关注。这充分表明了党的十七大在人民群众心中的分量,表明了人们对十七大的期盼之情。能有幸成为党的十七大代表,不仅仅是一种政治荣誉,更是一份沉甸甸的责任,我一定不负重托,认真履行好一名党代表的职责!"

（刊发原题为《祖国繁荣昌盛　人民欢欣鼓舞——来自基层的十七大代表会前抒怀》,此文为部分原文）

【日期】　2007 – 10 – 14
【版次】　5
【栏目】　喜迎党的十七大特刊

余欣荣代表:着眼未来　着眼可持续发展

　　"这5年的发展可谓浓墨重彩。党的十六大以来,面对复杂多变的国际环境和艰巨繁重的改革发展任务,以胡锦涛同志为总书记的党中央带领全党,紧紧依靠全国各族人民,坚持以邓小平理论和'三个代表'重要思想为指导,提出并贯彻科学发展观等重大战略思想,战胜各种困难和风险,推动党和国家工作取得新的重大成就。"党的十七大代表、南昌市委书记余欣荣激动地说,正是在国家全面发展的大背景下,我们南昌的潜在优势和后发优势得到前所未有的发掘和展现,进入历史上最好的发展时期,改变了过去相对起步晚、步子慢的局面,正成长为开放、繁荣、经济后劲足的现代化中心城市。"实践证明,在国家全面发展的条件下,中部地区承东启西、联通南北的区位优势就会得以充分发挥,资源要素就会加速聚集,为江西的跨越式发展奠定基础。"

　　"作为党的十七大代表,我们一定要认真履行职责,深入贯彻落实科学发展观,着眼于未来,着眼于可持续发展,谋划新起点上的新发展,以对历史负责、对百姓负责的态度,完成好党和国家赋予我们的新的历史任务。"余欣荣说。

　　(刊发原题为《辉煌成就鼓舞人心　崇高使命催人奋进——部分十七大代表会前感言》,此文为部分原文)

【日期】　2007 – 10 – 15
【版次】　5
【栏目】　欢庆党的十七大特刊

赵斌代表:向国家负责 向老百姓负责

"党的十七大举世瞩目,影响深远。能够出席党的十七大,各位代表肩负着重大责任。"党的十七大代表、湖北十堰市委书记赵斌对记者谈起了自己的感受。

他说,党的十七大所赋予的责任和任务,既是现实的,又是历史的。因为我们正在进行的事业不仅关系当前的发展,而且关系到未来的可持续发展。

从十堰市的实际出发,赵斌感到有三项责任尤为重大。一是科学发展的责任。"在不影响生态环境的前提下,怎么找好资源综合利用开发与环境保护的结合点,让十堰发展得更好一些、更快一些,是我们面临的重要课题。"

二是维护大局的责任。赵斌说:"十堰是南水北调中线工程核心水源区,未来5年要实现'保一库清水送北京',这是一项光荣的历史责任。我们要积极解决好水源区生态保护和移民群众生产生活妥善安排等问题。这既是服务国家重点工程建设的需要,又是保障民生的需要,既要向国家负责,又要向老百姓负责。"

三是改善民生的责任。赵斌介绍说,十堰一方面城市综合实力连续 3 年进入国家统计局发布的"中国城市综合实力百强榜",一方面部分农村地区又是国家扶贫开发重点地区,加大扶贫开发工作力度,将是今后 5 年很重要的一个任务。

"我们要深刻领会开好党的十七大的重大意义,进一步增强光荣感、使命感、责任感,以对党、对国家、对人民高度负责的态度,把学习贯彻十七大精神体现在实际行动上,落实到具体工作中,紧紧围绕建设全面小康社会目标,加快富民强市进程。"赵斌表示。

(刊发原题为《把伟大祖国建设得更加美好》,此文为部分原文)

【日期】　2007 - 10 - 17
【版次】　6
【栏目】　欢庆党的十七大特刊

樊政炜代表:自主创新结硕果

　　"党的十七大确定的目标和各项改革措施,为我们西部企业实现新的腾飞指明了方向。"攀钢(集团)公司董事长、党委书记樊政炜对记者说,"攀钢将坚持自主创新,走科技效益型的资源综合利用道路,真正做到又好又快发展。"

　　樊政炜代表说,攀钢是上世纪 60 年代我国完全依靠自己力量建成的特大型钢铁联合企业。40 多年来,攀钢始终把依靠科技创新和技术进步作为提高企业核心竞争力的关键,自主创新取得丰硕成果。

　　正是凭借自主知识产权,攀钢成为全球第 6 个能够生产高速钢轨的国家,结束了我国不能生产高速钢轨的历史。2006 年,攀钢实现销售收入 336 亿元,利税 31.5 亿元。攀钢已成为我国西部最大的钢铁生产基地,中国最大的铁路用钢、家电用钢板和钒制品生产基地。樊政炜表示,今后 5 年攀钢将进一步加强创新能力建设,抓好科技攻关,努力建成具有国际竞争力的现代化大型钢铁钒钛企业集团,让这颗中国钢铁工业"金沙江畔的明珠"闪耀出更加动人的光辉。

【日期】　2007 - 11 - 04
【版次】　2
【栏目】　经济话题面对面

十七大代表、中国银行股份有限公司董事长肖钢：
推进金融体制改革　建设国际一流银行

初步形成保障科学发展的机制

　　事实：2003 年年底，党中央、国务院审时度势，作出了国有商业银行股份制改革的重要决策，并明确指出推进国有商业银行综合改革是整个金融体制改革的重点。经过 4 年来的改革，国有商业银行稳步发展，资产总规模由 12.5 万亿元增加到目前的 27 万亿元，工行、中行、建行、交行完成股份制改造并在境内外上市，在公司治理、经营理念、基本业绩和资产质量等方面发生了根本性变化。

　　记者：党的十七大报告在总结过去 5 年不平凡的工作时提出，改革开放取得重大突破。国有资产管理体制、国有企业和金融、财税、投资、价格、科技等领域改革取得重大进展。作为中国银行业这段发展历程的亲历者，您认为近些年来中国银行取得了哪些根本性突破？取得这些成绩的关键原因是什么？

　　肖钢：2003 年以来，按照党中央、国务院的部署，中国银行作为第一批参加股份制改革的试点银行，深入贯彻落实科学发展观，切实转变发展方式，转换经营机制，积极稳妥地推进以股份制改革为重点的综合改革，顺利完成财务重组、引进战略投资者等改革发展任务，并于 2006 年首次实践并成功实现我国商业银行 H 股＋A 股的上市模式。

经过一系列改革,中国银行发生了历史性的根本变化,核心竞争力显著提高。比如盈利能力,2003 年末,我们的 ROA(资产回报率)和 ROE(股权回报率)分别为 0.12% 和 2.26%,现在这两个指标已分别上升到 1.17% 和 15.45%,达到国际良好水准。再比如资产质量,2003 年末,我们的不良贷款率达 16.29%,现在已下降到 3.56%,接近国际先进银行的平均水平。

实际上,股份制改革给中国银行带来的变化,不仅体现在经营绩效这些"硬指标"上,更主要的是体现在公司治理、经营理念、经营机制、风险管理、内部控制、人力资源这些"软指标"上,使中国银行初步形成了保障科学发展的机制。

——公司治理机制从无到有。改革使国有商业银行成为真正的市场主体,引进境内外战略投资者并公开发行上市实现了银行股权多元化,建立了董事会、监事会和高级管理层之间各司其职、有效制衡、协调运作的治理架构。

——经营理念由旧变新。股改前,中行经营比较粗放,贷款偏于数量型增长。股改中,我们坚持以质量、效益为中心,大力调整贷款结构、负债结构和收入结构,努力提高收益率,严格控制运营成本和信贷成本。同时走多元化、国际化经营的路子,实现商业银行、投资银行、保险业务三业并举。目前,中行总资产规模已达 6 万多亿元,其中信贷资 2.8 万亿元,仅占总资产的46.55%,经营效益已经越来越多地来自非贷款领域。

——人力资源管理由行政化变市场化。我们按照市场化的原则建立了新的职位管理、薪酬管理和绩效管理制度。职位体系由过去"局、处、科"的设置转变为经营管理、专业技术和技能操作 3 个序列,所有职位实行按需设岗、以岗定薪、岗变薪变。按照"公开、公平、公正"原则实行全员聘任。新的人力资源管理制度有力地促进了全行的绩效进步,2004—2006 年,我行人力资本投资回报率年均增长 21.97 个百分点。

——业务创新步伐由慢变快。我们正集中全行力量加快推进新的 IT 蓝图实施,应用新的信息技术体系构建强大的信息网络、创新平台和服务系统。

回顾中国银行这几年的改革与发展,我们深深地感到,贯彻落实科学发展观,就要切实转变国有银行传统的发展方式,摒弃过去片面追求规模和速度的增长思路,牢固树立长期稳健经营的科学发展理念,坚持发展规模与结构、质量、效益的有机统一,实现又好又快发展。

既要"引进来"更要"走出去"

数据:按照通过引进战略投资者实现"引智"和"引制"的改革思路,工行、中行、建行、交行等4家银行分别吸收了来自5个不同国家的9家外资金融机构投资入股,并通过股权纽带与其结成了较为紧密的战略伙伴关系。截至2006年,境外战略投资者与这4家银行共启动了53个不同领域的305个合作项目。同时,国有商业银行积极推行"走出去"战略。

记者:党中央指出,要以建设现代银行制度为目标,继续推进各类银行改革,着力转换经营机制,加快形成一批资本充足、内控严密、运营安全、服务优质、效益良好、创新能力和竞争力强的现代化银行。请您谈谈,在我国银行业对外开放的新形势下,中国银行将如何应对来自境内外同业的双重竞争压力,打造国际一流商业银行?

肖钢:目前,国有商业银行又站在了新的历史起点上。在总结党的十六大以来所取得成绩的基础上,我们还需认清在风险管控、经营机制、金融创新、客户服务等方面的问题,找准与国际先进银行的差距,坚持以完善公司治理为改革工作的核心,不断将国有商业银行改革向全面和纵深推进。

我们要看到,中国的银行市场是全球增长最快的市场之一,也是竞争最激烈的市场之一。和中资同业以及外资银行相比,中国银行具有自己的特点和优势。这是我们在竞争中立足并不断发展的基础。一是拥有国内银行业中国际化程度最高的网络布局。目前,中国银行在国内有超过10000家分支机构,在全球28个国家和地区设有660多家分行、子公司及代表处,覆盖了主要国际金融中心。二是在中高端客户市场中具有雄厚实力。中国银行与《财富》500强企业中的近一半建立了业务合作关系,中国500强企业中的大部分也是我们的客户。三是具有全面的金融业务平台。我们全资拥有中银国际控股、中银集团投资和中银集团保险,在最具增长潜力的投资银行和保险领域建立起了优势。特别值得一提的是,在外币存款、贷款、贸易融资、外汇交易与投资、贵金属交易等领域,中国银行在中国市场占有主导地位。

通过适度的规模增长，着重提高业务质量，实现可持续的盈利。这是中国银行的战略目标。为此，我们的具体举措有：一是立足本土，实施重点发展战略，进一步拓展全球业务以加强跨境服务。二是巩固多元化的金融业务平台，持续推进产品创新。三是重点发展有吸引力的客户群，致力于成为大型企业和中高端个人客户的首选银行，并有选择性地在中小企业客户中开拓业务机会。四是遵循适中稳健的风险偏好，按照"理性、稳健、审慎"的原则处理风险和收益的关系，保持业务又好又快发展。五是加强基础建设，整合业务流程，提高运营效率。六是加强人才规划，注重员工培训与发展，完善激励机制，增强人才竞争优势。七是与战略投资者合作创造协同效应。

记者：正如您所说，中国银行的一大优势是国际化程度比较高。党的十七大报告提出，拓展对外开放广度和深度，提高开放型经济水平。中国银行如何适应这一新要求，在业内保持国际化领先水平和地位？

肖钢：为进一步巩固和提高中国银行的国际化水平，我们坚持"引进来"与"走出去"并行，制定了新的海外发展战略。主要内容包括：在目标市场上，大力拓展亚太、美国等重点市场；在目标客户上，大力拓展"走出去"的中国跨国公司和出境人群，以及与中国有业务往来的当地重点客户。在业务产品上，大力拓展国际结算及贸易融资、国际清算、全球统一授信、全球现金管理、银团贷款、银行卡、理财、存款、消费信贷、代理业务、资金业务、离岸业务、网上银行等重点产品和业务。

中国银行正在采取有效措施，落实海外发展战略，促进海外业务大发展。一是区分地区、产品和客户，适度调整风险偏好，实现资本、收益、风险的相互匹配和动态平衡。二是重新定位各海外机构的主流业务，加快战略转型。三是改进海外机构绩效考核办法，完善激励约束机制。四是加强海内外业务联动，建立专人负责的联动平台。五是加快海外业务创新和科技进步，比如网上银行等电子渠道建设。六是大力发展代理行业务，扩大业务合作范围。七是适当加大对海外机构的投入，增强资本实力。

在发展海外业务的过程中，中国银行不排除在适当的条件下采取投资、并购等方式，拓展业务领域，延伸机构网络，巩固和扩大多元化业务平台。中国银行成功收购新加坡飞机租赁公司就是一个很好的例子。

借助"奥运"平台建设国际一流银行

数据：历时 77 天的奥运门票第一轮预订结束后，北京奥组委统计的数字显示：通过互联网及中国银行网点，北京奥组委共收到门票预订单 72.5 万份，其中 72% 的订票人选择使用中国银行的活期存折支付票款。这一比例意味着届时将可能有超过 50 万人通过中国银行的支付渠道购买奥运门票。随着门票发售第二阶段的到来，将有更多的客户体验中国银行的金融服务。

记者：成为北京 2008 年奥运会银行业全球唯一合作伙伴，给中国银行提供了一个难得的发展机遇。请问，中国银行将如何打好"奥运牌"？

肖钢：中国银行能在全球性的竞争中脱颖而出，成为北京 2008 年奥运会唯一的银行合作伙伴，这既是对中国银行品牌和综合实力的信任，也是对中国国有商业银行国际竞争力提升的认可，我们为此感到骄傲和自豪，同时也倍感责任重大。

很多人关注企业赞助奥运能从中得到多少收益，实际上这不是我们考虑问题的全部。我们更看重的是，借助奥运这一千载难逢的机遇和平台，促使中国银行更好、更快地全面改善和提升服务功能和水平。服务水平的提高是金融业核心竞争力的重要内容，是构成银行品牌价值的最重要因素之一，也是中国银行实现世界一流银行目标的必经之路。

为此，我们全力以赴，全面围绕奥运会的需求提供金融服务，实行了与奥运相关的若干"第一次"变革：第一次将"奥运差异化竞争优势"引入自身，提出"以发展助奥运，以奥运促发展"的经营理念；第一次启动以北京为核心的全辖网点服务战略；第一次在中行"95566"客户服务中心设置了中、英、法、日、西班牙等多语种坐席员，提供 5 种语言的咨询服务；第一次成为国内唯一一家能够为符合条件的非居民法人开立临时账户的金融机构。我们还依托奥运平台陆续推出了中银 VISA 奥运信用卡、全球首套"奥运福娃礼仪存单"和"携手奥运成长账户"等奥运主题系列产品，既传播奥运文化，履行社会责任，又增强了产品的差异性和吸引力，促进了业务发展。

展望 2008，北京奥运会已指日可待。届时，全世界的目光将聚焦北京、瞩目中国。这是北京的骄傲，是中国的骄傲，也是中国银行业的巨大商机。我们有信心和决心，通过奥运拓展业务渠道和发展空间，激励中国银行核心竞争力的增长。同时，我希望届时普通百姓能体验到中国银行为他们的金融服务需求带来的便利，为他们的财富带来的增值。归根结底，中国银行是服务大众的银行，只有大众认可的银行，才是真正的国际一流银行。

——省部长之声

【日期】　1999－10－14
【版次】　9
【栏目】　生活周刊

　　阅兵式的盛大依然铭刻在我们的脑海,群众游行的欢乐依然激发着我们的热情,共和国50年的辉煌依然震撼着我们的心灵。值此美好时刻,人们在思索:如何把老一辈革命家的精神发扬光大? 如何续写共和国新的壮丽篇章? 如何不辱世纪之交的历史使命?

徐小岩:科技强军赋使命

　　10月1日这一天,现任总参通信部副部长的徐小岩在部里值班,为阅兵式的顺利进行而紧张忙碌着。谈起国庆50周年大阅兵的观感,徐小岩说了两句话。

　　第一句话是:"如果父亲健在,看到今天人民军队的发展壮大,一定会非常欣慰、非常高兴!"第二句话是:"作为和平年代里成长起来的军人,我深感责任重大,如何使我们的军队技术装备再上一个台阶,实现指挥自动化,更好地保卫国家和人民的安全,是我一直在思考的问题。使命神圣、时间紧迫啊!"

　　正是受这种使命感驱使,10月4日,还未从阅兵式准备工作的劳累中休息过来的徐小岩飞赴深圳,参加在那里举行的我国首届国际高新技术成果交易会,了解国际通信网络技术发展的最新情况。

　　徐小岩告诉记者,科技强军已成国人共识,但他本人对科技萌发的兴趣,却深受父亲徐向前元帅的影响。他回忆说:"新中国成立后,戎马一生的父亲对我们感叹说,战场上的硝烟退去了,新的战争——经济建设又开始了,必须抓紧时间掌握、研究新东西,特别是科学技术。他一有点钱就买书,买了好多科普册子。父亲对自然科学很感兴趣,学起新知识来非常严谨,像一个科技工作者。比如学照相吧,他专门买了本厚厚的照相全书,还把洗相、配方的方法一个字一个字抄下来,一遍遍地试,从拍到洗都自己做,我们家好些黑白照片都是父亲洗的。后来有了孙子，医生说小孩要吃钙片，每天5克，他每次都自己拿天平去称，绝对不多不少。"

在徐向前元帅的熏陶下，徐小岩和二姐徐鲁溪都选择了科研工作。徐鲁溪考入中国科大，后又进入中科院读硕士生，学习理论物理，她的理想是做一名像居里夫人那样的女科学家。遗憾的是，"文革"爆发后一年，她被打成"5·16"分子，经过长期审查被送到"五七干校"学习，搞科研的大好时光就这样流走了。还在八一小学读书时，徐小岩的数理化成绩在班上就是数一数二的。1972年，他考入清华大学计算机系，80年代初又前往麻省理工学院深造。大学毕业参加工作后，他和二炮第二研究所的同事们一起研制出了我国第一代汉字计算机。

如果说是徐向前元帅对科技的重视引领徐小岩走上了科研之路，那么，更让徐小岩难忘的是，父亲对追求的执著无时无刻不在感染着他、激励着他。

书法是徐向前元帅的一大爱好。闲暇时候，徐小岩常常陪伴在父亲身边，看老人家练字。徐帅最喜欢写的诗词有两首，一是岳飞的《满江红》，一是于谦的《石灰吟》。徐小岩不无惋惜地告诉记者："那时我真傻，也没想到让父亲给自己多写几个字留作纪念。"现在，徐小岩的书房里挂着父亲写给他的唯一一对条幅：世上无难事，只要肯攀登。这是他去加拿大留学遇到语言难关时，父亲为勉励他而题赠的。

徐小岩回忆道："当时英语差到什么地步呢？考试时连题都担心看不懂。每次考试前，为了保证能看懂题，我就跑到图书馆把有关的资料看个遍。宁肯多下点笨功夫，总算扫清了语言上的障碍。父亲的赠言真是给了我很大鼓励。记得在研制第一代汉字计算机时，手头能找到的资料只有一本电子部十五所翻译的外国著作，译者不懂计算机技术，译得不太准确，很难读懂。后来得知中国图书进出口公司的资料室里有几种相关的外文书刊，我就每天从清河骑自行车到二里沟查阅。我们终于克服种种困难，把计算机从无到有地搞出来了。直到今天，我在工作上碰到难题或者不顺，总会用父亲的教诲来提醒自己不畏艰辛、奋力前行。父亲的言传身教是我受益终生的精神财富。"

【日期】 2003 – 04 – 11
【版次】 4
【版面】 要闻

让法律服务与经济建设融为一体

——访司法部部长张福森

"学习贯彻十六大精神,坚持为经济建设和改革服务,不断拓展法律服务的新领域,让法律服务与经济建设和改革有机地融为一体,这是当前和今后一个时期司法行政工作要把握的一个重要方面。"司法部部长张福森近日在接受本报记者独家采访时指出。

推动法律服务向经济建设各个领域拓展

张福森部长说,十六大提出本世纪头 20 年要完善社会主义市场经济体制、推动经济结构战略性调整、保持国民经济持续快速健康发展等经济建设和改革的一系列任务,这对法律服务工作提出了新的时代命题,提供了广阔的发展空间。法律服务工作要继续坚持"大服务"的指导思想,积极拓展业务领域,建立和完善与全面建设小康社会相适应的法律服务工作体系,使律师、公证和基层法律服务队伍进一步协调发展,使法律服务成为经济建设和改革的重要法制力量。

首先,法律服务要大力拓展新的业务领域。张福森说,在继续做好已有领域法律服务工作的同时,要积极引导法律服务队伍为产业结构调整、国有企业改革和规范市场经济秩序、西部大开发等提供法律服务,推动法律服务向经济建设的各个领域拓展。

其次,要进一步规范法律服务业,通过制定规章和行业规则,规范法律服务人员的执业行为,规范管理活动。继续完善"两结合"的律师管理体制,要科学划分上下级司法行政机关的律师管理权限,要进一步扩大主办公证员试点的范围,加快公证员队伍职业化建设的步伐。

第三,要抓好大中城市社区和农村法律服务工作。司法部与中央文明办、中央综治办、全国普法办联合开展了"法律进社区"活动,为社区居民提供优质、便捷的法律服务。同时,要坚持分类指导,进一步巩固和加强农村基层法律服务工作。

此外,要积极开展法律援助。张福森强调说,各地要以颁布实施《法律援助条例》为契机,推动法律援助工作向法制化和规范化方向发展。进一步加强和规范法律援助机构建设,充分发挥律师、公证员、基层法律服务工作者的作用,鼓励和引导社会团体、法律院校参与,动员社会各界都来关心和支持这项工作,多渠道广泛筹集资金,从而不断扩大法律援助的社会覆盖面。

法律服务促进政府依法行政、企业依法经营

张福森部长谈到,要做好上述几方面的法律服务工作,必须积极推进相关的司法行政工作改革:一是要抓好公职律师、公司律师试点工作;二是要深化公证体制改革,凡符合改制条件但尚未改制的公证处要尽快改为事业体制,已改制的公证处要建立健全与事业体制相适应的业务、财务、人员等内部管理机制;三是要完善国家司法考试制度。

他着重指出,建立公职律师、公司律师制度,是为经济建设和改革提供完善法律服务的重要内容,也是司法行政改革的有益探索。随着依法治国方略的实施以及加入世界贸易组织和经济全球化的趋势,对政府依法行政和企业依法经营管理提出了更高的要求,政府机关和企业面临越来越多的更为复杂的法律事务,迫切需要建立公职律师、公司律师这种专门的律师队伍来提供法律服务,以维护国家利益和企业的合法权益。而我国除了军队律师外,只有社会律师一种形式,律师结构需要进一步发展和完善,逐步形成社会律师、公职律师、公司律师等队伍并存,相互配合、优势互补的格局。

张福森部长说,建立公职律师、公司律师制度,有助于构筑以律师为主体的法律服务业平台,对政府依法行政、企业依法经营将会产生积极而深远的影响。目前,公职律师、公司律师制度作为一项改革措施,正处于试点阶段。

为保证试点工作规范、有序地进行,司法部去年制定了开展公职律师和公司律师试点工作的意见,明确了公职律师、公司律师的职责范围、权利和义务。下一步,将及时总结试点工作的经验,抓紧研究起草相关的工作规范。一旦条件成熟,司法部将及时提出修改律师法的建议,尽快把公职律师、公司律师制度纳入我国律师制度的整体框架之中。

【日期】　2003 - 04 - 18
【版次】　4
【版面】　要闻

以反腐倡廉的实际成果取信于民

——访监察部部长李至伦

　　监察部新任部长李至伦是监察战线的"老兵",从监察部恢复组建到现在,一干就是 16 年! 正因如此,他对监察工作有着深厚的感情和深刻的认识。他说:"监察部是国务院专司监察职能的部门,其主要职责是保证政令畅通、维护行政纪律、促进廉政建设、改善行政管理、提高行政效能。由于监察工作自身的性质和特点所决定,加上老百姓的期盼,监察工作更多地被赋予了一种正义感。特别是在当前加强反腐败的斗争中,老百姓愈加对监察机关寄予厚望。新一届国务院强调,要实行科学民主决策,坚持依法行政,加强行政监督。决策、执行和监督这三个环节都对监察工作提出了新的更高的要求。作为新一任监察部长,我确实感到如履薄冰,责任重大。"

对腐败分子一查到底,决不姑息

　　对于腐败现象抓而不绝的问题,李至伦部长显示出了足够的清醒和坦率:"当前反腐败和廉政建设面临的形势可以用两句话来概括,成效明显,问题不少;前景看好,道路艰难。这些年反腐败的成绩是有目共睹的。通过大力推进行政审批制度改革、财政管理体制改革和干部人事制度改革,加强对权力运行的监督制约,一些诱发腐败的深层次问题正在得到解决。腐败现象在一些地方和领域得到一定的遏制。但有些腐败现象仍然突出,有的甚至还在滋长蔓延,腐败现象还处在一个易发多发的时期。这个过程需要时间,也很艰苦,设想一朝一夕就把腐败问题彻底解决的想法是不切实际的。"

说到此，一向稳重、温和的李部长非常坚决地表示："为了履行好职责，不辜负党和人民的期望和要求，我们做监察工作的同志一定要恪尽职守，秉公执纪，坚持原则，敢于碰硬。对于腐败分子，不论是什么人，都要一查到底，决不姑息。对于党内和政府机关中的腐败分子，发现一个查处一个，决不含糊，决不手软。同时，我们又要分析这些腐败案件形成的原因，把治本的措施跟上去，从而堵塞漏洞，防止以后再出现类似问题。"句句话语掷地有声！

李部长说，要在今后五年内使反腐败实现以下目标：党员干部廉洁从政的自觉性明显提高，部门和行业风气普遍好转，对领导干部行使权力的监督切实加强，防范腐败的机制基本形成，反腐倡廉法制化程度有新的提高，腐败现象蔓延的势头进一步得到遏制。

今年工作重点一是抓廉政，二是抓勤政

李至伦强调，在工作的出发点上，要始终把握好两条：一是必须坚持以经济建设为中心，紧紧围绕发展这个执政兴国的第一要务开展监察工作。二是切实把维护人民群众根本利益作为监察工作的出发点和归宿，使人民群众更多地得到改革开放和现代化建设带来的实惠。

目前，监察部已按照这两条要求确定了今年的工作重点。主要抓两个方面，一是抓廉政，二是抓勤政。在抓廉政上，主要从五个方面推进，即：抓好领导干部廉洁自律，规范领导干部从政行为；加大查办违纪违法案件的力度，严厉惩处腐败分子；纠正部门和行业不正之风，解决人民群众反映的突出问题，包括深入治理教育乱收费，继续纠正医药购销中的不正之风，认真做好减轻农民负担工作；创新体制机制制度，从源头上预防和治理腐败。在抓勤政上，要深入开展行政效能监察和企业效能监察，促进行政机关及其工作人员依法正确履行职责和企业领导人员依法廉洁经营，完善管理制度，改进方式方法，提高工作效率。

李至伦深有感触地说，监察工作要体现执政为民，各方面工作既要找准发生在老百姓身边的、严重损害群众切身利益的问题并作为工作重点，又要秉公执纪，不徇私情，把每项工作都做得认真细致、严谨扎实。他说，还要对主要由药品生产经营企业过多过滥而引发的恶性竞争、药品价格虚高、制售

假劣药品和医疗器械、虚假药品广告等问题进行综合整治。

　　严惩腐败分子是当前监察工作的一项重要任务。谈到办案工作中的酸甜苦辣,有着 16 年监察生涯的李至伦说:"我们从事监察工作,也要一方面大力反对腐败,坚决维护国家和人民的根本利益,另一方面要注意从各种腐败问题中总结教训,查找原因,帮助干部筑牢思想道德防线和党纪国法的防线。创新体制机制制度,健全制约监督机制,强化对党员领导干部的监督。使更多的干部不犯和少犯错误,努力减少和避免腐败案件特别是重特大腐败案件的发生。"

【日期】　2003 - 05 - 06

【版次】　4

【版面】　要闻

把人才资源开发作为首要任务

——访人事部部长、中组部副部长张柏林

常言说得好,新官上任"三把火"。但人事部新任部长张柏林坦率地说,他这个"新官"上任,首先要烧好前任的"火",就是把年初全国人事厅局长会议部署的各项任务尽快落到实处。

张柏林一上任就明确提出,首要任务是"全力抓好落实",把人事工作扎扎实实、一件一件地办好。他说,中国是一个大国,一项政策真正得到落实,需要一个过程,不能政策还在路上,上面又改了。就人事人才工作来说,工作的延续性非常重要。

切实转变工作作风

"要贯彻落实人事人才方面的一系列方针政策,必须切实转变工作作风,搞好服务。"张柏林说,"我要求人事部的同志们树立起强烈的服务意识,把自己摆在公仆的位置上,这也是落实'三个代表'重要思想的要求。搞好服务,关键是:一要公正,二要公开,三要办事。"

说到这里,一向谦和的张柏林显示出了个性的另一面:"各单位领导既要民主、谦和、厚道,又要善于集中正确的意见,敢抓敢管。大家说我很和气很厚道,但对那些缺乏服务意识、摆不正公仆位置的人和事,我从不和气,决不客气!"

人事人才工作大有可为

作为组织人事战线的一个老兵,张柏林谈了他对人事人才工作重要性的认识。他说,在当前的新形势下,人才在经济社会发展和世界范围竞争中的地位和作用日益突出,人才资源成为国家第一位的战略资源。人事部门的工作天地广阔,大有可为。

张柏林说,十六大提出全面建设小康社会的宏伟目标,其中,促进人的全面发展是一个重要内容,也是奋斗目标和必然要求。"全面建设小康社会,关键在人才",这里包含了两层意思。一层是,实现这一宏伟目标离不开人才作为支撑和保证。实现小康目标,要靠第一生产力,要靠数以亿计的高素质的劳动者队伍和数以千万计的高素质人才。另一层是,全面建设小康社会,它的目标之一就是促进人的全面发展。要打破各种阻碍人尽其才、才尽其用的体制性障碍,进一步完善人事制度,改进人事人才服务工作。

人事制度改革三大重点

张柏林告诉记者,在人事制度改革方面,当前和今后一个时期,重点是完善公务员制度、深化事业单位人事制度改革、推进工资福利制度改革。

张柏林说,《国家公务员暂行条例》已颁布实施 10 年,下一步要深入贯彻党的十六大关于深化行政管理体制改革,以队伍建设为主题,以完善创新制度为动力。

关于事业单位人事制度改革,张柏林指出,改革开放以来,事业单位人事制度现在已进入全面深化改革,建立符合社会主义市场经济要求的人事制度的新阶段。改革的核心是建立和推行人员聘用制度。争取用两到三年时间,在事业单位全面推行聘用制度,用五年左右时间,实现聘用制度的正常化、规范化。

谈到工资分配制度改革思路,张柏林说:"我们将深入研究机关事业单位工资分配制度改革,逐步建立适合机关事业单位不同特点的工资分配制度。相应提高机关事业单位职工工资收入水平。加快工资工作的法制化建设,完善宏观调控体系,逐步理顺工资分配关系,规范工资分配秩序。"

【日期】　2003 – 07 – 14
【版次】　7
【栏目】　经济与法

牢牢把握企业法制建设的主线

——国资委副主任黄淑和就如何进一步搞好 国有企业法制建设答本报记者问

□国企法制建设的最终目标是发展和壮大国有经济
□要将企业法制工作纳入对经营者的考核评价制度之中
□进一步加大企业因法律方面失误造成重大损失的处罚力度

7月10日,国务院国有资产监督管理委员会首次召集196家中央企业的负责人在京开会。国资委成立后如何进一步搞好国有企业法制建设和总法律顾问试点工作? 如何通过法制建设实现国有资产保值增值,发展和壮大国有经济? 国资委黄淑和副主任就这些大家关心的问题接受了本报记者的独家专访。

国资委的法定职责

记者:国资委作为国务院机构改革新成立的机构,如何依法履行监管职能? 今后对国有及国有控股企业法制建设和法律顾问工作如何加强指导?

黄淑和:国务院国资委主要职能是依法履行出资人代表职责,依法对企业国有资产进行监督管理,指导和推动国有经济布局和结构的战略性调整,指导和推进国有及国有控股企业的改革和重组。根据国务院国资委"三定"规定,从原国家经贸委划入的职责,包括指导企业法律顾问工作。在国资委内设职能机构中,进一步明确了由国资委政策法规局承担"研究国有企业改革和发展中的有关法律问题,负责指导国有企业法律顾问工作"等职责。同时,按照《企业国有资产监督管理暂行条例》(以下简称《条例》)第十四条的规定,国有资产监督管理机构应当依法维护企业合法权益,促进企业依法经营管理;第三十六条还规定,国有及国有控股企业应当加强内部监督和风险控制,建立健全包括企业法律顾问制度在内的企业内部监督制度。因此,指导和推进国有及国有控股企业加强企业法制建设是出资人代表的法定职责,也是企业加强内部监督,防范经营风险的必然要求。国务院国资委作为出资人代表,要大力推进企业法制建设。

我们考虑,进一步加强企业法制建设的总体要求是:坚持以邓小平理论和"三个代表"重要思想为指导,深入贯彻落实党的十六大及十六届二中全会精神,切实严格执行《条例》,努力把握"一条主线",即牢牢把握企业法制建设这条主线;建立"两个机制",即建立防范投资风险的出资人的法律监督机制,建立防范经营风险的所出资企业的内部法律监督机制;搞好"两个结合",即企业法制建设要与依法履行出资人职责、依法维护出资人的合法权益结合起来,与依法维护所出资企业的经营自主权、加强企业依法经营管理结合起来;实现最终目标,即实现国有资产保值增值,发展和壮大国有经济的最终目标。

近期的主要工作有:一是抓紧制定和完善国有企业法制建设和企业法律顾问制度方面的管理办法;二是结合企业总法律顾问制度试点,将企业法制工作纳入对企业经营者的考核、评价制度之中;三是加强企业经营者的法制教育,强化法律意识和依法经营管理的能力;四是注意协调有关司法机关、行政执法机关,依法维护出资人和企业的合法权益;五是加强对企业依法经营管理方面的监督检查。

企业法制建设亟待加强

记者:目前企业的法制建设情况如何? 存在哪些突出问题?

黄淑和:目前,全国企业法律顾问的总体情况是,企业内部专职从事法律事务工作的人员有近10万人,通过1998年、2000年和2002年3次全国企业法律顾问执业资格考试,取得执业资格的有近3万人。其中,由国务院国资委作为出资人代表的196户中央企业,据调查,有专职法律事务机构的110户,企业总部共有法律事务专职人员550人,其中具有企业法律顾问执业资格或者具有律师资格的392人,参加国家开展的重点企业总法律顾问制度试点的有23户(包括中央企业所属子企业)。从以上这些数字可以看出,196户中央企业法制建设情况在全国范围内属于比较好的,但与新形势要求相比,仍然存在不少问题。

一是有些企业领导法律意识比较淡薄,对企业法制工作重视不够;二是企业法律事务机构和人员参与企业改制重组、商务谈判、兼并破产、招标投标、知识产权保护等企业重要经营管理活动的程度不够,部分企业法律事务还停留在被动应诉或一般合同管理的程度上;三是企业现有的法律人员专业化素质还不够高,目前集团总部层面的专职法律人员,获得企业法律顾问执业资格或律师资格的才占1/3,具有法律本科以上学历的只占1/2;四是企业法制工作机构设置不平衡,有把法律事务机构设置为主要职能部室,并配备较强力量的,如中国通用(集团)控股公司法律事务总部有21人,上海宝钢集团法律部有20人,中海油集团法律部有19人等;也有部分企业没有设立专职的法律事务机构,只是由企业办公室或企管、审计监察机构代管的,少数企业甚至连一名专职的法律工作人员都没有。

前一阶段,我们对196户中央企业在法制建设方面做了一次问卷调查,提出了9个方面的问题。根据统计分析,196户中央企业认为目前需要进一步强化企业制度建设,建立健全企业规章制度,依法防范企业经营风险的占73%;认为需要全面健全企业合同管理制度,加强合同的法律审核,提高企业合同管理水平,实现合同管理法制化、规范化、信息化的占63%;认为需要提高企业依法治企水平和企业领导的法律素质,建立企业领导依法办事的考核机制的占44%。这些统计结果反映出今后进一步加强企业法制建设的紧迫性和工作重点。

探索企业法制建设责任制

记者:国务院国资委在今后确保企业法律顾问依法履行职责和稳定企业

法律顾问队伍方面将采取哪些措施?

黄淑和:首先,要进一步提高各级国有资产监督管理机构和企业负责人对企业法制工作重要性的认识,积极探索建立企业法制建设的责任制,将企业负责人依法办事和企业依法经营管理纳入对企业领导和企业经营的考核评价体系。

其次,要按照国资委今年的立法计划,在原国家经贸委《企业法律顾问管理办法》和人事部、原国家经贸委、司法部联合颁布的《企业法律顾问执业资格制度暂行规定》的基础上,抓紧研究制定《国有及国有控股企业法律顾问管理办法》,进一步对企业法律顾问工作提出具体要求,明确企业法律顾问在企业国有资产管理中各个环节上的权利、义务和责任,加大企业因法律方面的明显失误造成国有资产重大损失的处罚力度。

第三,要根据建立“两个机制”、搞好“两个结合”的总体要求,切实落实企业法律顾问的各项职责。从出资人代表的角度要求,今后所出资企业向国资委报送涉及改制、重组、重大投融资方案,以及要求国资委出面协调有关法律问题的报告和请示,应当事前经过企业法律顾问专门论证,并书面提出法律建议和意见;所出资企业凡发生涉及出资人重大权益的法律纠纷或案件,应当在法律纠纷发生之日起一个月内向国资委备案,并自觉接受有关法律指导和监督。

第四,要以与时俱进的精神,积极适应新形势,在企业法律顾问管理上实现观念创新、制度创新。在认真实施企业法律顾问执业资格制度的同时,积极探索企业内部具有律师资格的法律工作人员的管理模式,充分调动和发挥好他们的积极性,从整体上提高企业法律顾问的队伍素质和工作水平。

第五,要积极组织企业法律顾问进行专业培训,组织企业法律顾问跨企业、跨行业的交流学习,以及走出国门到国际上的大企业进行考察学习。同时要继续按照人事部、原国家经贸委、司法部联合制定的《企业法律顾问执业资格制度暂行规定》中的有关规定,切实将企业法律顾问纳入专业技术人员管理范畴,落实企业法律顾问在专业技术职务方面的待遇。

【日期】　2005 – 08 – 06
【版次】　3
【版面】　地区新闻

乡镇综合配套改革:构建农村新型管理体制

——访湖北省副省长刘友凡

　　本报前段时间推出的系列报道"湖北省襄樊市乡镇综合配套改革探析",在全国各地引起了强烈反响。许多读者与编辑部联系,指出"襄樊经验"对指导他们所在地区的乡镇综合配套改革很有启发意义,希望通过本报进一步了解湖北省委、省政府在这方面的决策、思路和方针,以便更好地促进实践。为满足读者需求,本报记者近日采访了湖北省政府副省长刘友凡。

农村综合改革进入新阶段

　　"湖北是一个农业大省,长期以来农村积累的体制性矛盾比较突出。省委、省政府坚持以改革促发展,把解决制约农村发展的体制和机制性问题放在突出重要的位置。"刘友凡开门见山。

　　他说,继去年降低农业税税率后,今年湖北省委、省政府又决定在全省范围内免征农业税,这是一个非常重要的转折,标志着湖北省农村税费改革第一阶段的任务基本完成,转入了全面推进农村综合改革试点的新阶段。过去3年,由于湖北省始终坚持把减轻农民负担作为第一位的目标,把农村税费改革作为民心工程和德政工程来抓,使改革赢得了广大农民群众的欢迎和拥护,在较短的时间里取得了显著的成效。

　　"但是我们也必须清醒地看到,免征农业税后,导致农民负担反弹的体制性机制性因素依然强劲,集中表现在财政供养人数太多、乡镇运转压力太大。"刘友凡话锋一转:"单抓减负,不仅税费改革难以深入,而且已取得的成果也难以巩固。只有在农村税费改革的同时,配套抓好乡镇体制改革,才能转变政府职能,构建起法制型、服务型的与新形势相适应的新型乡镇管理体制。"

因此,不久前召开的湖北省农村税费改革试点工作会议提出:一方面要始终坚持"一主三化"方针,大力推进新型工业化和农业产业化,发展县域经济,促进农业增效和农民增收;另一方面,要始终坚持以改革促发展,把深化农村各项改革、解决制约农村发展的体制性和机制性问题放在突出重要的位置。

"中共中央政治局委员、省委书记俞正声强调说,要同时从发展和制度两个角度着手,来解决'三农'问题。"刘友凡说,"乡镇综合配套改革是继税费改革后更为深刻的农村体制改革。与第一个阶段相比,情况更复杂,任务更艰巨。省委、省政府对这项工作高度重视,使这场改革稳步推进,不断深化,取得实效。"

从 2003 年 11 月开始,湖北省委、省政府对这项重大改革多次进行部署,先后出台了一系列政策性文件。目前,湖北省 105 个县(市、区)、1116 个乡镇(办),已有 74 个县(市、区)、669 个乡镇(办)开展了乡镇综合配套改革,分别占总数的 70% 和 60%。截至 2005 年 4 月,全省共精简分流财政供养人员 23999 人。改革的主要成效表现在:一是从体制上切断了伸向农民的手;二是减轻财政支出压力;三是提高了政府工作效率;四是提高了农村社会化服务水平;五是转变了政府职能;六是改善了干群关系。

继续推进是当前工作重点

刘友凡介绍说,省委领导同志已明确表示,农村综合改革涉及面很广,从湖北省的情况看,当前工作的重点是继续推进乡镇综合配套改革。这是由湖北省的省情决定的。

和全国其他农业大省相比,湖北省的财政供养人员要多得多,财政供养系数达 1:32,高于全国平均水平,供养人数超过 200 万,其中 3/4 的财政供养人员集中在县乡两级,而大头又在乡镇事业单位。湖北今年农业税全免后,基层财政少收 18 个亿,资金缺口达 7 个亿。仅监利一个县,资金缺口就在

8000万元以上。所以推进乡镇综合配套改革,对于巩固农村税费改革成果、解决"三农"问题,至关重要。

刘友凡坦率地告诉记者,虽然湖北省的乡镇综合配套改革试点取得了一些成效,但各地工作进展情况不平衡,与省委、省政府的要求还存在一定的差距。乡镇综合配套改革的情况相当复杂,实施中面临的困难和问题很多。对于这项重大改革,市州主要领导必须亲自抓。"俞正声书记和罗清泉省长多次强调,总的原则是乡镇党政机构改革应抓紧进行,但对乡镇事业单位改革不搞一刀切,不规定统一的时间进度,也不要求限期完成,具体实施进度和操作步骤取决于各级领导思想是否统一,认识是否一致,取决于各地是否有内在动力。如果没有统一的思想认识而草率从事、仓促上阵,必将带来多方面的问题。"

据介绍,在遵循上述原则的前提下,湖北省今年将继续积极稳妥地做好两方面的工作:

第一,严格执行乡镇党政机关机构改革的各项政策。对于乡镇内部机构设置、党政领导交叉任职、领导职数配备和人员编制确定,省里已作出了明确规定,各地必须严格执行,不得擅自突破。公务员的竞争上岗,应在具有公务员身份的人员中进行,不应再搞提前退养等政策。不提倡对公务员采取买断分流办法,公务员的社会保障也不能比照企业人员的办法,应随着全国统一的公务员社会保障制度的建立,逐步考虑和实施。

第二,稳步推进乡镇事业单位转制和人员分流工作。由于长期以来,受计划经济体制的影响,乡镇事业单位是兴办农村公益事业、提供农村公共服务的单一主体,与农民的生产生活息息相关,因而事业单位改革既是乡镇综合配套改革的重点,也是改革的难点。一方面要坚决推进改革,另一方面要保证农村公益事业、公共服务健康发展,不能削弱。考虑到这项改革的复杂性,湖北省对事业单位转制和公益服务模式没有作出统一规定,而是结合各地的实践,总结了项目服务招标制、定岗服务招聘制和县级行政主管部门派出制三种形式。具体采用哪种形式,由市州或县(市、区)决定。

落实县乡编制管理实名制

刘友凡告诉记者,湖北省今年将开展财政与编制政务公开试点工作,着重解决三方面的问题:一是落实县乡两级编制管理实名制。各部门、各单位必须将行政编制和事业编制区分开来,并逐一将编制落实到人;在此基础上,所有党政群机关、全额拨款事业单位以及具有行政管理与行政执法职能事业单位的人员编制情况,按现状在网上公开,逐步创造条件,消化超编人员。二是实行财政专项资金分配和使用公开制。对涉及群众切身利益的财政专项资金的分配管理,在网上公开,接受群众监督。三是要研究制定办法,解决大量增加非领导职务的问题。

"做好这些工作的目的,就是要通过财政与编制的公开化管理,有效控制编制,减编减人,降低财政供养系数,减轻人民群众负担,保证将财政资金用到人民群众最需要的地方。"刘友凡严肃地说。

推行财政与编制政务公开,既涉及到众多行政事业单位人员,也涉及到传统思维方式、管理模式和工作习惯的转变,实施起来难度很大。对此,刘友凡坚定地表示,这是一个关系到政权建设、执政能力建设的重大问题,绝不能回避,更不能推诿。"乡镇综合配套改革不是简单的减人减事减支,而是为巩固农村税费改革成果,从根本上减轻农民负担,建立与市场经济相适应的农村管理体制和运行机制。湖北省将进一步稳步推进综合配套改革,对于乡镇职能定位与转变、改革成本筹措、公益性服务资金支持等关键问题,将继续研究并采取相应的措施加以解决。"

(本文与经济日报同事魏劲松、冯举高共同采写)

【日期】 2010 - 08 - 29

【版次】 5

【栏目】 文化周末/推进文化发展方式转变大家谈

真抓实改,积极推进文化发展方式转变

——访文化部副部长欧阳坚

编者按:转变发展方式,不仅是经济领域的问题,文化领域同样也需要通过转变发展方式获得新的发展动力和增长空间。如何认识推进文化发展方式转变的重要意义? 在推进转变过程中要把握哪些基本原则、重点领域和关键环节? 在当前和今后一个时期积极推进文化发展方式转变的现实途径和有效手段是什么? 本版今天起推出系列报道"推进文化发展方式转变大家谈",将为各方面人士搭建一个交流平台,以期解放思想,集思广益,共同把转变文化发展方式作为一件大事来抓,使中国特色社会主义文化发展道路越走越宽广。

记者近日获悉,文化部6家转企改制试点单位全部1020个事业编制已由中编办批准核销,全部职工纳入企业劳动合同管理、参加企业职工基本养老保险。这意味着由这6家试点单位转企改制组建的中国东方演艺集团有限公司、中国文化传媒集团有限公司、中国动漫集团有限公司和中国对外文化集团公司,已经全部完成了规范转制的关键步骤。而完成这一复杂艰巨的任务,仅仅用了9个月时间。

由于在改革过程中注重放远眼光、化解矛盾,坚持真抓实改,"可核查、不可逆",不仅整个转企改制工作平稳高效,而且改革的成效已经在4家集团公司初步显现。文化系统6家试点单位转企改制有哪些成功经验? 对当前深化文化体制改革、推进文化发展方式转变有哪些积极意义? 本报记者带着这些问题专访了文化部副部长欧阳坚。

话题之一　推动资源优化整合

□ 将粗放发展方式转变为更科学、集约的方式
□ 将资源优化整合观念贯穿改革的每个环节

欧阳坚介绍说，此次 4 家集团公司转企改制工作的突出特点之一是注重资源的整合。文化体制改革的最终目标是为了更好地发展，这就需要将过去粗放的发展方式转变为更科学、更集约的方式。他说，4 家集团改革的主要难点也是主要经验为：不仅实现了职工由事业身份向企业身份的转变，而且将资源整合的观念贯穿于改革的每个环节；不仅完成了转制，而且实现了资源重组，打造出新型的、适应市场需要的主体。

欧阳坚表示，组建 4 家集团公司的目标之一就是打造大型骨干文化企业，使文化央企在文化产业发展中担当起应有的责任。既然是集团，既然肩负如此重要的历史使命，发展方式就应当不同于一般企业。应当更注重战略合作和资源重组，迅速做大做强，真正发挥引领作用。创作的作品要体现出先进文化发展方向，管理运营模式要对全国有带动示范作用，要有强大的整合社会资源的能力，对行业产生引导作用。

他举例说，中国东方歌舞团改制以后就不再是一个院团，而是一个综合性的演艺集团公司。在这个平台上，过去闲置的资源就可以充分体现其价值。例如，组建了东方歌舞团、中国歌舞团、东方流行乐团和东方民乐团以及演出公司、经纪公司、舞美公司、培训中心等。这不仅扩大了集团经营范围，同时也为艺术人才提供了更加广阔的舞台。此外，引入外部战略投资者和骨干人才等举措也在加紧进行。

中国对外文化集团公司在推动文化"走出去"方面一直发挥着重要作用，近两年又将整合国内演出院线作为新的发展重点。目前，已经整合了 25 家剧院，初步形成了规模效应。欧阳坚说，过去创作一台精品剧目，演不了几场就进了仓库，成本高、效益低，极大地影响了院团的创作热情。现在有了院线支撑，加上巡回演出等新的营销模式，就能够充分挖掘一台好节目的价值，院团也就敢于增加投入、创作精品，从而为演艺企业的跨越式发展提供了良好

契机。

而中国动漫集团组建本身,就体现着资源的整合利用。动漫产业是新兴产业,对其发展的引导和管理是文化部职能所在。成立中国动漫集团的目的,正是要占领这一新的生产力的制高点,通过战略重组和中国动漫游戏城等重大项目带动,推动国内原创动漫发展。目前,中国动漫集团正在通过股份制改造积极引入战略投资者,未来发展路线图也已初步确定。

欧阳坚表示,目前4家集团公司改革的成效已经显现出来。中国东方演艺集团有限公司不久前连续推出4台各具特色的大型晚会,中国文化传媒集团有限公司的报纸发行量和版面都有很大变化,充分展示了摆脱束缚后的文化生产力所释放出的巨大能量,以及广大文化工作者充满信心、积极进取的精神面貌。改革后,东方演艺集团有限公司连续推出4台各具特色的大型晚会。

话题之二　建立高效的体制机制

□政策支持与自身能动性相结合
□深化改革与促进发展相结合

4家集团公司的转企改制工作创造了多个"第一次":中国东方歌舞团是第一家转企改制的国家级院团;中国文化报社是第一家整体转企改制的部委主管主办报社;中国动漫集团是第一家中央动漫企业;中国对外文化集团是首批35个文化体制改革试点单位之一,也是国务院批准设立的第一家大型国有对外文化企业。4家集团转企改制面临的很多问题,都没有先例可循,难度异常之大。

欧阳坚说,如此复杂艰巨的任务之所以能在短短9个月间平稳完成,主要有以下几个方面的经验:

一是对上负责与对下负责相结合。一方面深入贯彻中央关于文化体制改革的指示精神,严格按照法规和政策办事,对中央负责;另一方面,通过耐心细致的走访调研、开诚布公的交流谈心,了解员工的具体利益诉求,倾听群众的改革建言,维护职工合法权益,做到对职工负责。

二是争取政策支持与发挥自身能动性相结合。积极奔走、呼吁，争取国务院相关职能部门和北京市有关方面的支持，落实有关政策。与此同时，引导企业广大干部职工充分认识到"早改早主动、早改早受益"，学会抢占先机，主动利用市场力量来加快自身发展，通过发展让职工享受到改革成果。

三是深化改革与促进发展相结合。在推动4家集团公司改制的同时，认真开展组织结构优化、岗位制度设计、职位竞聘、薪酬制度改革等工作，实现人事管理和收入分配凭业绩、看贡献、重能力，绩效工资所占比例大幅度提升，一线职工收入明显提高。职工的发展生产积极性空前高涨，成为深化改革的有力杠杆。

四是注重人文关怀与探索创新。比如：第一次在"事转企"改革中，把制定人员身份转换方案列入必经规程；第一次实现以职工代表大会形式集中反映职工正当利益诉求；第一次在部改革单位聘请转企改制法律顾问全程参与改革方案制定与实施。这些重要创新，为改革顺利推进提供了保障。改革实践也使大家深切体会到，文化体制改革是一个永无止境的探索过程，固步自封就会使头脑陷入僵化，必须不断解放思想、转变观念，不断突破前人、突破自我。

欧阳坚说，在整个转企改制过程中的一大重点，是通过制度上的设计为将来更好更快的发展提供机制保障。他说，在确保社会效益的前提下，企业和事业最大的不同点在于追求利润最大化。制度创新应当围绕这一特性来进行，包括在财务上、劳动人事上、分配关系上、资产处置上、对外交流合作上，搭建相应的平台。整个制度体系不应当是内部循环，而是一个开放的系统，能够实现与外部合作者和市场的对接。

欧阳坚强调，在为企业发展准备体制机制环境的过程中，应当兼顾公平和效率两个方面。一方面要通过绩效考核调动职工积极性，另一方面要充分保障职工的合法利益。维护了职工的正当权益，就能得到群众的理解、拥护和支持。这也是在此次改革过程中，有很多人积极主动要求参与转企改制的原因所在。

当然，也要看到，制度创新并不是简单的事。需要根据各个单位的具体情况具体对待。目前，各个集团公司都在做这方面的探索，从机构上、制度上作出相应的安排。通过努力，目前已经实现了平稳地转企，也为今后加快发展奠定了很好的基础。

话题之三　改革的目标是可持续发展

　　□要保证可持续发展,必须要真抓实改
　　□"可核查、不可逆"的改革才是真改革

　　核销事业编制是经营性文化事业单位完成规范转制的必经程序和重要标志之一,此次4家集团公司深化转企改制工作实现了"三个全部",完成了推进规范转制的关键步骤。

　　一是不分单位类型,全部核销事业编制。不管是在事业体制下运作了几十年的中介单位中国对外演出中心和中国对外艺术展览中心,还是作为中直院团的中国东方歌舞团,还是作为部委主管主办媒体的中国文化报社,全部事业编制都报经中编办批准予以核销。

　　二是不分人员类型,全部参加社保。除在此之前进入文化部离退休人员服务中心的员工以外,不管是在职职工,还是离退休职工,从2010年7月1日起,全部参加北京市企业职工基本养老保险。

　　三是不分原先有无事业身份,职工全部签订劳动合同。推动4家集团公司实行全员劳动合同管理,原事业身份职工和聘用职工,通过新型用工管理方式,得到妥善安排。

　　这些工作的完成,为4家集团公司最终注销全部原事业法人,全面实现"可核查、不可逆"奠定了重要基础。同时,也为进一步的发展扫清了障碍。

　　欧阳坚说,改革的目标是发展,要保证可持续发展,必须要真抓实改,坚持"可核查、不可逆"。在以往的文化单位转企改制中,一些地方通过借、留、造等手段"新壳装旧人"的做法,有其产生的特定历史背景和环境因素,也曾为减少改革阻力、推进改革试点发挥过一定的作用。但是,说到底这还是不彻底的改革。随着文化体制改革的一步步深入,随着各方面制度的不断完善,这种做法带来的弊端必须加以克服。

　　首先,这样转来的文化"企业",通过各种形式的"壳",仍然缺乏主动面向市场求发展的动力和压力,难以建立自主经营、自负盈亏的运营机制。其次，让同一单位内企业身份的员工与事业身份的员工"同工不同酬"，在社会保障、职业发展前景中存在种种不平等，难以建立有效的激励机制。第三，由于"事转企"改革不彻底，使事企分开、管办分离难以彻底实现，为政府职能的转变设置了障碍。因此，这种不彻底的"改革"冲销了改革的成效，当然也影响了改革的声誉。

他表示，"可核查、不可逆"，既是中央对规范经营性文化单位转企改制的明确指示，也是文化企业实现科学发展的客观要求。要实现"可核查、不可逆"，应把握以下几点：

首先，"可核查、不可逆"的目标是彻底转制。正如刚刚结束的全国文化体制改革工作会议强调的，转企改制不等于改革的完成，也不意味着成为当然合格的市场主体。已转制的各类文化企业一定要加快建立现代企业制度，完善法人治理结构，强化内部经营管理，尽快形成面向市场的体制机制，早日成为合格的市场主体。

其次，"可核查、不可逆"的保障是依法合规。改革必然涉及复杂的利益调整。要使改革平稳顺利地推进，就必须严格依照政策规范运作，清除"逆转"因素，确保不走"回头路"。

再次，"可核查、不可逆"的前提是程序公开。只有认真履行民主程序，确保职工的知情权与参与权，使所有的改革措施都在阳光下进行，才能确保改革进程公开透明、监督到位、规范有序。

最后，"可核查、不可逆"的根本动力是加快发展。改革激发的生机活力和美好前景是推动转制单位深化改革的可靠保证。只有充分用好彻底转制所创造的体制机制优势，使真转真改单位比"假改""半改"单位有更好的发展势头、更快的发展速度，才能为真转真改的企业增强信心，消除顾虑。

他认为，在深化文化体制改革中，必须本着对历史高度负责的态度，大力弘扬求真务实之风，把中央提出的"可核查、不可逆"改革要求落到实处。必须强调，只有"可核查、不可逆"的改革才是经得起历史检验的真改革，才能真正促进文化生产力的解放与发展。

欧阳坚说，在具体改革实践中，应当时刻不忘发展这个目标，学会走一步看三步，把长远利益和眼前利益结合起来。不仅为企业的长远发展准备好条件，同时让广大职工对改革的前景看得见、摸得着，使他们对改革的预期充满信心。

　　欧阳坚表示,4 家集团公司转制工作已取得重要进展,但还未完全结束。今后要抓紧完成转制单位事业法人注销程序,全面实现"可核查、不可逆"。与此同时,要积极争取有关部门支持,切实帮助转制企业培养和引入人才,为转制单位加快发展提供人才保障;还要抓紧制定转制过渡期企业管理与考核办法,防止出现"管理真空"。4 家集团公司完成转制以后,将着手推进股份制改造,对其中符合条件的公司,将帮助早日实现上市融资。

　　欧阳坚最后指出,在深化文化体制改革过程中,有一点必须坚持:改革的目的是为了可持续发展。任何一项政策的实施,任何一项举措的出台,都要紧密地跟能不能发展、能不能更好地发展联系起来。只有这样,才能真正解放文化生产力,推动社会主义文化大发展大繁荣。

　　　　　　　　　　　　　　　　(本文与经济日报同事乔申颖共同采写)

——经济学家、企业家访谈

【日期】　1998 - 04 - 30
【版次】　7
【栏目】　专题报道

银企如何协作走出困境?

——银行、企业、政府三方谈

　　一位已在银行工作数十年的"老信贷"用这样一句话来形容当今的银企关系:银行对企业"恨之入骨",企业对银行"恨之入骨"——银行放给企业的很多贷款有去无回,银行能不怨企业? 企业要运营,要资金,银行偏偏不愿放,企业能不怪银行?

　　随着国有企业改革和专业银行改革的不断深化,部分企业巨额的不良债务,在局部上增大了银企矛盾:一方面企业疾呼资金不足,生产经营不能维持,难以获得银行贷款,另一方面国有企业偿债能力低,资金大量沉淀,银行不良资产增多;一方面企业还本付息压力大,认为赚钱不够缴息,辛苦经营纯粹是为银行"打工",另一方面银行觉得企业借钱时唱红脸,还钱时唱白脸,不讲信用;一方面企业认为兼并破产是国家支持的企业改革,银行应积极实施有关优惠政策,另一方面银行埋怨有的企业借兼并破产之机逃废债务,致使国有资产流失,银行承受损失过大,有钱也不敢贷给企业。

　　为什么银企关系会出现这些"症状"? 它们对国企改革和金融体制改革产生了什么影响? 如何建立一种平等互利的新型银企关系? 中国银行总行副行长高德柱、华侨城集团总经理兼康佳集团董事长任克雷和广州市副市长刘锦湘,分别从银行、企业和政府的角度,谈了他们的意见和想法。

当前银企关系存在的问题表现在信用上,实际是体制上的原因造成的。

高德柱:银企关系的基本内涵是基于信贷行为产生的信用契约关系。银行主要以贷款形式为企业提供资金,银行经营管理良好,及时防范风险,提高社会资金运转的效率,则有利于企业的发展;企业是银行服务的客户,其经济效益和还贷情况直接影响到银行资产质量和利益,如果企业使用银行资金创造出更多的价值,并能及时归还贷款,银行资金就能得到良性循环。

但是,目前这种信用关系遭到一定程度的损害。国有企业经济效益不佳使国有银行承担了很大的信用风险,一些企业逃废银行债务的现象又极大地破坏了信用关系。

刘锦湘:确实,国有企业过度依赖银行融资,资产负债率高,而偿债能力又低,致使国有银行的不良资产比率较高,银企关系面临很多困难。以广州为例。截至1997年底,全市共有国有工业企业727户,资产总额为895.6亿元,负债总额521.2亿元,资产负债率58.2%。

任克雷:谈到企业高负债经营的形成,我觉得必须考虑历史因素。我国的国有企业长期以来受计划经济的影响,企业上缴利税多,自身积累少,资金来源主要靠银行贷款,自有资本金较少。

刘锦湘:过去由于国有资本金的不足,大量的国有企业实行高负债经营,加上银行债权的约束硬度不够,这使一些企业经营者或主管领导拿银行贷款去冒险经营,不计成本,重复建设,乱铺摊子。现在累积起来的企业不良负债和银行的不良资产,是长期计划经济形成的,是特殊的原因造成的特殊的债务。当然,这里不能排除一些银行内部由于违规操作或管理薄弱而形成的不良资产。

任克雷:也不能排除企业出于现实原因而进行的负债经营。企业都具有追求效益最大化的扩张本能,在一定程度上都愿意以负债经营的形式来扩大生产。由于我国现代企业制度的建立和完善有一个过程,就出现了部分企业自我约束能力差、盲目追求外延的扩张。

高德柱:当前银企关系存在的问题表现在信用上,实际是体制上的原因造成的。在传统计划经济体制下,金融领域实行"大一统"的体制,银行的经营和信贷资金管理都以高度集中的计划手段进行。在政府行为的约束下,银行与企业各自缺乏经营自主权,企业信用观念不强,银行风险意识淡薄,银企之间存在着信用软约束的关系。

改革以来,市场经济的因素逐渐渗入银企双方的行为中。经营自主权扩大了,财政对企业的拨款基本减弱,企业融资主要通过银行进行,银企之间的业务往来大大增加,信用关系日益密切。但是,由于计划经济体制弊端的遗留影响依然存在,银行和企业还未真正成为独立的经营实体。国有银行同国有企业一样,困难和症结在于产权不清、政企不分,难以自主经营,管理滞后。银企关系还必须进行调整,才能建立适应社会主义市场经济条件的新型银企关系,使银行和企业的资金运营和生产经营进入良性循环。

社会主义市场经济条件下的新型银企关系,是以平等互利为基础,以市场规则为约束条件的信用契约关系。

任克雷:银行业、现代金融业、现代企业制度都是以信用的发展为基础的,如果银企之间缺乏基本的信任,就不可能建立起协作的关系。从现实情况出发,目前较为理想的银企关系是银行与企业之间建立相互信任、增加交流、全面协作的关系。

刘锦湘:信任是要有基础的。第一个条件是平等。银行与企业都是市场经济中自主经营、自负盈亏的独立法人,商业银行不是行政机关,而是经营货币的特殊企业,同国有企业一样有着经营风险,银企之间的交易同企业之间的交易一样,无利可图的事情在市场经济下双方恐怕都不愿做,应让银行和企业自由选择合作伙伴。第二个条件是互利。银行和企业是目标一致、互惠互利的经济合作关系。在市场经济条件下,银企的目标都是最大化地追求利润或社会效益。银行是企业发展壮大的重要保证,企业则是银行的主要客户,两者相辅相成,互为前提,一荣俱荣,一损俱损。

高德柱:不过,银企之间的平等互利,是要以市场规则为前提的,是以市场规则为约束条件的信用契约关系。银企间的借贷行为符合市场交易的规则,受到信用关系的约束,银行给企业的贷款,企业到期就能偿还,利率真正成为资金供求的价格信号,银行与企业都能根据利率的变动调整各自的行为。要做到这一点,必须真正实现政企分开,使企业和银行成为自主经营、自负盈亏的经济实体。这是银行和企业间真正建立符合市场经济条件的信用关系的基础。

要解决银企关系中存在的问题,需要政府、银行、企业三方主体相互配合,共同努力。

刘锦湘:建立社会主义市场经济条件下的新型银企关系,是一项十分复杂的系统工程,有赖于法制的完善、宏观经济管理和金融环境及相关改革的配套。政府的主要工作,就是通过配套改革,消除现行体制中存在的这样或那样的体制和政策障碍。

高德柱:是的,我国的经济改革与发展已进入关键时期,要解决银企关系中存在的问题,推进经济体制改革的进行,需要政府、银行、企业三方主体相互配合,共同努力。目前企业的过度负债,制约着银行的商业化或企业化进程,银行要真正成为商业银行,银企关系要真正按市场经济要求改造,银行的不良资产就将是一大障碍。

刘锦湘:国有企业负债过大、冗员过多、社会保障等问题是在旧体制下长期积累起来的,现有国有经济摊子铺得如此巨大和分散,无论是国家还是地方政府均难有足够的财力解决这些庞大的历史遗留问题,难以承担这巨额的改革成本。只有通过政府转变职能,对国有资产实施战略性重组,即通过国有资产的流动和优化组合,在适当收缩战线的前提下,集中力量,加强重点,优化国有经济结构,实现国有企业经营机制的转变,才能更好地发挥国有经济的作用。也只有这样,才能使国有资产从分散的中小企业向大集团、从低效的劣势企业向高效优势企业、从一般性竞争性领域向发挥战略性领域集中,培育经济增长点,创造地方经济增长的新优势,也才能有效地消化银行的不良资产,消除银企关系的障碍。

广州市在国有资本投资运营主体构造上,除优先对市直属大集团的核心企业授权经营国有资本外,还对机构改革中由 14 个政府行政管理局和行政总公司转变成的 19 个经济实体,授权经营国有资本,促进了政企、政资分开,为从整体上搞活国有经济和促进政府职能转变创造了条件。

高德柱:在政府正确引导的情况下,银行作为国有企业的主要债权人,在国有企业优化资本结构、进行资产重组的改革中,应该有所作为。银行可以根据企业资产负债状况和经济效益的好坏,采取不同的策略,通过已有债权的重新安排和新增贷款的选择性投入,促使国有企业进行结构调整。

负债率适当、效益好、有市场的企业,是目前国有企业中有活力的优势企业,它们将成为国有资产重组中的核心力量。银行应主要将新增贷款投入这些优势企业,支持这些企业扩大生产,增强资金实力,形成规模优势,使这些企业有能力对其他企业进行重组,解决劣势企业的困难。

任克雷:大企业集团和银行互相主动靠拢,建立共同进步的良性关系,是资产重组的一种必然要求。我国目前的金融和资本市场不甚发达,企业的外部融资仍以间接融资为主,相当一段时间内企业对银行的依赖仍然很大。即使是像康佳这样有多种融资渠道的大集团(如股本金),银行短期借款仍占总资产的25.76%。所以,康佳变被动的借款人为主动的合作者,和中国银行签定了全面银企合作协议,保障了生产资金的来源,确保资金的投放与企业生产的扩大相适应。

由于全面银企合作协议对康佳全年的资金需求进行了统一的规划,使企业在资金使用上更有效率,避免了资金的浪费,也解决了在生产高峰期流动资金不足的矛盾。这种协议对某一个企业在资金需求的数量和品种上进行宏观调控、规划的职能,是普通借贷关系所不具备的,也是目前传统的企业财务管理中较为欠缺的一个方面。这样就可以促使企业更加科学、合理地安排资金,更健康地发展生产。康佳去年的工业总产值达67.60亿元,比上年增长了35%;彩电市场占有率达17%,连续三年位居全国第二位。同时,通过全面的合作,银行加深了对企业的了解,扩大了对企业的服务范围,进一步保障了信贷资金的安全。

高德柱:在大集团和银行的合作中,银行应加强监督。在这里,韩国的教训值得重视。经过结构调整后的大型企业或企业集团是银行的主要客户,由于银行对这类企业的资金投入大,信用风险可能相对集中,而对国家支持的大型企业集团,银行往往忽视了对贷款的安全性管理。因此,对于贷款较为集中的大企业,银行更应加强监督。

任克雷:事实上,大企业本身应该欢迎银行的监督。可以说,银行是企业的“金融守护神”,银行与企业之间并非只是贷款人与借款人的单一关系。银行利用其掌握的金融专门知识,能有效地为企业规避各种金融风险。在这次席卷东南亚的金融风暴中,身处特区的康佳集团岿然屹立,就受益于中国银行提供的全方位金融服务。例如,康佳在开拓澳大利亚市场时,在选取商贸合作伙伴的过程中,都委托中国银行设在悉尼和墨尔本的驻外机构协助对客商进行资信状况调查,有效地避免了经营风险,保证了康佳拓展国际市场的工作得到顺利、快速的发展。目前,康佳大屏幕彩电在澳大利亚的市场占有率已跃居第三位,仅次于日本的松下和索尼。

高德柱:另一方面,在竞争性行业中,微利或亏损、债务负担较重但又不符合破产条件或改组后有望扭亏的企业,是银行支持国企改革的重点和难点。由于目前国有银行的不良资产比率已经过高,银行在清理不良资产的同时,对新增贷款的发放更加小心谨慎。按照商业化经营的原则,银行继续为负债率偏高的企业注入贷款,所承担的风险较大,因此必须慎重对待:对有市场前景的企业,可以给予适当的资金支持;对需要进行重组、引入新资金的企业,银行要主动介入,与有关部门共同研究企业重组、债务重新安排和职工安置问题,帮助企业渡过难关。

总的来说,塑造新型的银企关系,银企协作走出困境,现在已经具备条件。

刘锦湘:在这里,政府应发挥关键的引导作用。一是引导银企相互理解,解决好企业的过度负债问题;二是引导银行改善服务,支持企业改革;三是积极配合银行信贷资产的保全工作,防止企业借改革之机逃废债务。例如,我市重点扶持的广州五羊摩托集团公司,在市委、市政府和银行等部门的共同支持下,对经营困难、亏损严重、濒于破产的广州五羊自行车企业集团和华南缝制设备集团公司实施了兼并,不仅盘活了近 20 亿元的存量资产,而且为广州发展 60 万辆摩托车生产规模创造了条件,也使国有商业银行 7.8 亿元本金得以有效保全。

高德柱:你刚才提到银行改善服务的问题,我深表赞同。要建立现代金融体制,银行必须切实转变观念,克服客户有求于我的思想,树立为客户服务就是发展银行事业的观念,为企业提供全方位的优质服务。

任克雷:企业也应转变观念,不能依靠银行贷款过日子。企业的生存和发展首先要靠自身的积累,搞投资应有资本金,借贷款则应按期偿还,要和银行保持良好的信用关系。

高德柱:总的来说,塑造新型的银企关系,银企协作走出困境,现在已经具备条件。中国人民银行从今年起取消对国有商业银行贷款规模限制,推行资产负债比例管理和风险管理,这无疑给金融体制的改革和现代企业制度的建立带来了动力和机遇。国有商业银行由被动接受直接的行政指令性管理变为自主按"三性"、"四自"原则进行自主管理,这是摆脱行政干预、走向市场化、企业化的质的突破,对于转换银行内部经营机制、提高资产质量和效益、降低金融风险具有重要作用。各商业银行通过强化自主经营和统一法人管理,实现资金的优化配置,促进经济结构调整,为国有企业走出困境创造了一个良好的外部环境。

同时,朱镕基总理明确指出,要在三年的时间里彻底改革我们的金融系统——中央银行强化监管,商业银行自主经营;要用三年的时间使大多数国有大中型亏损企业摆脱困境进而建立现代企业制度。我相信,随着这两项改革的纵深进行,平等互利、共同发展的新型银企关系也将随之建立。

【日期】　1999 – 07 – 01
【版次】　9
【栏目】　生活周刊

李宁:寻求安宁幸福的生活

　　6月26日,本世纪最佳运动员颁奖大会和庆祝文艺晚会在布达佩斯举行,按照匈牙利字母排列顺序,曾有"体操王子"美誉的李宁第7个出场,接受了这项他体育生涯中的最高荣誉。身为我国目前最大体育品牌企业董事长的他,是这25名"本世纪最佳运动员"中唯一的中国运动员。日前,记者专门走访了他。

　　记者:听说您在5月份得到入选的消息后,起初并不愿意前往布达佩斯参加颁奖仪式?

　　李宁:不是不愿意,而是没有时间,颁奖时间正好临近大学考试,功课重,我担心影响学习。能获得这样的殊荣,当然是每一个体育人都梦寐以求的事,这里面有我个人的努力,但更重要的是源于祖国的强大。20世纪对中国人来说,是不平凡的一个世纪,我们的祖国在百年间发生了天翻地覆的变化,而我有幸作为中国体育界的一员向世界证明这一变化,证明中国人奋斗的成功,我感到很自豪。

　　记者:在退役10周年的时候,您的名字将和"球王"贝利、"飞人"乔丹等英雄的称号一起镌刻在世纪体坛上,此时的心情和您赢得第一枚奥运会金牌时有何不同?

　　李宁:没什么特别兴奋的。有了当初,才有今天,很自然。从我当运动员到现在,一直没把自己当名人,这样生活更自在。

　　记者:作为北大法律系的一年级学生,同时又担负公司董事长的重任,还有许多国际体操联合会男子技术委员会的工作要做,您如何安排您的时间?

　　李宁:现在的主要内容是学习,商务活动已经减少很多,明年也准备不再在委员会里任职了,我不可能面面俱到。读书的确是件非常辛苦的事,但我想读书的愿望,就像当年渴望拿世界冠军一样热切。我的学业也是我事业和生活中的一部分,在校园里,可以静下心来研究一些问题。

记者:您为什么没有像大多数老总一样读点工商管理之类,而是选择了法律?

李宁:工商管理也要学,或者同时,或者学完法律后再接着学。为什么首选法律? 我觉得今天许多中国人并没有真正理解生活的价值、人的价值,没有找到一种安宁、满足、幸福的生活方式。有钱的没钱的,下岗的在职的,大家都在抱怨;我刚来北京的时候,有蓝天,有白云,还有星星,现在都看不到了;前不久去一个城郊,那里也在大搞工业,把土地和水都搞坏了,年轻人都一个劲往城里跑,只想发财,从来没有想到利用这块生长的土地来提高生活质量……如果人们的内心没有安宁和满足,发了财又能怎样? 每个人都想要成功很难,但一样可以开心地生活。我希望通过学习法律,完善和补充自己对客观事物的认识,在思考中找到未来生活的模式,找到自己想要的那种安宁、满足、幸福的生活。

记者:1999 年给您的幸福很多,又得奖又添宝贝儿子,感想如何?

李宁:当父亲,就是负责任。

【日期】　2000 - 08 - 10
【版次】　10
【栏目】　绿原

王志东:IT 企业要有创新模式

8 月 4 日上午,辽宁人民出版社与新浪网在北京图书大厦举行了网络中国三部曲之《新浪模式》的首发式,新浪网首席执行官王志东先生和该书作者阳光为踊跃购买的读者联合签名。毫无疑义,王志东自然是风头最劲的人物。首发式后,他接受了本报记者的独家采访。

记者:尽管新浪已成为全球中文网站的第一门户,但其产生还不到两年,很多人都有疑问,新浪现在有资格总结模式吗? 现在是总结模式的最佳时机吗?

王志东:可以说,你永远难以找到最佳的时机。当然,网站发展时间越长,可供考察、可供参考的素材就越多,勾画的脉络就会越清晰。但是,互联网的变化很快,网站经营模式的变化也快,等到稳定下来的时候,可能就晚了。况且,我们也许永远也找不到想象中的稳定。我更希望能有机会不断进行自我总结、自我反省。

这本书就提供了一个这样的机会,但它不完全是新浪对自己的总结。它对模式的探讨,是作者根据已经披露的材料,从第三方的角度所作出的分析。它更像一面镜子,从中照出了新浪的成绩和不完善。不过,它并没有照全,还不能说是最后的结论。因为新浪在短暂的发展历程中,由于条件不成熟,还有一些内部的深层次的情况未曾公开。将来应该会在目前的基础上做一个更深入的总结。而且,我一向认为,模式自身也处于不断的变化之中。事实上,新浪上市后,我们所做的最大的工作,就是怎么发展这个模式。

记者:在千变万化之中,总有一些东西是相对稳定的吧? 新浪模式是否存在这样的东西?

王志东：有句话说得挺有意思——互联网中唯一不变的是变化本身。关于新浪模式的精髓，我觉得有两个关键点。第一，不断变化。通过创造性的变化来调整自己适应市场和技术的要求。第二，结合。尤其是东西方文化的结合，软件和网络的结合，包括中国传统和现代理念的结合，自身的经验、技术与合作伙伴的结合。

在瞬息万变的互联网条件下，我也力图找到以不变应万变的办法。从新浪网成立第一天开始，我就一再跟团队成员强调：网络泡沫随时会破灭，要时时刻刻做好准备；万一明天早晨泡沫破灭了，我们应该怎么办？所以，不管是人才、资金还是产品，新浪始终在走务实的道路，不依赖炒作，甚至不依赖资本市场。这样，不管外部环境怎样变化，新浪都能保持可持续发展。

记者：您所说的"结合"，是否也包括传统经济和互联网经济的结合？

王志东：从我做新浪网的体会，做互联网经济在本质上和传统经济没有区别，传统经济规律的基本面貌仍然存在于此。甚至可以说，谁能把传统经济的精华充分运用到互联网经济，谁就能最大限度地成功，谁就能具备可持续发展的能力。

从现在的运营情况来看，新浪网已具备相当大的抗风险能力。在资本方面已经可以自我满足。新浪去年上市之前有两次大规模融资，从资金上保证了持续发展的动力。在公司产品方面已基本到位。提供给网友的产品具有了实实在在的价值，奠定了坚实的市场基础。在技术方面已有足够的技术积累，能不受制于外来技术和基础技术的约束。在管理机制和人才储备方面，已经形成一个稳定而有活力的团队。

记者：大家关心新浪模式，在很大程度上是想通过对它的解读，找到一条挤除泡沫、获得利润的道路。

王志东：从 1999 年 2 季度以来，新浪网连续几个季度的营业额都在大幅度上升，几乎每个季度增长 100 万美元左右，上个季度的营业额达到 580 多万美元。特别要看到，在可观的营业收入中有很大一部分来自海外，这表明新浪在相对成熟的美国市场也能得到相当大的回报。目前新浪盈利方式主要有 3 类：网络广告（包括赞助）占 84%，软件收入占 14%～15%，电子商务占 1%～2%。随着新浪网的成长，可盈利的产品会逐步增加。将来我们除了大力发展兼顾商家和个人用户的电子商务以外，还会拓展第 4 条盈利通道，开展收费服务。当然，在近一两年内，网络广告仍将是最大的盈利来源。

　　记者：以您的感受，新浪模式可以为国内的同行提供哪些借鉴？

　　王志东：可借鉴的东西还是比较多的。首先在机制上，新浪做了一个重要实践，即把硅谷管理模式和国内市场环境相结合。例如风险投资的引入，开放的财务制度，专注于某项技术类产品而不是多元化，公开的员工激励机制等等。在我们最初采取这些硅谷做法时，很多人认为在国内行不通。从目前来看，新浪的实践是成功的，对我国 IT 行业的发展是很有价值的参考。

　　其次，新浪讲求"竞合"，既讲竞争又重合作，在技术上和商业运作上都非常注重开放、合作的概念。这和国内许多 IT 企业不一样，它们稍微有了一点规模，民族情结就变得太重，技术走封闭、不兼容的路子，甚至和国外搞对抗。但我们采取"拿来主义"，和国内外很多大企业建立起了合作关系，走兼容、开放的技术路线，从而得以站在巨人的肩膀上，分享国际上最新最好的成果。新浪就是在与国际化公司的周旋中，在与国际化公司谈谈打打、打打谈谈的过程中发展起来的。事实证明这是一条成功之路。

　　其实，所谓模式，就是一个完整的结构，一定要从正反两方面来考察，有一种全面的清醒的认识，不能片面化、绝对化。比如，新浪很重视和资本的关系，历经多次融资和上市以后，有人便得出结论，说新浪在玩资本游戏。这种轻率得出的片面说法，会给产业发展带来负面影响。

　　我特别要指出的是，新浪模式不是抄来的，是独一无二的。在互联网经济，只有第一，没有第二。抄袭会丢失机会。任何网络企业只要会变通，都能找到做第一的领域，充分发挥其价值。这并不等于新浪害怕竞争，我们的立足点是靠实力说话。我们从来没有完全刻意地去抄袭其他模式，总是强调自身要适应当前的市场状况。新浪模式是在实践中逐渐形成而又不断变化的，是一种动态的模式。

【日期】 2001 – 09 – 11
【栏目】 宏观资讯/热点问题专家访谈

让守信成为守信者的通行证

——访国务院发展研究中心市场所副所长任兴洲研究员

记者:本报推出"上海走上信用之路"系列报道及其后续报道后,在社会上引起很大反响。许多读者来信来电表示,国家加强信用管理已刻不容缓。同时,也有部分读者提出,讲求诚信为先的传统古已有之,为什么在现阶段建设社会信用体系的重要性变得格外突出了呢?

任兴洲:为何现在要把信用体系的建立提到这样一个突出的高度?是我国内在经济发展的客观要求和外部压力双重因素共同使然。首先,我们可以从我国大的体制框架下来认识其重要性。其次,我们还可以从保持我国经济持续、稳定增长方面来认识其重要性。这两方面你们已经作了报道,我就不详细讲了。第三,我们应该从经济全球化及我国即将加入 WTO 的背景下来认识其重要性。上世纪 90 年代以来,经济全球化进程越来越快,其本质是在世界范围内重新配置资源。我国经济将在全球化分工中占有什么位置?拥有多少市场份额?加入 WTO 后如何参与国际竞争?这些都与我国信用体系的建设有很大关系。如果信用环境不良,国家整体信用度低,我们在国际竞争中的市场份额就会越来越小,我们的企业就没有竞争力,在参与国际竞争中就会处于非常被动的地位。

记者:前几天,VISA 国际组织首席行政总裁韦玛提醒说,中国信用卡业务发育不足,将在很大程度上堵了 2008 年奥运财路。倘若我们不能尽快改善信用环境,积极发展相关业务,别说参与国际竞争,就连送上门的生意都会把握不住。

任兴洲:所以说不建立社会信用体系,我国经济良性运行就是空谈。这绝不是耸人听闻。

记者：本报陆续报道了上海、深圳、浙江、山东等省市建设信用制度的尝试，也介绍了国外的相关经验。但是，就我国现实国情而言，从宏观上如何把握社会信用体系的内涵？应从哪些方面着手建设这一体系？很多读者尚不清楚。

任兴洲：社会信用的内容十分丰富，因受信对象性质的不同，信用可分为公共信用、商业信用和消费者信用等；社会信用体系的建立是一个庞大的社会系统工程，涉及的面相当广。我认为，我国建立社会信用体系主要应从以下几个方面入手。

第一，加强信用方面的立法和执法。参照西方发达国家经验，建设社会信用体系首先要立法先行，加以规范；当立法条件尚未成熟时，也必须先有相关的法规或部门规章。对市场进行信用规范。立法包括多个方面，譬如有关银行的立法、非银行方面的立法、企业合同的立法等等。尤其应强调的是要建立和完善失信惩罚机制。

记者：有人套用一句诗来形容时下缺乏信用环境的怪现状：失信是失信者的通行证，守信是守信者的座右铭。这种失信者牟利、守信者吃亏的状况必须改变。

任兴洲：是的，要通过失信惩罚机制的设立，做到"闯红灯者受罚"。加大企业或个人失信的成本，迫使其行为趋向守信，让守信成为守信者的通行证。

第二，通过多种方式强化市场主体的信用观念和意识。社会信用体系建立固然需要法律体系的支持，但是，信用的基础在很大程度上是基于社会的信任和诚信的道德理念来维系，讲信用实际上是一种社会的公德。在市场经济环境下，市场主体的行为准则首先应是讲信用，无论是个人或法人主体，都应树立守信的公众形象，信用度高是一种财富。在全社会应形成这样的共识和理念。

第三，政府的监督和管理。政府应制定关于信用的国际化标准。在政府职能部门如人行、工商、税务、质检等发挥监管作用的同时，注重调动行业协会等民间信用专业机构的积极性，促使其加强对本行业的自律管理。

第四，促进信用管理行业的市场化发展。一个国家信用状况和信用秩序，在一定程度上取决于其信用管理行业的发育状况和市场化程度。目前，我国虽然也有一些为企业提供信用服务的机构(如征信公司、资信评级机构、信用调查机构)和信用产品,例如信用调查报告、资信评级报告等,但其市场规模还很小,信用数据的市场度还很低,信用市场存在严重不足,具体表现在:一是信用管理行业的需求不旺。社会和企业对信用产品的需求尚十分有限。企业缺乏使用信用产品的意识;社会其他主体在经济交往中未能利用信用产品来保护自己的利益;国家有关部门对信用的需求也不够,很多债券向公众发行时不要求评级。从供给来说,国内像美国邓百氏那样有实力提供高质量信用产品的机构或企业尚未出现。虽然已经有企业涉足信用服务行业,但个头都比较小,还在解决生存问题。二、环境不良。整个信用服务业缺少快速健康发展的市场化环境。绝大部分不属于商业秘密、通过正常途径可以公开的信息,散布于各部门,信用服务企业无法得到。信用信息的市场化是信用服务行业发展的客观规律,是建设信用体系的必由之路。对于那些不宜全社会公开的信用信息,政府要给企业或机构提供公平获得信息的机会。三、监管薄弱。信用服务行业由于其特殊性,对其必须规范,一定要体现公平公开公正的原则。

企业之间、个人之间的信用信息严重不对称。目前的当务之急,是应该创造条件,使一批按市场游戏规则运作的从事征信、评级、调查的企业成长起来,通过征信数据和信用产品的市场化,达到社会信息相对对称,从而尽可能减少因信用信息不对称而损害交易主体利益的情况发生。可以说,信用管理行业的发育,是衡量一个国家信用管理水平的重要标准之一。

第五,加强全社会范围内的关于信用的教育、科研和培训。从基础教育到大学教育,对信用观念、信用意识、信用道德的宣传和教育应贯穿始终,恢复被各种"运动"和"文革"破坏了的中华民族的诚信传统。加强对社会信用体系的研究工作,培养一大批专门人才。提倡企业对员工进行信用观念的培训,在企业内部增强信用管理。

记者:近年来,漠视人民生命安全的恶性事件屡屡发生,注水肉、黑心棉、毒大米、毒瓜子、毒猪油,还有近期被曝光的陈馅月饼,一些企业甚至是知名企业对信用的践踏触目惊心,不由令人感慨建设社会信用体系的必要性和艰巨性。正因如此,有人指出,上海建立个人信用制度的尝试,只是"万里长征第一步"。

任兴洲:建设社会信用体系迫在眉睫,应尽快推开,但是要在一定的规则之下进行。有许多当务之急的工作要抓紧进行,包括有关各方一致呼吁的政府立法,相关部门对征信数据的解禁和开放,全民信用教育的开展等等。我认为,这些努力的共同指向都是建立健全社会信用体系。

总之,政府要尽快制定游戏规则,扩大信用需求,改善信用供给,完善信用市场环境,加大监管力度,使信用服务行业在规范运行中发展壮大,从而建立社会信用体系。

【日期】　2003－09－17
【版次】　10
【栏目】　导刊·人物

　　15年前与汪海一同当选的首届全国优秀企业家,不止一位栽在"59岁现象"这个坎上,汪海是怎么想的呢?

汪海的金钱、荣誉和品牌观

　　在双星集团82周年庆典的欢快氛围中,记者见到了总裁汪海。他还是那一身"招牌"打扮:头戴红色棒球帽,脚登"双星"运动鞋。虎虎生风地走过来,爽朗、高亢的谈笑声顿时使得整个会议室生动起来。看他那浑身上下透出的精气神,哪里像是一个年过花甲的人?

　　但年龄对于这个阶段的汪海,已是一个绕不过去的话题。汪海今年62周岁,他自称"虚岁63"。记者自然想知道,汪海本人和双星集团将如何面对"后汪海时代"? 在这个敏感的年龄段,汪海的心态究竟是什么样的?"我的心态不用我来说,你在采访中还感受不到吗?"汪海呵呵一笑,气定神闲。

钱买不到荣誉和成就

　　在中国,企业厂长的任期大多在3至5年,10年的很少,20年的就罕见了,而汪海在一个老牌国有企业里愣是30年没挪窝! 这在全国也是"珍稀动物"了。1974年,33岁的汪海来到青岛橡胶九厂(青岛双星集团前身),1983年出任厂党委书记,从此成为双星集团的领头羊。20年过去,公司发展成为当今世界上生产规模最大的制鞋企业,资产总额从不到1000万元增至35亿元,当年的主导产品"解放鞋"变成了品牌价值达100亿元的"双星鞋"。面对1987年首届全国优秀企业家与中央领导合影的照片,汪海笑称现在只有他"硕果仅存",还在市场风云中"上蹿下跳",而当年一起吃改革开放第一只螃蟹的不少同路人,早已淡出人们记忆了。

回首 30 年风云变幻,汪海最自豪的就是他始终活跃在改革开放实践的第一线。他这样评价自己:"是时代的实践者、开拓者,也是到目前为止为数不多的成功者和幸存者。"30 年潮涨潮落,经历险境无数,以汪海那张扬的个性,竟然都能安然涉过,汪海自己想来亦觉惊异。其实深究下去,看似锋芒毕露、性喜挑战、不惧争议的汪海,骨子里却是一个本分、简单的人。唯其本分,方能管住自己,抗拒名与利的诱惑;唯其简单,方能一心一意做一名纯粹的企业家。汪海说:"回头看自己,我给自己投两票。一票是优秀的共产党员,解决了近 10 万人的吃饭问题。一票是优秀的企业家,为国家把'双星'这个品牌做起来了。"

当年与汪海一同当选首届全国优秀企业家的,好几位都栽在"59 岁现象"这个坎上。对此,汪海十分平静:"到了我这个年纪,对于人生的价值,对于如何把这一生走下来,都已经想得很清楚了。大自然的惩罚谁也跑不掉,我当然在考虑汪海以后的双星将怎样运转。改革方案在做,但现在还没有成型。像双星这样规模大、运转好的纯国有企业,改革必须慎之又慎,否则处理不好,反而破坏企业已有的良性循环。双星目前处于平稳发展时期,除了我以外,员工们的收入都已按市场化机制和绩效挂钩,他们的心理是平衡的。59 岁现象的存在,是企业家心理失衡的表现。但我自己给自己找到了平衡。怎么平衡呢? 人很难回避名和利,那是本能的东西,不过对我而言,名比利更为重要。党和人民给了我这么大的名誉、这么高的社会地位,我不会因为捞钱而断送自己的事业和名声。我是一个职业企业家,一切目的就是做好企业、发展企业。你想,我 33 岁进双星,大半生心血都扑在企业上了,几十年的荣誉感和成就感不是用钱能买来的啊!"

汪海的办公室挂着一副"名利淡如水,事业重如山"的对联,他几十年以此自警自励,终于达到了这种心平气和的境界。

逆境生存的五大原因

汪海向记者分析了他和双星能一直"存活"下来的五条原因。

第一,"是时代造就了我和双星"。汪海说:"改革开放必然伴随争议,我这20多年一直在争议中生活,但不管争议有多少,改革开放的方向不可逆转。我有幸能生活在这样一个伟大的时代。"

第二,"我遇到了两位好书记,原山东省委副书记刘鹏和原青岛市委书记俞正声。没有历届青岛市委、市政府为企业和企业家创造宽松的发展环境,双星在海里游不了这样好,我也很可能早就被水'呛'死了"。

汪海讲了一件往事。上世纪80年代初,那时工人拿厂里东西很普遍,大家心目中这不算"偷",几乎人人都是厂里有什么,家里就有什么,不仅偷成品鞋、布料,连制鞋的铝模具都偷,因为当时1吨铝能卖3万多元。这时,汪海就任党委书记,他知道再听任4000多名职工这么偷下去,企业就垮了。可是,怎么管?怎样才不会激化矛盾、触犯众怒呢?开党委会、举行班组以上职工大会,讲道理、发通知,汪海不断做思想工作,舆论造了一个来月。"光那一个月的讲话摞起来就有这么高。"大多数职工理解了,170多名班组长也支持了,汪海开始动真格抓"小偷":职工下班出厂经过警卫时,要把包打开进行检查。第一天就抓了28个。一名女工由于偷得太多而被开除。青岛市顿时就炸了!告状信铺天盖地涌向信访处,连市工会主席也告汪海侵犯人权。事情到了市常委会议,时任市委书记的刘鹏同志在会上说了三句话:一、汪海抓小偷是为他自己还是为企业?二、小偷抓到了没有?抓到了。三、要常委会作个决定支持小偷,我作不出。抓小偷风波就这样平息了。

第三,"双星在市场起落中能持续健康发展,不断创新起了决定性作用"。汪海他做了许多超前决策和敢为人先的事,当时不被人理解,实践却证明是正确的:1983年,双星产品严重积压,全厂人心惶惶,在危急关头,汪海对员工说了两句话,"有人就穿鞋,关键在工作"、"等待别人给饭吃,不如自己找饭吃"。他第一个带领全厂职工摆脱商业部门计划,背着鞋箱到市场上找饭吃;90年代初,双星在青岛发展势头正好,汪海果断提出,制鞋基地从沿海向外地转移,通过"出城"、"下乡"、"上山"三部曲,突破了微利产业的地域性瓶颈……汪海的一个观点很有启发性:"所有制不决定企业生死好坏,关键在于创新。"他说,国有企业也有充满活力的,民营企业也有体制落后的,所以企业"姓"什么不重要,重要的是能不能顺应企业管理规律和市场变化,持续不断地创新。创新是企业发展的根本,创新创造企业效益。汪海最近提出了一个管理新理论:"打赢商战中的人民战争"。其核心理念就是要全员创新,带动各项工作全面提高。他说:"商战更需要人民战争。如果你看到我们的打工仔天天都在琢磨怎样搞创新、降成本、保质量,你会不感动吗? 双星的成本,有很多就是他们从一点一滴的创新中,一厘一分抠下来的。是他们教育了我。"

第四,"双星有一帮拼命干事的骨干,有一个稳定的、极富战斗力的团队。我是出头露面的,他们是埋头苦干的"。

第五,"没有思想和文化的企业长不了"。汪海说,"双星能有今天,就是用精神、理念和文化,将双星人凝聚起来,不停地创新,不停地调整,不停地发展。"

我不与"双星"永远同在

毫无疑问,汪海现在依然是双星集团的灵魂。那么,"后汪海时代"的双星集团将会怎样?"即使我退了,甚至双星集团公司总部垮了,'双星'这个品牌也会存活下去并发展壮大。"汪海坚定地说。

汪海认为他这辈子最大的成功就是培植了"双星"这块名牌。而他现在感到最宽慰的,是"双星"这块牌子已经具备了自我生存与发展的机制和条件。

"除了我是政府任命的以外,双星集团的一切都已经按市场化机制运转。能市场化的,都已经市场化了。"汪海说。

全员面向市场的机制得以建立。在双星,有"黑板干部"一说,无论你在什么位置,今天称职名字在黑板上,明天不称职就会被抹掉,等到干好了还可以再上来。谁有本事谁"上岗"! 汪海选的绝对是拿耗子的"猫"。在双星总部、十大生产基地、遍布全国的 2000 多家双星连锁店大门口,立着的吉祥物都不是一般的狮子,而是一只正抓老鼠的黑猫雕塑和一只漂亮的不抓老鼠的白猫雕塑。塑像的底座上分别镌刻着两句话:"不管白猫黑猫,抓住老鼠就是好猫;不管说三道四,双星发展是硬道理。"原来,汪海最烦的就是那种自己不干活,却变着法儿琢磨着去整干活人的人,这种人就像那只不拿耗子却也鲜亮的漂亮猫一样。因此在双星,那些不干的、看的、捣蛋的、光知道喊口号的人很难有市场。"不干活的要下岗"、"功劳平平的要换位",双星欢迎的是那些勤勤恳恳、扎扎实实做事的人。"双星猫"往门口这么一站,让所有的双星员工都骤生压力,其作用不亚于哈佛商学院案例中的"鲶鱼效应"。

　　"双星"这块牌子能够自我生存与发展的另外一个重要原因,是以市场为中心的双星理念、双星文化已经深入人心。"文化的威力比原子弹不知大多少倍。"汪海说,"用员工都能认同的理念、文化来管理企业,作用是无穷的。"而最有双星特色的理念之一,则是:"干好产品质量是最大的行善积德。"

　　车间内鲜花盛开,生产厂区地板一尘不染,连锅炉工也穿着干净的白大褂——来到位于革命老区沂蒙山的双星鲁中公司,大多数人都不会相信,这里的工人98%是当地的农民,由他们生产的一流鞋子源源不断地运到国际市场。20年来,双星遵循行业规律和市场规律,不断进行调整,从1984年开始向外转移生产线,陆续在青岛郊区及成都、贵阳、张家口等地建起了生产厂,员工大多来自于西部落后地区,这给管理带来了难度。最初,厂里不是丢鞋、就是丢工具,工人做出的鞋合格率不高。管理人员搬出红头文件给他们上教育课,效果却不理想。汪海琢磨开了:"高技术、高科技管理绝对不能丢,但另一个指导思想就是要实事求是。打工妹文化水平低,他们的目的是打工赚钱,你跟他讲'命运共同体'、'质量是企业的生命'之类的说教,现实吗? 双星垮了跟他们有什么关系? 还可以找三星、四星嘛。制鞋工艺有很多人为的东西,如果不能让员工自己管理自己,再高级的微机也没办法。儒、道、佛是中国文化的源头,在老百姓心里的影响很深。我们为什么不能把优秀的传统文化充分利用起来呢?"于是,汪海把佛教文化引入企业管理,告诉员工"干好产品质量就是最大的行善积德",如果一双鞋出了质量问题就是"缺德"! 结果,这个理念一下子就把基层员工的心态和最高决策层的想法拉到一块儿了。此后不仅再也没有发生过丢鞋的事情,而且企业上下形成了强大的合力,每一个岗位都为保证产品质量竭尽全力。

　　如今,双星集团已进入品牌经营时代。在全国范围内,"双星"品牌的经营权已由代理商买断,并扩张到60多个分公司2000多家连锁店。"总公司50多个人管理着全国10万人,但我感觉很轻松。如果不做轮胎只做鞋,我现在可以有一半的时间来旅游。"

　　"你应该了解我的心态了吧。两耳不闻窗外事,一心只走鞋道、车道和人道。60岁的年龄、40岁的身体、20岁的思想,这就是我的心态和状态!"汪海笑语。

【日期】　2003－12－05
【版次】　9
【栏目】　今日导刊

林毅夫:解读中国经济,没有任何现成模式

◇最近几年,国外一些经济学界和新闻媒体对于中国经济的高增长出现了质疑的声音。为什么有疑问? 很重要的原因是中国在 1998 年以后,出现两个新的经济现象。一个是在经济高增长的同时伴随通货紧缩;一个是在经济高增长的同时,能源消耗反而下降。而这两个经济现象是发达国家在经济快速增长时从未遇到过的。

◇中国和外国产生通货紧缩的原因,一个是来自于消费突然的减少,一个来自于投资的突然增加。这种机制不一样,所以在中国,在物价下降的情形下,整个国民经济还是相当强劲地增长。

◇中国经济发展的态势完全有可能保持过去 25 年大约相等,即每年 8% 左右的速度。当然会有所起伏,但是总体上来讲,保持 8% ~10% 的速度是完全可能的。

过去 25 年高增长究竟怎么看

我个人喜欢历史,现在和过去是高度相关的。

要了解中国的未来,首先要了解中国的过去,当然太久远的过去,谈起来时间会太多,我就谈一个比较近的过去。过去的 25 年,以及过去的 5 年。

这是我亲身经历的一个小故事。

1987 年,在美国获得经济学博士学位后回到北京。我是国内第一个从国

外拿到社会科学的博士学位回中国来工作的。当时政府为了鼓励从海外留学回国的,有一个特别政策,回来时可以免税带一辆汽车。那时汽车关税很高,215%。我带了一辆汽车回来,去北京交通管理部门登记时,交管部门跟我讲,这是全北京第2辆私人拥有的汽车。可是去年,北京市的家用汽车总量达到200万辆,当中150万辆是私人拥有的。

过去这25年是非常了不起的25年。当时中国经济发展定的目标是20年翻两番,就是平均每年增长7%。那时全世界没有几个人能相信。因为当时中国80%以上的人口是农民,而且其中很多是文盲,我们在人类历史上还没有看到,这么大的一个农业国家,这么低的发展水平,能够持续每年7%的增长速度达20多年!中国从1978年到2002年的25年,平均每年的经济增长速度达到9.3%;中国的经济规模增加了8.5倍;增速和实际达到的规模,都远远高于1978年提出的目标。

衡量一国经济开放度的一个简单指标是贸易依存率。1978年,中国的贸易依存率只有9.5%。但是25年里,中国对外贸易增长了30倍,2002年对外贸易依存率50%,在经济大国当中,这是一个不曾看到的数字。日本是一个贸易强国,对外贸易的依存率只有17%,美国是一个贸易强国,对外贸易的依存度也只有22%。这个过程中,中国人的生活水平增长了很多,对周围国家的经济也作出了巨大贡献。如1997年、1998年东亚爆发金融危机的时候,中国将人民币不贬值作为一个政策,而且是真的不贬值,对东亚经济很快地度过金融危机、恢复稳定和增长作了相当大的贡献。

最近几年,国外一些经济学界和媒体对于中国经济的高增长数字出现了质疑声。1999年、2000年以后,国际上有这样一个看法,中国的经济增长速度可能是虚假的。这个观点最早是美国匹兹堡大学的一个研究中国经济的学者托马斯·罗斯基提出的,很快在报界得到渲染,后来美国麻省理工学院有个非常有地位的学者也写了一篇文章,认为中国的经济增长速度,尤其是1998年以后的经济增长速度不是7.8%,顶多只有2%,甚至有人认为是负增长。为什么对中国这几年的经济增长有这么大的问号?很重要的原因是中国在1998年以后,出现两个新的经济现象。而这两个经济现象是发达国家在经济快速增长时从未遇到过的。

这两个新的经济现象是什么呢?一个是在经济高增长的同时伴随通货

紧缩;一个是在经济高增长的同时,能源消耗反而下降。

不能用现有理论模式看中国经济

1998 年后,中国出现一个在改革开放中还不曾有过的新的经济现象——通货紧缩。

通货紧缩在其他国家发生的时候,它的经济增长是零增长或者负增长,在政府很强大的财政支持下,增长率才比零高一点。可是中国从 1998 年到现在,每年的物价基本上不断下降,但经济增长速度是 7.8% ,而且是全世界同时期里经济增长速度最快的国家。为什么中国在通货紧缩的时候还能维持这么高的经济增长速度? 中国在 1997 年的时候,能源的使用是负增长的,1998 年和 1999 年也是负增长。别国在通货紧缩的时候经济负增长,在经济增长的时候能源的使用也是高增长,而中国则不是这样。所以国外对中国的统计数字产生很大的怀疑,认为 1998 年以后中国官方所讲的每年 7% 、8% 的增长是虚假的。

是真是假,我个人的看法是:中国是不太容易解读的,国外的怀疑,实际上是用国外现有的理论模式来套中国造成的。中国是一个转型经济,国外很多现有的经济模型是不适用的。

过去这几年,中国有通货紧缩千真万确,大家到商店买东西就可以感觉到。

那么,为什么在通货紧缩的状况下其他国家的经济增长是负增长,而中国经济却是高速增长呢? 在美国、日本等国家,通常是在出现通货紧缩之前有一段时间的房地产和股票市场的泡沫。当有泡沫时,一般人的财富是投在房地产市场和股票市场。如果一个人的财富以房地产或者股票的形式保存,当泡沫很高的时候,每个人都会觉得自己有钱,那就会产生一个在消费方式上的财富效用,像当时日本国内生产的 91% 是满足国内消费。而当国内的财富效用导致大家消费非常多的时候,他就要进行很多投资,满足高财富造成的高消费,但是到房地产和股票的泡沫破灭,很多人的财富就消失了,负债累累,因为大部分人买房地产是用银行抵押贷款。在这种状况下,消费就会减少,由于财富效用造成的消费减少,在高泡沫的时候所投资的生产能力就变成了过剩的生产能力,那么过剩的生产能力出现之后,投资也会减少。这样国民经济就会零增长或者负增长。

　　但是中国1998年以后出现的通货紧缩却不是这样形成的,因为中国并没有股票市场泡沫的破灭,1998年以后也没有出现房地产市场泡沫的破灭。那么中国的通货紧缩是怎么产生的呢?因为邓小平1992年南方讲话,带来了一段时间的连续投资高潮。中国从1978年以后每年的投资增长很快,1981年到1985年投资增长的速度是每年19%,1986年到1990年每年投资的增长是7%,1991年到1995年每年投资的增长是36%!这个时期,不仅是中国国内的各个领域投资增长很快,外资的增长速度在讲话的影响下也增长得非常快。具体的例子,1992年以前中国的投资当中,外资比重很小,从来没有超过5%,但在1993年跳到12%,1994年跳到15%,去年达到22%。这样,国内投资增长和外资增速都非常快,几年下来,中国经济积淀下来的生产能力增长非常快。就拿这段时间增速较慢的国有经济来讲,如果把1990年的生产能力当作100的话,到了1995年国有企业的生产能力达到了273,而这段时间,非国有企业、民营、三资企业的增长速度比国有企业都快,邓小平南方讲话之后的这四五年的时间里,中国的生产能力增长了两倍多,到了1996年、1997年,中国就突然从一个计划经济和短缺经济,变成了什么东西都过剩了。

　　为什么都过剩了?因为我们一般消费的增长受到收入增长的制约,过去几年收入增长每年是7%,可是生产能力增加了将近200%,而消费增长才50%。中国突然从短缺经济到了过剩经济,这些在外国都不会发生,所以他们不能解读中国在通货紧缩状况之下产生的结果。由于中国的通货紧缩是生产能力突然提高造成的,就没有财富效用;而没有财富效用,消费就维持在过去的速度,即每年的增长在4%~8%之间。由于生产增加得太快,比消费增长高了很多,所以消费能力不能够跟上过剩的生产能力,必然会造成通货的紧缩。过剩的生产能力之下,物价当然会下降,投资也会受到影响,民营经济的投资从1998年以后比较疲软,政府在这种情况下,为了维持中国经济的增长,采取了积极的财政政策。从1998年到现在,中国增发了8000亿特殊的长期建设国债来启动投资,加上这几年外资增长得比较快,因此投资还是每年以10%的速度在增长。消费在增长,投资在增长,当然经济能够维持8%左右的增长。中国和外国产生通货紧缩的原因,一个是来自于消费突然的减少，一个来自于投资的突然增加。这种机制不一样，所以在中国，在物价下降的情形下，整个国民经济还是相当强劲地增长。

了解中国经济要把握细微变化

怎样解释经济如此强劲地增长，但能源的消耗在 1997、1998、1999 年是负增长？

我大哥在扬州投资一个中型的水泥厂，每年大概生产 40 万吨。在我大哥的水泥厂未投资之前，当地有 3 个小水泥厂，是立窑式的，很旧的传统技术，这 3 个水泥厂的总产量是 18 万吨。年产 40 万吨的水泥厂能源的使用只有原来那 3 个小水泥厂的 70%。可想而知，我大哥的水泥厂建成以后，其他的 3 家就关闭了。产量增加了两倍多，可是能源使用只有过去的 70%。这个情形在 1996、1997 年以后在中国发生得非常多，产量增加很多，经济还在增长，而在结构转变的过程中，能源的使用是负增长。

过去中国是短缺经济，很多东西买不到，要生产出来就有人买，因而在 80 年代，中国经济有个很特殊的现象叫做乡镇企业。乡镇企业是农民投资的，投入不高，技术水平低，产品质量也不高，但在当时是农村致富的最主要手段。短缺经济下，乡镇企业投资少，技术要求低，产品质量也低，可产品都卖得出。到了 90 年代中后期，经过投资的高速增长，生产能力过剩了，在过剩的生产能力当中很多是新增生产力，相当的部分是外资企业和民营企业，通常他们技术水平都比较高，产品质量也高。在过剩的状况下，有些企业必须退出生产，而那些质量差、技术低的乡镇企业自然首先破产退出。由此形成经济增长块里结构的变化，能源的使用相应减少。国外在了解中国经济的时候，对这些细微但却是深刻的变化不太容易把握，所以他们不理解别国在通货紧缩时经济负增长，中国却高增长，别人高增长时能源使用高增长，中国能源使用还下降？这是因为不了解中国是一个转型经济的原因造成的。中国过去的这 25 年，1998 年以后的这 5 年，经济的高速增长是千真万确的。

未来 20 年高增长完全有可能

人们更关心的是，在未来 10 年 20 年，中国经济的增长将会是什么样？我认为,中国经济发展的态势完全有可能保持过去 25 年大约相等,即每年 8%左右的速度。当然会有所起伏,但是总体上来讲,保持 8%～10% 的速度是完全可能的。

研究一个国家的长期经济增长,最重要看的是三个方面:第一是这个国家要素增加的速度的可能性是多少。要素当中,土地是不会增加的,劳动力增加受人口制约,重要的是资本的积累速度可能会怎样;第二是产业结构增加的可能性是怎样的。同样的要素用来从生产附加值比较低的产品转移到附加值比较高的产品的时候,即使各种要素不增加,经济也增长;第三是技术。同样的产业,技术水平提高了,经济也能发展。

在上述三个方面中,技术最重要。

第一点,资本增加的可能性受技术的变迁制约。如果技术不增长,不断地增加资本,会产生投资报酬递减,投资的意愿会越来越低,所以投资的意愿有多高,决定于这个经济技术变迁的速度有可能多快。

第二点,结构变迁的可能性同样受到技术变迁的制约。如果没有新的技术,就不会有新的附加值更高的产业部门;如果技术变迁快,新的高附加值的部门不断涌现,经济增长的可能性就从结构变化当中获得很多机会。

技术变迁有两种来源,一是自己发明,一是引进。跟发达国家收入水平的差距,其实就是技术水平上的差距。

一个重要的问题是,像中国这样的发展中国家到底应该用哪种方式来取得技术的变迁比较好呢? 关键要看成本。引进技术,相对来说,投入是低的,风险也是小的。实际上一个发展中国家,能否真正地利用技术差距推动经济发展的关键点,就在于能不能很好地利用与发达国家的技术差距,引进外国的技术,推进快速的技术创新。

我做过很多研究,比如说东亚经济,日本为什么二战之后能够成为唯一的一群真正赶上发达或者缩小国家差距的新兴工业经济呢? 我想关键在于,都在发展的某一个阶段,比较好地利用了比较优势,比较好地利用了引进新技术作为推动经济发展的原动力。实际上在 80 年代之前,有多少新技术是日本发明的? 不能说没有,但是比重不大。

对中国来讲,实际上也是这样子的。我们在 1978 年以前是一个封闭经济,很多技术不能够从国外引进,只能自己发明了。固然卫星可以发射了,原子弹可以试爆了，但是技术更新的成本非常高，所以中国在 1978 年以前经济发展的速度非常慢，质量也不好。从 1978 年以后，中国开始开放经济，开始从国外引进新技术，所以中国取得了较快的经济发展速度。

由此引发的另一个重要问题是，中国走技术变迁的经济发展道路尽管是对的，但这条道路还能走多远呢？

一般来说，理论只能告诉我们这条道路的影响是正的还是负的，这个影响的量有多大，这个影响能有多远，我们只能从经验来看。倘若从经验来看，我觉得日本是个很好的可以作为比较的经验。中国现在的经济跟日本 1960 年前后的那段时间相接近。从几个指标来看，比如生命预期、卫生条件、恩格尔系数等等。1960 年，日本男人的寿命 68 岁，女人 73 岁，中国在 2000 年的时候男 68 岁，女 72 岁。还有另外一个指标，婴儿死亡率，其实也包含卫生条件。日本在 1960 年婴儿死亡率是 3.1%，中国在 2000 年的时候也是 3.1%，在同一个水平。再看农业在国民经济中所占的比重。1960 年，日本农业占 GDP 的 16.7%，中国在 2000 年是 15.9%。另外一个指标是恩格尔系数。日本在 1960 年，城市里每个人每赚 100 元消费 38.8 元在食品上面，中国在 2000 年是 39.2 元。从这么多社会指标来看，中国现在的经济大体相当于日本在 1960 年的时候。日本从 1960 年开始同样的高速增长，而且维持了将近 30 年的增长，到 1988 年的时候，日本人均收入赶上美国。

我个人虽然不敢如此乐观地期望，到 2030 年时中国的人均收入能赶上美国，但我相信从日本的经验来看，加上人民币的币值变化，到 2030 年，中国的人均收入达到美国的一半不是不可能的。如果到时达到一半，中国人口是美国的 5 倍，中国的整体经济规模将是美国的 2.5 倍！这个市场当然会是全世界最大的市场，这个市场也是所有投资者所希望有的市场。

【日期】　2003 – 12 – 05
【版次】　9
【栏目】　今日导刊/采访札记

读懂中国这本书不容易

　　面对面听林毅夫解读中国经济增长,绝对是很过瘾的一件事。大家就是大家,寥寥数语便切中要害,且明白晓畅,生动又深入,让人不能不信服。我相信,听了他对中国经济过去 25 年高增长的分析以及未来二三十年的发展展望,不仅那些关于中国经济增长真实性的质疑会一扫而光,而且会对中国继续保持几十年的高增长持有更强烈的信心。

　　这样的信心让人激动,更让人从容。因为它建立的基础,绝不是那些故作惊人之语的口号式的观点,也不单纯是出于一种美好的愿望,而是经过扎扎实实研究得来的扎扎实实的结论,有如我们脚下坚实的大地,朴素无华中蕴涵着无边无际的力量。当林毅夫这位一向严肃、沉稳、务实的经济学家明确表示中国经济在今后 20 年内仍将持续年均 8% 的高速增长时,记者注意到,出席“投资中国万里行”北京峰会的几十位来自中国和新加坡的企业家与金融界人士无不为之动容。

　　是的,前所未有的机会正在向我们走来——到 2030 年,中国的人均收入达到美国的一半不是不可能的,届时中国人口将是美国的 5 倍,整体经济规模将是美国的 2.5 倍! 这个市场当然会是全世界最大的市场,这将是所有投资者都希望有的市场,也将是人类经济发展史上前所未有的市场。正因如此,分享中国经济的增长,和中国经济一起成长,就成为希望领未来风骚的投资家的明智选择。这就不难理解,为什么越来越多的知名跨国公司以一种加速度的态势进入中国。信手拈来一例:也就是半年多时间,世界汽车的顶级品牌宝马、奔驰、凯迪拉克相继逐鹿中国。听听世界最大汽车公司的首脑、通用汽车董事长兼首席执行官瓦格纳怎么说:“我们非常看好这个市场,我们是高度乐观的。"

　　但是正如林毅夫所一再强调的,中国的确有很多机会,但作为一个经济转型国家,中国并不容易解读。如果按照国外现有的经济模型,很难解释中国经济25年来的高增长,因为1978年中国80%以上的人口是农民,当中很多人是文盲,人们在人类历史上还从未看到过,这么大的一个农业国家,这么低的发展水平,还有这么多的文盲,能够持续每年9.3%的增长速度,而且持续发展了20多年!人们也很难解释中国在1998年以后出现的新的经济现象,即在经济高增长的同时伴随通货紧缩,能源消耗反而下降……中国经济热土上真实发生的很多经济现象,是发达国家在经济快速增长时从未遇到过的。在实践面前,套用国外现有的理论模式来看中国不仅显得力不从心,而且难免会语出谬误。

　　所以投资者要想成功分享快速增长的中国经济,读懂中国的经济增长是非常非常重要的。在融入中国经济快速增长的同时如何规避风险?林毅夫自谦他无法就某个具体企业、具体项目来给出答案,他的建议是:在中国做投资,一定要真正了解中国。就像做学问一样,不要拿已有的理论框架来套,要真正读懂国情,弄明白每件事的限制是什么?产生的原因是什么?这是一位学者做学问的态度,我想,也是一个企业家、一个投资者应该具备的风度。

【日期】 2004 - 04 - 28
【版次】 13
【栏目】 企业聚焦

求解家族企业管理难题

——与方太集团董事长茅理翔一席谈

当家族矛盾凸显之时　管理变得难上加难

记者:在中国的民营企业中,家族制企业占了绝大多数。在浙江,85% 的民营企业都是家族企业。这肯定不是一个偶然现象。

茅理翔:是的。家族制在企业建立初期有很大的优势,集中表现在委托代理成本低、经营成本低、团队力量强、决策机制活。因为创业者一般都是家长或者前辈,企业的重大决策由他们说了算,决策过程消耗的时间、精力成本大大降低,同时提高了决策产生效用的效率。这就是为什么民营企业在创办之初大多选择家族制的原因。而且企业家族化并非是中国的专利,在国际上也具有普遍性。如美国管理学家的统计就是最有力的证明:国际上 80% 以上的企业是家族企业,如福特公司就由家族控制了 70 年。我们应该尊重这种客观现实。

记者:家族制作为民营企业创业之初的经营组织形式,其存在的合理性和必要性是得到众多民营企业家和专家学者所公认的。然而,当企业发展到一定阶段,企业做大之后,是选择保卫家族制,还是淡化它,就成了引人关注和有争议的话题。

茅理翔:从相当多的企业实践来看,到了一定时期,家族企业的矛盾就会浮出水面,尤其是家族企业里的成员在工资、报酬、权利等方面发生争执时,分家甚至分厂都是有可能的。有一个案例。一家有四个兄弟,老大老二老三一边做生意一边供老四念书,老四毕业回来以后,跟三个哥哥一起做企业。毕竟老四肚子里有些墨水,他发现哥哥们生产的产品没有注册商标,于是他就偷偷抢先注册了,然后发函禁止几个哥哥使用这一商标,结果兄弟们大动干戈,拳头解决不了问题,闹上了法庭。尽管法官也知道于情是哥哥们对,但于法则是老四有理。老四赢了官司,而兄弟间的亲情也就完结了。这样的案例比比皆是。家族企业在管理中会遇到很多困难,这些矛盾其实就是管理的千千结。管理的结源源不断,当你不断地去解开老的结,新结又会不断地产生。尤其是家族矛盾与管理矛盾融为一体时,解开这个结会难上加难。

记者:这是不是就是您感叹现在民营企业管理难的主要原因?

茅理翔:应该是吧。对于一个民营企业负责人特别是创始人来说,企业大了,自己的能力、精力已经大不如从前,管不过来。以前,老板眼睛一瞪,胡子一吹,员工就会很认真地听指挥,但现在,员工的学历、背景变了,大部分是独生子女,很多年轻人要求自我实现、自我满足的需求越来越强烈,文化背景也不尽相同,自我意识的强烈让一项政策从制定到实施的效率大打折扣。企业的一般管理有矛盾很正常,但在民营企业里,我觉得最大的难题还是管理矛盾往往和家族矛盾纠缠在一起,这就使得管理的难度加大。家族企业的矛盾,不仅会影响整个企业的发展,而且会排斥人才。

有一家民营企业,董事长的叔叔原是一个村支书,在企业创办初期出过大力,后来董事长考虑到他年纪大了,能力也不再适应企业发展,又不好意思让他一走了之,就安排这位叔叔负责安全保卫工作,另外聘用一位职业经理人当人力资源部总监。新总监按照现代企业制度要求进行绩效管理,与这位叔叔产生了矛盾。本来是正常的工作矛盾,但由于家族亲戚间的特殊关系,聘来的总监觉得夹在中间很难处理,几个月后他主动选择了离开。董事长不明就里,还以为是经理人缺乏职业道德。

当创始者开始交班时　应该大胆坚决彻底

记者:现在飞翔电器和方太厨具分别由您的女儿和儿子担任总经理,您淡化家族制,有没有想过把他们也"淡化"了? 或者说,第一代的民营企业家大都已是五六十岁的人,关于他们的交班问题,是大家比较关注的一个热点。您觉得企业交班应该交给谁呢?

茅理翔:这个问题又涉及到三方面的内容:交给谁? 要不要交? 如何交?

交给谁? 无非就是到底交给自己人,还是职业经理人。我在给20多所大学包括北大、清华的MBA学生讲课时,他们特别爱问我,为什么不把企业交给职业经理人,尤其是水平比儿子高的人? 很诚实地讲,绝大多数民营企业家都会把自己创下的事业亲手交给儿女。我觉得,不管从传统文化来说,还是从企业的长治久安考虑,把事业交给自己的子女都是合情合理的。首先,子承父业本来就是天经地义,企业内部不会引起太多的争论和内讧。其次,交给外人,自己不放心,同时也担心他不诚信。但如果自己的亲戚里,确实没有能担此重任的人选,那把事业交给外人,也不失为一种明智的决定。

记者:据了解,您的儿子一开始并不太愿意接受您的企业?

茅理翔:到1995年的时候,企业再次面临一个发展瓶颈。怎么办? 我想到了上海交大刚刚研究生毕业的儿子。他本来想到美国去读博士,我叫他赶快过来,我们共同来二次创业,创造一个新产品。实际上搞方太是一次非常大的冒险,如果搞不好我就害了我儿子,也害了整个家庭。当时他没有做很明确的答复,思想斗争非常激烈。假期里他自己在公司里边转来转去、转来转去,转了好长时间,最后才确定留下来。

记者:在您的眼里,儿子茅忠群无疑是最棒的权力接班人。他也确实干得不错。"方太"漂亮的交接班,已成为众多媒体和全中国家族企业关注的对象。

茅理翔:方太的成长从1996年1月18日开始,是我们父子俩的结晶。在交接班的过程中,我定了这么一个原则:带三年,帮三年,看三年。我早就作出了承诺,到2006年1月18日,我就会正式把董事长之位让给儿子。现在,我已经进入了看三年的阶段,完全放权让我儿子自己去做,而我,则用1/3的时间到外面做讲座,1/3的时间看书,另外1/3的时间接待各种各样的客人。我不参与企业经营管理的事务,真正站在一个董事长的角度思考战略方向问题。这样就会让各个职业经理人意识到,我让位是事实,尽量消除他们的顾虑,让他们意识到现在只有一个老板。这实际上是我总结人家的经验教训悟出的一个道理。我知道有一个企业,这个企业也是搞得很不错的,爸爸已经

60岁了,他儿子已经38岁了,可爸爸始终认为儿子是小孩子,所以还是叫他到一个小加工店里做厂长,一直没有叫他接班。结果这个父亲到61岁的时候生病了,才叫儿子到总公司来接班,中高层干部不服,走的走,跑的跑,这个企业基本上垮了。在民营企业,这种情况比较多。有一个法国的记者特地从北京赶到浙江对我说,你是一个开明的爸爸。他说他的爸爸原来60多岁时不交班,等到83岁的时候要交班了,但儿女们都是四五十岁的人,没有人想接班了。

记者:您的意思是不是说民营企业的第一代创业者一定要及时交班、坚决交班?

茅理翔:确实是。我们这一代人要不要交班之所以有争论,是因为交班者不放心,有的是不甘心、不愿意。有一个企业的董事长,他把自己的儿子立为总经理,后来开始放权了,又觉得儿子什么都不请示自己,自己好像没起什么大作用,于是,他又从儿子手里收回了财务审批权,为此,儿子反应很强烈。除此之外,有的父子型家族企业甚至出现了分成两个公司的情况。其实,交权一定要交,因为交班不仅仅是创企业,更关系到企业的平稳发展和可持续发展,这是一种社会责任的体现,所以,交班应该大胆交、坚决交、彻底交。

当升华至文化融合时　人才进得来留得住

记者:怎样解开家族矛盾和管理矛盾缠绕在一起的管理难题,您谈了很多有益的经验。总体上有两个感觉比较突出:一个是您的开明,比如您很早就限制亲戚进入企业,很早就让儿子参与创业并逐步让他独当一面;另一个是您的中庸,您既主张淡化家族制,又并不否认家族企业的作用,既大量吸纳外部人才和职业经理人,又没有完全摒弃家族制。

茅理翔:民营企业需要淡化家族制,并不是全盘否定家族企业的优点,而且,中国现在并不能摒弃家族制,因为目前的市场还不健全,选一个完全合适的职业经理人是一件很困难的事情。所以,我认为比较好的出路就是建立中国特色现代家族制管理模式,把现代企业制度与中国传统家族制企业嫁接起来。

此外,在家族管理中,我还提出了一个"口袋理论",越亲的人,口袋就越要分清楚。为了分清口袋,可以采用股权分摊的方式,与其让众多的兄弟姐妹处在同一个公司里,不如让他们各自为营、独立发展。除了自己的亲戚,方太集团高层管理人员的亲戚也不得入公司,公司在引进人才时,引进人才的亲属会尽量安排到其他公司,以免产生不必要的矛盾。

要淡化家族制,除了企业制度建设,企业文化建设不可或缺。文化是 21世纪最高境界的管理,民营企业只有从一种小家文化走向大家文化,才能吸引更多的人才,为我所用。这样的大家文化,不仅包括产品文化、人才文化、职工文化、培训文化、广告文化,还包括营销文化、外协文化等等。

记者:现在很多民企都想改变原来家族管理的模式,引进更多的人才,但相对外企和国企,民企对人才的吸引力较弱。这是否因为它们的企业文化缺少您所说的大家文化?

茅理翔:我认为是这样的。人才对于民营企业来说是一个比较棘手的问题,它令民营企业家普遍感到头疼。但如果企业的规模不大、档次不高、环境氛围不融洽,很难招得到合适的人才,即使招来了,也未必留得住。例如,有一个董事长,他有两个儿子,但实战经验不是很丰富,于是,老先生就花 50 万年薪聘请了一位总经理,以帮助两个儿子提高实践能力,结果,这位经理人主动离开了,老先生还责怪他不守信用。而实际的情况是:这位经理人与两个儿子的意见经常发生分歧,且两个儿子的判断经常是错误的,为了不影响老先生父子俩的关系,这位经理人主动请辞了。留人难的原因多种多样,一个很重要的原因是民营企业的氛围不好,文化不合,人才很难留下来。

记者:民营企业怎样解决这一难题呢?

茅理翔:对于民营企业家而言,招人应不求完美,太完美的也招不到,找到适合这个岗位的人才就行了。另外,既然决定用这个人,就要对他充分信任。企业给予人才充分的权力与信任,他会觉得自我的价值得到了肯定,自己不仅仅是在给老板打工,更是在给自己、给自己的人品打工。留人要真诚,可以用包括人心、文化、金钱、合同在内的各种途径。所以,留人除了满足其薪酬、福利待遇等物质需求外,企业还应该尽量满足员工要求自我提高的培训需求和文化需求。

当迈过家长制的坎时　面临沉重情感代价

记者：早在1998年,您就写了一篇文章,提出"民营企业应淡化家族制",那么您在实践中是怎么做的呢?

茅理翔：在很长一段时间里,我冥思苦想企业如何快速发展,如何把企业往前推? 是继续沿着家族化的管理延伸自己的企业,还是找职业经理人来管理。我感到,民企要做大、做强,关键一点就是要跨过家族制、家长制这道坎,就是要不断地改变并调整其组织结构形式,以营造良好的企业发展环境和氛围。要做到这一点,首先需要从管理机制入手,引进人才,建立制度。现在在方太集团,董事长是我,总经理是我儿子,其他所有中高层管理人员全是引进的大学生、研究生和博士生,全是职业经理人,以避免家族矛盾影响企业发展、排斥人才。在一个被七大姑八大姨控制的家族企业,你想引进人才都引不进来,人才不敢来、不愿来。

记者：在淡化企业家族色彩方面,您表现出卓越的超前意识。听说80年代中期,您在夫人张招娣进厂时就定下死规矩,规定双方亲戚在厂里上班可以,但不得担任车间主任以上干部。

茅理翔：在名义上,我是将她作为人才引进了企业,实际上是她来帮我。在我的一生当中,夫人给我的支持很大。为什么要定下一个"死规矩"呢? 为了让企业长久发展。我经历过许多风风雨雨,亲眼看到一些民营企业因为太家族化而走了下坡路。目前我们只有8位亲戚在飞翔集团、方太公司工作,而且都是车间主任以下的普通职工,更多的亲戚是在我们夫妻的资助下另行创业发展。

记者：您的企业做得好,自然会有很多亲朋好友想来投奔,参与企业的经营,每个亲人都带着一段剪不断的亲情。在亲情和企业的理性之间,您如何平衡?

茅理翔：淡化家族制,解决家族矛盾,会付出沉重的情感代价。自己会成为家族的公敌,甚至被骂做六亲不认。但忠孝不能两全,一旦确立了淡化家族制的理念,就要自始至终地去坚守、执行它。

记者：您是不是曾经因此而向母亲下跪?

茅理翔：那是我的四弟下岗了，开始跟我要求，希望能够到方太做一个部长级的干部。他觉得自己是董事长的亲弟弟，侄子是公司总经理，他至少得做个部长级干部，面子上才好看。但是我们公司有一个约法三章，高层干部里不准有自己的亲戚或者家属成员。这是我不能逾越的企业制度。一旦破了这个戒，公司规章还有什么权威而言？他就向母亲提出了这个要求。可我不能答应，还是让四弟在下面一个非常小的办事处里做了个主任。最后母亲拍桌子骂我，一边骂一边哭，很生气。看着母亲掉眼泪，我真的没办法，我只能跪下来，对母亲说我会用另外一个方式给四弟安排工作，跟方太的整个管理层不搭界。我跟我的夫人为这件事真的哭了三天。

　　在从一个家族制企业转向现代管理企业的过程中，企业家得到了事业上的成功，却失去了一些亲人的包容、信任和理解。

【日期】　2004 - 05 - 28
【版次】　11
【栏目】　环球市场调查

瑞典贸易委员会主席丁根沛：
把握中瑞贸易增长的机遇

　　瑞典贸易委员会主席丁根沛先生是第 8 次来中国了。1964 年,他作为一名旅行者第一次踏上中国的土地,整整 40 年过去了,这片热土上发生的巨大变化每每让他惊叹不已。而尤其让这位一生从事商务、贸易事务的资深官员、专家高兴的是,2003 年,中国首次超过日本成为瑞典在亚洲最大的贸易伙伴。2003 年中国是瑞典第 12 大产品出口国,瑞典对华出口产品总值为 175 亿瑞典克朗,同比增长 2.1%;中国也是瑞典第 12 大产品进口国,瑞典从中国进口产品的总值为 152 亿瑞典克朗,同比增长 2.3%。

　　丁根沛说,瑞中贸易往来的快速增长,得益于中国市场的不断成长。越来越多的瑞典企业到中国投资,寻找发展机会,投资领域覆盖面很广,既有工程机械、电信、IT、汽车等,又有传统工业如木材和矿业。特别是现代机械制造业占瑞典总出口额的 50%。伊莱克斯、爱立信、沃尔沃、阿特拉斯 - 科普柯、ASEA/ABB 和阿法拉伐就是其中有代表性的企业。

　　丁根沛指出,瑞中投资与贸易的一个重要特征是"双向往来"。现在,进一步开放市场已成为双方的共识,贸易壁垒在逐渐消失,沟通更为顺畅。不仅仅是瑞典公司向中国出口,扩大海外市场,中国产品也以其高质低价的强劲竞争力,吸引了大批瑞典企业和机构来华采购。这是一个日益明显的趋势。

　　"毫无疑问,未来 15—20 年,亚洲将成为瑞典在欧洲以外的最主要贸易区域,而中国将在其中占据最重要的位置。"丁根沛分析说,"如果你今天看世界地图,从经济重量级来看,北美第一,欧洲第二,亚洲第三。再过 15—20 年,我个人认为这个格局将发生很大变化,亚洲将变成全球最大的经济力量,为什么呢? 因为亚洲区域有全世界最多最密集的人口,中国和印度未来若干年都将保持较快的增长速度,日本的重要性不言而喻,同时也不能忽视其他国家和地区的影响,比如中国的香港和台湾,而马来西亚、泰国现已处于经济恢复期,印尼和菲律宾也在逐渐向好的方向发展。所以,我对瑞典企业的建议就是:到中国去! 到亚洲去! 每个企业都需要给自己在中国市场找到一个准确的定位。"

据介绍,瑞典企业正在加快进入中国市场的步伐。今年 3 月 28 日,沃尔沃与中国重型卡车集团和中国第一汽车集团在北京签署框架合作协议,三方将在华共同建立一个发动机生产厂,其中沃尔沃占总投资的一半以上,约 8 亿瑞典克朗(约合 1.05 亿美元)。3 月 30 日,建筑公司 Skanska 获得参与北京地铁项目建设的合同,合同总价值为 3.6 亿元人民币。"我们还非常看好奥运商机。4 月 26 日,斯德哥尔摩的代表团到京专门拜见北京奥组委,商谈为北京奥运的 IT 系统提供解决方案。再比如垃圾处理、建筑技术咨询等等,瑞典企业都希望在其中分一杯羹。"

那么,丁根沛先生对中国企业的建议又是什么呢?"到瑞典去! 中瑞贸易稳定持续增长的前景,对于中国企业同样意味着投资机会和发展机遇。比如,主动和瑞典企业联系,成为它们的在华合作伙伴,或者向它们提供产品和服务。此外,直接到瑞典去投资也是一个不错的选择。"

他说,瑞典经济形势将继续好转。据瑞典贸易研究所的研究报告,与去年同期相比,今年 1—2 月份,社会产品零售额上升了 6.7 个百分点,这主要是因为工资增长和降低利率的结果。预计今年瑞典经济增长率为 2%,明年为 2.5%;今年出口将增长 5%,明年为 5.5%。"中国企业还应看到,瑞典政府高度强调自由贸易,市场处于开放状态。瑞典在新技术的研发和国际合作方面有着悠久的历史,在无线技术、电子商务、专用软件以及移动互联网等领域技术先进,领导着新一代的通信解决方案。中国企业完全有可能到瑞典投资,在这些领域与瑞典公司展开深层次的合作。"

丁根沛先生告诉记者,瑞典贸易委员会是政府与工商界合作形成的一个机构,其主要职能是协助瑞典公司国际化。该委员会在北京、上海、香港、广州均设有办事机构。他表示，委员会非常愿意帮助中国企业开展与瑞典的商务活动。"希望通过我们的工作，使中瑞两国企业建立业务联系，扩大业务网络，以合资经营或其他互惠方式合作，共同发展。"

【日期】　2004 – 08 – 29
【版次】　9
【栏目】　今日导刊

　　宏观调控现已进入关键时期,对当前宏观调控究竟怎么看? 下一步如何走? 记者采访了北京大学中国经济研究中心主任林毅夫——

一位经济学家眼中的宏观调控

中国经济将实现"软着陆"

　　在中国目前的条件下,单纯依靠市场手段对我国正在进行的宏观调控是不够的。

　　宏观调控成效渐显,下一步将继续着力以巩固成果,并最终使中国经济实现"软着陆"。

　　目前,去年以来关于经济是否过热、是否应该进行宏观调控的争论已经告一段落,事实表明,在今年第一季度投资增长率达到43%以后,政府果断进行宏观调控的决策是非常适时而必要的。

　　但是,在当前这样一个关键时期,又出现了一种新的争论,即宏观调控究竟应采取什么样的手段? 主要有两种不同意见:一派认为,应当使用市场手段处理。比如说,用调整利率的措施来降低投资冲动;另一派认为,像成熟市场经济国家那样通过提高利率,尚不足以遏制投资的过快增长。就我国当前的经济环境,我主要持第二种观点。

　　毫无疑问,现在既然已经进入市场经济,尤其绝大多数的投资来自于民营经济,就应该用市场经济的方法来治理。计划经济时代以及改革开放初期的砍投资、砍项目、砍信贷,虽然对于抑制投资过热非常有效,但是经济会因此出现"一收就死"的情形。为了使国民经济维持一定的增长,后来就不得不再放松对投资、对信贷的管制,经济会随之"一放就活",但是,也会"一活就乱",结果不得不再来一次"一缩就死"的"活乱循环",因此而造成的大起大落,给国民经济带来很大的损失,这当然是应该避免的。

在成熟的市场经济中,政府管理宏观经济的手段主要是货币政策和财政政策。然而,在中国目前的条件下,单纯依靠市场手段对我国正在进行的宏观调控是不够的。之所以做这样的判断,基于以下几点原因。

第一,提高准备金率等措施并未能有效抑制银行贷款的继续扩张。

从去年下半年以来,人民银行前后3次调高了存款准备金的比例,并用中央银行票据对冲因为外汇储备增加所释放出来的基础货币,减少了商业银行的可贷资金。

可是,因为作为我国银行业主力的四大国有商业银行都有超额准备金,而且,在经济过热的情况下,货币流通速度会加速,因此,今年第一季度广义货币的供应量同比仍增长了19.1%,高于今年初确定的同比增长17%目标。金融机构人民币贷款增加8342亿元,同比多增加了238亿元,而且,银行间同业拆借月加权平均利率有所下降,表明市场资金仍较为宽松。

第二,提高利率并不能降低投资。

由于提高存款准备金等措施未能达到预期效果,而在正常的市场经济中利率是货币政策的核心,所以,目前对提高利率以抑制投资过热的呼声很高。不过,仔细分析就可知,在我国当前的条件下,提高利率也将难以达到预期效果。

提高利率有两种做法:

一种是同时提高贷款利率和存款利率。

从贷款这边看,尽管投资是私人部门做出的,投资主体是企业,但他们的资金绝大多数来源于银行贷款。钢铁、电解铝等项目投入规模大,这种投资会自己创造需求,造成需求持续增长,价格随之上涨,诱发民间投资热潮。他们的预期利润率很高,许多项目认为投产后一两年就可以收回投资成本,投资靠的又是银行贷款,所以,不可能把利率调到高过他们的预期回报率的水平来抑制投资。

而且,我国多数企业关心的是能不能借到钱,而不关心借到钱以后付多少利息,这是民营企业家跟国有企业学来的。企业通常会想方设法借到钱,项目搞好了,赚到钱就会还,如果赚不到钱就赖。贷款需求对利率很不敏感,提高利率并不能遏制投资和贷款需求。

但是,储蓄者对于存款利率却很敏感。国债的利率比定期存款的利率高出 0.5 百分点,就会看到提出存款排长队抢购国债的情形,因此,存款利率的提高必然会造成银行储蓄的大量增加。我国今年的宏观经济难处理之处在于,一方面必须抑制局部的投资过热,一方面必须刺激消费,解决绝大多数消费品供大于求的矛盾。在这种状况下提高贷款利率,既不能制止热的,还会使冷的更冷。

另一种可能的办法是提高贷款利率,同时保持存款利率不动。这样不会影响到储蓄的意愿,不会导致冷的更冷;可是提高贷款利率以后,对想贷款的企业基本没有什么影响,却会扩大存贷差,因为银行只有把钱贷出去才能赚取存贷差,这样等于鼓励银行多放贷,与控制贷款增长过快的目标正好相反。

运用窗口指导措施效果显著

采用窗口指导,发挥商业银行项目审批的正常功能,是我国宏观调控措施上的一个进步,但不应该一刀切。

我认为,政府此轮宏观调控采取的手段基本正常。

对于中国的经济主体包括地方政府、国有企业、民营企业或多或少存在预算软约束的情形,而国有银行又不完全以盈利和风险控制为主要目标,因此,许多在成熟的市场经济国家的市场手段在我国难以起到预期的作用。

我们还要看到,贷款利率如果纯粹靠市场里的资金供给和需求来决定,容易出现风险越高、投机性越强的项目愿意支付越高的利率,风险小的好投资项目付不起高利率而贷不到款,造成资金流向上的逆向选择问题。所以,即使是美日欧等成熟市场经济国家,贷款利率也不完全依靠资金的供给和需求来决定。

为了避免逆向选择的问题,通常银行的贷款利率会低于市场均衡利率,形成资金的需求大于资金的供给,然后,银行依靠对贷款企业的信用、自有资金比例、市场风险和项目的预期回报等"非市场"的手段逐一审查,来决定是否给予贷款。

认为市场经济国家的银行贷款完全由市场机制来配置,谁愿意付高利息谁就能获得贷款的看法是不符合实际情况的。

成熟的市场经济国家的货币当局所以能够靠市场利率来调节投资需求,是建立在银行发挥了对贷款项目风险和回报严格把关的基础上,掌管宏观政策的货币当局根据经济运行的情况来调整利率水平时,才能达到利率调高,投资回报率较低的项目就贷不到款,反之,就有更多的项目可以得到贷款来投资。只有在这一前提下,货币政策才能够起到有效调控投资规模的作用。

一个投资项目的好坏取决于其未来的市场需求和竞争情况,也决定于借款人对项目是否有足够的承诺。银行在挑选、审查贷款项目时,投资项目中企业的自有资金的比例是一个重要的考虑变量。如果投资额的50%,或者就是20%是自有的资金,投资不好,自己要承担相当大的损失,那么投资人在项目的选择上就会非常谨慎,且银行的风险也会相对较小。在1998年东亚金融危机中,香港银行业因为严格遵循金融监管当局对贷款项目的自有资金比例,以及贷款总额中可以贷给房地产的比例的要求,因而房地产泡沫破灭后仍免受冲击,而其他国家和地区由于没有严格执行这些要求则经受了重大打击。

对于各种投资项目,我国政府早有规定必须有一定自有资金才能向银行贷款。例如,房地产项目贷款时,自有资金要达到20%,且土地必须已经批下来,平整到一定程度银行才可贷款。钢铁行业自有资金比例的最低要求是25%,水泥行业是20%,否则银行不该给予贷款。但是去年作为我国金融业核心主体的四大国有商业银行出于自身的做大分母以降低呆坏账比例的需求,放松了对企业自有资金的要求,项目选择有所放松,给不少高风险项目提供了融资。所以,在贷款增加过速、投资增长过快的环境下,要求商业银行认真执行在审查贷款项目上早就应该发挥的正常功能,是必要的亡羊补牢的措施。并根据宏观经济的情况适当提高了企业向银行贷款时自有资金的比例,钢铁行业提高到40%,水泥行业提高到35%,住宅行业提高到35%,同时要求银行严格按照政策执行,这种窗口指导,会比调高利率效果明显。今年5月的投资同比增长率下降到18.3%,同第一季度的43%相比下降了很多;考

虑到去年非典影响,去年5月投资额较低,因此今年5月投资下降效果就更为
明显。

在我国当前的环境下,采用窗口指导,发挥商业银行项目审批的正常功
能,是我国宏观调控措施上的一个进步。但是,需要注意的是,不应该采用一
刀切的方式,把所有的项目都砍掉。而是应根据各个不同项目的情况,对拥
有足够自有资金、项目好的企业,应该继续给予贷款,支持这些企业把投资项
目建成。如果自有资金不足、项目回报预期差的项目应该停止继续给予贷
款。这样才可以避免重蹈过去"砍贷款、砍投资、砍项目"一刀切的治理整顿
方式。

在窗口指导下,今年的投资增长率巨幅下降,从投资来讲是一次硬着陆,
但只要能不一刀切,自有资金合乎要求、回报预期好的项目继续可以获得银
行贷款,那么,就经济增长率而言则将是一次软着陆。我预期今年消费将增
长7%~8%,投资将增长15%~20%,GDP仍将增长9%以上,明年GDP的
增长率也应该在8%以上。而且,经过这一轮宏观调控,如果银行能够以营利
和风险控制为经营目标,对贷款企业的信用、自有资金比例、项目回报和风险
进行正常应该有的审查,各经济主体的预算约束也能够硬化,那么,将来我国
的货币当局也就可以靠调节利率水平来调控宏观经济。

【日期】　2004 – 09 – 24
【版次】　9
【栏目】　今日导刊

　　就在跨国公司频频挥舞专利大棒阻碍中国企业走出去的时候,我国着手实施国家知识产权战略——

中国需要什么样的知识产权制度

　　在中国商务环境显著改善的同时,知识产权保护等问题仍然突出,这是近日中国美国商会和上海美国商会联合发表的白皮书《美国企业在中国》所突出强调的。中国美国商会主席关德辉指出,美国企业继续看好中国市场,计划扩大在华企业规模的公司数量是去年的两倍。中国履行加入世贸组织的承诺是营造这种积极气氛的主要因素。但是,目前中国对侵犯知识产权者的惩罚措施,尚不能达到世贸组织就与贸易相关知识产权问题所要求的有效威慑标准。美国商会四分之三的受访会员企业认为他们受到侵权行为的损害。

　　此前不久,9 月 6 日,国家知识产权工作组办公室宣布,为积极推动保护知识产权工作的开展,履行国际承诺,我国决定从 2004 年 9 月到 2005 年 8 月,在全国范围内组织开展保护知识产权的专项行动。今年年底之前将出台关于侵犯知识产权刑事犯罪适用法律若干问题的司法解释,进一步完善与外商投资企业的定期沟通协调机制。与此同时,有关部门正在着手开展制定和实施国家知识产权战略的工作,初步方案已经拟定,涉及到提高自主知识产权的数量和质量、解决产业技术空心化、建立实时高效的知识产权预警机制、加大执法保护力度等诸多重大问题。

　　外资企业为什么对知识产权问题如此关注? 知识产权制度究竟在保护谁的利益? 中国为什么要加紧制定和实施国家知识产权战略? 对于这些人们关注的问题,我国最具影响力的几位经济学家发表了看法。

厉以宁——要看到长远利益和整体利益

　　中国企业中有一种狭隘、过时却又有市场的观念,即我侵犯别人企业的知识产权,对国家有利。这是非常错误的认识。

　　我们一定要看到,技术创新在经济中能发挥多大的作用,与技术创新的成果是否得到保护很有关系。如果不保护知识产权,不保护技术创新的成果,势必造成三种不利情况:

　　第一,今后谁都不愿花力气搞技术创新,因为利益得不到保护。这会阻碍技术更新。相反,如果保护得力,则是对继续技术创新的鼓励,从而推动经济社会发展和科技进步。第二,宏观经济正常运行是以市场秩序完善为条件的。如果侵犯知识产权行为不能被遏制,盗版横行,说明市场秩序混乱,而混乱会使所有人受害。你偷我、我偷你,你骗我、我骗你,一个缺少规范和诚信的市场环境会极大地阻碍经济发展。第三,保护知识产权和技术创新成果是涉及到国际关系的大问题。任何法制健全的国家都会注重对知识产权的保护,这是对其他国家和人民技术成果的尊重。这既有利于世界经济发展和技术进步,也有利于各国经济正常运行,同时反映出一个国家的国际形象。中国是负责任的大国,是有影响的国家,如果我们不加强保护知识产权,不有力打击侵权行为,不仅会损害与各国的交往,也会损害中国的国际形象。所以,从以上三个方面来讲,我们必须进一步加大保护知识产权的力度。

　　中国企业正面对着越来越多的国际知识产权纠纷,这并不奇怪。知识产权纠纷在世界范围内都会经常发生。怎么解决问题? 有两个办法:一是任何一国政府首先要弄清楚别人是不是损害了自己的知识产权,以及自己是否侵害了别人的知识产权;二是一切解决手段均应根据法律进行。现在的问题是,对于很多纠纷我们情况不明。外国企业说我们侵权,我们不承认却又无法拿出事实根据说话;反过来,我们认定别人损害了自己的知识产权,也拿不出有理有力的证据。如果各个国家都在掌握大量事实的基础上承认保护知识产权的责任问题,那么国际经济秩序就会正常得多。为什么强调要通过法律解决纠纷? 因为这是双方都可以接受的办法。任何游戏必须有游戏规则,否则集体受害。

中国企业中有一种狭隘、过时却又有市场的观念应该加以破除,即我侵犯别人企业的知识产权,对国家有利。这是非常错误的认识。倘若你确实侵犯了别人的知识产权,做了法律不允许的事情,尽管在短期内你可能节约了成本,得到了好处,企业赢利,国家外汇增加,但从长远来看,这种行为对国家损害更大。它会令双方失去信任,影响对外经济往来,阻碍技术引进,并损害中国国际形象。无论何时何地,以保护本国利益的借口来侵犯别人知识产权是不能成立的。己所不欲,勿施于人。今天你怎样对别人,以后别人也会怎样对待你。我们自己的知识产权同样得不到别人的有效保护。

因此可以说,国内很多人对保护知识产权的长远利益和整体利益认识不够,只看到短期利益而牺牲长远利益,只注重局部利益而放弃整体利益。这是有关部门在制定国家知识产权战略时应该注意的第一点。第二点需要注意的是,我们对国际上各国保护知识产权的法律研究、了解得不透。想保护自己找不到根据,想为自己辩护又说不清理由。第三点是非常缺乏既懂技术又懂经济懂法律的专门人才。人才的培养是个大问题。中国企业应加强人才培养,让更多的管理技术人才学习法律和经济,知道该怎样做才可以"不踩线"、"不越线"。

林毅夫——现阶段仍应以引进技术为主

自主知识产权是经济发展的"果"而不是"因",我们不能忽视自己的比较优势,不从要素结构提升去着手,而片面强调自主知识产权和核心技术的开发。

一国的经济增长有赖于技术的不断升级和提升。发达国家的新技术只有靠自己开发研究取得,而发展中国家则有两种来源,一是引进、模仿,一是自己发明。现实的情况是,发展中国家的技术多以引进为主,因为即使付出了不菲的专利费,成本还是相对便宜许多。一个常见的规则是:当某个国家在某个产业或产业的某个区段上有比较优势时,要获得新技术通常得靠自己发明创造。一个产业一般有三四个区段:第一,新产品新技术研发;第二,核心部件生产;第三,零部件生产;第四,组装。信息产业表现得最标准。在第一区段,往往只有最发达国家如美国、日本有比较优势,新加坡、马来西亚等国家在第二区段即核心部件如芯片生产上有比较优势,我国的信息产业大部分集中在第三、第四区段,世界上手机零部件生产和组装大多已转移到中国。不同区段反映不同国家的比较优势。

为什么说当前抓紧制定实施国家知识产权战略、加大知识产权保护力度十分重要呢?因为中国经济发展已经到了这样一个阶段:我们在某些产业或某些区段已经成为最领先的国家。既然在这些产业区段没有比我们更发达的国家和地区,该领域的新产品新技术的研发就肯定会在中国。而且,随着中国经济水平的提升,将来我们会在越来越多的产业拥有比较优势。在这种情况下,如果不保护这些企业通过大量研发投入而获得的知识产权,将严重影响企业投资创新的积极性。

同时还要看到,对国外企业的知识产权保护不力,必然导致劣币驱逐良币,没有在中国得到知识产权应有收益的国外企业会采取封锁技术转让的方式来保护自己。这不利于我们引进技术,加快发展。所以,遵循国际惯例加强保护自主知识产权,有利于推动我国产业结构升级,向知识经济型社会转变。

我想强调一个观点:根据中国经济发展水平,目前阶段仍应以引进技术为主,在制定和实施国家知识产权战略的过程中不要有"赶超"思想。所谓赶超,就是忽视我们自己的比较优势,不从要素结构提升去着手,而是片面强调自主知识产权和核心技术的开发,结果事倍功半。事实上,自主知识产权是经济发展的"果"而不是"因"。美国收入水平高,劳动力昂贵,资本相对便宜,所以企业必然进入资本规模大、风险大同时回报也大的领域,因为那才是它的比较优势。联想一年的总产值还比不上 IBM 的研发费,根本没办法做核心技术,因此它的技术主要是引进,研发的投向集中在零部件。在现阶段,我们可以在某些产品某些技术某些指标上达到发达国家的水平,但在总体上是不可能的。一个发展中国家能否真正地利用技术差距推动经济发展的关键,就在于能不能很好地利用和发达国家的技术差距,引进外国的技术,推进经济的快速的技术创新。我做过很多研究,比如说东亚经济,日本和"四小龙",为什么二战之后能够成为唯一的一群真正赶上发达或者缩小国家差距的新兴工业经济呢？关键在于他们都在发展的某一个阶段，比较好地利用了比较优势，比较好地利用了引进新技术作为推动经济发展的原动力。实际上在上世纪80年代之前，有多少新技术是日本发明的？不能说没有，但是比重不大，"四小龙"也是。对中国来讲，实际上也是这样。

现实的选择是：引进技术，利用比较优势创造剩余价值，实现加速积累。有人说中国企业没有核心技术，就没有竞争力。这其实是一个误解。没有竞争力，中国产品怎么会占领那么多的国际市场？当然，我们的产品大部分是劳动密集的轻工产品。但如果我们现在连资本密集的产品都占领了，发达国家的企业该干什么？即使我们将来达到了发达国家的水平，也不可能什么都生产，也有依据比较优势而产生的分工。像美国企业造的飞机，最重要的部件引擎是从英国买的。还有人说，中国企业生产资本含量少、技术含量少的产品，获得的利润低，比如生产一双NIKE鞋只赚到两美元，美国人买走后加个品牌就能赚几十美元。可是，美国的人工工资很贵，其他投入也非常高，资本的回报率可能还不到10%。而中国的企业的资本回报率可能达到100%。回报高，积累就多，增长就快。只要我们积累、提升的速度比发达国家快，产业结构、生产活动的差距就会逐渐缩小。

吴敬琏——知识产权保护需要制度化

政府的主要任务是提供一个让对社会作出贡献的人获得相应利益的环境。现在的问题是由于法律有缺陷、执法不到位，使得技术创新主体拿不到该得的利益。

有一种观点认为保护知识产权是在单纯保护西方发达国家的利益，这种理解似是而非。事实上，启动知识产权保护制度，保护的不仅是发达国家的利益，而且也是在保护我们自己的利益。因为要发展高新技术，有一点必须做到，就是要让发明家、搞创新的人得到利益。使对社会有贡献的人获得利益，这是一条基本原则。做不到这一点，我们自己就不能进步，我们自己的高新技术就无法发展。

一般人的印象是：外国企业对知识产权保护的要求更强烈。其实中国企业同样有这方面的需要,只是它们缺少像中国美国商会那样有力的组织,声音比较微弱。我曾经问过史玉柱,为什么不坚持做软件而去搞药品?他说是有苦难言没法做。企业投入大量资金开发中小学教育软件,结果他的产品还没正式上市,盗版已经满街都是。前不久我在浙江做调查,了解到当地新技术企业知识产权被侵占的苦恼。现实情况表明,哪些地方的知识产权保护工作做得好,高新技术产业就发展得好;哪些地方对知识产权保护不力,高新技术产业就很难做起来。浙江一些新技术企业准备迁到上海,基本原因正在于此。

但是,知识产权的保护不是光靠教育、提高人们的认识就能做到的。呼吁大家树立保护知识产权的意识和觉悟,有一定作用,然而有限。更为重要的是,知识产权保护需要制度保障,需要制度化。

制度建设首先体现为一个较为系统和完整的法律框架。现行的专利法尚有缺陷,不利于知识产权的保护。比如专利从申请到批复的时间太长,手续繁杂,有的甚至要等好几年。在当今技术更新换代以周计以月计的条件下,"好几年"的概念等于是这一终于获得专利的技术基本失去了利用价值。因此,有必要研究和完善我们的知识产权法律制度。

同样重要的是司法的公正执法。特别是遏制地方保护主义。一个关键因素是政府和企业一定不能挂钩。如果地方官员和企业的关系搞得太密了,如果政府官员等同于企业老板,地方保护当然会成为必然。虽然我们确立了独立审判、司法独立的原则,但在现实情况下,行政和司法往往难以分开,公正执法也就无从谈起。市场经济条件下,政府一定要和市场和企业保持远距离。这是一条必须坚持的根本准则。

所以,知识产权保护涉及到许多制度性问题。大家可以注意到,十六届四中全会决议强调的一个内容是制度化。许多方面的问题要得到深层次解决,都需要安排一种制度。知识产权问题也一样。

至于政府的主要任务,是保证一个环境,使市场能做它要做的事。比如对于商业性的技术创新、发明创造的奖励,不必由政府出面来决定该不该奖、奖多少钱,这些事市场会做。技术发明的激励应主要来自市场,但前提是政府能提供一个让对社会作出贡献的人获得相应利益的环境。现在的问题是由于法律有缺陷、执法不到位,使得技术创新主体拿不到该得的利益。

说到人们关心的自主知识产权和自主品牌,同样是这个道理。汽车行业的例子很典型。有社会舆论指责三大国有汽车企业没有创造自主品牌的志气,实际上这不是思想认识的事情。只要政府给它们垄断权,最容易赚钱的方法自然便是与外资企业合资,使用别人的品牌。如果政府创造出公平竞争的环境,开发自主知识产权的产品和技术能有对等的回报和收益,企业肯定会在这方面想办法。退一步说,即使将来通过种种努力整车仍然上不去,中国汽车企业完全有可能变成零部件大厂,中国变成汽车零部件大国。这也未必不是一条出路。

张维迎——没有知识产权企业很难做大

随着经济全球化,企业间竞争日益激烈,每一个企业都在寻找自己新的核心竞争力的源泉,而知识越来越成为决定企业成败、企业竞争力的一个重要因素。

过去中国经济发展在很大程度上是寻找、引进国外成熟的技术,在特定的历史条件下,无论是合法还是不合法的技术运用方式,都对中国经济的发展有很大的贡献。但是,随着中国法制的完善,特别是加入 WTO 以后,如果我们严格按照国际惯例、方针、规则去做,中国原来可以获得的知识、技术,或者变得没有办法获得,或者要付出更高的代价。从这个意义上讲,中国企业能不能在未来培养出自己的知识,拥有具有自主知识产权的发明、产品,就变得非常非常重要了,否则在国际竞争中一定处于不利的地位,你可能只是停留在给别人做加工、搞 OEM,没有办法创造出自己的品牌来,那么你能够获得的利润空间也就非常有限。

就企业而言,特别是希望做大做强、走向国际的企业,可以肯定地说,如果没有自主知识产权,这些企业要变成国际性的大公司、跨国公司,是不可能的。这一点大家必须认识到。尤其我们要看到制造业这一块,在制造业整个价值链条中,现在制造、加工所分配到的利润越来越少,更多的价值都附加在终端服务和研发亦即知识产权这两头。那么,在未来整个全球化的价值链中,中国的企业,或者说整个中国经济能够分享多大的份额?这个议题的重要性,已经不需要多谈了。

　　所以,从国家整体来讲,知识产权战略首先要在制度上解决很多重要问题,比如知识产权的保护制度。这种保护制度实际上是为人们提供一个激励制度,激励他有积极性去开发、去创造,如果没有这个制度的话,我想大部分人就会喜欢去模仿别人而不是自己创造了,因为这样更省事成本更低。但现在面临的问题是:国外的知识产权保护工作做得非常好,如果中国的企业再去模仿,再去盗用别人知识产权,在国内小打小闹可能还行,要走向国际就不可能了,肯定会受到对方的指控。这是中国企业国际化的一个很大的障碍。因此,在国家层面上,首要任务是完善保护知识产权的法律制度,其次是要加强对制度的执行力。如果中国不能有一个很好的知识产权保护制度,中国出不了大企业。

　　国家的另一个重要任务是提高对基础性研发的投入,尤其要处理好大学研究机构与产业界的关系。大学研究机构要承担基础性的知识研究、科学研究,但却并不适合走向应用性很强的技术的研究。因为基础性的研究是一种公用产品,它无法定价,无法商业化,它的知识产权很难被保护,这就需要国家进行投入。倘若中国不能有很多优秀的大学在不断创造基础性的知识,那么未来中国企业的自主知识产权就没有源头。美国的情况已经证明了这一点。

　　说到这里,我特别想强调的是,企业本身对研发的投入很重要。我在大学里知道得很清楚,中国的大学已经有许多基础性研究成果可以转化成具有商业价值的知识产权,但是为什么这些成果都被锁在保险箱了呢?为什么我们总在说研究与市场开发脱节呢?很关键的一个原因是中国的企业缺乏吸纳这些研究成果的能力。学校的研究成果就像鸡蛋,要孵化成小鸡,还需要一个过程和一个主体。孵小鸡的应该是企业而非大学。只有企业才是创造知识产权的主体。国家投入成百上千亿所取得的基础性科研成果最终能创造多大的社会价值,依赖于企业的"孵化"效率。找好"孵化"的"接口",可以收到事半功倍的效果:企业投入几个亿,就能利用好国家几百亿的价值;如果不投入,这几百亿就是一个"零"。

　　遗憾的是,许多企业抱着鸡蛋也孵不出小鸡。在研发投入方面,它们缺乏充分的意识和足够的能力。因为,和发达国家的大企业相比,中国企业即使高速成长,也还是太小了,尚未具备大面积创造自主知识产权的资源和能力。以制药业为例,国际上开发一种新药一般要投入 10 亿美元,中国企业即使只投入 1 亿元人民币,又有几家能行? 只好去生产国外专利期已过的药品。这就涉及到产业整合的问题。当五六千家制药厂通过产业整合成几十家时,在知识产权方面的需求和力量就会加强。没有产业整合,不会有企业有能力搞研发。

　　人无远虑,必有近忧。不断发生的国际知识产权纠纷对成长中的中国企业来说,是一个又一个警示。目前没有开发自主知识产权的能力不足惧,但梦想做大的中国企业一定要有创造自主知识产权的意识和抱负,在引进、学习的同时要有超越的远大理想,以及切实可行的研发战略,逐渐提高吸纳公共科研成果的能力。

【日期】 2004－12－09
【版次】 12
【版面】 汽车周刊

"神龙的爆发力将在未来三年显现"

——访神龙汽车有限公司总经理刘卫东

　　尽管神龙公司在今年车市低迷的市场行情中表现不尽如人意,但没有人怀疑,过去的"老三"仍然存在着影响市场格局的可能性。随着神龙人倾力打造的东风标致307横空出世,人们普遍猜测:神龙公司能否如其所愿,遏制住汽车销售量下滑之势,重整河山？日前,神龙汽车有限公司总经理刘卫东接受了本报记者的专访。

咬定家轿不放松

　　刘卫东认为,神龙最大的困境在于没有新的有竞争力的产品,这是前几年埋下的恶果。如果说,改善并加强与合作伙伴的关系是刘卫东上任以来的一条工作主线,那么,另外一条主线就是抓产品开发,而前者是为后者服务的。

　　迎面而来的问题就是:到底开发什么样的产品呢？ 面对奥迪、别克等新老竞争对手在公务车市场上的高歌猛进,神龙需要放弃家庭轿车的传统吗?

　　可以说,神龙一路上的磕磕碰碰也就是中国家轿发展史的缩影。

　　当年在投资神龙公司时,国家有关部门对轿车进入家庭做出了过于乐观的估计。为此,神龙项目被列入国家"八五"、"九五"计划重点建设工程:建设规模为年产30万辆轿车和40万台发动机;一期工程项目形成年产15万辆轿车、20万台发动机的生产能力,项目一下就投资了上百亿元人民币。过于乐观的判断,导致决策上的失误,直接使神龙公司财务负担过重,资金不足,成本居高不下,与其他滚动发展、滚动投入的汽车厂相比,神龙失去了竞争优势。

由于多种原因,神龙项目筹划虽早,但是在市场需求旺盛时,却还处在建设之中;在公务车消费趋之若鹜时,由于引进的车型定位于家庭用车,神龙少有机会;1992年9月4日,首批雪铁龙ZX轿车由东风公司组装完成,在襄樊下线。此时两厢车在欧美市场正当其时,几乎占据了其市场70%以上的份额。但在中国老百姓的心中,"有头不见尾"缺乏传统观念中轿车的气派,加之"富康"这个过于中国化的名字,使人很少能把它与浪漫、前卫的法兰西文化联系在一起,产品和技术均超前的富康一出生就遭受了冷遇和白眼……

刘卫东深思熟虑之后,咬定家轿不放松,坚定地提出了神龙要"打造家轿第一品牌"的响亮口号。"我们要尊重神龙的历史,也要尊重富康已经在消费者心目中形成的品牌定位,中国大力发展家庭轿车的时期已经来临! 天时地利都已具备,就看神龙人能不能抓住机会了。"

在这一理念的指导下,2001年11月29日,神龙公司推出了9.78万元的富康"新自由人",率先打破了中档经济型轿车消费者期望在10万元以下的心理价位,被称作是"冬天里的一把中国火"。神龙公司的销售开始走强,2001年全年共销售整车53194辆,同比增长2.23%,取得国产中档轿车增幅第一的佳绩。2001年神龙公司先后推出富康EM"世纪潮"、富康"时代潮"、萨拉-毕加索、浅色内饰车等新车型,一举打破了长久以来神龙公司整车销售的单一、低迷和沉闷。

随后神龙又果断地放弃了为富康988"变脸"的打算,于2002年6月推出售价13.98万元的全新主流车型东风雪铁龙爱丽舍,当年实现销售28603辆,成为国内新车投放销量最高的车型。在产品结构上形成了富康、爱丽舍、毕加索、赛纳四大系列、十几个品种,手动、自动挡齐全,动力总成涵盖1.4L、1.6L、2.0L三个主流档位,车型包括单厢、两厢、三厢的轿车产品系列。神龙公司产品长期存在的单一局面终于彻底改观。

神龙肯定会发力

但是近忧虽解,远虑犹存。刘卫东清醒地看到,在今天的汽车市场,单靠一个一个车型的引进和开发,已经不能适应竞争的需要了。"我们的方向很清楚,现在是走得快走得慢的问题。我们最大的问题是速度,开发产品和控制市场的速度。"他说,要加快产品开发的速度,必须从车型战略向平台战略转变。"有了一个平台,你可以同时给不同的品牌不同的车型穿上不同的衣服。产品推陈出新的速度会大大加快。"

通过推行雪铁龙、标致双品牌战略,保留品牌特色和细分市场,整合标致雪铁龙的生产线,实行公用生产平台战略,由引进车型向引进平台转变,同时按品牌建立不同的销售和服务体系,这将为神龙的可持续发展打下坚实的基础。

正因为如此,说起刚刚投放市场的标致307,刘卫东显得信心十足。这是实行双品牌战略和生产平台战略的第一个结晶。标致307是PSA全球范围内在中国率先投产的一款三厢车,刘卫东对该款车赞不绝口,他认为307的动力、操控性和舒适性都"非常完美"。

尽管如此,标致307事实上还只是刘卫东对国内中档家庭轿车市场投石问路之举。"我们正在专门为中国消费者量身定做一款家庭轿车,大概将于2006年面市。"刘卫东告诉记者。

支撑新产品持续开发的技术基础正是神龙全面引进PSA生产全系列的PSA产品的2号中型车平台。仅在此平台上,就可生产多达十几款车——三厢的、两厢的,雪铁龙或者标致车等等;而在神龙二期工程中,刘卫东透露,将进一步引进PSA生产小型轿车的1号平台。立足于PSA的1、2号中小型轿车平台,抛弃单车引进策略,这在中国中低档车市场中,确实是相当领先的。

按照神龙项目二期规划要求,到2006年神龙公司将同时拥有三个产品平台、东风雪铁龙和东风标致两大品牌,以及30万辆轿车的生产能力。在今后的6年里,神龙公司每年都将推出一款全新的基本车型。通过二期工程的能力建设和产品开发,以及双品牌营销战略的实施,神龙公司未来几年将保持年均30%以上的销售增长率,至2007年实现30万辆以上的销售规模,年销售收入达到300亿元人民币,神龙公司将昂首跻身国内最具影响力的轿车企业行列。"十年河东,十年河西。如果说12年前神龙要建年产30万辆轿车的规模是不成熟的表现,那么现在却是必需之举。汽车市场的竞争已经到了比规模的时候。没有30万辆的能力,在业内就没有发言权!"刘卫东说。

　　为此,神龙公司制订了2004—2009年发展战略规划,可概括为:健全完善
"一个公司、两个品牌"的管理体制和运行机制,实现集约化经营、集团化发展
的战略;以共用平台技术为支撑、坚持"精品名牌"、实现产品、技术、管理持续
创新的战略。

　　为有效支撑发展战略规划,神龙公司编制了中长期发展的"三大纲要"、
"两个计划",即《工业化指导纲要》、《计算机发展纲要》、《人力资源发展纲
要》、《质量发展计划》、《全面国产化计划》。

　　根据《工业化指导纲要》,2004—2009年,每年投放一款新车型;2006年
二期30万辆工程项目全面建成后,将拥有三个共用生产技术平台。

　　"我们的努力很明确,就是要将神龙公司打造成中国家庭轿车第一生产、
研发、制造基地,在中国汽车工业发展的历史进程中扮演主力军的重要角
色。"刘卫东说,"虽然现在离这个目标还有不小的差距,但我们很有信心。"

　　信心正是刘卫东带给神龙公司最大的变化和财富。在采访过程中,记者
所接触到的公司上下,包括经销商,都对神龙的前景充满信心。

　　那么,面对未来,神龙究竟有多少机会?

　　刘卫东的分析是:"中国汽车工业真正的快速增长,应该是这几年。随着
生活水平的提高,轿车大量进入家庭,轿车工业有了一个快速的发展。而且
在未来10年,我认为,都会保持一个较高速度的增长水平。汽车消费和别的
消费不一样,整个潮流挡不住,这个市场容量是很大的。"

　　"神龙在做艰苦细致的准备。神龙既要吃饭,又要种树;既要把握当前,
又要谋划未来。我更在乎长远。即使我没有见到树,也一定要让后人见到
树。我们现在一边吃饭,一边播种。汽车业是大赢大输的行业,现在判断输
赢胜负还为时尚早,因为中国汽车业的激烈竞争才刚刚开始。真正竞争白热
化还在后面。神龙不能也不会再次错过大好时机;神龙的爆发力将在未来三
年显现。"说这话的刘卫东面色凝重,但充满着必胜的信心。

　　　　　　　　　　　　　　(本文与经济日报同事魏劲松共同采写)

【日期】　2005 – 11 – 24
【版次】　7
【栏目】　国际新闻

"和谐企业"该如何构建

　　"自2003年以来,我每年都会到中国访问一次,发现中国正以令人惊讶的速度发生着巨大变化。给我印象最深的是,中国人普遍有一种'紧迫感'。"

　　美国明尼苏达大学校董大卫·麦泽恩博士刚见到记者,便兴奋地谈起了他的感受。

　　他认为,"紧迫感"是一个很可贵的因素。"因为经济全球化的市场瞬息万变,你或你所在的组织不可能处在一种中间状态。为了取得更多的成就,我们需要紧迫感。"

　　在这样一个变革的环境里,企业应该采取哪些应对之策呢? 麦泽恩博士认为,企业领导者面临的核心问题就是"人"的问题,包括如何选拔合适的员工、如何留住优秀员工、如何激励他们很好地工作。归根结底,就是如何构建企业的和谐环境,增强员工的归属感和竞争力。

　　麦泽恩博士给出的第一个办法是重视"终身教育"。他说,美国所有成长良好的公司都将员工培养视为第一要务。他儿子所在的公司,每年将净利润的大约20%投入到员工培训中。CEO退休之后,有将近30%的时间花在培训有领导才能的员工上。在美国有一种说法把员工分成两类:一类是"鹰",即工作能力较强的员工;另一类是"火鸡",即工作能力一般或表现不太好的员工。企业领导者的责任,就是尽量多地聘用"鹰",并持续为他们提供更好的进修和培训机会;同时,通过培训和其他方式,让"火鸡"也能美丽地飞翔。

　　对于一些中国企业把物质奖励作为激励员工的首要措施的做法,麦泽恩博士认为未必最有效。"在美国的一项权威调查中,员工认为最能影响他们的因素是:成就感、参与精神、人情味、稳定的工作和高薪。这表明,要提高员工的积极性,一是让他们的工作得到肯定和欣赏,二是工作具有挑战性,薪水只排在第五位。"麦泽恩博士说。企业领导者的一项重要工作就是要和员工建立良好的沟通,使员工感到自己的工作是受到欣赏的。但调查显示,约有40%的员工认为自己的工作并没有得到上级的赏识。

麦泽恩博士建议企业领导者要学会"倾听"和"反馈"。"领导者不必知道所有的答案,但要做到向员工提出正确的问题,然后倾听他们的回答并理解其中的意思。所有的人提出意见后都需要反馈,领导者每天至少要给3名员工以反馈,而反馈内容的80%应该是积极的。"

在市场经济条件下,企业的兴衰沉浮是家常便饭。麦泽恩博士认为,无论企业处于何种状况,企业领导者都应该向员工如实说明,在企业中形成公开、透明的氛围,这对调动员工的积极性十分重要。如不能加薪,则要向员工坦白地解释企业遇到的困难。

麦泽恩博士一再强调,企业领导者要以人为本,营造快乐的工作氛围。"让人不快乐很容易,让人快乐需要努力!"调查表明,47%的人离职是因为不愉快的人际关系。对企业领导者来说,要营造快乐氛围,只靠关心员工的工作和生活是不够的,更重要的是要打造出由有才能和乐观向上的人组成的一支工作团队。

麦泽恩博士最后说,随着中国经济的腾飞,很多企业发展壮大起来,他们的一个共同特征便是敢于应对变化和挑战。具备这样能力的企业,才能取得最终的成功。

(本文与经济日报同事杨涛共同采写)

【日期】　2007 – 06 – 14
【版次】　12
【栏目】　人物周刊

陈峰:管理创新让海航越飞越高

今天的陈峰头衔众多,但一个身份已足以显示分量:海航集团创始人、董事长。

从1990年的1000万元投资起步,1993年4月23日第一架客机引进,同年5月2日海口至北京首条航线正式开通至今,14年来,年轻的海航展翅高飞,成为继国航、东航、南航之后的中国第四大航空集团。截至2006年年底,集团资产总额超过600亿元。这样的高速成长,使得陈峰在改革开放后涌现出来的企业家群体中,始终备受关注。

陈峰的父亲为人忠厚、宽容,他给了陈峰一句话:"不求做大官,只求做大事。"这成为陈峰一生的思想准则。

陈峰的父母是抗日战争时期参加革命的老共产党员。"他们教育我从小就要立大志,为国家、为民族、为社会做事情。尽管家庭条件很不错,但父母亲非常节俭,对儿女的要求非常严格。"已是54岁的陈峰回忆起儿时生活,言谈话语间对父母充满敬重。陈峰的父亲给了儿子一句话:"不求做大官,只求做大事。"这成为陈峰一生的思想准则。当医生的母亲是一个极其要强的人,她会在周日一大早把子女三人叫到面前站好,让他们依次回答"长大以后想做什么"的问题。

小学毕业后,陈峰赶上"文革",在家待了两年,15岁到四川民航的军队序列(当时民航是空军的一个组成部分)当兵。他学习各种知识,剪裁报纸上的文章,哲学、历史、经济学、逻辑学等等,广泛涉猎。他表现出了与年龄不相称的自律性:整整6年,利用早操结束到早饭开始的半小时,读完了《中国通史》、《中国哲学史》、《中国古代思想史》、《欧洲哲学史》等著作；再利用每天晚上的时间，系统自学初、高中和大学课程，即使是周日也从未间断过。

1974年，21岁的陈峰回到北京，在民航总局援外司当助理员。他到北京图书馆办了借书证，畅游书海。"一个月借4次，每次借4本，包括马恩原著、民航知识、企业管理等。像薛暮桥同志在延安时期的经济学文章，我读了很多遍。尽管没有经过细致、系统的培训，但这些学习都在无形中培养了自己。"陈峰说，"北京图书馆和民航学校的图书馆，我到了哪本书在什么位置都一清二楚的地步。其实，那时我对未来能做什么并不明确，只是对知识极度渴求，觉得迟早有一天能用上，我得准备着。"

1977年，在还没有多少人意识到英语的重要性时，24岁的陈峰便开始学习英语。5年后，中国与当时的西德签署了一个技术合作协议，民航系统有11个公费留学名额，可以到汉莎航空运输管理学院学习。经过几轮考试筛选，在几万人中，只有11人入选。除陈峰外，另外的10个人全部是外语专业毕业的。陈峰对自己的毅力没有自谦，他说："我要么不做，想好要做，必定一日不断。"

回国后，陈峰先后当过民航总局统计处代处长、国家空中交通管制局计划处处长，对民航的技术、管理等多方面工作都有了一定的积累。1988年，中国农业信托投资公司组建，陈峰进入其中，开始接触金融领域，掌握到了许多金融知识。

"在中农信的日子虽短，但回过头看，后来我做航空公司时能最早有利用资本市场的意识和方法，跟这应该不无关系。"陈峰感慨道，"回想每一段的经历，都没有白费，对于海航的创建和发展都起到了重要作用。"

他带领海航在碧海蓝天间创出中国民航业的许多第一，使企业在创新中实现了跨越式发展。

1990年7月，37岁的陈峰担任海南省政府省长航空事务助理，主持海南省航空公司的组建工作。他生命中最华彩的乐章就此展开。他带领海航在碧海蓝天之间描画出中国民航业的许多第一：第一个中外合资企业、第一个股份制企业、第一家上市公司……从而在创新中实现了跨越式发展。

海航14年的发展史，正是一部精彩的资本运营史。通过有效的资本经营以及与金融机构建立良好的合作关系,获得了发展所需的资金,迅速壮大企业规模和实力。"我们确实抓住了资本市场发展的每一次机会,由此便解决了企业发展中的资金问题。"陈峰说。

他最令人称道的举动之一,是1995年在创业之初遇到资金困难时十进华尔街,回答了数百个专业问题,聘请了美国最大的会计师事务所、律师事务所和华尔街专门做航空企业上市的评估公司。这几家顶尖的公司让索罗斯的量子基金拿出2500万美金投资海航——当时国家批准引进外资才3个多月。

经过最初几年的发展之后,海航在体制、机制、管理、文化、人才等方面形成了一定优势,品牌效应开始显现,资本实力显著增强,具备了进一步扩张的能力。因此,从2000年开始,海航开展了一系列重组。2000年8月,控股海口美兰机场和长安航;2001年2月,控股新华航;2001年7月,控股山西航;2002年6月,受海南省政府委托,运营管理海南机场股份有限公司及其控股公司三亚凤凰国际机场有限责任公司的国有股权。

"一个企业的发展当中,适时运用资本市场的工具,是必须的。用什么样的金融产品来支撑企业发展,什么时候扩股,什么时候借债,借什么样的债,是现代企业家必须具备的知识。"陈峰说。

资本运作帮助海航张开了飞翔的一翼。陈峰富有远见地认识到,想要飞得远飞得久,不仅需要飞得快,还必须飞得稳。健康的公司治理是确保海航可持续发展的另一翼。

他在管理模式上,较早吸纳了西方最先进的现代企业管理制度,形成了规范的法人治理结构。

在他看来,公司法人治理结构是现代企业制度的核心。海航集团及下属各成员公司都依法设立了股东会、董事会、监事会和经理层,形成各负其责、高效运转和有效制衡的关系。注重维护股东权利,严格依法召开股东大会,建立了股东会议事规则。集团及各成员公司董事会和监事会成员按股权比例进行选派,代表投资者行使所有者权力。明确了董事会和监事会的具体职责。

陈峰认为,企业内部机制是现代企业制度的重要方面,主要表现在对员工激励与约束的制度安排。在企业人事制度上,不受资历约束,德才兼备者破格提拔，品德低下、能力平庸者下，做到了干部能上能下。

最能说明他在用人问题上不拘一格选贤任能的，也许就是海航内部所称的"刘嘉旭现象"。刘嘉旭本为律师，到海航后也只是一个法律事务室的普通工作人员，由于能力突出、业绩卓越，在短短5年时间里被连续提拔5级，迅速成长为海航集团董事局董事兼首席执行官。

"简单地说，海航的内部管理就是打破铁饭碗，建立明确的岗位责任制，严格管理，严格考核，重奖重罚，奖赏分明，只不过和其他一些企业相比，我们把这些老生常谈真正落到了实处。"陈峰说。

严谨、规范、科学的管理，一直是陈峰追求的目标。他意识到，尽管企业的创始人几乎不可避免地对企业拥有强大的影响力，但为了企业的长远发展，必须从一开始就要运用先进的管理理念和技术，提升经营管理品质，用制度管人管事，让每个人包括自身的权力都置于制度的约束之下。涵盖企业管理各个要素的一整套管理规则、程序和制度因此逐渐建立起来。逢年过节，总能见到陈峰去接最后一次航班。

遇到违纪违规的人和事，他处理得又不留丝毫情面。一个给员工和外界印象颇深的故事是：海航创建之初，两名到美国接受培训的飞行员，回来时已是腊月二十九，便直接回家过春节，没按规定先回公司报到，结果立即被开除了。陈峰说，公司的规矩建立不起来，会影响一大批人。惩少而教多，这是严厉，也是善良。"这个事例还不算什么。我们的一架飞机在飞行过程中出现了事故征候，公司马上做出决定，公司总裁降为副总裁，飞行部总经理就地免职，飞行员改行当搬运工。我不是为了惩罚而惩罚，而是教育，教育本人，教育大家。对所有人严格，出发点是为将来好，为事业好。"

为发挥集团优势，海航创造性地建立了以资源共享为主要目的的"产业板块管理模式"。航空运输板块中的海航股份、新华、长安、山西4家航空公司，从2002年10月27日起统一以HU的代号合并运行，统一徽标，统一航班号，使资本、人力、技术在集团内部得到了优化配置。

"在海航，我实际就管七八个人，加上执行层领导，最多也就20多人。管理的根本不在于告诉干部该去干什么，而是要让干部知道自己该去干什么。"陈峰说，"但是一遇到问题，我会小题大做。比如说员工食堂搞不好，首先要看它的系统有没有毛病。第二看用的人的资历、能力够不够。第三看是不是偶然,是不是因为个人的失误。总之,领导者应该会以小见大,从一些小事判断出制度和系统有没有毛病。"

陈峰也是国内较早认识到企业信息化建设必要性的企业家。海航集团于2000年成立了海南海航航空信息有限责任公司,负责集团的信息化建设。到目前,已经建立了以海口总部为中心、辐射到全国各分支机构、连接所有业务板块和业务单位、覆盖所有管理功能的大型广域网络——"海航集团E网"。海航的网络化办公在中国航空业中是最好的之一,70%的工作可以通过网络完成。

海航进一步脱胎换骨的机遇在哪里?就在于国际化,就是要创造一个属于中国人的世界级航空品牌。

海航的事业,发源于海南,发展于海南,陈峰在任何时候、任何场合都坚定不移地表达出要永远扎根于海南的决心,但他从一开始,就没有把海航蓝图的半径局限于海南。这使得海航在成长之初就被注入了浓厚的国际化"基因"。

他认为,"今天不再是中国企业家仅仅站在自己企业角度看问题的时代,我们不可回避地要正视时代带来的影响,要把自己的视野放在全球。"

2000年,海航明确提出了"379"发展目标,即从2000年起,3年之内造就中国优秀品牌企业,7年之内造就亚洲优秀品牌企业,9年之内造就世界优秀品牌企业。围绕这一目标,海航相继制定了一系列战略发展规划并组织实施。

与此同时,陈峰积极推动企业管理同国际接轨。海航运营之初就借鉴世界上先进航空公司统一实施安全生产和优质服务的做法,结合实际组建了生产运行中心,一揽子推进航班运营、安全监察和服务监督。在财务管理上,实行了国际通用的财务制度,并建立了"全面预算管理"体系。1999年,海航通过ISO9000国际质量认证,成为中国民航业第一家通过该项国际标准的企业。众多国外先进的管理方法在海航落地生根,为其铺开了迈向国际一流公司的通道。

让陈峰比较满意的是,海航已具有较强的国际化意识,在体制、机制和管理上积极推进与国际接轨,这些为实施国际化战略奠定了一定基础。但他也深知,一个走向国际化的大企业,必须在企业规模、资金实力、客户市场、竞争战略、经营管理、人员素质等方面有一个非常大的扩展、转变和提升。

海航进一步脱胎换骨的机遇在哪里？就在于国际化，就是要创造一个属于中国人的世界级航空品牌。"这有三个标志，一是机队规模在250架以上，我们已达到了一半多；二是旅客认同感，现在国内已比较认同海航，我们正以新加坡航空公司为标杆，继续努力；三是各种运行指标进入世界航空20强。所以我们要以全球视野来进行各种资源的配置和整合，实现与国际市场和国际标准的接轨。"

于是，发展大型化航空的设想浮出水面。近两年来，海航集团为中国新华航空集团有限公司的组建不断努力。重组甘肃机场集团，成立广州分公司，组建云南祥鹏和重庆航空，定向增发股票筹资56亿元，筹建大新华快运航空公司，获商务部批准成立新华航空控股有限公司……

陈峰表示，新华航空控股有限公司是在上市公司海南航空的基础上改造、提升而来的，囊括了海南航空、山西航空、长安航空和原新华航空的干线业务。"我们将实现4家运输公司由多法人变更为单一法人，实现资源共享。"他说。

业内人士评价指出，此举将使海航从区域性航空公司转为全国性航空公司，上到一个更高的发展平台，从而向国际一流航空公司的长远目标迈出坚实的一步。

"中国现在是世界航空大国，但距离世界航空强国还有差距，主要是企业间的差距。在未来，希望中国能有2家至3家世界级企业步入全球航空20强。我们要为国家和民族、为民航业走向世界作一点贡献。"陈峰说，"打造新华航空集团，正是为了催生这样一个世界级企业、千亿元企业，创造中国人的大型化航空品牌！"

陈峰最看重一句话："为商之道首先在于为人。"他说，衡量一家企业是否成功，不能光看利润，更重要的是这家企业是否具有社会责任感。

至今，陈峰依然保持着青少年时代的生活方式，每天早上5:30起床，读书、练字、记心得。不管多忙，用蝇头小楷书写《静夜随笔》，一天不断。"几十万字的《静夜随笔》，是一个字一个字写出来的。同样，海航的发展，没有所谓'奇迹'和'神话'，是靠一趟一趟安全的飞行、优质的服务积累出来的。"陈峰说,"海航14年来从没偏离主业,始终没有离开航空产业链。今后这个方向也不会变。"

陈峰最看重一句话:"为商之道首先在于为人。"他说,衡量一家企业是否成功,不能光看利润,更重要的是这家企业是否具有社会责任感。这个原则成为了海航的一种文化。海航内部有个规定,新员工的第一课叫《做人的学问》,都由陈峰来上。他教育员工要"为社会做点事,为他人做点事,为自己做点事",注重从个人"小我"向社会"大我"转化。

"要使海航成为一个人生的大学校,让每个从这里走过的人都有收获。"陈峰说。14年来,他将三分之一的工作时间用于员工培训,古今中外的典故信手拈来。他主编的《中国传统文化导读》员工人手一册,书中从历史文化、精神修养、为人处世等各方面入手,指导员工"有远大的理想、务实的精神和富于哲理的人生"。

陈峰把制度、人才、企业文化形象地比作窗框、玻璃、粘胶,三者虽独立存在却相互依存。制度是刚性的,有缝隙;人才是个性的,需调教;而企业文化是柔性的,正可以弥合缝隙,教化人心。因而,作为一个企业家,他嘴边不离的却是文化。他认为,海航要做百年老店,就要用制度和文化把店面建造结实,这样无论谁来做管理者,基础都是牢靠的。"我在海航写下的最有个性的'故事',就是让以中国传统文化为内涵,以现代西方管理制度为依托的企业文化和企业精神,在这里生根发芽、开花结果。"

陈峰是海航的,但海航不是陈峰的———这是他的修为,也是他的期望,并由此孕育出了海航"大众认同、大众参与、大众成就、大众分享"的企业精神:"大众认同",人人都要认同这个事业;"大众参与",人人都要积极参与到这个事业中来;"大众成就",大家在公司里工作都有成就感;"大众分享",让企业员工和社会大众共同分享发展带来的效益。陈峰说,只有把海航事业与员工的成长以及社会的发展结合起来,才能产生源源不绝的生命力。今天的陈峰总是一身朴素的穿着,淡淡的书卷气,脸上挂着谦逊的微笑。他没有忘记小时候父亲"不求做大官,只求做大事"的家训,然而他对"大事"的理解相比过去已然是云泥之别。"什么是事业?事业来自意境。你真正把自己的人生成就给这个社会,也就成就了自己。"正是这种执著与真诚,给予他不竭的创新与自我超越的原动力。

【日期】　2009 - 02 - 08
【版次】　8
【栏目】　文化周末·人物

尹明善:奋进者永远年轻

人物小传:

尹明善,1938 年生,重庆涪陵人,重庆力帆实业(集团)董事长。九、十届全国政协委员,中国民间商会副会长,2003 年当选为重庆市政协副主席。

1992 年,尹明善以 20 万元资金 9 个员工起步,艰苦创业,力帆集团飞速发展。力帆集团从 1998 年起连续获得"重庆市重合同守信用企业"称号,是重庆市私营企业 50 强排头兵和第一纳税大户,连续多年进入中国 500 强企业。

每次见到尹明善,心里都会暗暗称奇:怎么总是这么年轻这么精神这么有活力啊!

很多人都知道,尹明善在 1992 年从出版界一头扎进摩托车业、建厂创业时,已是虚岁 55。如今,他年过古稀,算得上高龄之人了,还是一如当年,为事业昼夜奔忙,不显疲态。他能坐在那里谈大势谈发展,一谈两三个小时,妙语如珠,一气呵成;他能像"空中飞人"一样,一天内辗转于几个城市之间,开讲座,谈合作;他也未改七八年前和记者初次见面时的模样,体形细高,脚步轻快。

有意思的是,说起自个儿的年龄,他比很多同龄人都要来得坦率。这次见到他,他笑眯眯地说,自己已经 70.9 岁。为什么要把岁数精确到小数点以后呢?"人生的每个年龄段、每个月、每一天,都同样重要、同样精彩。"他说。

心中有责 心系员工

经历了一个又一个冬去春来、春华秋实之后,尹明善的心境早已变得波澜不惊。面对2009年的到来,说起自己的企业力帆,纵有千头万绪,在他心里最在意的也就一件事:员工的就业。

力帆是重庆市第一出口大户。2008年1至9月,出口额同比增长60%,从10月开始,国际金融危机的影响逐渐显现,出口势头开始回落,不过全年的成绩单是漂亮的,预计2008年可以实现出口额5.5亿美元左右。

"我们是高度外向型的企业,力帆摩托车和力帆汽车一半以上的市场在海外。企业因为这次国际金融危机,减少了大约1000多个就业岗位。"尹明善告诉记者。

力帆一些高层主管因此主张裁员,被他不假思索地否决了。而且,近年来已很少经手企业具体事务的他这一次过问得很仔细,细到每一个员工的工资怎么发放、岗位怎么保留。"我们决不能让一个员工失去工作!"他对管理层坚定、果断地说。

有两个情景一直装在他的心里。

一个是在创业初期,在他的办公室兼车间的不足40平方米的重庆郊外的一间农房里,尹明善对力帆摩托的全体职工也就9个人说,要造出全中国、全世界都没有的发动机。职工们一边头也不抬地倒腾着零件,一边想笑又捂着嘴忍着笑。有一个忍不住,笑出声来,还有一个假装咳嗽,跑到门外笑去了。那时候,人们怎么都不相信他们能做出国际领先的摩托发动机,但他们凭着自己的勤劳和质朴,用简陋的机器,敲啊、打啊、削啊、刨啊,生产出了最早的"力帆"发动机,一起走过了企业从无到有、从小到大的最艰难的日子。

一个是企业壮大了,净资产达到20多个亿,员工增加到13700多人。有时在办公室里工作累了,他会来到车间,但见工人们忙忙碌碌,现代化的生产线紧张运转。他倚在门边,看着这红红火火的景象,心里就会特别充实特别安慰,觉得这些叫得上名字还是叫不上名字的工人,就像自己的孩子,他喜欢看到他们在力帆这个大家庭里安安生生、开开心心。

"企业发展了,有员工的贡献。共同创造财富,共同享受成果,我们决不能因为暂时的困难而裁员。力帆的员工中，差不多有 1 万人是农民工，没了这份工作，对他们全家人的生活影响太大了。"尹明善说："中国有句老话，养儿防老，积谷防饥。企业利润的积累，好比丰年存粮，现在正需要开仓放粮，把员工安顿好，不给社会增添负担。"

从 2008 年 10 月开始，力帆按照每个人原工资标准发给 1000 多名脱岗工人工资，安排他们参加企业组织的各类培训，比如用电知识、电脑技术等等。"我们会一直坚持这样做。等这段时间度过了，他们会成为素质更高、对企业更有归属感的劳动者。"尹明善说。

他告诉力帆管理层："我们现在所做的一切的一切，最高准则是保住所有员工的饭碗，在这道杠杠面前，没有什么不能让步，付出再多辛劳也值！"

有了这样的"命令"，力帆人在困难面前反而激发出更高昂的斗志。千方百计把掉下来的订单拿回来，千方百计寻找新的市场空间，千方百计扩大就业岗位，30 多位高管想出了很多点子和办法，汇聚一起出了一本内刊叫做《逆势而上》。从 2008 年 12 月起，力帆的订单止跌回升，"可以肯定地说，面对经济调整的压力，力帆的'身子骨'是硬朗的"。尹明善不无自信。

其实，力帆从作坊式小厂发展为全球最大的摩托车生产商之一，其间经历过无数风雨。能一路走来，贵在"智"，贵在"勇"，也贵在"德"。

前不久，在央视的一档创业节目上，尹明善说了两个词：胆识、智勇双全。对于创业者来说，需要胆识，胆在前，识在后，要先有勇气走出去，在实践中学习，在探索中前进；对于成功者来说，需要智勇双全，智在前，勇在后，守业的时候智慧是很重要的。而在更多的场合，他最愿谈的是"德"，企业家的"德"体现为企业社会责任，首先是对员工负责任。心中有"责"，才会具有大智慧，实现大发展。相应地，他觉得一生中最为欣慰的，就是由于力帆的存在，为社会创造了成千上万个就业机会，为成千上万个家庭提供了生活的支持和希望。

常思感恩　燃烧激情

抚今追昔，尹明善满怀感恩之情，言谈中那份真诚让人感动：

——我经历过新中国成立以前旧社会的日子，经历过解放初期的岁月，那时,我们这样一个文明古国,几乎什么都不能造,洋船、洋车、洋钢、洋布、洋碱,连火柴用的都是"洋火"。改革开放30年过去,"中国制造"走遍全球,中国人好像没什么造不出了。如今,力帆摩托车已销往160多个国家和地区,发动机年产300万台,产量占全世界7%,整车年产150万辆,有一半卖到海外。而且核心技术我们都掌握了,发动机的每一个零部件都是自己设计制造的,都是崭新的、世界上没有的。

——改革开放初,中国各个城市满大街跑的摩托车,大多是从俄罗斯、日本进口的。现在,力帆摩托车产销量名列行业前茅,出口量名列行业第一,而且我们已经走出去,在越南、泰国、埃及和埃塞俄比亚投资设厂。我们也能造汽车了,力帆汽车卖到了48个国家和地区,在俄罗斯、伊朗、越南和埃塞俄比亚都建了组装厂,在河内,大量出租车用的是力帆轿车,渐渐成为主流产品。

——力帆发展的16年间,销售收入、纳税额以及提供的就业岗位,以千倍以上的速度增长。中国有许多企业像力帆这样,在广袤的土地上快速生长着。我们用不到一代人的时间所创造的成就,在发达国家需要几代人的努力才能完成。你不能不承认,中国的企业家了不起,更不能不承认,中国的改革开放了不起! 没有改革开放,能造就这么多企业和企业家吗? 没有改革开放的舞台,企业家们能有这么大成就吗?

——企业今天的局面,当然和我们自己的打拼有关系,但归根结底,还是因为改革开放给了我们空前的机遇,党和政府给了我们很大的支持。我每年受邀到全国各地演讲至少有20多场,不管是讲创业故事,还是谈学习体会,我都要说,要懂得感恩,要有种责任感和使命感。

说到这里,尹明善讲了几个小故事。

1993年,力帆一年缴了30多万元税,结果年底重庆市政府发红头文件奖励企业20万元。那会儿力帆还只是个几十人的小厂,尹明善没想到政府返还的奖励比自己的纳税额一半还多,当时感动得掉下了眼泪。"除了中国,在全世界哪个国家你能找到如此鼓励创业的先例?"他说。

到了1995年,力帆的净资产从20万元变成500多万元,其中有200多万元是靠各种优惠政策积累的。比如,重庆对市级新产品的奖励是把市财政的增值税按一定比例返给企业,通过大力度的财政返还扶持企业做大做强。

去年第四季度以来,外向型企业的出口遇到一定困难,重庆市政府及时出台政策,出口企业每创汇1美元,奖励2分钱,仅此一项政策,力帆一年就可以拿到1000万元的奖励。

尹明善说,这样的例子太多太多,"没有党和政府创造的好环境,哪有今天的力帆? 我们获得的机会和扶持有多么宝贵和值得珍惜!"

常思感恩,一心回报。到2008年,尹明善已用8年时间,捐资完成了100所光彩小学的建设,每所花费在30万元至50万元之间。

有人说尹明善是老来俏,55岁造摩托,65岁造汽车,再过几年到75岁了,又干什么呢?"当然还要干大事! 什么大事? 去年在国内自主品牌轿车出口排名中,力帆拿到了第3名,下一步我们还要把自主品牌汽车做得更优更强! 勇进一步天地宽啊!"

采访结束,这位长者坚持送记者下楼。"干劲火旺,激情燃烧;劳碌奔波,不以为苦;忙碌使人长寿,奋进使人快乐。"这是尹明善用家乡话对自己打趣式的自我描绘。

下编

言论/杂谈

——文化时评

【日期】　1995 – 07 – 26
【版次】　10
【栏目】　城乡立交/事事关心

道是无情却有情

　　最近,北京市对外来从业人员进行了一次清理整顿。与此同时,《北京市外地来京务工经商人员管理条例》于 7 月 15 日开始施行。外来人员总量得到控制,一些无业闲散人员被限期离京……

　　也许有人会产生疑问,这是不是意味着北京对外来人员的拒绝和排斥呢?

　　实际上不是这样。发展需要人口的合理流动已是人之共识。这些年,外来人员活跃在北京的餐饮、服务、建筑、装修、运输等各行各业,既方便了城市居民的生活,又有效地促进了首都的建设,北京将一如既往地欢迎在这里辛勤劳动的"打工仔"、"四川妹"。

　　问题在于,外来人口的大量涌入和无序流动状态对城市的正常运转造成很大压力。外来人员中,有的没有有效身份证件,有的制贩假冒伪劣商品,有的从事相面、算卦等封建迷信活动,这些不法活动当然在任何时候都要治理整顿。

　　整顿的出发点是保护大多数外来人员的合法行为和正当权益。只有通过制裁非法行为,建立公平、合理、秩序井然的市场秩序,才能让来京闯荡的有志者施展才华,一显身手,才能保证大伙有一个更加安全稳定的生存环境。

　　必要的规范也有助于外来人员尽快适应现代都市文明。北京是国际化的大都市,有胸怀有魄力容纳五湖四海的朋友。然而在接踵而至的外来人员中,由于经济发展和地域上的差异,不少人无法跟上城市生活的要求,或者不遵守交通规则,或者不太懂市场规范,或者缺乏应有的礼仪修养。经过整治,外来人员可以提高自身素质,渐渐融入现代都市文明,让首都变得更加美丽整洁、生机勃勃。

【日期】　1995 – 10 – 20
【版次】　10
【栏目】　城乡立交/事事关心

"贵族"何贵之有

在我们今天的生活中,在逐步走向现代化的进程中,"贵族"一词频频亮相且大有汹涌澎湃之势。

独身女士冠之以"贵族"而显得与众不同,学校因其"贵族化"而无限远离乡人平民,一瓶市价几元的啤酒被安上"贵族"头衔就能面不改色敲你个成百上千,来势最为凶猛的则是那些铺天盖地的广告,在一个劲儿地诱导人们奔向"贵族",这里就衍生出时下最流行的"品位""档次""身份"等等,仿佛一旦穿上鳄鱼、坐上卡迪拉克、喝上什么 XO、步入几间 KTV 包房就摇身变成了"贵族",甚至连十多岁的孩子也竞相攀比,非要接校的父母坐上"宝马""奔驰"来炫耀自家气派。

真正的贵族风范呢? 少得可怜! 像模像样动用西餐刀叉的人可能对服务人员指手画脚;被包裹得油光水滑的先生小姐可能在人群里横冲直撞;享受着人头马的红唇可能吐出一连串脏话……有的是粗俗、无知、浅薄,却独缺绅士风度的优雅,有的是一身包装的昂贵,却少了几分让人心服口服的尊贵。

附庸"贵族"者,无非为了显示自身的精致和独特而已,于我们的一国一家似乎造不成多大损害。然而充斥其间的浮华风气太多地败坏了我们的五官和胃口,犹如被俗脂陋粉熏坏了的嗅觉无法领会到深谷幽兰的清雅芬芳。对高贵的追求一旦流入表面化的窠臼,高贵就失去了原有的优秀内涵,变成让人难以忍受的鄙俗和骄奢。假若有一天我们的"贵族"之流能够注重从内在去培养真正的一流风范,那就渐入佳境,神为之清、心为之爽了。

【日期】　1996 – 05 – 05
【版次】　2
【栏目】　生活空间/观潮人说

"入乡"勿忘"随俗"

前几天去古城西安出差,住在一家中日合资的宾馆。馆内布置甚是典雅,颇有些唐韵遗风,标准间也堪称舒适。待到同伴和我翻开房间里的《服务指南》时,却顿生满腹不快:除了通用的阿拉伯数字,其余文字全是日文和英文! 对日文一窍不通的我们只有凭了一点点英语水平才马马虎虎看懂了《指南》,遵照说明把服务员给请来了。

无独有偶。近日一位同事打电话向一家合资大酒店咨询(他说的当然是中文),不料对方偏用叽哩哇啦的英语回答。此君英语听力较差,愤然撂下听筒。

这些宾馆、这些酒店的任务难道就是不断提醒同胞学习外语还需加倍努力吗? 难道他们相当一部分的工作不正是在中国的土地上为中国人提供优良的服务吗? 在大多数人听不懂看不懂的情况下,其服务的优良又从何实现呢?

我国有句老话,"入乡随俗",人们不管到哪里都要服从当地的风俗习惯,这既是对他人的尊重,也能使自己和环境协调,从与他人的融洽相处中得到愉快。同样,这些合资的宾馆和酒店矗立在中国的大地上,其服务对象大多数是地道的中国人,无论是从"入乡随俗"的礼仪角度出发,还是为了充分实现其服务的经济效益和社会效益,都有必要说中国话,按中国的民俗、法则、制度办事。

或许,在某些人眼里,一腔洋调、满纸洋文是一种标榜其国际气派的最佳做法,君不见时下一些国人放着好好的中国话不说,非要夹枪带棒地添点"好肚肚"(How do you do)、"太闭眼"(Très blen)之类,以显示其留过洋或"胸怀天下"。倘若这是为了与外国友人交流或是为了练习口语,自是无可厚非,如果面对的是一个土生土长的中国人,除了是无聊而可悲的炫耀,又能是什么?语言所凝结的是一个国家文化的精华和灵魂,在特定的场合,还负载着国格和人格的庄重。失去了民族的语言,我们就成为无根的漂泊者。

已经有很多有识之士在为纯洁祖国的语言文字而奋斗。其实,发音不准也好,方言流行也好,误读误写也好,毕竟还算是中文。在一些立足中国市场的合资宾馆和酒店,中文的消失不能不说是更为严重的问题。外方老板出于对本国语言的珍爱忽视用中文还情有可原,合资的另一方——我们可爱的同胞为什么不站出来维护中文的尊严呢? 请记住,"入乡"勿忘"随俗"。

【日期】　1996 – 06 – 09
【版次】　2
【栏目】　生活空间/观潮人说

穷不失志气　富不忘争气

　　日前有幸去人民大会堂听了一场美国费城交响乐团的音乐会。记得几年前一场类似的演出曾引得新闻媒介惊呼我国观众缺乏应有的礼仪修养。而这次当笔者看到与票同卖的"入场须知"上已注明文明守则时,心里便很安然,此番该是一片文明景象了吧。

　　然而竟是大错特错。先是要命的迟到,国人以一种逛集市的闲在拖拖拉拉步入演奏厅,直到演出开始半小时后还有人进进出出;然后是五花八门的服装,甚至有小姐穿着牛仔短裤登堂入室,与外国观众的西服革履形成鲜明对比;当然也少不了贯穿始终的此起彼伏的"蝈蝈叫"……最令人无法忍受的是,当庄严的国歌响彻在宏伟的大厅,一些人仍不忘闲聊!

　　惭愧复加愤怒。美好的音乐总该得到人们的欣赏,远道而来的艺术家的劳动总该得到人们的承认。一个言谈举止体现不出对音乐尊重的人,很难称得上是一个真正热爱音乐的人,一个不是真心喜爱音乐的人偏要跑到这里来亵渎音乐,除了是附庸风雅还能是什么?

　　何况,这不是一般意义上的音乐会。特殊的场地和中外文化交流的使命都赋予它特别严肃的意味。音乐作为跨越地域和文化的国际语言,其沟通作用不仅表现在音乐家和听众之间,也表现在听众与听众之间。在众多外国朋友眼里,每一位出席音乐会的中国人的行为方式,都代表了中国人的整体素质,都会对他们如何理解中国产生影响。从这个角度来说,每一位听众就是一名文化使者,然而又有多少人意识到这份光荣的任务并去努力完成呢?

　　诚然,比起这些来自发达国家的友人,我们可能在物质上还有所欠缺。但穷要穷得有志气。一个人的道德修养、精神境界在某种程度上受物质条件的束缚,在更大的范围内却能超越贫穷,无论何时何地都展示出朴实、大方、文明的风度。古人云,穷且不坠青云之志。物质条件差不是我们可以放任自己的理由。

事实上,比起曾经贫困的过去,我们今天无疑是富裕多了,音乐会听众们优良的服装面料、几乎人人携带的 BP 机或大哥大以及悠闲的笑脸都呈现出我国经济发展所带来的进步。几年过去了,我们的物质继续丰富的同时,精神面貌却没有相应的变化,而我们本应有更好的条件去追求文明,让中华民族以更美的形象屹立于世界! 这是新时期历史的呼唤,这也是爱国主义的内容之一。

【日期】 1996 – 07 – 26
【版次】 3
【栏目】 综合新闻/奥运会专题报道/看台快语

不仅仅是"口味"问题

　　谁也难以断定亚特兰大奥运村内西餐"口味"不适在多大程度上影响了我国运动员的情绪和体力,进而影响到比赛时的正常发挥。但泳坛小花和体操名将的相继失手不免让人生出满腹疑惑;而还未上场的羽毛球队连日来不得不以水果当餐,更让人不无忧虑。

　　对东道国来说,这恐怕不仅仅是"口味"问题。就连发展中国家也能为远道而来的各国运动员准备丰富可口的饭肴,富甲天下的美国竟然无力准备一点点中餐么? 非不能也,实不为也。我们不能不怀疑主办者的真诚。进一步想,假如以经济实力和竞技实力雄踞世界的美国还要借助于对他国选手搞些小把戏(诸如"口味"、住宿、火警之类)来损人利己,又有什么"大国风度"可言?

　　对于我国运动员来说,这同样也不仅仅是"口味"问题。因为比赛终究不是做客,作为赛手,根本无法选择赛场。因此,一名立志走向奥运的运动员,除了具备必要的体能、技能外,还要具备适应各种气候、"口味"、氛围的能力和心理素质,处变不惊、泰然自若。日常训练中也要对运动员的各种"口味",包括习惯进行"全天候"训练。

　　艰难困苦,玉成于汝。我们相信,美国式的"口味",充其量只会影响健儿的肠胃,却丝毫动摇不了他们拼搏的斗志。

【日期】　1997－01－19
【版次】　1
【栏目】　星期刊／一片一议

不能"上游痛快、下游遭灾"

　　长江葛洲坝上游的黄柏河快艇码头,水面上漂浮着塑料瓶、快餐饭盒等垃圾秽物,既污染环境,又有碍观瞻,掩鼻疾行的过往行人愤然指斥。

　　美丽的长江产生过无数美丽的辞章,其中一首流传甚广,颇为脍炙人口:"君住长江头,我住长江尾,日日思君不见君,共饮长江水……"动人之处无它,只为道出了受惠于同一条河流的人们之间那种深沉的爱意与关怀。然而今天,当位于葛洲坝上游的黄柏河快艇码头污秽的画面直逼眼帘时,人们不能不怀疑那种爱意与关怀是否已成为逝去的一页。据了解,在这个集旅游热点和建设热点于一身的河段,垃圾由岸边游客随心所欲地抛扔、过往船只无所顾忌地倾泻,却不见有关部门采取有力措施及时加以清理,导致如此之多的秽物滞留江面,日积月累必成大患。而对于生活在下游的人民来说,这真可谓"惟见污秽天际流"了。

　　为了我们的"母亲河",为了"母亲河"所哺育的所有儿女以及我们的子孙后代,每一位工作、生活乃至旅行在长江上游的人们,都有责任、有义务来保护她的圣洁,都来想办法治一治、管一管日渐严重的污染,以免上游"痛快",下游"遭灾"。须知污染祖国河山也是一种罪孽!

　　　　　　　　　　　　（刊发原题为《"惟见污秽天际流"》）

【日期】　1997－08－30
【版次】　5
【栏目】　星期刊／一片一议

不必如此"隆重"

　　吊车"大动干戈",鞭炮响天震地,日前出现在黑龙江省密山市的这个场面缘何如此"隆重"? 只为开业典礼。对此,行人冷眼相望。

　　不知从何时起,大大小小的开业典礼被搞得越来越"隆重"了:从一个人剪彩到领导一字儿排开,把红绸剪得七零八落;从几盆鲜花点缀到几十个花篮"擦肩接踵",外加身披绶带的礼宾小姐笑脸相迎;当然还少不了不绝于耳的鞭炮声。大概嫌这一切都还不够"壮观",于是在黑龙江省密山市就出现了这样的开业典礼场面:鞭炮被起重吊车吊起足有二三十米高,燃放时间持续半小时之久,期间两边道路堵塞。

　　此种"隆重"固然"标新立异",但它所起的作用并不是让人耳目一新,而是使人们在目瞪口呆之后倍增反感。因为它一则不符合中央倡导厉行节约、艰苦奋斗的精神,一味铺张浪费;二则有形式主义之嫌,对所谓的"开业大吉"于事无补;三则助长了社会上走后门、拉关系的歪风,据悉,雇用一台吊车每小时费用惊人,而大部分开业者都是靠关系找来"不用白不用"的。

　　如此"隆重",要它作甚?!

【日期】　2000－07－28
【版次】　6
【栏目】　在线

成功和失败　哪一个可能性更大

　　我可以肯定地说,在新经济时代,创业成功的概率是前所未有地增大了。因为变化创造机会,变化越剧烈,机会越活跃;新经济时代的变化趋于无穷,创业者的机会也就趋于无穷。机会不仅蕴涵在那些不断涌现的经济新因素中,比如信息、电子商务、基因技术一类,以及我们现在还无法想象但必将产生的未知领域,而且也存在于传统经济的嬗变之中。挖煤炭的钻石油的将和做网站的搞生化的"弄潮儿"一样,从新经济中受益,假如创业者有足够的敏感和灵活。

　　成功概率的扩大不只表现在机会的增加,还体现在创业周期的大大缩短。当今的创业者不必再像前辈一样在漫长的资本积累期里苦捱时光,也不必承受工业文明、农业文明中排资论辈、循规蹈矩的束缚,只要拥有独特的想法和可行的计划,全球范围内的资本游动就能迅速催生创业之花。而社会已经准备好接纳那些特立独行的性格各异的"乳臭未干"的创业者。

　　我同样可以肯定的是,成功概率的增大并不意味着失败概率的减小。在新经济条件下,遭遇失败的可能性也许和成功的可能性成正比。

　　为什么这样说?　首先,机会的增多必然放大选择的成本和风险。各种资讯层出不穷、日新月异,这使得选择的难度空前变大。当人们只有一两个机会时,不难做出取舍,当无数个机会一齐涌现时,判断其价值就变得困难了,甚至令人有无从下手之感。哪些机会是你想要的?　哪些机会是适合你的?　那些机会是你能把握的?　这些并不是每一个创业者都能轻易想明白的问题。

　　其次,我们应该看到,在创业周期缩短的同时,企业老化、衰亡的进程也呈日益加速之势。此刻还是新兴企业粲然胜出,转瞬就可能成为明日黄花,黯然出局。不管是老字号,还是新先锋,不管是巨无霸,还是小舢板,任何企业都面临着比以往更多的压力。压力是双重的。在企业外部,竞争对手的复制能力越来越强,随时可以跟进你的产品和服务,甚至做得更好。而在这种没有弱者的竞争中,顾客对某一品牌某一企业的忠诚度已经大为降低。在企业内部,人员流动加快,企业结构的稳定性减弱,如何保持组织的凝聚力来面对复杂挑战,是所有创业者必须应对的课题。

【日期】　2000－09－08
【版次】　6
【栏目】　在线

失败，或是一种荣誉

最近，有多家媒体披露了武汉在校大学生李玲玲创业遭遇困境。对此，有热情的声音鼓励她和她的同行者要坚持下去，但更多的"点评"是严厉的：大学生创业存在诸多明显缺陷，如对实际操作了解不深，对市场营销缺乏认识，不具备经理人素质等。结论是大学生创业不可仓促上阵，更不宜一哄而起。

这种貌似合理、客观，实则要求创业者只许成功、不许失败的评判所表露出来的态度，可能比评判本身更引人深思。

或许我们太看重李玲玲作为全国在校大学生领取风险投资第一人的象征意义了。她的成功便展示了大学生创业的美好前景，她的挫折说明了大学生创业的不成熟不合适——这样的逻辑有什么道理？事实上，不管是哪种背景的创业者，其成败得失都是再平常不过的。社会为什么不能宽容这些年轻创业者暂时的失败呢？

当我们追问"硅谷神话"诞生的理由的时候，切莫忽视一种硅谷精神：鼓励冒险，宽容失败。在硅谷，失败被看作是荣誉徽章。失败既不会被讽刺，也不用被掩盖。因为，失败是新通路的开工典礼，在统计学上是冒险不可避免的结果。如果你失败了，就收起帐篷再到另一个队伍里去试试。硅谷的箴言是：如果所有的努力都失败了，你将以惊人的失败而达到永恒。

这是一种激动人心的理念。它像一片肥沃的土壤，创业的种子在此自由地生根发芽。100粒种子撒下去，有10粒发了芽，就是成功；有两三个小苗长成思科、雅虎这样的大树，就是传奇。反观我们的创业环境，政策规定和社会舆论是否也能宽容这90%的失败，从而收获那10%的成功？

要做到宽容失败，需要整个社会调整心态，不对一时成功者集体"喝彩"，也不对一时失败者全面"棒杀"。回顾那些曾红极一时、如今却快被人遗忘的明星企业，谁敢说当时舆论的"围追堵截"、"穷追猛打"没有对陷入困境的企业家造成伤害？即使在现在，人们也没有资格轻视他们的失败，相反，还应感谢这些失败过的创业者。正是因为他们的冒险，我们的经济生活才会不断涌现新亮点，才会变得如此精彩。

要做到宽容失败，需要尽快完善创业机制。市场准入机制、考核机制是否应对失败更宽容一些。不能单纯以成败论英雄，而要侧重于"创新"、"风险"等意识的培养。

【日期】 2004 - 02 - 19
【版次】 10
【栏目】 导刊·职场/采访札记

需要的，不仅仅是"饭碗"

能干的不愿干，想干的干不了。这是记者在采写这篇报道中的一个强烈感受。正是由于这两种情形的存在，才造成了一方面找工作难度增加，一方面很多岗位虚置的劳动力供需怪圈。分析其原因，社会上一个最常见的结论是广大求职者应转变就业观念，不能挑肥拣瘦，"嫌脏怕累怕丢面子"，"高不成低不就"。这种说法也有道理，但并不能从根本上解决问题。换个角度，从求职者的需求看待"选择性失业"现象，可能更有实际意义。

就个体而言，苏州本地人或者余鹃的选择有其自身逻辑的合理性。如果他们是山里的穷孩子出身，没有经济基础，还要完成从乡下人到城里人的角色转变，那么他们根本就没有"挑三拣四"的资本。但正如文中所说，他们"反正不操心户口和住房，也无所谓正式工和招聘工"，他们有条件可以从容地拒绝一些不是太好的机会。这是我国市场经济良性发展的证明，也有利于局部缓解就业重压。

即使是民工也开始"有所为有所不为"。赴浙民工打退堂鼓，即是一例。因为民工心里会算账：好多单位开出的工资只有六七百元，相对杭州等城市不断上涨的生活水平来说，扣除日常开支以后存不下几个钱。工资低于1000元/月，对民工来说就缺乏吸引力。每月几百元的工资，可以解决一个人的吃饭、活命问题，但是解决不了一个家庭的其他负担，如孩子上学、医疗、赡养老人等。民工刘金说："我们不怕吃苦，但是我们上有老，下有小，不仅仅是为了吃饭、活命而打工，还要考虑下一代的发展。"事实上，由于全国经济发展势头良好，民工的家乡也出现了更多的就业机会。如果发达省市的用工单位不为民工算算背井离乡的成本，不提高民工待遇，不重视对民工职业技能的培训，民工当然可以说"不"。在这种情况下,谁能指责民工打退堂鼓是"嫌脏怕累"?

从表面上看,劳动力市场仍是买方市场,劳动力供大于求,就业压力增加。但在局部范围内,却呈现出卖方市场的特点,择业者有了更多的选择机会和权利,他们需要的不再只是能吃饱饭的"饭碗"。辽宁大学教授林木西认为,就业不仅是人生存的需要,也是增长技能、自我教育和教育下一代、实现自我尊严和价值的需要,全面建设小康社会的任务之一,就是要促进人的全面发展,原来那种单纯为温饱的就业指导观念必须转变,要从提高就业水平、提高人们生活质量入手,对中国的就业体系和就业结构做出灵活而积极的调整,从而解决劳动力供需矛盾。此言极是。

【日期】　2005 - 01 - 27
【版次】　14
【栏目】　走在财富边缘

仍为"券"狂

　　因给朋友买礼物,这几日过足逛街瘾。边逛边琢磨:怎么这"返券"的势头不仅未见减弱,反而来势更为凶猛了? 买 200 送 100 已显得"常规"了,原来"独善其身"的小家电包括超市此番都加入了"返券"之列。家里的信箱塞满了广告单,其中一张赫然写着:购书 100 元返 20——新华书店也打起了"返券"的主意。晚间,正和来做客的小侄女聊天,忽然她的手机铃声大作,原来她妈妈正在商场里转,返的券用不完,急巴巴地从老家打长途过来要给她买双鞋。当时已近晚上 8 点,想到表姐握着再过一小时就要作废的购物券满场乱逛,不禁莞尔。

　　像众多消费者一样,我曾天真地想象:北京商家今年春节应该不再那么热衷于玩"返券"的花样,没想到现实中却仍为"券"狂。

　　之所以有这样的"想法",是因为北京市最近有个"说法":刚刚出台的商业零售企业促销行为规范,对近几年商家最爱用的打折让利、购物返券等手段,作了具体的限制性规定。明确禁止以虚构原价、虚假优惠折价的方式进行返券活动。经营者应提前明示使用返券的种种附加性条件,以确保消费者的选择权。该规范自 2005 年 2 月 1 日起施行。

　　据称京城商家对此规范表示赞同,认为可以遏制不正当市场竞争。但真正愿意照此实施的却没几个。一家商场促销部经理实话实说:谁能招徕到顾客谁就有本事。各种大力度的促销对消费者有刺激作用,就像诱饵一样把顾客招过来。一年就一个春节,只要能接住从天上掉下来的真金白银,又哪里顾得上是用脸盆接还是用脚盆接?

　　深究起来,对于"返券"之弊的限制,这一新规定所起的作用其实有限。

永远处于信息不对称劣势的消费者,从何了解商家是不是虚构原价、虚假优惠折价? 而对不正当促销行为的规范,早有相应的《反不正当竞争法》、《消费者权益保护法》等法律约束,只是这些法律法规执行得不太好罢了。旧法新规能发挥多大效用,依然是待破之题。

据说外国商家囿于严格的法律条文规范,很少搞类似"返券"的促销活动,连打折都只能在一年中规定的两个打折季节进行,而且还要提前申报相关部门批准。但如是制度能否复制到中国? 或者说中国现阶段的市场有多少动力来复制这些制度? 看看中国消费者对"返券"的行为反射就可以发现,"返券"绝对是本土商业智慧最集中的体现之一。事实上,虽然对"返券"陷阱的揭露早就频频见诸报端,可中国消费者真的还"就爱这一口"。本土商业智慧的第一法则就是深谙价格对于配置市场资源的重要性。是这样的商业文化造就了这样的消费者,还是这样的消费者造就了这样的商业文化,就像是先有鸡还是先有蛋,谁也说不清。

有个经典说法:男人用 2 元钱买他需要的价值 1 元的东西,而女人用 1 元钱买她不需要的价值 2 元的东西。言下之意,前者代表理性,后者代表感性。两者有高下之别吗? 专家告诫:要想对付"返券"之惑,最好的办法是永远只买你真正需要的东西。那么,在商家、买家皆为"券"狂的氛围中,你是理性地捂紧钱袋子,还是花券买下一大堆不需要的东西从而获得一种占到便宜买到乖的陶醉感。两种选择亦有高下之别吗?

【日期】 2005 - 12 - 06
【版次】 13
【栏目】 今日导刊

从火锅差异看区域经济发展

在巴山蜀水之外的人看来,重庆火锅与成都火锅差别不大,都是川味,讲究麻辣之道。记者身为四川人,这么多年也没太注意两地火锅之别。但这次在采访中,当地关于重庆火锅与成都火锅的差异探讨,倒是饶有趣味,值得琢磨。

原来,在重庆人与成都人心中,他们的火锅虽然"巴蜀一家亲",却各有吸引人的特色。重庆火锅,辣椒飘满整个大铜锅,沸腾的水汽裹满牛油的浓香,一切都如大江东去,吃辣要够豪爽,品麻要够奔放,享受的就是浓烈醇厚、淋漓畅快;而成都火锅则颇有些小桥流水的意蕴,其店面装修更为清雅,火锅汤料和食品炮制更为细致,也重麻辣,但更追求口味的均衡,是柔和的麻辣、温婉的麻辣。最让成都人自得的是,他们的火锅善于求"变",很多新品种的火锅都先由成都发明,然后传到全国。

从火锅的差异,再看区域经济的发展。西南地区的各个城市群寻找自己的不可替代的差异性的尝试,正是区域发展的重要基础。区域合作的一个主要体现,就是既要"求同",更要"求异"。

所谓"求同",是找到发展诉求的共同点,打破行政区划障碍,加快推进区域经济一体化,从而获得共同的快速发展。

重庆市与四川省的合作目前已有实质性推进。2004 年 2 月,重庆市与四川省签订"6 + 1"合作协议,双方谋划经济社会联动发展,加强规划制定与实施的合作,建立双边合作联系制度,共建西南数字院线、无障碍旅游区,实现川渝电力联网。2005 年 8 月,由四川省果业联合会在国外引种的脆爽梨在重庆注册对外销售,川渝两地联盟形成的由四川栽种、重庆中转、外销水果的经营模式正式运作。

　　再看整个西南六省区市。该地区地处长江、珠江两大流域的上游,构筑"两江"生态屏障,是各方面共同关心的重大问题。近年来在生态建设和环境保护方面,六省区市已合作开展了一批项目。比如地处黔、桂、滇交界的万峰湖水库,曾因养殖等造成严重污染,影响了珠江水质,三方联手开展专项整治,去年即初见成效。重庆市在解决三峡库区垃圾、污水治理达标的基础上,去年将治理工程往上推进,对库区上游的川、黔、滇沿线支流的垃圾、污水进行联合治理。今年8月,重庆、云南、四川、广西、西藏和贵州六省区市,再次携手建立跨省区污染治理协调机制和跨界污染事故应急处理机制及跨界环保安全保障和预警机制。所谓"求异",是突出各自优势,实行错位发展,积极促进地区间产业协调发展,推进产业结构的战略性调整,建立优势互补、分工合理、相互促进的产业专业化分工体系。

　　川渝之间在区位、资源、产业等方面有很多相似之处,同时也存在发展差异。正如专家所指出,其特色是制造业、基础原材料工业和电子信息工业等。其中,重庆的摩托车与汽车制造在全国有一定地位,而成都的电子信息产业近年来发展迅猛。而在南贵昆经济区内,轻纺、农业机械、生物制药等行业优势明显,食品、酒类、饮料以及各种日杂用品在东盟有广阔的市场。所以,西南六省区市的区域合作,关键在于加强各方的协调,营造合力,错位发展。

　　8月14日,在贵阳举行的西南六省区市经济协调会议上,六省区市达成协议:进一步清除合作壁垒,打造无障碍合作经济圈,推进大西南生态建设和环境保护;完善西南主骨架交通运输体系;促进旅游、能源等特色优势产业开发和西南贫困地区发展,提升西南经济的整体竞争能力。

　　确实,只要做好"求同"和"求异"的大文章,西南地区的发展就会既有整体上的品牌特色和魅力,又充满差异之美、变化之美和互补之美,成为中国区域经济中一个富有鲜明特色的"活力板块"!

(刊发原题为《发挥各自优势　实现共同发展》)

【日期】　2008 – 11 – 23
【版次】　3
【栏目】　文艺时评

让农村题材影视剧焕发新风采

改革开放 30 周年献礼影片《永远是春天》近日试映,受到各方好评。影视界、经济界等不同领域的专家一致认为,这部以新农村党支部书记的榜样王乐义为原型,表现农村基层干部在改革开放新时期带领全村乡亲共同致富的影片,真实、感人、充满生活气息,以小见大地反映出农村改革 30 年的深刻变化和丰硕成果,党支部带头人的形象,农民改革创新的精神,都非常生动地展现出来。据介绍,出品方目前正在积极准备发行事宜,力求让更多的观众尤其是农村观众欣赏到这部影片。

我国是一个有着众多农村人口的发展中大国,着力表现农村和农民生活一直是文艺界的光荣传统,农村题材作品也因而成为我国影视剧创作一个重要门类。改革开放后,《喜盈门》、《许茂和他的女儿们》、《咱们的牛百岁》、《月亮湾的笑声》等一批优秀的农村题材电影,都曾带给观众历久弥新的审美享受和心灵感动。特别是党的十六大以来,我国文化建设开创了新局面,文化体制改革稳步推进,文化及相关产业蓬勃发展,文艺创作空前活跃、精品迭出,其中农村题材影视作品的新突破更成为近些年一个突出的文化亮点。《男妇女主任》、《一个都不能少》、《美丽的大脚》、《两个人的教室》、《刘老根》、《乡村爱情》、《好爹好娘》、《喜耕田的故事》等影视剧走进黄金档期,热映银幕荧屏,票房和收视率屡创新高,并因此触发了更旺盛的创作和投资热情,更多已经投拍和即将投拍的农村题材影视剧将源源投向市场,形成了农村题材影视剧制作和播映的高峰。

这一轮农村题材影视剧创作、制作和播映热,有几个值得关注的新特点。一是作品创作与时俱进。众多新推出的作品走出了多年困扰农村题材影视剧生产的固有模式和传统套路,反映新农村建设实际,反映新农民多彩生活,科技创新、自主创业、环境保护、信息化建设等主题同农业、农村、农民的崭新变化融为一体,使观众看到了社会发展和时代进步大背景下的农村新面貌、农民新形象,令人耳目一新。

二是产业基础更加坚实。首先,近年来,广播电视村村通工程、农村电影放映工程等农村公共文化服务体系建设,在惠及亿万农民的同时,也为农村题材影视剧提供了强大的市场基础。其二,文化体制改革的大力推进,初步理顺了广电事业和产业统筹规划、协调发展的格局,催生了一大批新机制新模式的影视剧制作集团,如山西省电影电视剧集团、吉林省影视剧制作集团公司等,都将打造农村影视剧精品视为创集团品牌特色的有效途径,从而走出了一条企业化管理、市场化运作、产业化发展的创新之路。其三,政策引导和扶持为农村题材影视剧的创作生产注入了强大动力,国家有关部门在规划立项、播出时段、资金保障等方面对农村题材影视剧予以政策扶持。譬如,对发行、放映优秀农村题材电影,按照拷贝数量、收视率高低实行奖励;对致力于农村题材影视剧创作的人才,给予多方面的创作支持,使许多知名影视导演倾力投身其中。

三是社会效应全面彰显。农村题材影视剧的繁荣,大大满足了城乡居民特别是农村观众的文化需求,有效实现了产业互动,有力推动了经济发展,取得了更显著、更全面的社会效应。比如,借助电视剧《闯关东》、电影《永远是春天》的社会反响,山东章丘从旅游线路、景点建设、山东菜系、旅游工艺品等四个方面入手,对朱家峪影视基地景点进行重点包装策划,推出民俗表演,发展民俗旅游,并以此力推城市文化品牌,效果颇佳。又比如,辽宁开原紧紧抓住《乡村爱情》第2部在当地成功拍摄和在全国热播的契机,以康屯村为核心,把象牙山风景区打造成全国农村题材影视剧的拍摄基地,还重点建设了西部平原"五乡二带"新农村精品示范区和"九乡四线"四条景观带,去年投入新农村建设资金4000万元,今年计划增加投入7200万元,形成了新农村建设的总体格局,提升了新农村建设的整体水平。

当前,农村题材影视剧创作和生产迎来了新的历史机遇。党的十七届三中全会通过《中共中央关于推进农村改革发展若干重大问题的决定》,对农村改革发展作出新的战略部署,将推动农村改革发展从新的历史起点出发,谱写新的篇章。伟大的变革呼唤伟大的作品,也必然涌现伟大的作品。希望广大影视工作者、投资者进一步深入农村、涉足农业、贴近农民,紧紧把握时代脉搏,充分表现我国"三农"事业的新发展,更加自觉、更加主动地推动社会主义文化大发展大繁荣,让农村题材影视剧焕发出新的风采。

【日期】　2009 – 01 – 18

【版次】　6

【栏目】　文化周末·观察/文艺时评

喜看电影市场的"开门红"

　　虽然还是隆冬时节,电影市场已经是春意盎然。电影院里人头攒动,观众排"长龙"购票、久久等待仍不愿离去的情景,在很多城市的影院门前呈现。票房创出新高的消息也不断传来:《梅兰芳》上映 10 天,票房近亿元;《叶问》走势强劲,票房一周比一周高;截至 1 月 6 日 16∶00,《非诚勿扰》的票房升至 3.02 亿元,创下了 19 天破 3 亿元的票房奇迹;《赤壁(下)》自 1 月 7 日 14 点正式上演后,10 个小时便在全国收获 1500 万元票房,平均每小时就有 150 万元进账,院线方面预测,这部电影在内地最终有望夺取"1 亿美元"的总票房。

　　不单是电影市场一片红火,文化娱乐消费实现整体"开门红",成为新年"两节"市场的亮点。演出市场在春节到来前十分热闹,演出一场比一场爆满,在北京、上海、广州、深圳等许多城市,都出现了年前演出不休的罕见局面。图书市场继续呈现持续快速稳健增长的态势。1 月 8 日至 10 日,被称为图书市场"风向标"的全国图书订货会上,各家出版社新年第一批重点打造的畅销书和常销书就获得大批订单,一派喜人的旺销前景。

　　在国际金融危机影响逐渐加深背景下,文化市场逆势上扬,获得更好的收益,这"开门见喜"的局面令人为之一振。

　　国内有学者指出,在当前的经济形势下,中国电影正在找到一次快速发展的机会。当前,国内电影业正处于转型和加速发展的关键点。如果能借此机会调整经济结构,促进院线理顺电影价格并形成机制,进一步走好大众化路线,吸引更多观众走进电影院,将为未来国内电影放映业乃至整个电影工业的健康发展铺平道路。

　　面对新的形势,我们需要对文化市场的发展机遇有一个更加全面的认识。我们高兴地看到,我国文化市场目前的上扬上升,并非一时的短期走势,而将是长期向好的一个开端;电影市场的"井喷",是近年来文化体制改革不断深化、市场趋向良性发展的一个集中释放的开始。

这种发展态势,近年来已初现端倪,2008年更是加速显现。以电影业为例。国家广电总局电影局的最新统计表明,2008年国产电影生产数量、票房收入、综合收益等,在连续数年高增长后再次刷新历史纪录。几个数据至为关键:第一,全国电影票房收入连续6年保持20%以上的增长率,2008年票房达43.41亿元,较2007年增长30.48%;第二,国产影片的市场占有率大幅提高,超过总票房的60%,连续6年超过进口影片;第三,国产影片全年综合效益达到84.33亿元,比2007年增长25.38%,再写新纪录;第四,到2008年年底,全国院线公司新增影院118家,总数达1545家,比2007年增长8.27%,新增银幕570块,平均每天新诞生1.56个新型放映厅,比2007年增长16.16%。

电影数量多了,票房增加了,院线扩大了,国产片竞争力增强了,这一切都说明,我国电影市场已经具有了坚实的发展基础,其巨大的潜力正在被加快挖掘出来。随着文化体制改革的推进,产业化发展为电影业带来了巨大生机和活力。经过持续6年的攀升,2008年中国电影市场还首次跻身全球电影市场前10名。

我国文化产业和文化市场已经步入新的繁荣发展阶段。希望广大文化工作者和投资者抓住机遇,加快发展,开辟一片丰富多彩、生机无限的新天地。

【日期】 2009 – 05 – 03
【版次】 6
【栏目】 文化周末·观察/文化漫笔

正逢春暖花开时

在刚刚闭幕的第四届中博会上,文化产业成为新亮点:签约70个文化产业项目,总投资22.45亿美元,引进资金20.22亿美元,文化产业签约项目、投资总额和引进资金均较往年大幅增长。这些签约项目中,内资项目60个,外资项目10个,分别来自美国、意大利、泰国等国家和地区。签约项目涉及了广播影视和出版发行、演艺与文化休闲娱乐、文化用品等7大类,涵盖了多媒体广播影视、手机电子阅读、网络动漫、多媒体搜索引擎等新兴业态。

值得关注的是,在当前国际金融危机蔓延、世界经济增长放缓的大背景下,本届中博会文化产业不仅签约项目总数和投资总额"逆势上扬",还呈现出一些新特点。从投资主体来看,一方面,国内外重点文化企业、行业龙头企业,如中广卫星移动广播有限公司、湖南互动传媒科技有限公司、华视传媒有限公司等,纷纷加快扩张步伐;另一方面,广东格兰仕集团、浙江精工建设集团等一批非文产业大企业也开始大举进军文化产业,分别签订了一批重大项目,如投资总额达0.86亿美元的安徽六安市"红街"文化步行街项目;投资总额0.57亿美元的合肥儒林出版科技产业园项目等。

文化产业在中博会上呈现的红火并非个例。近年来,文化产业经过多年的积累,蓄积了旺盛的发展动力。特别是今年以来,文化产业喜事连连,春意盎然,就像孕育成熟的蓓蕾,在这个暖春时节灿然开放。其良好的发展势头主要表现在:一是政策扶持力度加大,配套日益完善。前不久财政部、海关总署、国家税务总局联合发布的《关于文化体制改革中经营性文化事业单位转制为企业的若干税收政策问题的通知》和《关于支持文化企业发展若干税收政策问题的通知》,就是一个有力的举措。这些税收优惠政策的出台,为文化产业发展提供了新动力。相信随着人们期待的国家层面的文化产业发展规划的制定和出台,文化产业的活力将得以全面激发。

二是有关部门和机构逐步形成合力,融资、准入等一些长期制约文化产业发展的"瓶颈"问题开始被打破,推动文化产业步入发展快车道。比如,文化部最近相继和中国进出口银行、中国银行签署战略合作协议,联手搭建文化企业融资平台,探索多方共赢合作机制,这对于众多文化企业的培育和发展将起到重要作用。目前,一批文化骨干企业正处于向品牌化、规模化、国际化发展的重要阶段,金融力量的进入,对于它们的转型升级无疑是一场及时雨。而对于众多的中小文化企业来说,融资渠道的打开将有助于它们做大做强。

三是文化产业的市场主体——文化企业,正如雨后春笋一般加快生长。新闻出版总署日前出台的《关于进一步推进新闻出版体制改革的指导意见》,提出了更加明确的新闻出版体制改革的路线图和时间表。与此同时,文艺院团等领域的改制也在加紧进行。文化体制改革大步推进,经营性文化事业单位改制为企业,一大批市场主体的形成,夯实了文化产业赖以发展的微观基础。

四是越来越多的管理者、投资者认识到了文化产业作为一个新兴支柱产业的巨大空间,文化产业获得了快速发展所必须具备的人气。就在最近这几天,文化产业盛事不断:中国社会工作协会等 38 家单位联合发起成立中国书画艺术产业联盟,旨在促进中国书画艺术产业的品牌化、规模化、资本化和国际化;4 月 23 日至 26 日举行的第 24 届体博会上,新国展总面积近 9 万平方米的八大展馆,被来自世界各地近 3000 个体育品牌挤得满满当当;4 月 28 日,第五届中国国际动漫节在杭州萧山开幕,动漫产业博览会、2009 国际动画片交易会等 20 余项活动精彩纷呈,有 38 个国家和地区参与本届动漫节,参展企业、机构 322 家,参观人数预计达 70 万人次……

春暖花开,蕴含希望。文化产业显示出的巨大市场潜力和发展前景,让人们看到了万紫千红的美丽风景。

【日期】 2009 – 05 – 31
【版次】 6
【栏目】 文化周末·观察/文化漫笔

一部地方戏连演 500 场的启示

喜爱话剧的人们,不少是知道山西省话剧院大型原创话剧《立秋》的,或一睹为快,或闻其芳名。然而,知道这部话剧 5 年间已经演满 500 场的,恐怕并不多,甚或初听之下还会有些惊讶。毕竟,一部由地方院团创作的剧目能在一定时间段内保持如此之高的上演率,当是极其少见,也是十分不易的。

自 2004 年 4 月 27 日在山西太原首演,到 2009 年 4 月 26 日在北京国家大剧院演完第 500 场,《立秋》足迹踏遍大江南北和海峡两岸,先后深入 83 个城市,行程 13 万多公里,观众达 50 多万人次,演出收入突破 1000 万元。其行程之长、受众面之大、演出场次之多、覆盖地域之广,堪称近年来精品工程剧目话剧类演出之最。一个地方院团,何以在话剧市场创出如此佳绩?

其一,要把“作品”提升为“精品”。全剧凝聚的深刻思想内涵和当今社会需要的价值取向,再加上较高的审美品位,是《立秋》取胜的内在因素。该剧巧妙地找准了地域文化资源和社会现实期待的契合点,以对“纤毫必偿,诚信为本”晋商传统的渲染,倡导“勤奋、敬业、谨慎、诚信”的价值理念,弘扬“天地生人,有一人应有一人之业,人生在世,生一日当尽一日之勤”的中华民族自强不息的精神。这些具有永恒价值的理念和精神,每每引起观众的深切共鸣。在表现形式上,剧作充分展现了深邃的历史背景、宏大的舞台场面、复杂的社会关系、多样的人物性格,整场戏在层层矛盾冲突中一气呵成,精彩场景不断,显得非常“好看”、“抓人”。究其根本,则是《立秋》在创作伊始就确立了精品意识。“取法其上”,创作班子着眼于全国话剧的高水平,从定位和标准上给自己树起了一个很高的标杆,一切围绕精品的要求去想、去做。

其二,要把“精品”转变为“产品”。《立秋》是得奖大户,国内众多分量重的大奖几乎都拿到了,比如:第九届中国戏剧节"首届中国戏剧奖·优秀剧目奖"、第五届全国话剧优秀剧目展演一等奖、2005 至 2006 年度国家舞台艺术精品工程"十大精品剧目"奖、中宣部第十届精神文明建设"五个一工程"特等戏剧奖、文化部第十二届"文华大奖"等。更难得的是,《立秋》也是票房大户。山西省话剧院充分运用商业营销手段,每到一地演出都和专业的文化传播公司合作,通过卓有成效的市场运作,将观众吸引到剧场里来,不少地方甚至出现了一票难求的局面。

因此,经历了长久创作过程的精品剧目,要走完并抵达观众入场观看的"最后一公里",专家赞赏的"精品"剧目,要最终成为雅俗共赏、观众喜爱的"畅销"剧目,关键在于要有明确的市场意识和高超的营销手段。

早在 2002 年,濒临倒闭的山西省话剧院被山西省委、省政府确定为首批文化体制改革试点单位之后,他们便从文化娱乐业和演艺业的角度来重新审视自己,改机制,挖潜力,改革用人制度,改革分配制度;整合优化资源,做到学有所长,留住尖子人才,培养后续人才,形成艺术生产的良性机制……种种体制、机制上的改革,激发了院团面向市场求生存、求发展的意识和能力,从而为《立秋》的诞生、完善奠定了基础。《立秋》的成功,反过来又为剧院寻得生机找到了突破口。

"一出戏救活了一个剧院"的现象说明,精品意识必须和市场意识相结合,只有创新运作机制、创新营销模式,才能在赢得奖杯、赢得口碑的同时赢得市场。

【日期】 2009 – 11 – 08
【版次】 6
【栏目】 文化周末·观察/文化漫笔

从一个特别的回访电话想到的

在市场营销日益发达的今天,相信我们每个人都经常接到商家打来的回访电话:产品质量如何? 对提供的服务满意吗? 种种设问,无不体现出企业希望实现可持续发展的努力和追求。而笔者最近接到的一个回访电话颇为特别,让人在意外之余生出很多惊喜。

电话里传来一个甜美的女声问道:"请问您对双流县挖掘古蜀农耕文化的做法有什么感想?""您对双流县推进文化经济发展有何建议?"原来,这是四川省双流县委、县政府专门派工作人员打来的回访电话。不久前,中国记协国内部和中国报纸副刊研究会在双流举办了全国报纸副刊文化研讨会暨四川双流古蜀农耕文化采风活动,来自全国 30 多家媒体的记者对双流古蜀农耕文化的新发现进行了实地考察。在采访中,记者们已经感受到了双流县大力发掘历史文化资源、力求打响古蜀农耕文化发源地品牌的热忱,但确实没想到回来之后还会接到这样一个回访电话,其渴望开发好文化资源的真诚和急切令人感动。

双流县的发展模式在四川省乃至整个中西部地区都具有较强的示范性。双流曾经是川西的一个贫困县,按照科学发展的思路,经过不断调整产业结构,统筹城乡发展,创造了跨越式发展的奇迹,已连续 12 年居四川省"十强县"榜首,连续 8 年跻身全国百强县行列,并在县域经济基本竞争力全国百强排位中,连续 2 年蝉联了"中西部第一"。在这样的发展水平上,双流不断审视自己的优势和定位,不断给自己定下新的发展目标,他们发现,除了拥有悠久的农业基础,拥有近年来快速开发的空港资源,拥有毗邻成都市区的区位条件,拥有地处全国统筹城乡综合配套改革试验区的综合优势,还拥有厚重的历史文化资源,而对文化资源的开发利用,将进一步增强双流的整体实力,并提升城市发展的层次。正因如此,双流确定了新的发展战略,即用3年至5年的时间,把双流打造成以文化、运动、休闲、宜居和航都为特征的全国一流、国际知名的空港大城市。

基于这一城市发展战略,古蜀农耕文化发源地这个文化品牌便从历史走上了前台。双流近年来加大了对历史文化资源的整理和整合,从典籍到实地踏勘,从岷江寻踪到专家论坛,把历史与现实乃至未来作了一次有效的衔接,从更大范围与更深层次上打响古蜀农耕文化发源地这张城市文化品牌。他们期望,以此来赋予自己的城市以独具的个性特质,并为城市发展提供文化资源的支撑。

事实上,让人感到欣喜的,不只是双流县对打造城市文化品牌的具体操作,还有他们对文化资源、文化力量对于城市可持续发展的重要性的认识。进入21世纪以来,文化因素越来越多地渗透进经济活动,使经济获得了新的发展形态和动力;人文精神越来越多地融入经济社会发展中,形成了人与人、人与社会、人与自然共生和谐的全面发展、协调发展和可持续发展。文化与经济越融合,文化生产力的潜能越巨大,这也是一个区域在综合实力竞争中最根本的、最难替代和模仿的、最持久的和最核心的竞争优势。

我们看到,当前全国各地开发利用文化资源的热情高涨,发展文化事业和文化产业的热潮涌动。各种主题的文化节庆和研讨活动火热进行,丰富多彩的城市文化品牌纷纷亮相,多种功能和定位的文化产业园区加快建设,文化强省、文化强市、文化强区的发展战略加速推进。这种发展现象和趋势是深入贯彻落实科学发展观的有力体现,不仅将推动社会主义文化大发展大繁荣,而且将极大地促进科学利用资源,调整产业结构,转变经济发展方式,提升发展的质量和水平。这的确是让人感到由衷的喜悦!

【日期】　2010 – 04 – 04
【版次】　6
【栏目】　文化周末·观察/经观艺评

让科技创新与艺术创造结伴而行

上海市工艺美术大师屠杰在谈到同行创造的陶瓷新工艺"汉光瓷"时赞不绝口,认为代表了"中国形象"、"中国文化"。而中国陶瓷协会名誉理事长杨自鹏给予的专业评语是:"汉光瓷的出现,使中国陶瓷再一次站到世界的前列。汉光瓷的任何一件作品都是收藏品、艺术品,又是实用品,堪称盛世奇迹。"

这些盛赞绝对出于真诚,出于尊敬,出于欣慰。当笔者在首次晋京举办的汉光瓷181件珍藏版系列实用瓷展览上一睹芳容时,立刻和众多接触过汉光瓷的观者一样,被它的精美绝伦、高贵典雅所震撼。美好的事物总是让人难忘,展览已结束半月有余,但笔者脑海中时时浮现出那些杯、盘、碗、碟的倩影,总觉得值得回味的东西很多。

由中国陶瓷大师、中国工艺美术大师李游宇教授领衔研发的汉光瓷,不仅实现了"白如玉、薄如纸、声如磬",更获得了"纯如脂、透如晶"的美誉。他从景德镇、醴陵等产区挑选了一批能工巧匠和陶瓷工程技术骨干,与高等艺术院校专家学者相结合,组成一支核心团队,全面发掘、整理与研究中国传统制瓷技艺,运用现代科学技术与工艺手段,以明清官窑为超越目标,以德国、日本、英国等著名皇家瓷器为标杆,以打造中国现代高端瓷器品牌为己任,探索中国陶瓷文化产业的创新发展之路。在15年磨一剑的艰辛过程中,这位工艺美术大师矢志创造陶瓷新工艺、塑造中国现代陶瓷新形象的志气和勇气令人起敬,而他高度注重科技创新、实现科技与艺术完美结合的理念和追求,在当下国内文化产业如春苗拔节般快速生长的环境中,更具积极而现实的示范意义。

　　如果说艺术创造是汉光瓷的灵魂,那么科技创新则是汉光瓷的生命。经过 10 多年的筚路蓝缕,攻克难关,汉光瓷在瓷器材质、工艺技术、美学效果等方面取得了根本性的突破,白、透、润、纯、硬等理化指标均创历史纪录。此前历史上瓷器最高烧成温度为 1300℃,汉光瓷烧成温度高达 1380℃—1400℃,釉面硬度 7843MPU,光泽度 98.6%,白度 88.5%,透光度 56%,抗冲击强度 3.60J/cm,全部超越了国际上最高端的瓷器品牌。同时,传统的釉上彩最多可以保持几年、几十年或上百年,而汉光瓷的高温釉下彩不仅无铅无毒无害、绿色环保,而且理论上可以保持 20 万年。正是由于这一项项过硬的新科技新技术,汉光瓷先后获得国家发明与设计专利 500 多项、国内外金奖 20 多项,国家博物馆、中国美术馆等相继收藏。

　　据了解,为将汉光瓷品牌和产业做大做强,上海市政府将其同时作为创意产业典范和高新技术、高新成果转化项目,给予大力支持。我们希望,伴随着汉光瓷产品大步走向市场、走向世界,它从始至终所蕴含的完整的创新精神和创新理念,也会在文化产业界发扬光大起来。要推动传统工艺美术产业的进一步发展,要实现文化产业的持续繁荣,必须更加注重科技支撑,让科技创新与艺术创造结伴而行,把最传统的工艺美术产业转化成最有科技含量的高端创意产业。

——两会漫笔

【日期】　1999 – 03 – 07
【版次】　2
【栏目】　两会感言

意料之中的“意料之外”

　　说起政协九届一次会议提案的办理情况,很多委员不约而同用了一个词“出乎意料”。

　　民建中央提出关于建立风险投资体制的提案后,有关部门多次座谈研讨,国家发展计划委员会已作出试行方案报国务院审批。熊大方委员对此感慨不已:“过去在落实方面有许多不尽如意,真是出乎意料。”谈到关于不允许军队等权力机构办企业建议案的社会反响时,周秉德委员连说几个“没想到”。

　　这份“出乎意料”中充满着委员们的喜悦与欣慰。提案议案的落实情况一直是人们关心的老问题,近年来,通过努力,对一些提案议而不决的状况已经得到很大的改变。从委员反馈的意见统计,对办复情况表示满意和基本满意的达 94.6% ,是历年来最高的。

　　提案落实情况的改善,极大地鼓舞了委员参政议政的积极性。而九届二次会议开幕第一天,大会已收到委员提案 405 件,立案 233 件,数量又高于去年同期。

　　细细思量,又觉得这份“出乎意料”其实应在“意料之中”。这些年来,求实精神深入人心,务实作风得到加强,参政议政的渠道更趋通畅,落实机制渐渐形成,在这种形势下,集中民情民意民智的提案受到重视、得到落实又有什么奇怪之处呢?

　　当然,委员的“出乎意料”,既反映出我们在落实上的进步,也表明在这方面还有很多工作要做,还必须强化落实意识,完善落实机制,使政治协商、民主监督、参政议政的职能得到更充分的发挥。如果有一天委员们都对提案的办复情况不再感到意外了,就说明我们的落实工作真正做到家了。

【日期】　1999 – 03 – 11
【版次】　1
【栏目】　两会漫笔

信心来自何处

今年采访两会的记者碰到一起,都有一个共同感受:原以为在启动市场难度较大、部分国企困难加剧、社会就业压力加大等情况下,代表委员的心情会偏于沉郁,没想到大家情绪高涨,意气风发,对发展前景充满信心。

信心来自何处?

来自对当前形势的正确认识。

徐怀中委员讲了一个故事。前不久他去俄罗斯访问,俄罗斯的一位诗人对他说,记忆中的中国很贫穷,可是现在……另一位诗人接着说,记忆中的前苏联很富有,可是现在……他感慨道,两位诗人的话很能说明问题,对形势的判断要有一个适当的角度,才能看得准确,把中国放在世界范围内一比较,自然会清楚地感受到我们所取得的成绩是如何地值得骄傲。

在横的比较以外,还应有历史纵深的观察,方能对目前形势作出正确分析。前几天的小组讨论会上,文艺组的委员们由衷地来了一次"忆苦思甜"。张锲委员说,只有看到建国 50 年来的巨大变革,才能从总体上把握当前的形势。张贤亮委员认为,中国 20 年改革开放的伟大成就,举世瞩目,但仅仅通过 20 年的比较还远远不够,从深层次上对中国 50 年来的发展加以比较,可以更加深刻认识到今天翻天覆地的变化。

诚然,我们在改革进程中,既不断碰到许多从未遇到的新问题,又一再遭遇很多难除的痼疾,新老问题一起涌现,改革的阻力可想而知。但是,如果我们以历史的眼光、发展的眼光来看这些问题,就会清楚地意识到,这些问题不是改革开放带来的,而是改革开放不彻底造成的。魏明伦委员饱含深情地说,回首 50 年,历史不能忘记,是改革开放救了中国,使中国走上了繁荣昌盛的道路。正因如此,面对今天所遇到的困难,代表委员无不寄希望于改革,并对改革信心十足。

一位曾十多次参与两会报道的"老记"对此颇有感触,他说年年采访两会,每次都觉得这个"坎"不好迈,但每次都迈过去了。是啊,正是在和困难的一回回较量中,正是在对改革阻力的一步步清除中,我们的心态逐渐成熟,经验日益丰富,终于迎来了现在国强民富的局面;而这种心态和经验,将成为取之不尽的宝贵财富,给我们带来更加美好的明天。代表委员的信心,正源于此。

【日期】　1999 – 03 – 12
【版次】　3
【栏目】　两会漫笔

回家的感觉

政协九届二次会议虽然已拉下帷幕了,但几次新闻发布会带给记者的感觉却颇有值得品味之处:谈扩大内需,是沉重中透着希望;谈环境保护,是欣喜中藏着隐忧;而谈回归,则从头至尾充满着亲切和温馨,五位澳门委员娓娓道来,正如澳门特别行政区筹委会副秘书长贺定一委员所说,就好像回到家里和亲人拉家常一样。

是的,回家的感觉。

回家的感觉很温暖。已"回家"20 个月的香港人对此感受深刻。郑国雄委员说,在特区政府沉着应对亚洲金融危机的过程中,中央政府为迎接挑战的香港注入了强大动力,使我们感到祖国的温暖。即将"回家"的澳门委员更是激动不已。梁仲虬委员告诉记者,政协九届二次会议开幕第二天,江总书记就来看望他们,发表了感人至深的讲话,并表示回归时"一定要到澳门去",这说明中央非常重视、关心澳门回归祖国。他说,他也"一定"要把这些关心带给全体澳门人。

回家的感觉很踏实。在金融风暴的打击下,蔡德河委员的联合国际香港有限公司也遇到了一些困难,可他心里有底,因为他知道,祖国保持人民币汇率稳定将有力地支持香港的币值稳定和经济发展。澳门保利企业有限公司董事长王孝行委员说,目前澳门经济不景气,各行各业经营都很艰辛,原来以为坚守下去很辛苦,但随着回归的临近,看到祖国经济的平稳发展,相信背靠祖国的澳门必然会渡过难关。

回家的感觉很自在。不仅"回家"的香港人已经品尝到了"一国两制"、"港人治港"的自主与尊严,而且还未"归家"的澳门人也焕发了当主人翁的使命感和责任感。贺定一委员告诉记者,在前不久进行的澳门特区第一届政府推选委员会报名期间,来领取报名表的居民川流不息,有夫妻双双把名报的,有祖孙三代一块儿来的,有兄弟姐妹一同参与的,每一位澳门居民都十分珍惜这"回家"当主人的机会。

怎么能够不珍惜呢? 既然回家的感觉如此之好。

【日期】　2000 – 03 – 07
【版次】　1
【栏目】　两会漫笔

观念的新蕾

看到了两份政协委员最新提交的提案,都是关于组建银行的。一篇是游清泉委员建议组建科技教育开发银行的,目的是为科技、教育融资;一篇是王宇平、顾宗棠、李维屏三位委员建议成立西部开发银行的,目的是为西部开发融资。

心中忽然一动。

且不说这些建议是否可行或能否实施,至少它们的出发点透出了一个可喜的变化:即通过金融工具和金融方式,也就是说,真正运用市场经济的手段,来解决经济发展过程中投入不足的问题。这样的声音,带给我们几多清新的感觉。

我国科教等各方面投资的严重不足是一直困扰我们的问题,西部大开发显然也面临着巨大的资金缺口。政府财政自然应有所作为,责无旁贷。仅西部地区的道路建设一项,国家就已出了大手笔:交通部将重点规划建设 8 条公路通道,总投资达 1200 亿元,铁道部在"十五"期间将对西部铁路投资达 1000 亿元。但毫无疑问的是,仅仅依靠政府财政,是不可能完全解决投入不足的问题的,是远远不能适应经济发展需要的,必须想出更多的办法。

沐浴在三月春风中,不经意间,发现街边柳树那灰色的枝条上,已悄然缀满了点点蓓蕾,有些儿青涩,却挡不住那生动的新绿。今年两会上委员们组建银行的提议不就是观念的新蕾吗?也许它不是那么成熟,也许它不是那么完善,但它萌芽于市场经济的土壤,成长于市场经济的春风,正如那树上青青的蓓蕾,一旦绽放,便是满目皆绿的春天!

【日期】　2000－03－09
【版次】　1
【栏目】　两会漫笔

麦克风前说创新

　　记者的麦克风包围着代表委员的情景,在两会上已司空见惯,很少有人会觉得它有什么特别之处,白大华委员却从中敏锐地捕捉到了我们在技术创新方面的一些不足。

　　他说,以前我们电台、电视台的记者用的是普通麦克风,后来发现老外把麦克风做成四方的样子,再打上媒体的标记,觉得不错,便照搬过来,于是在我们视野中,就出现了很多这种"克隆"的麦克风。为什么不设法变点新花样呢? 比如,你是方形的,我可不可以做成椭圆形或者其他更漂亮更新颖的形状呢? 类似例子,不胜枚举。比如须后水,这是欧美男人的常用品,市场广阔。我国一些内地的企业如法炮制,可满柜台的须后水少人光顾。为何? 适于西方人皮肤的须后水有刺激性,皮肤较为细腻的中国人不习惯。而台湾商人动了脑筋,生产出没有刺激性的须后膏,结果受到市场欢迎。

　　小小例子,暴露出我们对技术创新理解的偏差:一是注重引进技术,而不注重引进技术后面的创新思路;二是注重高科技的创新,而忽视了传统产品的创新。事实上,技术创新在根本上是个思路问题,它存在于社会经济生活中的方方面面,并不局限于高科技的范畴。这里起决定作用的,不是单纯的技术,而是创新的思路。

　　其实,创新的本质很简单。在市场竞争中,你没想到,我想到了,这就是创新;把人们尚未实现的需要体现在产品功能和服务上,就是创新。所以,我们在重视高科技创新的同时,还要加强传统产品的创新,在倡导大创新的同时,还要鼓励各种各样的小创新。只有这样,在我们的经济生活中,才会多一些出奇制胜,少一些亦步亦趋,多一些新产品,少一些"克隆"品;才会刺激大大小小的新消费,启动方方面面的新需求。

【日期】 2001 – 03 – 06
【版次】 6
【栏目】 两会特刊

提案的量与质

记者从全国政协提案办了解到一个信息:在宣传工作中,要注意防止"提案大户"、"提案状元"等提法,也不提倡争"一号提案"。为何? ——应把积极性引导到提高提案质量、讲求办理效果上来。

想起一位特别可爱的委员,我们已经两次在会上有过交流。每年来京参会,他都会带来一大摞提案,而且参与热情极高、生产速度极快,常常是一天不见,他又写出好几份提案来。他因为数量上的高产而被众多记者熟知,媒体自然便封他为"提案大王"。我也每每为他的投入感动,几度想就此写点东西。但看过他的提案,总觉得观点似曾相识,分析浅尝辄止,便几次作罢。

这些年来,全国政协一年更比一年重视提案工作的质量,提出了"讲求实效"的方针。全国政协主席李瑞环同志曾明确指出:"既然是提案,那它就不是一般性的意见或建议,究竟什么样的内容可以上提案,应该有一个慎重的考虑。"政协委员要说的,是广大老百姓想说的话,是经过广泛调查、经过深思熟虑之后的见解独到的话,而不是空话、套话、人云亦云的话。对"提案大户"、"一号提案"的淡化处理,无疑会使我们在从片面追求数量到真正重视质量的转变中更进一步。

从这个意义上说,不炒"提案大户"、"一号提案"的做法,不失为意味深长之举。

【日期】　2001 – 03 – 07
【版次】　2
【栏目】　两会漫笔

发展,永恒的主题

　　和张锲委员聊天,这位老党员、老委员对发展主题的思考深深感染了我。

　　他说,20 世纪被概括成战争和革命的世纪,21 世纪被称之为和平与发展的世纪,这为中华民族的复兴带来了大好机遇,我们可以在安定的环境下抓紧建设,加快发展,国家因此而昌盛,百姓因此而富足。但是,正是由于国际局势在总体上的稳定,国与国之间的竞争也会非常激烈。在共同发展的较量中,我们不能懒惰,不能懈怠,不能自满;稍一懒惰,就会被别人赶上去;稍一懈怠,自己就会落后;当然更没有理由自满,因为世界如此之大,各个国家各个民族都在匆匆前行。

　　听罢此言,脑海里跳出了"龟兔赛跑"的故事。小时候,老人总用这个褒龟贬兔的古老寓言教育我们要有持之以恒的精神。后来又有人为兔"翻案",说要肯定兔子的敏捷、灵活。现在我却想,在和平环境下的赛跑,既要有兔的快速,又要有龟的恒心,才能在"发展"这个没有终点的竞赛中抢占先机,实现中华民族的伟大复兴。

　　我国社会主义建设的历史经验和新世纪的历史使命都要求,我们必须继续保持较快的经济发展速度。新中国成立以来特别是改革开放以来,我国的现代化建设取得巨大成就,政治稳定,国力增强,民族团结,社会进步,人民生活不断得到改善,这些无不得益于持续快速的经济增长。继续推进现代化建设、完成祖国统一、维护世界和平与促进共同发展,是我们进入新世纪必须抓好的三大任务。到 21 世纪中叶,基本实现现代化是我们的总目标。在这三大任务中,现代化建设是核心。保持国民经济持续快速健康发展,大力发展社会生产力,不断增强综合国力,无疑是我们完成历史任务、实现既定目标的首要条件。

　　党的十五届五中全会已经确定发展是"十五"的主题,在今后 5 年中,将全面推进经济发展和社会进步。发展应该是中华民族永恒不变的主题,即便到本世纪中叶基本实现了现代化,国家强大了,人民富裕了,整个世界仍将面临和平发展的主题,我们还要追求更高的发展目标。因此,我们必须以一往无前的勇气,发扬坚持不懈、敢于创新的精神,始终唱响发展的主旋律。

　　　　　　　　　　　(刊发原题为《新世纪 和平与发展的世纪》)

【日期】　2001 – 03 – 14
【版次】　1
【栏目】　两会漫笔

掌声传达民意

　　台盟组的张克辉委员给记者讲了这样一件事。有台湾记者问他,你们的两会为什么总是只有鼓掌声而没有抗议声? 张委员答曰:因为整个报告的形成过程有充分的民主,是人民意志和智慧的集中体现。

　　这是一个精彩的回答,也是不容任何人抹杀的客观事实。"十五"计划纲要草案的制定,采取向全社会公开征集意见建议的办法,最广泛地听取人民群众的心声。各民主党派始终参与讨论、修改,许多意见都得到了采纳。仅全国政协5个专门委员会提出的100多条建议,就有58条被吸收。在采访中,很多来自基层的代表委员高兴地告诉记者,他们的想法已在报告中体现了出来。而且这个报告在两会上还要再次经由人民代表审议,并吸取政协委员的意见。这样一个很民主的过程,得出的结果当然是受到人民认可、赞同的。

　　掌声响起,也传达出代表委员对报告的深深共鸣。"十五"计划纲要代表了人民群众的根本利益,全面贯穿了"以人为本"的思想。纲要中涉及与人民生活密切相关的指标占到了报告总数的三分之一以上,表明"十五"计划将给人民带来更多的实惠。正如代表委员所说,报告把提高人民生活水平作为根本出发点,深得民心,充分体现了党的宗旨,体现了社会主义制度的本质,体现了"三个代表"的重要思想。这样的报告又怎不让人们欢欣鼓舞呢?

　　掌声响起,也透露出全国上下团结一致、群策群力的巨大力量。在总结"九五"成绩时,有委员非常感慨地忆起了"抗洪精神"。过去的5年间,中国人民发扬"抗洪精神",既御金融危机,又抗水旱灾害,既治通货膨胀,又抑通货紧缩,克服重重困难,迎来了经济发展的新境界。"抗洪精神"就是万众一心的精神,就是团结的精神。在未来的日子里,中国人民将一如既往高扬团结的旗帜,众志成城,创造人类发展史上一个又一个灿烂的奇迹。

【日期】　2003 – 03 – 07
【版次】　6
【栏目】　两会特刊

从天气预报改版说起

　　3月5日晚,正在就政府机构改革接受本报记者采访的方兆本委员,忽然被中央电视台的天气预报节目吸引住了。主持人说,新改版的城市天气预报将不再按行政区划进行,而是按天气区划播出。以前,34 个省会城市和直辖市按照行政区划,分成 6 个区域显示预报,现在则按天气区划把全国分成 9 个区进行预报。

　　方委员转过脸来对记者笑语:"这个改变和机构改革有一致的地方。按天气区划预报,尊重了天气状况发展变化的内在规律,也可以使观众对区域性的天气形势有一个全局上的把握,不至于因为行政区划而把整体相关的东西割裂开来。政府的机构改革也一样,就是要按照国民经济发展的内在动力和内在联系来调整机构设置,打破人为设立的壁垒,从而增强宏观调控的能力和效率。"方委员的一席话顿解记者疑惑。

　　经过 1998 年的大幅度重组,政府部门的组织结构和职责权限初步实现了精简、统一、效能的原则。加入世贸组织后,一个更加适应市场经济的、具有国际竞争力的行政管理体制呼之欲出。

　　政府工作报告将切实加强政府自身建设列为今年工作的 8 个重点之一,提出要深化行政管理体制改革,进一步转变政府职能,调整政府机构设置,理顺部门职能分工。人们相信,通过新一轮的整合,一个行为规范、运转协调、公正透明、廉洁高效的行政管理体制将得以建立。

【日期】 2003 – 03 – 10

【版次】 1

【栏目】 两会漫笔

有多少奇迹可以重来

还和以往一样俏皮话连篇,但这一次,重庆市政协副主席、力帆集团董事长尹明善委员的幽默中又多了几分深沉:"有句歌词唱道,有多少爱可以重来?我看,爱或许不可能重来,但经济发展上的奇迹,可以重来!"

他讲了自己两件"重来"的事。1997 年 6 月 1 日,"亚洲第一飞人"柯受良驾一辆跑车飞越黄河壶口瀑布成功。这辆跑车的品牌通过电视直播,被亚太地区 20 多亿观众所了解。受此启发,2001 年 12 月 30 日,力帆在越南"重来"了一次"飞黄":力帆摩托成功飞越红河,实现了中国摩托在海外的第一次飞越。此后,企业在全国摩托车行业中首家出口创汇突破 1 亿美元。这是第一件事。另一件事是,2002 年 11 月 16 日,力帆再度"复制"飞黄,旗下的"轰轰烈"摩托车在上万双眼睛的注目下,从一根比大拇指略粗的钢索上飞驰而过大渡河,这个专门面向国内农村市场的新品牌一下子进入了千家万户。

当中国经济已经创造了 20 多年高增长奇迹的时候,面向新世纪,人们不禁要问,还有多少奇迹可以重来?答案不言自明。党的十六大确立了到 2020 年全面建设小康社会的宏伟目标。在优化结构和提高效益的基础上,国内生产总值到 2020 年翻两番,综合国力和国际竞争力明显增强。这意味着,中国经济将"重来"一个持续快速稳定增长的奇迹。

富有"实战"经验的尹明善委员说,不是所有的奇迹都可以重来。奇迹的再现需要天时地利人和,需要抓住机遇的眼光和魄力。改革开放 20 多年来,从上世纪 80 年代初取消价格双轨制,到 90 年代改革开放全面推进,再到 90 年代中后期国有企业的脱困攻关,每一次改革的纵深,每一种需求的勃发,每一个潮流的兴起,都是发展的机遇,抓住这些机遇,财富就滚滚而来。十六大报告无论在理论上还是在战略部署上,都有重大创新。这就是我们现在所面临的最重要的机遇。

　　机不可失,时不再来。大到国家,小至企业和个人,都要尽情拥抱机遇,用足机遇,重现旧奇迹,再创新奇迹!

【日期】 2003 – 03 – 18
【版次】 6
【栏目】 两会特刊

我们别无选择

　　改革开放二十多年来,中国经济犹如一列高速疾驰的火车,呼啸而至,带给观者持续的惊奇和震动,行车的人,则阅尽一路春色。在一个又一个站台间,测算赶路的时速,已是我们多年的习惯和心结。眺望未来5年、10年乃至20年的行程,我们已经很清楚,保持年均7%以上的增长速度,是关系中国腾飞、民族复兴的"生死时速"。

　　毫无疑问,我国经济社会生活中的诸多突出困难,都需要在经济高速增长中解决。"三农"问题、城乡差距、收入分配差距……正如刘汉元委员所说,中国经济的列车只有在高速运转中才能克服重压、保持平衡,一旦停滞下来,很多矛盾将会堆积,难承重负。陈焕友代表深有体会地说,实践一再证明,大发展,小困难;小发展,大困难;不发展,最困难。张国初委员对发展任务之艰巨作了一个直观的描述:我国全面实现小康,意味着人均GDP将达到3000多美元,这将是多么翻天覆地的变化! 不保持一定速度的高经济增长,是不可能完成这一宏伟目标的。

　　中国经济目前的增长速度将继续下去,这是国内外大多数分析人士的共识。两会前,高盛公司推出的由经济学家乔纳森·安德森主笔的报告预测,未来3到5年,中国经济将进入一个稳定均衡增长的时期,年均实际增速介于7.5%到8%之间。驱动力主要来自以下4个因素:交通和通讯基础设施投资以及内部贸易壁垒拆除所带来的新一轮公司扩张;十六大在企业购并方面给出了新的指引;由居民收入增长和消费金融推动的在住房、汽车和电子产品等方面需求的明显增长;股票市场的发展和国有银行体系的资本重组会为中小企业提供必要的金融支持。一些经济学家进一步指出,十六大基本扫清了中国经济体制改革的主要障碍。一切劳动、知识、技术、管理和资本的活力得以竞相迸发,一切创造社会财富的源泉得以充分涌流。中国经济增长的内在动力获得了空前的激发和释放。

　　尽管中国人对前景有充分的理由保持自信,但我们更应持有足够的清醒。回望改革开放以来20多年的持续稳定快速增长,深感波澜不兴之下的惊心动魄。两会上,有记者问国务院发展研究中心宏观经济研究部副部长余斌,过去5年,面对亚洲金融危机和全球经济增长放缓,以及国内出现全面的买方市场和通货紧缩趋势的局面,如果我们应对不当,经济增长速度会怎样?余斌肯定地回答道,很有可能滑坡到改革开放以来的最低水平,中国经济长期以来持续稳定健康发展的良好势头就会终止。这,当然只是"如果",也仅仅是"如果"。面对未来的风险和挑战,我们唯有居安思危,艰苦奋斗,抓住机遇,百折不挠地把我国经济推上新的台阶。

　　舍此,我们别无选择。

　　　　　　　　　　　　　　　　（刊发原题为《继续关注发展速度》）

【日期】　2004 – 03 – 04
【版次】　5
【栏目】　两会特刊/三月随想

“冷门”缘何变“热门”

　　在驻地遇到蔡述明委员,问他带来了什么提案,这位 66 岁的老委员、老教授立刻来了精气神:“关于可持续发展的。”其实,现任中科院测量与地球物理研究所学术委员会副主任的他,一辈子都在从事长江中下游流域环境变迁、湿地开发与保护、洪涝灾害防治、生态环境影响评价等方面的研究工作,一说起可持续发展这个融入他一生心血的话题就兴味甚浓。他告诉记者,他每年带七八名环境评价专业的硕士生和博士生,近几年这个专业越来越“热”,报考的学生越来越多,而且毕业后“供不应求”,社会需求很旺,包括环保部门、水利部门、农林部门、国土资源部门、计划部门等等,都非常需要这方面的专业人才。

　　曾几何时,和环境评价、生态保护相关的专业还是需要人耐得住寂寞的“冷门”,如今已变成抢手的“热门”,这恰似一面镜子,折射出全社会发展观的深刻变化。如蔡述明委员所感慨:“现在哪一个工程开工、哪一个项目建设,不进行环境评价呢? 大家一讲发展,就要讲科学的发展观,就要讲五个统筹,就要讲不能牺牲资源环境来谋求片面的经济发展,就要讲以人为本,社会进步……全面、协调、可持续的发展观,正在我们的社会经济生活中越来越广泛地建立起来。”

　　3 月 2 日,新华社播发的一条消息从另一个角度印证了蔡委员的体会。消息说,中国科学院可持续发展战略研究组提出了考核干部政绩的五大“绿色”标准,即:1. 原材料消耗强度;2. 能源消耗强度;3. 水资源消耗强度;4. 环境污染排放强度;5. 全社会劳动生产率。我们可以确信,随着“绿色”政绩观的确立和落实,中国的经济发展将达到一个新的水平和高度。因为在实施可持续发展方面,中国大有潜力可挖。据统计,中国经济增长成本高于世界平均水平25%以上。中国每创造 1 万美元 GDP 所消耗的能源数量,是日本的近6倍。如果我们能切实贯彻科学的发展观,经济增长的成本将大大降低,经济增长的质量随之将大大提高。

　　这也是代表委员共同的强烈感受。回首全面建设小康社会的开局之年,中国经济发展表现出了更多的新气象:我们开始统筹城乡抓农村经济、抓农民增收,统筹不同区域抓协调发展,统筹经济社会抓全面发展,统筹人与自然抓和谐发展,统筹国内外两个市场抓对外开放。中国经济的发展态势更为全面、协调、可持续,一条生产发展、生活富裕、生态良好的文明发展道路轮廓日益清晰。沿着这条发展道路坚定不移地走下去,是建设全面小康社会、实现中华民族伟大复兴的必然选择。

【日期】 2004 – 03 – 08

【版次】 5

【栏目】 两会特刊/三月随想

听省长为记者"启蒙"

晚上去找江西省副省长胡振鹏委员谈求真务实,他正在灯下读书。

扫一眼书名,记者顿时来了兴趣。这是一本非常专业的著作:英国学者朱迪·丽丝写的《自然资源:分配、经济学与政策》。看看目录:"自然资源:性质与稀缺"、"可更新资源流的分配:经济透视和经济机制"、"对资源保护及流量增加决策的评价"、"通过社会变革摆脱困境还是生态灾难?"……600多页的篇幅,胡委员已经读了200多页,他在自己最关注的地方特别画上了红线。

胡委员告诉记者,这是国际公认的关于自然资源管理的权威著作,他上个月28日来北京开会专门抽空去海淀图书城买的。"我是搞水利出身的,一辈子都在和自然资源研究与应用打交道。对于我们这些领导干部来说,要坚持科学的发展观,如何科学、合理、有效地配置自然资源,就成为越来越重要、越来越紧迫的课题。这本书读来很受启发。"

胡委员谈起了自己的读后感:大多数的自然资源都是公共资源,它的经济属性和其他性质的财产不一样,就是产权不明晰。像过去总觉得水用之不尽,结果黄河上游水资源浪费严重,下游断流。我们的资源价格体系扭曲,资源无价、原料低价、产品高价。所以,我们要研究自然资源经济属性的外部不经济性,加强管理。

外部不经济性?胡委员继续解释说:"好比有人抽烟,损害你的健康,可他并不对此负责赔偿,他有了效益,可对你肯定不公平、不经济。同样,企业排污造成的环境损失,后果由社会负担,排污者不承担成本,使得产品价格不能反映资源的价值和成本,企业效益提高了,可对社会不公平、不经济。公共资源的分配与管理是政府的一项主要工作,我们必须通过学习提高管理艺术和水平,科学决策,优化资源配置……"

时间已是夜里 11 点多,忙碌了一天的胡委员还在费时费神对记者进行"启蒙"教育。不好意思之余,记者颇为感动。听胡委员谈"读后感",记者有一种强烈的感受:党中央和国务院对全党和各级政府提出了树立科学发展观的要求,各级领导干部正在认真学习、思考、探索怎样将这一发展理念融入到工作的方方面面。他们的所思所想所为离科学发展观的要求越近,实现全面、协调、可持续发展就越有保证。

【日期】　2004 – 03 – 10
【版次】　1
【栏目】　两会漫笔

为非公经济发展创造健康舆论环境

　　在3月9日上午的政协十届二次会议记者招待会上,有记者提到了民营企业的所谓"原罪"问题。这是最近以来关于民营企业家"问题富豪"、"原罪"争论的一种延续,"恐私、仇富"情绪的一种折射。很多代表委员认为,上述种种说法频频见诸各种媒体,反映出当前舆论环境存在的某种不良倾向,即对民营企业家这个群体的评价以偏概全,有失偏颇,这对民营经济进一步快速发展是不利的。

　　来自非公经济界的代表委员对此表现出不解和忧虑:为什么电影电视书刊等文艺创作中的民营企业家,总是坑蒙拐骗、吃喝玩乐、官商勾结的形象?为什么一些媒体总是抓住某些个体的不良行为,用"显微镜"照,用"放大镜"看,制造所谓"新闻效应"?不可否认,在民营企业家这个群体中,确实有少数人素质不高。但是,这个群体的主流是好的,为社会进步和经济发展作出了巨大贡献。我们的民营企业家是在改革开放时期成长起来的,是社会主义事业的建设者。社会舆论不能片面地、过分地渲染那些消极因素和个别案例,不能否定整个企业家群体。如果对于非公经济中的问题不加区分,就弄出"原罪"的说法,既不符合实际,也会挫伤非公经济进一步发展的积极性。

　　我们应该认识到,如果不发展非公经济,更多的人恐怕还没有摆脱贫困。现在一部分人先富起来,主要是在党的改革开放富民政策鼓励下,依靠多于常人的付出、经过艰苦创业换来的。但现在还有一部分人没有富起来,原因是多方面的,我国已在扶贫事业上取得了举世瞩目、全球公认的卓越成就,非公经济在这方面也功不可没。当务之急是想办法让还没有脱贫或还不富裕的人们尽快过上富裕的生活,实现社会全面小康,而实现全面小康的一个重要保证,就是非公经济进一步健康快速发展。

党中央和国务院非常重视非公有制经济的重要作用,制定了一系列有利于非公有制经济发展的方针政策。发展非公经济的指导思想从政策支持转向制度保障,为非公经济发展创造了良好的政策环境和法律环境。非公经济迎来了新的发展机遇期。在这种历史条件下,我们一定要深入贯彻"三个代表"重要思想,深入贯彻党的十六大和十六届三中全会精神,创造良好的舆论环境和氛围,关心、支持非公有制经济健康发展和民营企业家的健康成长,让民营企业家的创业热情和发展企业的积极性得到充分释放,让一切创造社会财富的源泉充分涌流,促进经济社会全面协调发展。

【日期】　2004 – 03 – 11
【版次】　5
【栏目】　两会持刊/三月随想

谈谈山西人的"钱袋子"

山西人的"钱袋子"去年很有进项。财一大,不仅神清,而且气粗。气粗到什么地步? 全国政协委员、山西省政协副主席、省工商联会长边鸣涛给记者讲了一个近乎笑话的真实故事:

一位身价不菲的"晋商"逛进一家汽车专营店,盯着摆放在大厅的一辆卡迪拉克左看右看,销售小姐见他其貌不扬,不像是坐得起此等"尊贵"之车的主儿,神情就有些冷淡,言语就有些不耐烦。此君一时性起,"豪情"冲天,问:"你们有几辆卡迪拉克?"答:"三辆。""我全买下!"小姐顿时被天上掉下来的人民币砸得傻眼了。现在,这位老板的公司里,放着三辆"大卡",就像网上所流传的那样:等我有钱了,买车买三辆,开一辆、放一辆、看一辆。

当然,山西的老百姓不可能都这么"富大发"了,但 2003 年全省经济发展确实上了一个新台阶,人民群众因此得到很多实惠。煤、电、铁矿石等资源的全国性需求大幅上涨,使得这个资源大省的经济增速大大加快,达到 10 年来的最高值,比全国平均水平高出近 5 个百分点。同时,其他一些重要经济指标也有飞跃,比如信息传递能力和高速公路里程均在全国名列第九,科技潜力综合评价位居第十二。这在中西部地区非常突出,甚至超过一些沿海省份。

但是说起这些成绩,边鸣涛委员不仅没有喜形于色,反而脸现忧虑,连说三个"不敢":"我们不敢偷着乐,不敢沾沾自喜,不敢陶醉,我们必须保持清醒。飘飘然的人不是没有,那是极少数,绝大多数山西人都知道,我们的经济增长在很大程度上得益于煤、铁涨价。去年,山西的煤炭开采量比上年增加了 1/3。而我们的增长有多少是技术进步带来的? 除了丰富的资源,山西有几个叫得响的名牌产品、名牌企业？有多少产品是科技含量高的？山西人是比以前有了一点钱，可是如果没有环境的可持续，没有科技、教育的进步和贡献，再有钱在别人眼里也只不过是个'煤黑子'！现在，全省上上下下的认识非常一致，那就是要加快结构调整，提高资源利用率，实现产业升级，实现全面、协调、可持续发展。"

听罢边鸣涛委员一气呵成、饱含激情的一席话，记者想起了山西省委书记田成平代表前几天接受采访时说的话，"如果不抓紧推进经济结构调整，全面提升经济增长的质量和效益，在日趋激烈的市场竞争中就难免陷入被动和落后的境地。经济结构调整的深化和提高，是必然的选择，是紧迫的任务。这是我们全省上下的共识"。

微言大义，高度一致。从两位代表委员殷切的话语中，记者看到了一个资源大省不满足于"靠山吃山"的求索和努力。从资源大省到经济强省再到全面繁荣，这是一个艰难而又必须完成的转型。期待着山西留给世人一个漂亮的"转身"。

【日期】　2004 – 03 – 14
【版次】　5
【栏目】　两会特刊/三月随想

有物质,更要有文明

　　"手机最突出的功能不是用来打电话的,而是用来男女传情的;商品不是推荐人们买来用的,而是叫你买去送礼的。你送我,我送你,'送礼只送某某某'。这种低俗的广告能天天在电视上播,本身就表明我们社会的文明程度还不高。"和作家张贤亮委员聊天,他有些激动,"我们许多时候说建设工业文明,其实是有工业无文明,说提高物质文明,其实是有物质无文明。"

　　张贤亮接着说:"现在我们的工业有规模了,但是安全事故不断! 一次事故,少则十几人,多则上百人,这些生命就消失了。很多地方为了 GDP 增长不惜破坏环境。物质产品确实极大丰富了,但很多东西是假的。曝光的伪劣商品数不胜数,老百姓都不知道该吃什么才是安全的了。文明的失落对经济发展、社会进步的损害,我们每一人应该都已经感受到了!"

　　说起这些现象,张委员的心情自然有忧虑,但更多的是振奋,是希望! 为什么呢?"温家宝总理在《政府工作报告》中讲的一句话,对我触动特别大。报告说,要充分发挥哲学和社会科学对经济的促进作用。在计划经济向市场经济转轨的过程中,在改革开放之初,泥沙俱下,当时有很多作家疾呼人文精神失落了。事实上,人文精神并不是在改革开放中,也不是在转轨进程中失落的,而是历史造成的。但是我们在建设社会主义市场经济的初期,对精神文明确实抓得不够,没有注意重建失落的人文精神。现在我感到这个问题已经引起了党中央和国务院的高度重视,开始注意到要改变重经济发展轻文化建设、重科技轻人文的现象,注意到要通过提升人的文明程度,来推动社会的全面进步。"

　　张贤亮委员的感叹,使记者想起了北京市市长王岐山代表在答记者问时所说的一段话。他说，北京要把 2008 年的奥运会办成"绿色奥运"、"科技奥运"、"人文奥运"，前两者相对容易，后者最难，因为它对北京人的文明程度、综合素质提出了要求。要让赛场上不再有国骂，让大家不要随地吐痰，这可比多种几棵树、多建几个网站难多了。

　　要工业，更要有工业文明；要物质，更要有物质文明。社会的进步，综合国力的提高，在很大程度上表现为人文精神的提升。《政府工作报告》如此注重发挥哲学和社会科学等人文科学对经济的促进作用，正是加强人文建设的一个起点、一个契机。

【日期】　2004 − 03 − 15
【版次】　5
【栏目】　两会特刊/三月随想

大地记录我们的脚步

　　两会,在初春温暖的阳光中闭幕了。当代表委员们走出人民大会堂乘车离去后,记者站在宽阔的天安门广场,忽然感到了不同寻常的安静。一种力量感就这样渗透过来,直入心底。大地见证历史,见证变化,见证我们的希冀。

　　在这种温暖的宁静中,十多天里的一个个场景和镜头一齐涌来,缤纷的画面中,最难忘代表委员那明亮的眼神。

　　难忘潘庆林委员眼里那跳动的光彩。说起修宪时,他的眼神格外清亮:"'三个代表'重要思想本质是代表人民利益,因此,把'三个代表'重要思想写入宪法,能够更好地坚持'以人为本'。这次修宪,无论是规定依法征用土地并给予补偿,还是公民合法的私有财产不受侵犯,事事关民生,件件合民意。为了最广大人民群众的根本利益,是'三个代表'重要思想的本质,也是宪法修正案草案最显著的特点。同时,将'三个代表'重要思想写入宪法也顺应了时代发展要求。"

　　难忘萧灼基委员那沉稳的神态中藏不住的笑意:"随着国家经济的发展,绝大多数的老百姓日子越过越好,家底越来越殷实,拥有的财产越来越多,如股票、汽车、住房、存款、债券等。我们完善保护私有财产的法律规定,并不只是保护有钱人,普通百姓的私有财产也一样受到保护。"

　　难忘中国人民大学中国社会保障研究中心主任郑功成代表那关切的眼神:"目前我国绝大多数地方缺乏社会保障,80%的劳动者与老年人没有基本养老保险,90%的人缺乏基本医疗保障,乡村贫困人口还没有制度化的最低生活保障。我国社会保障制度是'摸着石头过河',是在没有立法保证和法律依据的情况下进行改革的。将社会保障制度写入宪法,将有力推进社会保障的立法进程。"

难忘江苏省农林厅厅长刘立仁代表那兴奋的眼神,谈起"征地补偿入宪",刘立仁代表说:"公共利益不明,土地所有权和经营权不清,是导致乱占耕地现象泛滥的一个原因。草案中规定了'征收'和'征用'两种方式,虽然都要经过法定程序,都要依法给予补偿,但征收主要是所有权的改变,征用只是使用权的改变。这样修改有利于明确和理顺市场经济条件下因征收、征用而发生的不同财产关系。"

一双双眼睛里跳动的火焰,是心底的激情在燃烧。有了坚实的制度保障和法律保障,我们的社会将越来越富足,越来越文明,越来越民主。这是我们的未来,可以预见的未来,可以触摸的未来。

列宁有句名言:"宪法,就是一张写满人民权利的纸。"2004 年的两会,是这样的难忘,难忘光彩,难忘笑意,难忘波光,难忘眼神,难忘春天,难忘历史……

【日期】　2005 – 03 – 04
【版次】　2
【栏目】　盛会感言

细节的力量

　　春光总是明媚的,而每年的春天又各有不同。

　　据已经证实的消息,十届全国人大三次会议将在日程安排方面作出改革:"国民经济和社会发展计划"和"财政预算"两个报告将直接书面印发给代表审阅,取消以往国家发改委主任和财政部部长在大会上口头报告的惯例。今年政协委员列席人大会议的次数随之比以往减少了一次,讨论政府工作报告也因此而增加了半天的时间。

　　事实上,今年年初,北京、广东、四川等地的人代会早已悄然迈开了人大会议制度改革的步伐,他们不约而同地取消了两个报告的口头宣读程序,并规定被减掉的全体会议时间用于代表委员审议。

　　此举被代表委员称为本次两会会风改革的一大亮点。"这是务实的会议新风,这种探索具有积极意义。"民进中央常委、清华大学人文学院经济学研究所教授蔡继明对此深表赞赏。他认为,缩减宣读报告的时间,可以把更多时间留给人大代表、政协委员审阅报告和建言献策。

　　这样的亮点在一个个细微之处闪烁。今年两会召开期间,两会车队整体占用道路时间压缩5分钟,由35分钟缩短至30分钟,同时社会车辆过路口时间增至40秒,比原来多了10秒。这让记者联想起近年来两会上一点一滴的变化:2003年,代表、委员的车辆同其他社会车辆一道等红灯,"一路绿灯"的状况不再;2004年,全国政协闭幕不作长篇讲话;《新闻联播》打破近10年逢两会召开必须延长播出时间的常规,保持30分钟时长不变……一年一度的两会,总有那么多细节让人感动、让人回味。

　　细微之处见精神。采访两会多年,记者深知像这样规模庞大的盛会,它的每一点改进都需要多少魄力和努力，都会在广大人民群众中产生多大的社会影响。北京一位普通市民对记者感慨道，虽然两会车队只是让出了几分几秒，但这个小小改变不仅考虑了代表委员议事献策的工作需要，也考虑到了普通市民的生活需要，让老百姓心里热乎乎的。求真务实、以人为本的丰富内涵，正是因为这些细节之美而生动起来、具体起来的。所以，有外国媒体评论说："千万不要小看两会会风的这些变化，其中蕴涵着中国民主政治生活的进步，也是政治文明发展的生动体现。"

【日期】 2005 – 03 – 04
【版次】 6
【栏目】 两会特刊/采访随想录

农民增收还有大戏在后头

两会刚开始,已有多位政协委员向记者不约而同地说起了2004年粮食增产、农民增收这件喜事。

"我们种地真成种钱了!"哈尔滨老街基乡金山村农民郑洪林的一句话,让全国政协常委夏家骏一提起就兴奋不已。今年年初他去村里考察时,71岁的郑洪林告诉他:"党中央、国务院的'三农'政策真是好。我家老少7口人,过去7年里种地没得什么钱,有时还欠账。2004年我家不但还清了所有的债,还净赚了4万多元钱。"

来自安徽霍山县落儿岭镇的文家庭委员告诉记者,2004年他们镇的农民人均纯收入达到了2650元。而2002年、2003年,这个数字只有1100元、1200元,从未高于1500元。

2004年粮食增产、农民增收的主要原因是什么?代表委员归结为四点,"政策好,价格涨,人努力,天帮忙"。去年中央"一号文件"出台了免税、直补等政策,农民直接获益451亿元,极大地调动了农业生产积极性。预测今年的走势,上述因素将继续发挥作用,粮食生产、农民增收将有更大上升空间。

委员们的喜形于色无疑是真实的。但刚从四川农村回来的小保姆告诉记者,村里老乡种的莴笋2分钱一斤,圆白菜3分钱一斤,价钱低得连本儿也赚不回来,还是卖不出去。我问她去年家里的现金收入有没有增加,她说靠卖洋葱比往年多挣了些,但妈妈不敢花,因为现金来源还是少!

尽管2004年中国农民人均收入增幅创下了7年以来的最高值,但"三农"问题依然是今后我们将继续面临的严峻考验和挑战。农民的口袋里钱多了些,但看病难、上学难、种什么、怎么卖等问题始终困扰着他们。而且地区差距、城乡差距仍在拉大,这成为影响全社会和谐发展的重要障碍。

2005 年中央"一号文件"出台 27 条惠农政策,涉及农业科技、农村金融、农田水利、农村公共事业等,旨在进一步促进粮食稳定增产、农民持续增收。记者注意到,两个"一号文件"各有侧重,去年主要在"减法"、"少取"上做文章,而今年则增加了"加法"、"多予"的内容,进一步拓展到了要增强基础设施的投入,促进农业的发展;不单是主要注重农村经济的发展,同时转为采取一系列的政策来扶持农村的社会和其他方面的发展。正如中央财经领导小组办公室副主任陈锡文评论说:"今年的'一号文件'有力地保证了农业综合生产能力的增强,只有这样,农业的效益和竞争力才能真正提高,9 亿中国农民才能长久稳定地实现增收。"

【日期】　2005 – 03 – 07
【版次】　5
【栏目】　两会特刊/三月随想

让走出去的企业不再孤单

　　3月5日晚,记者前去采访柴宝成委员,没想到先被柴委员"表扬"了一通:"昨晚你在《新闻会客厅》节目中对吴建民先生的提问很好。"

　　他指的问题是:近有西门子抢注海信商标,远有西班牙烧温州鞋事件,中国企业的国际化生存道路坎坷,记者因此请熟悉海外市场游戏规则的"吴大使"对中国企业如何"走出去"提点建议。

　　吴建民回答说:中国企业要"走出去",马上会碰到一个很大的问题,就是对外部世界了解不够,所以中国企业需要外交资源的支持。跨国公司利用外交资源追求自己利益的情况非常普遍,可中国企业家包括一些政府官员不大懂外交是一种经济资源,把外交神秘化了。企业要走出去,外交资源完全可以发挥作用,目前用得很不够,很可惜。

　　"吴大使"的回答,让身为民营企业家的柴宝成委员很是感慨。"我们很少想到在进入海外市场以前,借助外交资源来真正了解当地的法律制度和商务环境,获得投资的有效信息,往往是在出了很严重的问题后,才想到去找自己的使馆,但常常是为时已晚。现在是中国企业特别是民营企业改变这种思维方式的时候了。"

　　柴宝成委员的感慨让记者深思。显然,中国企业要把世界弄明白,单靠一己之力是很艰难的。随着出口的迅猛增长,中国企业"走出去"战略在这些年遇上了很多问题:贸易壁垒、恐怖袭击、反倾销等,身处他乡的中国企业在异国强大的贸易政策和法律面前,显得有些力不从心。他们需要帮助,需要更多通道来了解投资地的政治环境和经济环境。开放外交资源为企业服务,就是其中一条有效途径。

　　去年 11 月初,中国启动了保护海外公民及机构部级联席机制,保护在海外中国企业和公民的利益。一些更为积极的措施也正在酝酿之中。如果连最为神秘的外交资源都逐步向企业敞开一扇门,中国企业走出去所希望获得的系统性支持,自然是指日可待。今年的政府工作报告提出,要进一步实施"走出去"的战略。鼓励有条件的企业对外投资和跨国经营,加大信贷、保险、外汇等支持力度,加强对"走出去"企业的引导和协调。有了这样的方针政策,中国企业在陌生的海外市场,应该不会再感到孤立无援。

【日期】　2006 – 03 – 05
【版次】　4
【栏目】　两会漫笔

功在农村　益在全局　利在千秋

"建设社会主义新农村,从表面看只是解决'三农'问题,但它对促进整个国民经济发展,能起到巨大的作用。"全国工商联副主席、北京大学中国经济研究中心主任林毅夫委员的话,立即让记者为之一振。

之所以这样说,关键是由于财政投向农村的杠杆作用会非常大。他认为,各级财政对新农村建设的投入本身是投资需求,但同时也会启动消费需求,因为改善了消费条件和消费环境,农村需求就会增加。我国经济最弱最低的恰恰是农村消费这一块。而制约农村消费的瓶颈主要就是农民收入低,农村基础设施落后。

这一分析引起了记者共鸣,不由回想起春节前到河北迁安采访新农村建设时一位困难户农民说的一番大实话。这是一名独自抚养着一双儿女的农村妇女,丈夫早逝,自己又长年身染病痛,孩子都在上学,经济来源少。当河北省启动新农村建设试点后,迁安提高了五保户的补助标准。"我拿着刚领到的200元钱,直接就去买了一袋化肥,地里等着用不是? 然后又去给刚考上初中的女儿买了件新衣服,她已经好几年没穿过新衣服了。另外还买了点肉,给在市里上大专的儿子做顿饺子送过去。这百十块钱对你们城里人不当紧,对我们家可就用处大了。"这话让记者陷入了思考:几百元钱放到一些城里人手里,可能直接就存进银行了,而在农村,尤其是欠发达的农村,却几乎完全可快速地转化为消费需求。

正如林毅夫委员所分析的,新农村建设投入所达到的效果,着重表现在以下几个方面:第一,从长远来讲,它把农村劳动力不断向外转移的渠道打通了,实现了增加农民收入最长远的可持续的方式。第二,在农村基础设施的投资本身都是劳动力密集型的,都是使用当地劳动力的,由此会给当地创造很多就业机会,进而增加农民收入。第三,能启动农村消费需求。乡村实现通水通电通路,是农民享受现代消费的必要前提。第四,能放大财政政策效应,拉动经济发展。近年来,投向城市建设的财政资金对扩大消费的杠杆作用逐年递减,因为城市资本已相对密集,城市消费已相对满足。但如果放在农村,比如修自来水、下水道、电视接收设备、道路等等,效果就会大不一样。

从这个意义上来说,新农村建设不仅是解决"三农"问题的需要,也是保证我国经济全面协调可持续发展的需要;不仅是发展的目标,也是发展的手段;不仅是城市对农村的带动、工业对农业的反哺,也是城市和工业自身发展的需要;不仅事关广大农民福祉,也关系到我们每一个生活在城市的人;不仅需要各级领导干部和农村工作者全力投入,也需要社会各方面积极参与。新农村建设可谓功在农村,益在全局,利在千秋!

【日期】 2006 – 03 – 06
【版次】 1
【栏目】 两会漫笔

历史将永远铭记

"今年在全国彻底取消农业税,标志着在我国实行了长达 2600 年的这个古老税种从此退出历史舞台,这是具有划时代意义的重大变革。"3 月 5 日上午,当温家宝总理铿锵有力的声音响彻在人民大会堂时,热烈的掌声经久不息!

历史将铭记这一壮举。尽管事前已在预料之中,但不少代表委员聆听总理报告时仍激动不已。与农业税打了多年交道的人大代表磨元荫说:"我们地区农民过去每年的农业税负担在几千万元,现在一分钱不用交了。这一重大举措得民心、顺民意!"

这些天来,记者看到,国家邮政局在驻地宾馆专门准备的《全面取消农业税》纪念邮票,成为代表委员争相购买的收藏纪念品。一寸见方的邮票上,蓝天与碧野相映成辉,醒目的粗体"税"字下边分两行印着"2006 年 1 月 1 日全面取消农业税"。"这是一套记录历史的邮票。"一位一口气买了 20 多套的委员告诉记者,"我国今年 2 月下旬发布'一号文件',正式启动新农村建设,开始实施一系列反哺农村的措施。这套邮票发行于'一号文件'发布的第 2 天,意味着农业税退出历史舞台正式拉开新一轮农村改革发展的大幕。"

代表委员在为取消农业税欢欣鼓舞的同时,也不乏清醒思考。"一方面免了农业税,另一方面,还要注意不能增加新的负担。"储亚平委员在基层调查时发现,个别地区曾不同程度地出现了农业税免征等政策落实后变相增加农民负担的问题。有的地方表现在农村义务教育、农民建房、计划生育、外出务工、生产生活用水用电等方面的个别部门的乱收费、乱罚款、乱摊派,也有的地方表现在借建设乡村公益事业搞强行集资,截留扣发对农补贴资金。

"希望综合监管部门要以保护农民合法权益为重点,加大监管力度,规范收费执法行为,真正使减负惠农政策落到实处。"储亚平建议。

《政府工作报告》指出,全部取消农业税后,巩固和发展农村税费改革成果的任务仍然十分艰巨,关键是要全面推进农村综合改革,包括深化乡镇机构、农村义务教育和县乡财政管理体制等改革。这些改革,既涉及农村生产关系调整,也直接触及农村上层建筑变革,意义更深刻,工作更艰难,一定要坚定不移地推进。我们要充分认识到,在迈出取消农业税的历史性一步后,还有大量工作要做。农业、财政、教育、编制、税务等各个部门和各级地方政府要继续发挥职能作用,积极稳妥地推进相关改革,保证取消农业税政策落实到位,保证社会主义新农村建设有力有序有效地向前推进。

【日期】　2006 – 03 – 12
【版次】　1
【栏目】　两会漫笔

自主创新需要勇气和韧性

　　"只有走自主创新之路,建设创新型国家,中华民族才能赢得发展的主动权。"说起自主创新的体会,年逾花甲的重庆力帆实业(集团)有限公司董事长尹明善委员滔滔不绝,"建设创新型国家需要众多的创新型区域和创新型企业,创新型企业还包括成千上万的中小企业。我们要在全社会奏响自主创新的主旋律,作为创新主体的企业更应激发自主创新精神,培养自主创新意识,大力推进自主创新。"

　　在尹明善看来,当前搞自主创新首要的工作,是要消除相当多企业对自主创新的畏难情绪。"不少企业尤其是中小企业,仍然把自主创新看得很神秘,看得高不可攀,认为那是院士、专家和大专院校、科研院所的事,至少也是大企业的事。这种认识亟须扭转。我从 1992 年开办了一个 9 个人的小作坊,发展到今天的 9000 多人的大企业,经验和教训、体验和见闻告诉我,自主创新并非遥不可及。企业无论大小,皆可进行自主创新。我们一定要树立对自主创新的自信,让全社会和广大企业都来参与自主创新,这样,建设创新型企业、创新型区域和创新型国家就不会遥远。"

　　更进一步来看,企业搞自主创新,不仅要有信心,还要有恒心和耐心。一方面我们不能妄自菲薄,另一方面也不能急于求成。企业创新要有可持续发展的理想和信念,以及有预见性的战略眼光。通威集团董事长刘汉元委员告诉记者一个好消息:由通威作为投资主体、管理主体和经营主体的"淡水鱼类基因测序和生殖免疫项目"最近已申报成功并实施。该项目总投资 5 亿元人民币,定题为"草鱼基因组计划及产业化",是具有中国特色的第一个淡水养殖鱼类基因计划,由通威牵头,国内外水产、基因研究领域著名专家联手完成。"我们搞这个项目并非图眼前利益,而是为今后 5 年、8 年乃至 20 年的企业和行业发展储备新技术。一旦成功,将全面确立通威及中国在世界水产界的技术领先地位。但是在这个过程中,需要企业沉得住气,敢于投入,勇于坚持。"

刘汉元的认识具有代表性。是的,走坚持自主创新、掌握自主知识产权、打造自主品牌的道路,也许并非企业发展的一条捷径,却是一个承载着民族产业希望的、必须尝试的方向——这已经成为企业界代表委员们的共识。应该说,众多企业在自主创新上的努力已越来越得到全社会的理解和认同,而各级政府对创新型企业支持力度的不断加大,也进一步坚定了企业自主创新的决心和信心,增强了企业在创新道路上"坚守"的勇气和韧性。

"万众识得创新事,万紫千红总是春。"尹明善套用古诗来表达他对建设创新型国家的喜悦和奋发之情。我们相信,随着自主创新成为国家战略,随着《国家中长期科学和技术发展纲要(2006—2020)》的制定和实施,随着若干激励自主创新重要政策的颁布和贯彻,随着各个地区、各个部门和广大企业对自主创新认识的逐步深化,将为我们走中国特色自主创新道路形成日益完善的制度环境、政策环境、市场环境和文化环境。

【日期】　2006 – 03 – 14
【版次】　1
【栏目】　两会漫笔

把城市乡村做成一篇大文章

　　在"两会"采访代表、委员，发现一个新的现象：开头说新农村建设的，慢慢就会转到城市化进程的内容；而谈论城市建设的，往往最终又会落到农民工的问题上。

　　农村与城市，建设新农村与推进城市化，两个话题就像一对孪生兄弟，总是相伴相生——新农村应是城市化进程中的新农村，城市化应是带动农村发展的城市化。这一统筹城乡发展的新思路，已经成为"两会"代表委员的共识。

　　一些代表委员指出，统筹城乡发展，是党和国家为改变城乡二元结构、缩小城乡差距而提出的发展方略，在这一思想指导下，在继续推进城市化战略的同时，又适时提出了建设社会主义新农村的新战略。这是对社会主义现代化建设规律认识的深化。正如郭树清委员所说，新农村建设是农业、农村发展的需要，也是城市化的需要。不改善农村生产生活条件，城市的发展基础不稳固，市场无法扩展，劳动力供给的数量和质量都难以提高。

　　也有代表委员认为，"以工促农，以城带乡"的内涵，除了要实行工业反哺农业、城市支持农村和"多予少取放活"的方针，还要在以城市化带动农业、农村发展上下工夫。清华大学教授蔡继明委员分析说，解决"三农"问题的根本途径是减少农民，加快城市化进程。因为在农村人口众多、每户农民耕地面积少的情况下，要通过土地使如此规模庞大的农民群体脱贫致富，几乎是不可能的。只有减少农业劳动力，把农业人口越来越多地转移到非农业部门，把农村人口越来越多地变成城市人口，农村的土地才有可能实行规模化、专业化和集约化生产，农产品的成本才会大幅度降低，农产品市场化比例才能大大提高,农民的人均收入和生活水平才可能达到与城市人口相当或相近的水平,"三农"问题也才有可能从根本上得到解决。

这就要求我们必须将建设新农村与推进城市化两大战略统筹起来进行。一方面,要在把握城市化大趋势的前提下来搞新农村建设,避免土地、资金等资源的不合理使用。郭树清委员指出,可以预料未来会有数以亿计的农村人口转移出来,成千上万的乡村转变为城镇,一定要充分考虑未来城市扩展和郊区化的可能性,做好新农村建设的科学规划,既要避免现在的大拆大建,也要避免将来的大拆大建。

另一方面,要在促进农村建设的条件下来推进城市化。要改革城乡分割的土地制度、征地制度和户籍制度,建立城乡统筹的就业制度和就业政策,从而有助于促进农业劳动力向非农业部门转移、农村人口向城市人口转变。《国民经济和社会发展第十一个五年规划纲要(草案)》在这方面提出了具体、明晰、富有层次的举措,比如分类引导人口城镇化,对临时进城务工人员,继续实行亦工亦农、城乡双向流动的政策,在劳动报酬、劳动时间、法定假日和安全保护等方面依法保障其合法权益;对在城市已有稳定职业和住所的进城务工人员,要创造条件使之逐步转为城市居民,依法享有当地居民应有的权利,承担应尽的义务;对因城市建设承包地被征用、完全失去土地的农村人口,要转为城市居民,城市政府要负责提供就业援助、技能培训、失业保险和最低生活保障等。鼓励农村人口进入中小城市和小城镇定居。代表、委员们说,上述要求既是城市建设的内容,也是新农村建设的题中应有之义。"让进城的农民工安居乐业,是我们政府的责任,也是构建和谐社会不可缺少的。"夏耕代表说。

"十一五"时期是社会主义新农村建设打下坚实基础的关键时期,也是构建新型工农、城乡关系取得突破进展的关键时期。只要我们准确把握基本国情和经济社会发展规律,确保社会主义新农村建设与工业化、城市化同步推进,以新理念催生新举措,以新举措促进新变化,以新变化带动新发展,就一定能够走出一条具有中国特色的工业与农业协调发展、城市与农村共同繁荣的现代化道路。

【日期】 2006 – 03 – 15
【版次】 5
【栏目】 两会特刊/三月随想

我们的明天会更加美好

阳春三月,新绿萌发,春意涌动。

当代表委员们迈着稳健的步伐走出人民大会堂时,心中充满着要为"十一五"开好局、起好步的坚定信念。

抚摸"十一五"发展的脉搏,我们高兴地看到,建设创新型国家和建设资源节约型、环境友好型社会的两大战略已摆在突出位置,这意味着我国经济将加快迈向速度与效益并重、结构与质量协调的增长征途。

经济增长方式粗放,多年来都是制约我国经济社会发展的一个瓶颈,而把增强自主创新能力作为转变经济增长方式的中心环节,把节约能源资源作为转变经济增长方式的有效途径,无疑抓住了解决这一问题的关键。正如代表委员所说,我们不再拼劳力、拼资源、拼环境,而开始重效益、重节能降耗、重创新,按照这个新模式走下去,不仅当前的许多矛盾可以解决,未来的可持续发展更不是问题;不仅能够实现"十一五"年均增长7.5%的速度,而且这将建立在优化结构、提高效益和降低消耗基础之上。因此,开局之年的重中之重,就是要加快建立以企业为主体、市场为导向、产学研相结合的技术创新体系,加快形成节约型的生产方式和消费方式,加快调整经济结构,确保2006年"国内生产总值增长8%左右,单位国内生产总值能耗降低4%左右"。

寻找着"十一五"时期发展的路径,建设社会主义新农村这一关系我国现代化建设全局的重大战略决策提出后,很快就有了明确的指导方针和要求,有了有针对性和可操作性的具体措施。而"两会"上代表委员对新农村建设一定要科学规划、因地制宜、实事求是的一致共识,说明了我们对科学发展的理解在深化。这也预示着,通过推进新农村建设,城乡统筹发展将会迎来一个新局面。

需要强调的是,建设社会主义新农村的内涵很丰富,任务也很繁重,而其核心是要坚决贯彻工业反哺农业、城市支持农村的方针,坚持"多予少取放活",并逐步把行之有效的支农措施规范化、制度化,形成以工促农、以城带乡的长效机制。具体到 2006 年,中央财政用于"三农"的支出达到 3397 亿元,比上年增加 422 亿元,在全国全面取消农业税,西部地区免除农村义务教育阶段学生学杂费。各级领导干部在认真落实这些重大举措的同时,还需要抓紧推进农村综合改革,尽快使广大农村面貌有比较明显的变化。

憧憬着"十一五"时期发展的美景,我们欣慰地发现,坚持以人为本,解决人民群众最关心、最直接、最现实的利益问题,扎扎实实推进和谐社会建设,已经成为重要的工作任务。在科学发展基础上,使社会更加和谐,让人民生活更加美好,是我们党立党为公、执政为民的根本落脚点,也是"十一五"规划纲要的根本落脚点。代表委员们指出,当前,顺应广大群众的呼声,尤为需要从直接关系民生的就业、社保、教育、医疗、环保和安全生产等问题入手,加大社会事业投入,推动和谐社会建设。这标志着我国公共财政结构将发生重大转型,社会建设将进入快车道。

站在"十一五"新的起点上,我们进入了全面建设小康社会承上启下的新阶段,迈出了构建社会主义和谐社会、建设创新型国家和社会主义新农村的新步伐。我们要认真贯彻落实科学发展观,按照"十一五"规划纲要的总体要求和基本思路,为实现本世纪头 20 年重要战略机遇期的第二个 5 年发展目标奠定良好开局。

在这个充满希望的春天,让我们为祖国祝福,为祖国喝彩!

【日期】　2007 – 03 – 04
【版次】　1
【栏目】　两会漫笔

春天里我们感受和谐

和风拂面,嫩芽吐绿,在春天的气息里品味"十一五"开局之年各项发展成就带来的喜悦,代表委员们强烈感受到了和谐的律动。

和谐的律动来自国民经济的平稳较快发展。2006 年中国经济,在国家宏观调控政策的引导下,呈现出增长速度较快、经济效益较好、价格涨幅较低、群众受惠较多的良好发展态势。正如熊大方委员所形容的,既富于活力,亮点纷呈,又不失和谐的韵味,较为突出的有两点:一是经济运行平稳,不仅部分行业投资过热的势头得到了有效控制,而且经济运行没有出现大的起落。二是效益型特征日趋明显,财政收入增速加快,企业利润增加较多,城乡居民收入继续增加,实现了国家、企业、居民全面增收。

和谐的律动来自经济社会发展协调性的增强。长期关注公共事业发展的郭松海委员用"喜出望外"来描述他对 2006 年经济发展的感受。他说,"十一五"开局之年是国民经济平稳较快增长的一年,也是人民群众得到实惠较多的一年。国家更加重视经济与社会事业的协调发展,强化了公共财政力度,把财政资金更多地向社会事业倾斜。在农村,围绕建设社会主义新农村,出台了一系列支农惠农政策;在城镇,全年实现城镇新增就业人员突破千万人;在教育方面,西部地区实施减免农村义务教育阶段学生学杂费政策;在卫生方面,新型农村合作医疗试点加速推进;在文化方面,"农家书屋"、"万村书库"等工程实施得到政策支持、资金保障……和谐发展,带来的是经济发展与社会事业的同步繁荣。

春天里聆听和谐发展的优美旋律,令人鼓舞,令人振奋。和谐的律动,是认真贯彻落实科学发展观、积极推进社会主义和谐社会建设的结果,是党中央、国务院针对经济运行中存在的矛盾和问题,果断、及时采取一系列宏观调控措施的结果。

良好开局来之不易。代表委员们希望,开好两会,筹划好今年的工作,努力把和谐发展的好势头保持下去。全国人大代表、山东东营市委书记张秋波的话颇有代表性:只要我们坚定不移地按照党的十六届六中全会和中央经济工作会议的要求,全面贯彻落实科学发展观,保持宏观政策的连续性和稳定性,积极促进经济结构调整,推进增长方式转变,加大体制机制改革步伐,推动经济社会切实转入科学发展的轨道,就一定能够实现国民经济又好又快发展,以实际行动迎接党的十七大胜利召开!

【日期】　2007 – 03 – 05
【版次】　5
【栏目】　两会特刊/三月随想

书写又好又快发展的大文章

3月3日,一场春雨飘落京城,雨中点点迎春花含笑绽放,就像一幅清新的写意画,描绘出代表委员们明亮、欣喜的心境。

"数字闪亮,硕果累累,'十一五'开局之年起步良好!"说起2006年的突出表现,全国政协委员史纪良兴致勃勃,他感慨的是,2006年经济发展在速度与效益上趋于协调,显现出又好又快的特征。

回望这不平凡的一年,一串串闪光的数字令人振奋——国民经济在稳定增长的同时,经济效益也在均衡增长中提高。国家财政收入和企业利润增速均比上年明显加快;税收结构进一步优化,所得税比重继续提高;企业利润在快速上涨的基础上更趋均衡化,特别是新增利润过于集中在少数上游行业的状况有所改观。

经济又好又快发展的喜人局面从何而来?

全国政协委员、上海市政府秘书长吉晓辉的分析很有代表性。2006年经济效益之所以能够实现与经济发展速度的同步加快增长,是多种因素综合作用的结果。全面落实科学发展观,各项工作稳步推进,各个部门相互配合,多方面力量综合使劲,取得了显著成绩。

从经济发展阶段看,自2003年起,中国经济进入了新一轮快速增长周期,但在前几年还伴随着经济的过热风险以及煤电油运等的约束,而在2006年,经过连续几年稳健财政政策和稳健货币政策的推动,加上国家不断加强和改善宏观调控的累积效应,经济增长的内在活力增强,国民经济不仅继续平稳较快增长,同时也取得了较好的经济效益。

从宏观调控看,重点已经转向经济运行质量。一方面,大力推进经济增长方式的转变,大力推进节能降耗和结构调整,积极倡导用新的发展思路提高经济增长的质量和效益,科学发展观日益深入人心。另一方面,针对经济运行中出现的国际收支不平衡以及流动性过剩的压力,把调控的重点放在了调整结构上,通过严把土地、信贷、环保、安全等准入门槛,从严控制钢铁、电解铝、铁合金、焦炭等行业新上项目;通过鼓励高新技术产品、优势农产品、环保节能型产品出口,严格控制"两高一资"产品出口,优化进出口产品结构。这样做很好地体现了突出重点、区别对待、有保有压的要求,既有效地消除了不合理因素,又保护了积极因素,这样的宏观调控取向有利于经济效益的改善。正如史纪良委员所高度评价的,国家调控政策有的放矢,切合实际,取得了经济增长连续4年达到或略高于10%而保持物价水平较低的成果,表明我们已经积累了经济高速运行中一系列卓有成效的管理经验。

从国内外需求看,三大需求增长强劲。在投资继续保持较快增长的同时,消费平稳增长,全年社会消费零售总额76410亿元,比上年增长13.7%,同比加快0.8个百分点。特别是汽车、通信等新的消费热点快速成长。生产扩大与需求上升相互作用,改善了市场环境,相关行业利润增速上升。此外,进出口规模的扩张,不仅扩大了需求,也改善了供给,大大拓展了我国经济增长的空间,增强了经济的活力,有利于政府税收和企业利润的增加。在追求贸易增长方式转变的过程中,经济的增长质量随之提高。

改革开放以来的实践已经证明,均衡增长才能持续增长,协调发展才是健康发展。只要我们进一步加快转变经济增长方式,不断提高经济增长的质量和效益,又好又快发展的大文章就会越写越精彩!

【日期】　2007 - 03 - 10
【版次】　1
【栏目】　两会漫笔

从"制造"到"智造"

　　"这几年,新产品、新技术给企业带来的收益至少在 10 亿元以上。"重庆市政协副主席、力帆控股有限公司董事长尹明善委员说。他对政府工作报告提出的"要加快推进产业结构升级和自主创新"体会很深。

　　作为汽车行业的新军,2007 年力帆轿车的年产量将由 2006 年的 10000 辆扩大为 40000 辆,如此快速成长正是得益于自主创新。"力帆汽车和同行相比还是小字辈,但科技含量不低,拥有 300 多项专利,其中有 20 多项发明专利。我们要在稳步增长的情况下不断提高发明专利的比重。要通过创新拥有自己的标准、自己的品牌、自主知识产权,实现从'制造'到'智造'的转变,提高国际竞争力。"

　　尹明善委员道出了众多代表委员的心声。他们认为,实现从"制造"向"智造"的转变,用自主创新提升重点产业的核心竞争力,加快建设创新型国家,是促进经济又好又快发展的必然要求和必由之路。招商局集团董事长秦晓委员分析说,近几年国内外经济环境的变化显示,劳动力成本上升、资源能源和环境制约加强、汇率变动等因素,正成为对我国制造业持续发展的严峻考验,一批低技术含量和低附加值的产品和行业,其市场空间将逐步缩小,只有走创新之路,转变经济增长方式,大力开发高技术含量、高附加值的产品,实现产业升级,"中国制造"才能保持在全球市场的比较优势。

　　从"制造"到"智造",当务之急是增强自主创新的紧迫感。企业是自主创新的主体,但仍有相当多的企业创新动力不足。一些企业仍受风险大、融资难、少能力的困扰,不敢、不能、不会创新。我们要看到,当前我国企业正面临全球性的产业与经济结构大调整,如果不主动增强创新能力,就难以在变化的市场环境中找到生存空间,就可能丧失这一发展机遇。因此,一定要通过自主创新和重点跨越,努力实现从"制造"到"智造"。要加快形成有利于自主创新的体制机制。要通过自主创新,加快技术因素对资本、资源的替代;建立和完善以企业为主体的创新体系,大力实施企业品牌化战略;要建立新的评价人才体系。

创新型国家应该是科学精神蔚然成风的国家。代表委员们谈到,科学精神是一个国家繁荣富强、一个民族进步兴盛必不可少的精神。我们要在全社会广泛弘扬科学精神,加强科学知识的宣传教育,大力加强科普工作,使全社会真正形成讲科学、爱科学、学科学、用科学的良好风尚!

【日期】 2007 – 03 – 12
【版次】 1
【栏目】 两会漫笔

在共建中共享　在共享中共建

　　胡锦涛总书记在看望工会、共青团、青联、妇联的全国政协委员并参加联组讨论时强调,一定要在党的领导下,尊重人民群众的主体地位和首创精神,最大限度地激发广大人民群众的参与热情和创造活力,最大限度地实现好、维护好、发展好广大人民群众的根本利益,把共同建设、共同享有和谐社会贯穿于和谐社会建设的全过程,真正做到在共建中共享、在共享中共建。

　　胡锦涛总书记的重要论述,在代表委员中引起热烈反响。大家认为,这一讲话对我国社会主义和谐社会建设具有重要的指导意义。江苏悦达集团董事局主席胡友林委员深有感触地说,"共建"与"共享"紧密相连,互为促进。他讲了一个亲身经历的故事:悦达近年来先后捐巨资创办"希望小学"和"春蕾班",资助贫困孩童完成中小学阶段的学习,去年他个人还给阜宁县羊寨小学春蕾班的孩子捐款10万元。今年春节前,农历腊月廿九,班里的孩子们选出一个代表,坐着拖拉机行了六七十公里的路来看他,到达时已是深夜。当接过孩子们用自己凑的钱给他买的节日礼物——黄豆和苹果时,他掉泪了。奉献和爱,共同构成了和谐美好的旋律。

　　他说,政府工作报告提出,今年要在全国农村全部免除义务教育阶段的学杂费,大家对此都倍感振奋。与此同时,也掂出了肩头更重的责任——要让贫困家庭的孩子们都能上学、上好学,在免去学杂费负担之后,还有大量工作需要社会各方面共同努力,比如让山里的孩子们能每天吃上一个鸡蛋,让艰苦的乡村教师生活得以改善,等等。所以构建和谐社会,需要脚踏实地的艰苦奋斗,需要全体人民的共同参与。如果人人有责任、人人有行动、人人有贡献,那么和谐社会的建设就有了强大的群众基础和良好的社会氛围。

认真学习、深刻领会胡锦涛总书记关于"共建共享"的论述,有助于我们更加全面、完整、系统地认识和领会中央的部署,对于构建和谐社会和解决民生问题,有着极强的现实意义。要看到,解决当前面临的诸多矛盾和困难,促进社会和谐,关键还得靠经济发展。只有保持经济持续快速协调健康发展,创造更丰富的社会物质财富,使国家的整体实力不断增强,使人民群众的生活水平不断提高,才能为构建社会主义和谐社会奠定坚实的物质基础。缩小区域间、城乡间的收入差距,要靠经济发展;协调兼顾各方面的利益关系,要靠经济发展;创造更多就业机会、解决各种民生问题,要靠经济发展;建立更广泛、更高水平的社会保障体系,也要靠经济发展。更大程度地激发人民群众的参与热情和创造活力,让社会方方面面的力量汇聚到进一步推动经济发展上,汇聚到推动经济社会事业协调发展上,在共建中共享、在共享中共建,的确是积极推动社会主义和谐社会建设的必然要求和必由之路。

只有"共建"才能让我们有更多的"共享",而"共享"恰是构建社会主义和谐社会的根本目的。实现"共建"与"共享"的良性互动,将和谐社会建设的出发点和落脚点有机地统一起来,将引领我国经济社会发展不断走向新的境界。

【日期】 2008－03－09
【版次】 5
【栏目】 两会特刊/三月随想

农业产业化经营路正宽

　　全国政协委员、香港南华集团有限公司董事局主席张赛娥向记者透露：将在5年内向农业领域投入20亿元，首个经济作物种植项目即将落户西部地区。她说："我们看好现代农业的发展前景，农业产业化经营正在迈上发展高速路。"

　　张赛娥委员对投资农业的乐观预期，首先，来自较为完善的政策框架。连续5年出台的5个指导农业和农村工作的中央一号文件，分别以促进农民增加收入、提高农业综合生产能力、推进社会主义新农村建设、发展现代农业、加强农业基础建设为主题，既各有侧重又互为补充，既立足当前又谋划长远，强大的政策体系保障极大地提高了企业投资农业的信心指数。其次，粮食连续4年增产，农民连续4年增收，部分地区农民工的工资增长率首次超过城市居民，这种难得的好局面意味着农业已稳步进入上升通道，农村市场需求正在稳定增长之中。第三，也是很重要的一点，农业和农村发展的好势头还只是一个开始，还有很大的空间和潜力。这会给投资者带来难以想象的发展机会。

　　来看一组人们熟悉的数据：2007年，农村居民人均纯收入达到4140元，实际增长9.5%；粮食产量达50150万吨。"虽然同时实现了粮食增产、农民增收，但两者增长的幅度差距较大，这表明农业生产的增长空间仍然十分巨大，对农产品的市场需求将长期保持旺盛。这也预示着企业投资农业是可以大有作为的。"张赛娥说。

　　经过这些年来的发展，我国农业产业化经营快速发展，产业化组织总数增加，龙头企业队伍壮大，利益联结机制不断完善，带动农户增收能力进一步提升。党的十七大作出了走中国特色农业现代化道路,建立以工促农、以城带乡长效机制,形成城乡经济社会发展一体化新格局的重要战略部署,对农业产业化经营提出了更高的要求,也为农业产业化发展提供了更加广阔的空间。各类产业化组织积极投身新农村建设,推动农业产业化经营向创新提高转变,呈现出投资领域多样化、投资规模层次化等新特点。

其中一个引人注目的表现是,对农业产业化的投入,已逐步由单一财政投入转变为以财政投入为导向,民间资本、工商资本、外商资本投入为主体,金融信贷资本为依托的多元化投入格局。一些实力雄厚的龙头企业充分发挥自身优势,积极参与农村基础设施建设和农村社会公益事业,在解决农业基础设施薄弱、农村社会事业发展滞后等方面发挥了重要作用。目前,农业发展银行已明确:扶持对象由过去只针对粮棉油龙头企业,拓宽到所有地市级以上的农业产业化龙头企业。

好风凭借力,扬帆正当时。愿更多的企业和社会资本抓住机遇,投身于农业产业化经营的热潮中,成为发展现代农业的生力军,奏响城乡同发展共繁荣的时代乐章!

【日期】　2009 – 03 – 09
【版次】　1
【栏目】　两会漫笔

辩证看待"危"与"机"

挑战和机遇从来都是并存的,在一定条件下也是可以相互转化的。

"危"中寻"机",需要我们有善于发掘新市场新机会的意识和眼光。曾参与筹办许多国际性会议的蔡国雄委员说,发达国家经济陷入衰退,许多国家都表示无力再举办各种大型会展活动,这正是把世界知名会展品牌引入中国的好机会! 不仅将促进会展经济的发展,还为企业带来信息、技术和商业机会,同时带动旅游业、零售业等第三产业的发展。江苏演艺集团总经理顾欣委员说,当前经济社会环境客观上增加了人们的精神文化需求,我们更有条件将文化产业打造为新型支柱产业,推动社会主义文化大发展大繁荣。

化"危"为"机",需要我们有迎难而上的勇气、信心和智慧。魏建国委员说,从我国外贸出口总量和出口商品结构来看,要将大量减少的外部需求全部转化为国内需求,是不太现实的。当前虽然出口遇到困难,却正是促进加工贸易转型升级的最好时机,也是扩大进口、吸引外资的最好时机。我们一定要利用这次国际经济结构调整的机遇,加大力度开拓新兴市场,加大对外投资力度,更好实现内需为主和积极利用外需的共同拉动。

防"危"待"机",需要我们有未雨绸缪、统筹兼顾的预见性。香港南华集团董事张赛娥委员提出,农民工返乡现象备受关注,但现在就应为制造业复苏后或将出现的"招工难"做准备。她说,"当企业生产逐步恢复正常水平时,对农民工需求会上升。地方政府和有关部门应做好统筹眼前与长远的工作,一方面对返乡农民工的生活提供帮助,另一方面对希望到城市工作的农民工进行预先登记,组织好,培训好,管理好,一旦企业对劳动力的需求增加,就能进行快速到位的劳动力配对,不至出现企业招不到人工的真空期,这将有助我们赶上国际需求复苏的第一班车。"

代表委员们谈到,当前的危机是传统发展模式之"危"、科学发展模式之"机"。改革开放30年来,我国经济社会发展经历了许多风风雨雨,但每一次都在新的起点上创造了新的辉煌。落实中央应对国际金融危机、促进经济平稳较快发展的决策部署,为我们实现科学发展提供了新的机遇。在纷繁复杂的环境和形势面前,我们要坚定信念,在逆境中发现和培育有利因素,善于从国际国内条件的相互转化中用好发展方式转变和结构调整的机遇,用好发挥自身优势、消除发展瓶颈的机遇,用好立足新起点、形成新优势的机遇,从而有力地推动我国经济社会转到科学发展的轨道上来。

【日期】　2010 - 03 - 03
【版次】　5
【栏目】　两会特刊/三月随想

新的起点　　新的期待

　　春天的新绿和暖阳显得格外动人。走过 2009——新世纪以来我国经济发展最为困难的一年,走进 2010 年,在新的起点上,人们心头既洋溢着应对国际金融危机严重冲击取得重大胜利、经济形势总体回升向好的无尽喜悦,也充满着对继续努力巩固应对国际金融危机冲击取得的成果,努力保持经济平稳较快发展的新的期待。

　　深入贯彻落实科学发展观,加快经济发展方式转变,这是我们肩负的重要任务。"实践不断证明,越是面临经济危机,就越要坚持科学发展,所谓'危机',就是化传统发展模式之'危',迎科学发展之'机'。"全国政协委员、宁夏工商联会长刘金虎说,"国际金融危机正是促使我们从传统发展方式向科学发展方式转变的好机会,有利于提高自主创新能力,促进传统产业转型升级。"全国政协委员、永正制衣天津有限公司董事长王永正说,一年来企业苦练内功,在人才培训和技术改造上狠下工夫,"心态更成熟,方向更明确",坚持在高端服装定制市场打造自主品牌,实现了 2009 年海外订单增长 50% 以上。历经严寒的洗礼之后,企业的发展理念更科学,发展模式更创新,发展的生命力更加旺盛。

　　加快经济发展方式转变,是保持我国经济平稳较快发展所面临的紧迫任务,也是为我国经济长远发展营造良好条件的重要途径。一年来,党中央、国务院带领全国人民砥砺奋进;我国经济率先企稳回升,就业充分,物价稳定,这些成果振奋人心!更为宝贵的是,大家越来越深刻地认识到,国际金融危机对我国经济的冲击表面上是对经济增长速度的冲击,实质上是对经济发展方式的冲击。正如全国人大代表、南昌市市长胡宪所体会的,这一广泛而深刻的共识,必将激励各级领导干部和人民群众以"等不起"的紧迫感、"慢不得"的危机感、"坐不住"的责任感,把加快经济发展方式转变扎扎实实落到实处。而这也必然意味着,我国发展质量将越来越高,发展空间将越来越大,发展道路将越走越宽。

让我们深入贯彻落实科学发展观,脚踏实地,不懈奋斗,打好加快经济发展方式转变这场攻坚战和持久战!

【日期】 2010 – 03 – 05
【版次】 5
【栏目】 两会特刊/三月随想

最可宝贵是"心暖"

"2009 年是新世纪以来我国经济发展最为困难的一年,也是企业取得好业绩的一年。"全国政协委员、经纬集团董事局主席陈经纬的第一句话就让人精神一振。

"国家一系列保增长、扩内需、调结构的政策举措让企业受益良多。4 万亿元投资计划为企业带来了很多发展机会,家电下乡、汽车下乡为企业开辟了巨大的农村市场,提升传统产业和壮大战略性新兴产业的强有力政策为企业打开了新的发展空间,特别是许多破解深层次矛盾的重点部分和关键环节的改革措施纷纷出台,从体制机制上为企业创造了良好的发展环境。"陈经纬委员条分缕析,神采飞扬,让人感受到发自内心的喜悦。

两天来,每一次采访,记者都被代表委员们昂扬的精神所感染。身处经济战线前沿的企业家们,无不表现出"风雨之后见彩虹"的豪情。来自各省区市的领导干部,说起自己所在地方的发展总是兴致勃勃,"弯道超车"、"低碳经济"、"文化民生"等新概念成为高频词,透视出对加快转变发展方式的深入思考。

一切都带给人浓浓的暖意。在国际金融危机冲击最为严重的时刻,在应对严峻挑战的过程中,党中央、国务院以坚定的信心,以科学果断的决策,以迅速有力的行动,全党全国各族人民以自己的努力,温暖着我们国家的经济。

在今年的两会上,我们每个人心里都有着持久的温暖。这份"心暖",既是我们取得来之不易成绩的原因,也是我们应对未来新挑战的财富。带着这份"心暖"所积聚的力量、所积淀的经验、所积累的信心,面对经济形势更为复杂的 2010 年,经过不懈奋斗,我们一定会收获更多的精彩!

【日期】　2010 – 03 – 09
【版次】　5
【栏目】　两会特刊/三月随想

"加快"二字重千钧

"加快经济发展方式转变",这是今年两会最鲜明的主题、最集中的话题、最热烈的议题。"这是刻不容缓的战略选择,关键是要在'加快'上下工夫、见实效。"全国人大代表、山东省德州市市长吴翠云的体会,说出了与会代表委员的共同心声。

早转变,早主动。国际国内经济发展形势的变化,决定了加快经济发展方式转变已时不我待。全国政协委员、国务院发展研究中心对外经济研究部部长张小济说,转变发展方式是老提法,加快转变发展方式却是新课题。这不仅是中国面临的严峻挑战,也是全球面对的紧迫任务。应对气候变化、国际金融秩序变革、世界经济格局调整等诸多问题,都需要加快转变发展方式,以适应高效发展、低碳发展和可持续发展的时代潮流。同时,在后国际金融危机时期,国际竞争越来越激烈,我们只有见事早、行动快,积极调整,加速转型,向更新、更高的层次跨越,才能在大调整大变革的全球经济大舞台上赢得发展的主动权。

动真格,促转变。许多代表委员在接受采访时一致指出,加快经济发展方式转变,是我国经济领域的一场深刻变革,关系改革开放和社会主义现代化建设的全局,关乎中华民族实现伟大复兴的千秋大业,关联亿万百姓的切身利益和长远福祉,必须在"加快"上尽全力,在"转变"上出实招,在"发展"上见成效,切切实实把"八个加快"落到实处。全国政协委员、甘肃省工商联副主席赵满堂表示,"今年是全面实现'十一五'规划目标的最后一年,也是为我国'十二五'时期发展打基础的关键一年。'八个加快'既是一个完整的政策体系,也是一套具体的行动指南,只要我们认真深入落实好,就一定会为

'十一五'画上圆满的句号,为'十二五'奠定良好的开局。"

　　齐努力,快转变。"'加快'二字重千钧。我们都要迅速行动起来,心往一处想,劲往一处使,在各自的岗位上,以创新的精神和务实的态度,为加快经济发展方式转变作出贡献。"全国政协委员、北京中华民族博物院院长王平的话引起了大家的共鸣:加快转变发展方式,有你,有我,也有他。

【日期】　2010 – 03 – 11
【版次】　2
【栏目】　两会感言

旅游经济的"三问三答"

　　"旅游经济"的内涵究竟是什么？全国政协委员、全国工商联旅游业商会主席王平一见面，就向记者这样设问。紧接着，富有多年从业经验的她"三问三答"，说出了自己的新思考。

　　第一问，到底什么是旅游？旅游不只是一个行业，不只是饭店、旅行社、风景区，任何行业都可做旅游，博物馆、美术馆可以，钢铁厂、学校、农业基地、房地产项目也可以；油菜花开了，瓜果熟了，可以和旅游相结合，甚至看病就医也可以，比如在休闲度假中加入体检、调理。旅游就是一根串珍珠的线，是一个非常庞大的产业概念。

　　第二问，旅游应该怎么做？服务，服务，还是服务。旅游这根线要把珍珠串起来，靠的正是服务意识，旅游经济本质上是服务经济。既要在传统的吃、住、行、购、玩、游上用尽心思、下足工夫，又要在这之外开辟更多新的服务。旅游就是通过精细化、多样化的服务，让人们感受到人与人之间的和谐，感受到生活、家园和世界的美好。

　　第三问，旅游业如何可持续发展？关键是要转变观念，科学认识和开发自身拥有的资源。从我国旅游业的现状看，一些珍贵、纯净、美丽的旅游资源，往往处在经济社会发展水平相对较低的区域，而这些地区越想找到经济起飞的立足点，就越是不能急功近利地加入到盲目的招商引资和无序开发、过度开发中，一定要在保护好环境、生态、文化的前提下发展旅游经济。

　　在加快经济发展方式转变的新起点上，以去年 11 月国务院常务会议讨论并原则通过《关于加快发展旅游业的意见》为标志，旅游业被提升为国民经济"战略性支柱产业"，迎来了新的发展机遇。王平委员对旅游经济的认识，给我们新的启发。落实好这一国家战略和政策,加快旅游经济发展方式转变,把旅游业培育成为人民群众更加满意的现代服务业,空间巨大,前景广阔。

（刊发原题为《旅游业发展迎来新机遇》）

——时事快论

【日期】 1998 – 09 – 04
【版次】 5
【栏目】 周末

英雄的发现

刚在电脑上打开湖北记者站传来的稿件《花儿为什么这样红》,站长魏劲松的电话就追了过来,语气很急迫:"你读完后是不是很感动? 我们写的时候都忍不住落泪了……"我有些想象不出这位平素总是面带笑容的爽朗男儿落泪时会是何等模样。从听筒这边感受到他的激动,我不知该说些什么才好——面对痛苦、生离死别这些人生灰色的一面,我似乎有一种下意识的逃避冲动。

编完稿件,已过下班时间。在秋日余晖中回到家里,开始洗菜做饭。一阵熟悉的脚步声由近及远,老公回来了,两人相视一笑。这是再普通不过的一天了。忽然,一种牵挂如揪心般疼痛:桂丹,倚在新房切切守望而丈夫却永远不会归来的桂丹,她的今天是怎么过的? 她的明天又将怎么过呢? 她拥有了众人敬慕的英雄,却失去了长相依偎的丈夫,而这种失去,在以后漫长的日子里,是需要她独自默默忍受和面对的。因为英雄的离去,我们所有人这些如此平凡的拥有,变得沉甸甸的了。

高建成、杨书祥、杨德胜……虽然我们不能一一叫出英雄的名字,但从那巍然屹立的大堤上,我们看到了英雄的存在,不管英雄是有名抑或无名。还有那些平凡的人们,面对灾难,人性中的高贵都被激发出来了。有这样一个故事:一名驾驶员承担了运送抗洪抢险物资的任务,他连续工作,5 天 5 夜没合眼,在疲劳中不幸开车撞到树上,因车祸身亡,而他只是一个单位的临时工。其实,从踊跃捐款的人群中,从热潮迭起的义演义卖中,从奋战在抗洪一线的新闻工作者中……我们处处发现了英雄的身影,英雄主义在感召着神州大地的每一个心灵。

　　洪水冲毁着我们的家园,也冲刷着我们的心灵;洪水是浑浊的,我们的心灵却因之而清澈、明亮。

【日期】 2002 – 11 – 04
【版次】 5
【栏目】 十六大特刊/采访随想

新闻中心里的感慨

走进十六大新闻中心,立即为这里旺盛的人气所振奋。前来报名采访、办理证件、查询资料的中外记者络绎不绝,外国同行活跃的身影不时映入眼帘。

据了解,截至11月2日,报名采访十六大的中外记者已达到1371名,其中,外国记者536名,港澳地区记者178多名,台湾地区记者85名,除各家新闻机构的驻华记者以外,他们中相当多的是受总部派遣,从世界各地专程赶来的,如美联社、路透社、法新社、华盛顿邮报、纽约时报等。

中国共产党的代表大会向境外传媒大范围开放,始于十三大。但当时仅200余人。即使如此,在当时也堪称一大新闻,前来采访的境外记者反倒成了采访的对象。一位新闻前辈在一篇题为《这意味着什么》的报道中自问自答,那么多外国记者不远万里来采访一个党的代表大会,意味着什么? 最重要的恐怕还是这个国家9年来改革开放的伟大成就对他们的吸引力越来越大,使他们不能不密切地关注吧。

15年过去,党的代表大会一次更比一次吸引着世界的目光,前来采访的境外记者日益增多。现在,党在新世纪召开的这一次代表大会早已成为今年全世界的新闻热点,各个国家各个地区各种倾向的新闻媒体纷纷给予高度关注,这不仅不再给人以惊诧之感,反而令人觉得尽在情理之中。

如果今天我们再重复一遍当年那位前辈的问题,又会得出什么答案? 十六大引起全世界的广泛关注究竟意味着什么呢?

它意味着,中国正以更加开放、更加积极的姿态面向世界。

它意味着,作为世界大家庭一员的中国正在国际事务中发挥着越来越不可替代的作用……

这些答案都不言自明。中国 20 多年改革开放所取得的辉煌举世瞩目，国际地位举足轻重。显而易见，中国未来的走向必将对整个世界产生深远的影响。

而更深层次的答案则是：中国共产党与中国人民血肉相连的关系在新世纪里将更加紧密和深刻。风雨兼程 81 年，中国共产党始终将自身的成长壮大和为人民谋利益、为国家图富强统一起来。

历史已经证明，没有共产党就没有新中国，没有共产党就没有改革开放的中国；历史还将证明，没有共产党就没有中华民族的伟大复兴。

这一切不但为中国人民所坚信，也被全世界所认同。

【日期】　2002 – 11 – 06
【版次】　5
【栏目】　十六大特刊/采访随想

暖意从心中升起

　　人逢喜事精神爽。虽然已是深秋,人们的心头却涌动着阵阵暖意。喜迎十六大的浓厚氛围如和煦的春风,吹散了深秋时节那淡淡的寒冷。

　　天安门广场红旗飘动,长安街上花团锦簇,耐寒的羽衣甘蓝和三色堇在深秋的阳光下愈发显得生机勃勃。街头巷尾,人们自发地载歌载舞,尽情表达心底的喜悦。

　　在盘点既往成就、翘首以盼十六大胜利召开之际,每一个中国人都体会到了温暖的感觉。而持续快速健康增长的中国经济恰如一缕阳光,也给尚未呈现明显复苏迹象的世界经济带去了温暖。

　　中国的增长速度已经将 1950 年—1973 年期间的"日本奇迹"抛在后面。世界银行去年拟定了最近 20 年全世界发展最快的百强地区排行榜,列在前 20 位的均在我国。特别是近年来,在国际经济衰退的大环境中,我国经济一花独放,保持了快速增长。今年以来,我国经受住了加入世界贸易组织的考验,经济呈现加速增长的态势。权威经济部门最近预测,今年我国经济增长速度将明显高于7%的预定目标,规模以上工业增加值、社会消费品零售总额、出口等其他经济指标也呈现向上攀升的势头,经济总量有望首次突破 10 万亿元。

　　温暖如春的中国经济成为国际市场上众多投资者的避风港。

　　巴基斯坦谢扎德国际集团董事长扎希努丁告诉记者,以前他们在油气方面都是和欧美等国的石油企业合作,但在今年,他们移师中国,一口气就在北京、上海、成都、重庆和乌鲁木齐建立了 5 个办事处。这样的投资故事在中国举不胜举。难怪国际咨询机构今年第一次将中国对外资的吸引力列为世界第一,超过了美国。

　　有外国媒体评论说,在当今世界经济不景气和不安全的情况下,中国政治稳定,经济充满活力,是一个"绿洲国家"。

　　十六大召开在即,人们有理由期待,更有理由坚信,未来的中国经济将在保持20多年快速增长的基础上,继续保持高增长——这是中国全面建设小康社会、开创社会主义现代化建设新局面的历史要求,也是全球经济复苏的时代需要。

　　深秋,让我们感受温暖。

【日期】　2002 – 11 – 08
【版次】　5
【栏目】　十六大特刊/采访随想

听妈妈讲那过去的故事

　　十六大开幕在即,京城涌动着越来越浓郁的节日气氛。西单图书大厦举办的"喜迎十六大百种优秀图书联展"反响热烈,在青少年读物区,不少家长带着孩子在挑选少儿版的党史党建书籍。

　　一位初中生选了一本优秀共产党员故事集,记者问她敬佩哪些共产党员? 她像模像样地回答:"江姐、许云峰! 妈妈给我讲过他们的故事。"

　　孩子的回答,一下子把我拉回到自己的童年。那时候,正如那首老歌所唱,我和小伙伴们坐在高高的谷堆旁边,听父母和老师讲述无数个关于共产党员的动人故事,幼小的心灵里,充满了对那些用特殊材料做成的人的尊敬和钦佩。特别是江姐,她在狱中绣红旗所透露出的信念之光,从容就义前轻整衣衫所绽放出的人性之美,永远让我感动。

　　非常高兴,多年前曾经震撼着激励着我的故事,依然充实和影响着今天的孩子们的精神世界。包括过去的和现在的,逝去的和活着的。从江姐、许云峰到吴登云、包起帆、孔繁森……一个个闪光的名字连缀成中国共产党光辉的历史,从救亡图存到富民强国,一个个共产党人的故事汇聚成一个不变的主题——那就是为共和国的发展强大上下求索,为最广大人民的根本利益鞠躬尽瘁。

　　在这些故事的起承转合中,我们走进了新世纪。遥想未来,在十六大精神的指引下,又将会有多少灿烂的名字涌现? 有多少激动人心的故事展开? 可以预见,到本世纪中叶,共产党人将和全国各族人民一起完成一个最辉煌的故事——实现中华民族的伟大复兴。

　　到那时,记者今天碰到的这位小女孩或许早已是一位妈妈了,她一定也会有好多好多的故事,要讲给孩子们听吧。

【日期】　2002 - 11 - 15
【版次】　8
【栏目】　十六大特刊/记者感言

青春的光彩

采访党的十六大,使我有机会近距离地接触很多党员代表。不管是来自基层,还是身居要职,不管是两鬓染霜,还是年富力强,在不长的采访时间中,我总能强烈地感受到每一位代表的优秀:清晰的判断,敏捷的思维,饱满的活力,包括面对海内外记者"围攻"时所显露出来的从容及大方。这一切使我由衷感到,这确实是一支强有力的队伍、一支高素质的队伍,这支队伍确实是中国的精英。

此次采访给我留下深刻印象的是,有许多年轻的面孔,不时映入我的眼帘。郭玮,35 岁,2002 年全国"五一"劳动奖章获得者;李向党,33 岁,2001 年全国金融系统"五一"劳动奖章获得者;刘红,37 岁,已经是第二次参加党的全国代表大会;郭树清,45 岁,已在国家外汇管理局局长这样重要的位置上发挥所长……青春的面容,青春的脚步,青春的思维,令我时时体会到党的生命力和创造力。新华社提供的一组数字可供佐证:十四大时具有大专以上学历的代表比例为 70.7% ,十六大时上升到 91.6% ;十四大时年龄在 55 岁以下的代表比例为 58.9% ,十六大时的比例则达到 63.2% 。

青春或许和年龄有关,或许和年龄无关,而青春必然和状态有关。一个人要葆有青春,关键在他是否有一个开放的善于接受新事物的心态;一个政党要葆有青春,关键在她是否有与时俱进的精神,有吐故纳新的勇气。

陈至立代表告诉了记者另外一组数字。教育部每年对大学生所做的调查显示,年轻一代对中华民族在本世纪中叶实现伟大复兴表现出越来越充分的信心。与之相伴随的是,年轻一代对我们党有了越来越大的信任。在高校,要求入党的大学生逐年增多,比例已达 30% ;13 年来,学生党员在大学生中的比例从1%增加到8%,有的学校高达20%,研究生中的党员已占总数的28%。一个带领全国人民不断开拓进取的党,一个焕发勃勃生机的党,自然会拥有越来越多的吸引力和凝聚力,这并不奇怪。

　　时代在发展,"三个代表"重要思想对新时期建设什么样的党、怎样建设党这一重大问题作了科学的回答。我们党的伟大,就在于她始终能顺应历史的潮流和人民的意愿,与时俱进,不断创新,使我们的党旗始终飘扬着时代的光辉,使我们的党徽始终闪耀着青春的光彩。

【日期】　2005－02－23
【版次】　15
【栏目】　导刊·财富/言论

企业要高度重视社会责任

　　我们的企业在推动国民经济持续较快发展方面,正在发挥着越来越重要的作用,这是一个不争的事实。但同时也面临一系列新的问题等待解决。眼下,社会舆论关注较多的热点话题,诸如恶意拖欠农民工工资,安全生产事故屡禁不止,以巨大的资源消耗和环境代价换取企业短期的利润,以及时常被曝光的消费欺诈行为等等,无一不涉及到企业的动机与行为。种种迹象表明,我们的企业仅仅作为社会财富的主要创造者、就业机会的主要提供者,是远远不够的,伴随着经济的不断发展和社会的不断进步,还必须承担起相应的社会责任。唯有如此,才能使我们的社会更加和谐,使企业自身的发展更加长远。

　　过去,由于长期实行计划经济体制,企业办社会的现象十分普遍,这是对企业社会责任的一种误读。随着社会主义市场经济体制的逐步形成,企业改革的日益深化,企业主辅分离措施的逐步实行,企业办社会的现象已经逐步淡出我们的视野。但这并不意味着企业在市场经济条件下就不需要承担相应的社会责任。我们必须看到,随着世界经济的发展,企业的社会责任问题越来越得到各国的广泛关注。社会发展的必然趋势要求一个企业在获得利润的同时,应当对社会包括相关利益方承担一种责任,这是对社会应该做出的回报。概括起来,企业的社会责任可分为经济责任、文化责任、教育责任、环境责任等几方面。

　　就经济责任来说,企业主要为社会创造财富,提供物质产品,改善人民的生活水平;就文化责任和教育责任等方面来说,企业要为员工提供符合安全的劳动环境,教育职工在行为上符合社会公德,在生产方式上符合环保要求。

　　用这些标准来对照我们的企业,可以看到很多差距。有学者对此曾作出过这样的概括:一是缺乏服从强制性社会保障的意识,存在尽量逃避税收和社保缴费的行为;二是过度强调企业的盈利动机,忽视就业、节能和环保责任;三是一些企业唯利是图,缺乏诚信,提供不合格产品、服务或虚假信息,与消费者争利乃至欺骗消费者;四是以牺牲企业职工收入、福利为手段,扩大企业不正当利润;五是缺乏提供公共产品的意识,忽视对社会公益事业的参与支持;六是缺乏公平竞争意识,极力维护或变相制造行业垄断,排斥市场竞争。

　　如何在新形势下,重新树立并不断强化企业的社会责任意识? 我以为,关键是要与当前党和国家极力倡导的构建社会主义和谐社会的精神紧密结合起来。我们知道,伴随着社会主义市场经济体制的逐步确立与完善,各种新的社会问题与矛盾也会随之出现在我们面前,这就要求我们的企业必须在不断创造社会财富的同时,自觉地承担起扩大就业的责任、履行社会保障的义务、遵守环境道德的责任、维护社会诚信的责任和推动社会进步的责任,在促进社会公平、维护社会稳定、实现共同富裕方面发挥重要作用。

　　在这里需要强调的是,企业承担社会责任,并不是将额外的社会负担转嫁给企业,而是必须履行的职责和义务。因为,随着入世和中国融入经济全球化的程度加深,国内企业要在全球竞争中生存和发展壮大,就必须在不断强化自身盈利和创新能力的同时,更好地融入社会,与政府和社会公众建立良好的互信,从而使企业通过得到社会的高度认可而在更大的范围内获得持久的竞争力,对员工负责,对消费者负责,对社会资源和环境负责,换取企业的永续经营权,这才是最重要的。

【日期】　2007 – 10 – 13
【版次】　5
【栏目】　金秋畅想

在新的历史起点上

天高云淡,鲜花盛开,金秋的北京到处洋溢着迎接党的十七大胜利召开的喜庆气氛。在西单图书大厦开设的"迎接中国共产党十七大"优秀文艺图书展销柜台前,正在翻阅《恰同学少年》的读者王华对记者说,如今祖国面貌一新,政通人和,欣欣向荣,我们都感到激动和自豪。

进入新世纪新阶段,面对新形势新任务,以胡锦涛同志为总书记的党中央带领全国各族人民团结奋斗,坚持以邓小平理论和"三个代表"重要思想为指导,深入贯彻落实科学发展观,聚精会神搞建设,一心一意谋发展,综合国力大幅提升,人民生活显著改善,城乡面貌日新月异,国际地位不断提高。面向未来,我们站在一个新的历史起点上。

——我们站在经济发展的新起点上。2006 年,我国国内生产总值首次越过 20 万亿元大关,比 2002 年翻了一番,社会生产力、综合国力和人民生活水平都跃上了一个新台阶。

——我们站在改革开放的新起点上。我国积极推进各项体制改革,在一些重要领域取得了新进展,从容应对加入世贸组织后的新变化,社会主义市场经济体制不断完善,对外开放有了新突破。2006 年,中国进出口总额达到创纪录的 1.76 万亿美元,外汇储备超过 1 万亿美元。

——我们站在各项社会事业发展的新起点上。我们党提出的构建社会主义和谐社会的重大战略任务,正在实践中逐步落实,为推动经济社会协调发展和社会全面进步,提供了有力保障……

这一切辉煌成就,是在战胜了种种困难、经受了层层考验后取得的！党的十六大以来,我们既适时加强和改善宏观调控,有效抑制经济运行中出现的不稳定不健康因素,推动经济平稳较快发展,又坚持把加强和改善宏观调控与解决好群众最关心、最直接、最现实的利益问题统一起来,惠民政策力度不断加大;既成功抵御了非典疫情的冲击,又从容应对了一个个重大自然灾害的挑战,确保国民经济航船平稳前行……深入贯彻落实科学发展观,我们取得了建设中国特色社会主义的新的伟大成就。

回首过去,倍感欢欣鼓舞,展望未来,更觉使命重大。站在新的历史起点上,面临的机遇前所未有,面对的挑战也前所未有。我们相信,即将召开的党的十七大,必将对党和国家事业发展产生重大而深远的影响,必将有力地指导和激励全党全国各族人民把中国特色社会主义事业全面推向前进。让我们将喜迎十七大的激情转化为扎扎实实的努力,更加紧密地团结在以胡锦涛同志为总书记的党中央周围,坚定信念,增强信心,奋力开拓中国特色社会主义更为广阔的发展前景!

【日期】　2008 - 01 - 08
【版次】　2
【栏目】　采访随想

让"美丽"与"发展"共赢

　　"我们想象此时此刻正坐在温暖的蒙古包里,外面是晶莹的冰雪世界,耳边传来悠扬的长调,在新的一年,呼伦贝尔让美丽与发展双赢的路子将越走越宽。"2008 年元旦前夕,在呼伦贝尔市与首都新闻界的座谈会上,市委书记曹征海一番富有诗意的语言,让记者仿佛又一次置身于绿意盎然的大草原。这个冬季,呼伦贝尔不再寂寞,牙克石开雪节的举办让长达 6 个多月的冰雪期成为独特的"银色"财富;这个冬季,呼伦贝尔也不再寒冷,纵然地上雪花飞舞,地下能源资源的开发却让这里涌动着发展的热流,足以驱散零下几十度的严寒。而最让人兴奋和欣慰的是,近年来经济开始加速的呼伦贝尔依然还是那么美丽!

　　呼伦贝尔这个名字总让我们首先想到一望无垠的绿色。这里有最完整的全生态资源,森林、草原、湖泊基本保持了原始风貌。呼伦贝尔干部群众怎么看待经济发展与生态文明之间的关系? 呼伦贝尔作为国家重要的能源产业基地,工业和环保是如何结合起来的? 呼伦贝尔干部群众的答案是:让"美丽与发展双赢"——工业强市与生态立市并举,坚持"四进四退"。"四进"就是四个新:新型工业化、新型农牧林区、新型边境区域合作、新型服务业;"四退"就是退耕、退牧、退伐、退污染的小工业。尤其是对国家布局的能源产业制定了"点状布局、集约发展、规模开发"的战略,推广循环经济模式,确保以最低的环境代价实现资源最大的增值。"退"是恢复自然生态,拓展可持续发展空间,实现更好发展;"进"是发挥生态优势,发展新型特色产业,实现更快发展;在辩证把握生态保护与经济发展的关系中,呼伦贝尔在茫茫草原上写下了科学发展的动人篇章。

　　生态文明建设是当前国内的重要工作。党的十七大报告把"建设生态文明,基本形成节约能源资源和保护生态环境的产业结构、增长方式、消费模式",作为对实现全面小康社会奋斗目标的新要求之一。建设生态文明,是人们在改造客观世界的同时,改善和优化人与自然的关系,达到人和自然和谐共处。其中的关键,就是要深入贯彻落实科学发展观,着力转变发展观念、创新发展模式、提高发展质量。

要建设生态文明,切实推动经济社会全面、协调、可持续发展,必须按照党的十七大报告提出的要求,"完善有利于节约能源资源和保护生态环境的法律和政策,加快形成可持续发展体制机制"。其中,有几方面的工作需要重点推进。第一,坚持"好字优先",在推动经济发展由粗放型向集约型转变上多下工夫。呼伦贝尔这些年为了建立健康的发展模式,已经用了 3 年的时间打基础,还要再花 4 年进行巩固,才会从容迈入发展快车道。因为当地领导干部认识到,生态环境一旦破坏,难以修复,所以必须保护优先、有序开发,确保发展质量,坚决控制不合理的资源开发活动。

第二,通过制度建设进一步倡导和树立"保住青山绿水也是政绩"的观念。目前,已有不少地方把生态建设和保护成效纳入干部考核评价体系之中。下一步还应加快建立并落实节约资源、保护环境的目标责任制和行政问责制。

第三,发挥市场杠杆作用,建立经济社会发展与生态环境改善相互促进的良性循环机制。综合运用价格、财税、金融、产业和贸易等经济手段,改变资源低价和环境无价的现状,形成科学合理的资源环境的补偿机制、投入机制、产权和使用权交易等机制,从根本上解决经济与环境、发展与保护的矛盾。

同时,广泛普及生态科学知识和生态环境宣传教育,在全社会牢固树立生态文明观念,形成尊重自然、热爱自然、善待自然的良好氛围。当年草原英雄小姐妹护羊的故事,感动了几代人。在呼伦贝尔的土地上,这些故事很多很多,前不久在呼伦贝尔拍摄的一部电影,讲的就是草原人为保护草原而牺牲生命的真实故事。这些故事,这些人,我们不会忘记。

生态文明既是理想的境界,也是现实的目标。保护好我们赖以生存的生态环境,实现保护生态环境与经济发展双赢,为子孙后代留下一个美好的生态家园,我们义不容辞。

（刊发原题为《实现保护生态环境与经济发展双赢》）

【日期】　2008 – 08 – 09
【版次】　5
【栏目】　奥运特刊/五环漫笔

展现辉煌画卷　　奏响激情乐章

　　百年梦圆在此时! 8 月 8 日晚,当庄严的五星红旗和奥运五环旗冉冉升起在国家体育场,当来自奥林匹亚的圣火照亮北京的夜空,当一幅幅彰显中国风格、中国气派的"绘画长卷"文艺表演展现在五洲宾朋眼前,人们用欢呼声和掌声庆贺并铭记这一激动人心的历史性时刻——奥林匹克运动,因为第一次将盛大的舞台搭在中华大地上而倍添魅力!

　　美丽的奥林匹克,承载着我们美丽的梦想。

　　国运盛,体育兴。在百年梦圆之际,我们没有忘记 1908 年有识之士发出的"中国什么时候能举办奥运"的期盼;我们没有忘记 76 年前刘长春代表祖国参加奥运会的孤独步履;我们没有忘记 1952 年在芬兰赫尔辛基第 15 届奥运会上,新中国体育代表团第一次在奥运会亮相;我们没有忘记,1959 年容国团夺得第 25 届世界乒乓球锦标赛男子单打冠军,这是中国体育史上的第一个世界冠军……饱受磨难而自强不息,百年梦想历经风霜雨雪终于如愿以偿;一个世纪的守望,经过几代人含辛茹苦的奋斗终于展示出精彩华章。

　　改革开放以来的 30 年,是当代中国大发展的 30 年,也是体育事业大繁荣的 30 年。改革开放以来至 2007 年底,中国运动员共获得世界冠军 2137 个,创超世界纪录 1001 次。与此同步,我国经济长期保持平稳较快增长,综合国力不断增强,城乡居民生活水平显著提高。

　　圣火照耀,我们看到了梦想的力量。历经曲折,而愈挫愈勇。任何困难都难不倒英雄的中国人民! 7 年筹办,我们直面一个个严峻挑战,在党中央、国务院坚强领导下,全国人民以最大的热情、最诚挚的行动践行承诺,让历史悠久的奥林匹克与源远流长的东方文明汇聚交融。自信、自强、自豪的中国人民,正以最真诚的笑容面对全世界的八方来宾。

五星红旗和奥运五环旗飘扬,我们看到梦想在飞扬。现代奥运会承载着人类的共同理想,从奥林匹亚山到万里长城,不同国家、不同信仰、不同肤色、不同种族的人们,为了共同的梦想汇聚在一起。通过奥运会这个窗口,中国加速走向了世界,世界进一步了解了中国。我们将以"同一个世界,同一个梦想"为时代强音,展现"团结、友谊、和平"的辉煌画卷,奏响"更快、更高、更强"的激情乐章。

【日期】 2008 - 08 - 25
【版次】 5
【栏目】 奥运特刊/五环漫笔

让奥运盛会绽放的花朵永恒而美丽

8月24日晚,灿烂绚丽的焰火再次照亮北京夜空,第29届夏季奥林匹克运动会完美落幕。在一张张运动员的笑脸中,在一项项被刷新的纪录中,在一个个超越自我、挑战极限的动人故事中,全世界都看到了一个庄严承诺的实现:中国人民以卓越的努力和巨大的热忱,奉献出了一届有特色、高水平的奥运会。北京奥运会对"更快、更高、更强"奥林匹克精神的深刻理解,对"同一个世界,同一个梦想"境界的美好演绎,对"绿色奥运、科技奥运、人文奥运"理念的精彩诠释,必将对未来产生积极而深远的影响。

深入贯彻落实科学发展观,运用奥运成果促进全面、协调、可持续发展,使经济社会发展提升到一个新的水准,把我们的国家建设得更加美好,这是人们共同的心愿。

运用"绿色奥运"的成果,推动资源节约型、环境友好型社会建设,将是全社会的自觉行动。"'绿色奥运'已在我们身边,绿色北京已经上了一个台阶,今后我们将继续上新台阶。"北京市环保局新闻发言人杜少中的这番话,道出了人们的共同心声。北京在过去几年出台了一系列环保政策和措施,在经济快速增长的同时减少了污染物排放,加快了基础设施建设,留下了一笔可观的奥运环境财富。采纳世界最严格的尾气排放标准、引入可再生能源以及扩大公共交通系统等一系列长期措施,都代表了北京逐渐向可持续发展模式迈进的决心,而且这样的探索正在全国各地展开。

运用"科技奥运"的成果,推动创新型国家建设,将是全社会的不懈努力。科技奥运的力量使众多"世界第一"、"奥运史上首创"在北京奥运会成为现实,仅"鸟巢"就创造了诸多世界之最。一批先进的新能源汽车、绿色能源、高效节能和环保新技术、新工艺和新产品得到广泛应用,比如 500 多辆新能源汽车投入运营,使奥运中心区域的交通实现了"零排放",这是奥运史上的第一次。这些新科技成果不只是展现在北京奥运会,更成为新技术产业化的开端、大规模商业运用的开端。科技奥运的成果将在奥运会后加速推广开来,而这些科技创新成果的推广和产业化,将更有力地提高全国的科技创新水平。

运用"人文奥运"的成果,推动和谐社会建设,将是全社会的持续追求。在全国范围内,"人文奥运"理念的贯彻实施,极大地促进了公民文明素质的整体提升,推动了社会主义文化大发展大繁荣。"人文奥运"以其丰富的精神内涵和多样化的生动实践,对我国众多城市的现代化、国际化产生着积极的影响。它不仅是一个特定时段的重要文化理念,而且是一个具有长期实践特性的文化发展战略。"人文奥运"为建设和谐社会提供了高质量的城市人文软环境的标尺,同时也塑造着市民的理性思考、开放心态、创新精神和包容胸怀等文明素养,为城市发展提供了全面、协调、可持续发展的精神动力。

奥运盛会绽放的花朵,定会因为梦想的永恒而更加美丽,相信这丰硕的奥运成果必将在中华大地发扬光大!

【日期】　2009 – 10 – 5
【版次】　1
【栏目】　新中国60周年国庆盛典系列评论员文章

共同的荣光　共同的责任

国庆盛典,让亿万中华儿女倍感自豪。有网友用"最美的国庆、最美的中秋"来形容中华儿女此刻欢欣鼓舞的心情。国庆之美,美在阅兵的威武,美在游行的壮观,美在晚会的璀璨,更美在国力的强盛;中秋之美,美在皎洁的月光,美在传统节日的韵味,美在亲朋好友的祝福,更美在社会的安定与和谐。那一个个壮观的画面、一行行激动的泪水、一张张灿烂的笑脸,锁定在我们的脑海里,每一次回味,都是对家之幸福的巨大升华,都是对国之大爱的强烈迸发。

这是我们共同的荣光——

国庆盛典,展现60年奋斗历程,呈现60年辉煌成就。所有中华儿女都为新中国取得举世瞩目的伟大成就而骄傲,都为中华民族必将实现伟大复兴、为世界和人类作出新的更大贡献的光明前景而振奋。

国庆盛典,浓缩的是60年探索和奋进造就的"中国奇迹",铺开的是未来中国发展的壮美图景。盛典的绚烂已成为中华民族共同的记忆,历史也由此掀开了新的一页。以国庆60周年作为一个新的起点,我们国家正在党的领导下阔步迈向更加美好的明天。这是一个不同寻常的历史起点,中国的经济总量已位居世界第三,中国人在2008年一天创造的财富,比1952年全年的总和还要多;这也是一个将被不断超越的历史节点,在中国特色社会主义的道路上,伟大的中国共产党和伟大的中国人民必将不断从胜利走向胜利,创造出更多让世人赞叹的奇迹和历史伟业!

这更是我们共同的责任——

国庆盛典,抒发的是中华儿女礼赞祖国的共同心声,凝聚的是所有中华儿女共创伟业、报效祖国的豪情壮志。爱国当自强,报国当奋进。礼赞祖国,不仅要用鲜花和欢歌,更要用扎实的工作、不懈的努力;报效祖国,不仅要有一颗真挚的心,更要有切实的行动、忘我的奉献。我们要把国庆60年盛典所展示和激发的信念与信心,转化为推动发展的巨大动力,转化为万众一心、共克时艰的精神面貌,转化为谦虚、谨慎、不骄、不躁和艰苦奋斗的优良作风,转化为开拓进取、奋发有为、勇于创新的实际行动,投身到推动科学发展、促进社会和谐、推进全面建设小康社会进程的伟大实践之中,脚踏实地建设好我们的伟大祖国。

国庆盛典,振奋人心,催人奋进。每当义勇军进行曲奏响时,多少人都会情不自禁地流下热泪。60年来,这支歌一直在提醒我们要居安思危,团结一致,自强不息。在激昂的国歌声中遥望40年后,新中国将迎来成立100周年。我们深信,到那时,一个富强民主文明和谐的社会主义现代化国家,将巍然屹立在世界东方。但是,我们也深知,中国现代化所面临的挑战是史无前例的,发展的道路并非一片坦途。我国仍处于并将长期处于社会主义初级阶段的基本国情没有变,人民日益增长的物质文化需要同落后的社会生产之间的这一社会主要矛盾没有变,同时我国发展呈现一系列新的阶段性特征,出现一系列新情况新问题。因此,面对未来,我们仍需付出超凡的勇气与巨大的努力,仍需增强忧患意识,发扬艰苦奋斗的精神,深怀爱国之情,力行报国之举,在自己的工作岗位上兢兢业业,用新的业绩向伟大祖国汇报。

【日期】　2009 - 10 - 6
【版次】　1
【栏目】　新中国60周年国庆盛典系列评论员文章

伟大的精神　伟大的力量

新中国成立60周年盛典,是中华民族精神的壮美展现。

三军浩荡,铁甲生辉。阅兵分列式上,14个徒步方队,30个装备方队和12个空中梯队以排山倒海的气势集中展示了人民军队革命化、现代化、正规化建设的辉煌成就;我与祖国共奋进,"奋斗创业"、"改革开放"、"世纪跨越"、"科学发展"、"辉煌成就"、"锦绣中华"、"美好未来",36个群众游行方阵,用昂扬的激情展示出新中国各个时期的建设成就……60年风雨历程,一路收获的辉煌和奇迹,无不让人感慨万千。而这一切,一以贯之的是伟大的中华民族精神。

伟大的精神创造伟大的成就。60年的沧桑巨变告诉我们,中华民族精神是国家富强、民族团结、人民安康的重要力量源泉。从"全心全意为人民服务"的楷模雷锋,到"宁可少活二十年,拼命也要拿下大油田"的王进喜;从坚信人生的目的"是奉献,不是索取"的数学奇才陈景润,到心灵告白为"生育我者父母,教养我者党"的光学家蒋筑英;从"为党分忧,为民解难"的信访员张云泉,到呕心沥血宣传党的创新理论的军校教授方永刚;从14次创造全国黑色金属矿山掘进纪录的矿工马万水,到赶超世界一流的码头工人许振超……年代不同,环境不同,岗位不同,但中华儿女身上所体现的精神是一致的。亿万中华儿女用自己的奉献、奋斗和牺牲,构筑了共和国薪火相传的精神支柱。铁人精神、"两弹一星"精神、抗洪精神、抗击非典精神、载人航天精神、青藏铁路精神、抗震救灾精神、北京奥运精神……它们与井冈山精神、长征精神、延安精神、西柏坡精神一脉相通,深深熔铸在中华民族绵延不绝的生命力之中。正是有了一代代中华儿女对民族精神的继承和弘扬,才"敢教日月换新天",

才造就了世人惊叹的"中国奇迹"。

伟大的精神生发伟大的力量。新中国成立 60 周年盛典,将中华民族精神所蕴含的向心力、凝聚力和创造力引领到一个新的高度。这是在世界舞台上一个国家综合竞争力的展现,更是一个民族强大精神力量的体现。从全部为我国自主研制和生产的高科技装备上,我们看到了"中国制造"和"中国创造"的力量;从军民整齐划一的动作、铿锵有力的步伐和发自内心的热情上,我们看到了"中国信念"和"中国信心"的力量……这些力量,源于伟大的中华民族精神,又孕育出更具有新时代特征与光彩、更富有新的活力与生机的民族精神之花!

一位群众游行的参与者这样说:"在天安门广场,我看到花的海洋、人的海洋;我更看到祖国一天比一天强盛,看到中国人激情饱满的精神面貌和奋发向上的昂扬斗志。我无法抑制自己的激动,几乎是含着泪水走完全程。"作为中华儿女,我们在铭刻一幅幅珍贵的历史画面之后,必将焕发出百倍的热忱、千倍的力量,脚踏实地,开拓进取,为祖国增光添彩,在新的历史征程上谱写新的篇章。

【日期】　2009 – 10 – 8
【版次】　1
【栏目】　新中国60周年国庆盛典系列评论员文章

创造新业绩　　谱写新篇章

　　盛况空前的新中国成立60周年庆典,聚民心,壮国威,展现了辉煌成就,凝聚了民族力量,那无比壮丽的画面和气势恢宏的场景,激发了亿万中华儿女的豪迈情怀。人们从内心发出了对伟大祖国的赞美和祝福,一条"中国之崛起,民族之振兴,你我齐手创,共建辉煌天"的短信被转发了15万次之多。

　　中国的发展和强大,是中国人民的福祉,也是中国对世界的贡献。在1997年亚洲金融危机发生时,中国政府采取了一系列积极政策,对稳定地区金融经济形势作出了重要贡献。在去年下半年席卷全球的国际金融危机不断蔓延时,中国果断采取了一系列政策措施,保持了宏观经济政策的连续性和稳定性,增强了宏观调控的针对性、有效性和可持续性,有效遏制了经济增长下滑的势头,实现了经济平稳较快发展,并为世界经济的可持续复苏作出了贡献。

　　面对未来,目标伟大,任重道远。到我们党成立100年时建成惠及十几亿人口的更高水平的小康社会,到新中国成立100年时基本实现现代化,建成富强民主文明和谐的社会主义现代化国家。这是光荣而重大的历史使命,需要亿万中华儿女团结一心,全力以赴,不懈奋斗。面对国际金融危机的不利影响,我们要深入贯彻落实科学发展观,再接再厉,奋发进取,巩固经济企稳回升向好的势头,努力实现经济社会又好又快发展。

　　立足社会主义初级阶段的基本国情,党中央作出了深刻判断,在我们这个十几亿人口的发展中大国,我们在推进改革开放和社会主义现代化建设中所肩负任务的艰巨性和繁重性世所罕见,我们在改革发展稳定中所面临矛盾和问题的规模和复杂性世所罕见,我们在前进中所面对的困难和风险也世所罕见。这三个"世所罕见"警示我们,中华民族的复兴之路绝非坦途。面对前进道路上各种困难和风险,我们肩负的任务艰巨而繁重,我们面临的考验复杂而严峻,需要我们坚定信心,增强忧患意识,居安思危,励精图治。

从目前的情况来看,世界经济复苏将是一个缓慢曲折的过程,我国经济回升基础还不稳定、不巩固、不平衡,国际国内不稳定不确定因素仍然很多,我国经济发展仍处在保增长的关键阶段。我们要继续把保持经济平稳较快发展作为经济工作的首要任务,继续实施积极的财政政策和适度宽松的货币政策,保持宏观经济政策的连续性和稳定性,充实完善应对国际金融危机冲击的一揽子计划和政策措施,更加注重推进结构调整,更加注重加快自主创新,更加注重加强节能环保,更加注重城乡统筹和区域协调发展,更加注重深化改革开放,更加注重保障和改善民生,确保经济社会又好又快发展。

抒发爱国精神,凝聚前行力量——怀着对祖国深深的热爱,怀着对今日中国以崭新面貌活跃在世界舞台上的无比自豪,亿万中华儿女在新的历史起点上,正奏响自强不息的奋进之歌,创造新的业绩,谱写全面建设小康社会、实现中华民族伟大复兴的更加壮丽的新篇章。

【日期】 2009 - 10 - 9
【版次】 1
【栏目】 新中国 60 周年国庆盛典系列评论员文章

迈上新征程　创造新辉煌

胡锦涛总书记在会见筹办国庆系列活动的有关工作机构负责同志和工作人员、演职人员、受阅部队官兵代表时强调,这次国庆系列活动的成功举办,给我们留下一笔宝贵的精神财富,我们一定要认真总结、倍加珍惜、大力发扬。尤其要把广大人民群众在活动中激发出来的爱国热情和伟大民族精神,进一步引导到建设中国特色社会主义伟大事业上来,继续解放思想、坚持改革开放、推动科学发展、促进社会和谐,为全面建设小康社会、实现中华民族伟大复兴而不懈奋斗。

我们一定要认真学习、深刻领会、坚决贯彻胡锦涛总书记重要讲话精神,大力发扬这次庆祝活动留下的宝贵精神财富和体现出的优良工作作风,再接再厉、奋发进取,以实际行动推动各项工作取得新的更大的成绩。

新中国成立 60 周年系列庆祝活动是一曲奉献之歌。威武壮观的阅兵式,人民军队矫健整齐的步伐和排山倒海的气势,源于他们的刻苦训练和辛勤付出;8 万名青少年组成了广场绚丽多彩的背景表演,他们说,能为伟大祖国尽绵薄之力,自豪无比;在每一个需要的岗位上,广大志愿者无私奉献,夜以继日地紧张工作,在治安、交通、环保、游园和文化活动、游行外围保障服务等方面发挥了积极的作用……不一样的参与形式,一样的奉献精神,许许多多的人为国庆盛典的完美进行付出了大量心血和汗水。新中国 60 年沧桑巨变,是千千万万劳动者的默默奉献,铸就了举世瞩目的辉煌成就。

新中国成立 60 周年系列庆祝活动是一曲团结之歌。10 万各界群众游行,各族儿女热情投入;60 辆彩车,各族儿女共同打造。在"团结奋进"方阵彩车上,各族群众一起翩翩起舞。盛世盛典,谱写了民族团结的动人乐章,真切表达了各族人民对伟大祖国的深情祝福和共谱凯歌的豪情壮志。60年来，我国各族人民同呼吸、共命运、心连心，谱写了新中国繁荣富强的壮丽史诗，奏响了中华民族伟大复兴的时代强音。我国各民族团结进步是中华民族的生命所在、力量所在、希望所在。

新中国成立60周年系列庆祝活动是一曲创新之歌。国庆盛典，是我国不断提升的创新能力的亮丽展示。阅兵式上，30个装备方队以崭新阵容接受检阅，受阅装备全部由中国自主研制和生产，90%的装备是首次亮相，集中反映了国家科技进步和技术创新的最新成果，充分展现了中国国防和军队现代化建设的巨大成就。新一代红旗检阅车融七大方面汽车产业自主创新技术，运用了40多项具体的技术创新成果，最让人兴奋的技术亮点是采用了全新自主设计的V12全铝制汽油发动机。创新，深深融于国庆盛典的每一个细节中。就连在国庆60周年联欢晚会上亮相的铜梁龙舞，也进行了多项工艺创新，让百米长龙瞬间由通体金黄变成通体红色，并将头高高昂起，升到了5米高空，呈现出蔚为壮观的巨龙腾飞图景。

新中国成立60周年系列庆祝活动是一曲奋进之歌。透过国庆阅兵、大型群众游行、盛大联欢晚会，我们真切地感受到了祖国的蓬勃向上，感受到了亿万中华儿女强大的向心力、凝聚力和创造力。这极大地振奋了民族精神、激发了爱国热情，更加坚定了全国各族人民团结奋斗、开拓进取的信心和意志。

乐曲雄壮，礼炮震响，新中国成立60周年庆典活动，展现了辉煌成就，凝聚了民族力量。新中国成立60周年，是值得欢庆的日子，也是一个新的起点。面对未来，目标伟大，任重道远。到我们党成立100年时建成惠及十几亿人口的更高水平的小康社会，到新中国成立100年时基本实现现代化，建成富强民主文明和谐的社会主义现代化国家。这是光荣而重大的历史使命。只要我们坚定不移地走中国特色社会主义道路，就一定能不断谱写人民美好生活的新篇章，就一定能在实现中华民族伟大复兴的征程上不断创造新的辉煌！

【日期】　2010 – 11 – 13
【版次】　5
【栏目】　亚运漫笔

共享激情盛会　共创和谐亚洲

　　万众瞩目的第十六届亚洲运动会隆重开幕,亚运会的熊熊圣火让美丽的广州城更加激情洋溢,充满活力。步出开幕式举行地海心沙岛主会场之后,来自四面八方的观众仍久久不愿离去,流连在花树下、江岸边,留下一个个珍贵的镜头,不少广州市民站在桥头,纷纷向各方宾客挥手致意、热情欢呼,笑容绽放在每一个人的脸上,欢乐祥和的氛围令人陶醉。正可谓一江欢歌,同城欢聚,带来全亚洲的欢乐。

　　以"激情盛会、和谐亚洲"为理念的广州亚运会,以一流的硬件设施、多样的文化展示、特色浓郁的丰富创意、和谐共处的美好畅想,为人们奉献了一场精彩绝伦的开幕盛典,也将在亚运会发展史上,创造新的辉煌。从 59 年前 11 个国家和地区的近 500 名运动员参加比赛,到今天 45 个国家和地区近万名运动员报名参赛,从运动员人数刷新历史纪录到比赛项目数创历史新高,再到赞助商和赞助金额超越历届——这些都在亚运会历史上写下了浓墨重彩的一笔。在接下来 15 天的比赛中,亚洲最优秀的体育健儿们将为着荣誉和梦想奋力拼搏、展现各国和地区及全亚洲的形象,传承亚运精神,追求亚运会所倡导的和平、友谊、进步的理念。

　　在数字化广州以最绚丽的方式引爆激情亚运到来的时刻,亚运历史也由此翻开了崭新的一页。广州亚运会必将成为增进亚洲人民理解和友谊的桥梁,促进亚洲和平与进步。在本届亚运会开幕式现场,当海面上片片风帆扬起、一艘巨轮迎风起航时,当采自亚洲各大水系的"亚洲之水"交融汇聚时,当身着盛装的少女们翩翩起舞展示多彩的文化时,当第十六届亚运会会歌《重逢》优美的旋律唱响时,场内场外的观众都深切感受到了跨越万水千山的绵绵情意。从"永远向前"、"腾飞的起点"到"和平、友谊、进步"、"亚洲人的融合",每一次"亚运之约"的口号,都是对亚运精神的生动诠释,都是对亚洲人民友谊的深化,都印记着亚洲发展与繁荣的足迹。

让我们欢聚亚运,共享亚运,为运动员的拼搏欢呼,为亚运精神喝彩,为繁荣、和谐的亚洲祝福!

【日期】　2010 – 11 – 14
【版次】　5
【栏目】　亚运漫笔

绚丽多姿的文化盛典

纵观世界大型体育赛事,一个越来越显著的特征和趋势是:体育盛会已经成为展示人类文明的大舞台、展现各国各地区文化多样性的博览会。奥运如此,亚运亦然。

当观众为广州亚运会开幕式的大胆创意和科技奇观一次次惊喜时,为体育健儿奋力争先、顽强拼搏的勇气和意志一回回赞叹时,也不断被其中所蕴含的文化的力量所打动。无处不在的文化元素贯穿整个开幕式表演,用或者华美或者朴素、或者热烈或者宁静的方式,将文化的绚丽多姿与厚重底蕴洋洋洒洒地张扬开来,赢得了广泛赞誉。

浓厚的岭南文化气息让人沉醉。木棉、帆船、渔灯、广东民谣等独特的文化符号,巧妙地描画出广州的历史文脉,广州塔、珠江水、摩天楼、彩虹桥、奇幻的喷泉、变换的泳池、四座八十米的风帆,则将这座在改革开放中快速发展的南部城市的现代性展现得淋漓尽致。而运动员乘着彩船从珠江登岸入场,更把整个城市都变成了开幕式的一部分。不少广州市民说,精彩诠释岭南文化的开幕式让他们对自己能身为这个城市的一分子而感到格外自豪,还有什么比这样的构思更能呈现一个城市的特色和魅力?

颇具中国传统文化特色的点火方式备受称赞。有网友留言说,这次点火方式的确很特别,一个让所有中国人感到亲切的红色爆竹,点燃了亚运的主火炬,正如春节到来时那一刻响起的礼花,瞬间点燃了亚运盛会的节日气氛。开幕式总导演陈维亚说,"我们是从中国老百姓传统庆祝节日的形式中选取了一个点火的方式。"

文艺表演以"水"为主题,既阐释了"水"在岭南文化中的含义,又突出了历史上海上丝绸之路的源远流长。"水"文化将历史与未来衔接,让传统在现代中延伸,采自亚洲各大水系的圣水汇聚在一起,预示着对和谐亚洲美好明天的期盼与信心。正如本届亚运会会歌《重逢》中所唱的,"奔跑收获超越/把自豪举过头顶","Asia 太阳升起的地方/Asia 古文明的殿堂/这里的风光最美/这里的阳光最亮"。对亚洲古今文明和多样文化的灿烂呈现,使广州亚运会开幕式具有了震撼人心的力量。

正是对文化的关注、尊重、热爱和创新,让广州亚运会魅力独具。

【日期】　2010－11－15
【版次】　9
【栏目】　亚运漫笔

闪耀盛会的科技之光

如果没有科技，各大体育赛事将会怎样？答案非常明确。今日的体育盛会，既是体育竞技的赛场，也是科技成果展示的舞台。无论是奖牌榜激烈的争夺，还是开闭幕式上超乎想象的表演，种种对人类极限的挑战和新颖创意的呈现，无不需要科技的支撑。今天闪耀着科技之光的广州亚运会，在亚运史上写下了新的辉煌。

开赛以来，走进广州亚运馆观看比赛的观众，都对馆内那种极其通畅、舒适的感觉惊喜不已，这得益于场馆采用的高科技通透玻璃结构。这是一座充满高科技元素的环保场馆，综合利用了集成绿化配置、自然通风、自然采光、低能耗围护结构、太阳能照明、雨水利用等多项节能新技术。精致的外形、复杂的工艺和广泛运用的高科技，为广州亚运馆赢得了"亚运第一馆"的美誉。

处处体现"融水"特点的广州亚运会，对水上安保提出了严峻挑战，高科技装备大显身手，筑起了先进的水上安保屏障：有先进的成套水上警务装备"羊城号"水警多功能综合船；有先进的测绘仪器，将水上开幕式和巡游所经水域制作成三维立体海图，操作员在电脑前就能对水下是否有碍航物一目了然……

一部亚运史就是一部科技不断创新的历史，而尤为令人感叹和自豪的是，从1990年北京亚运会到2010年广州亚运会，20年间，我国科技水平发生了举世瞩目的巨大跃升，自主创新所散发的巨大力量在赛场内外得到了最充分的展现。在广州亚运会的开幕式文艺表演上，能实现30秒水去无痕的魔幻水舞台下，暗藏着数套庞大精密的技术系统；"水"下藏"火"的，能够移动的火炬塔，在历届亚运会开幕式上还是首次出现；八块屹立在海心沙岛上的

LED 帆屏,显示面积达 8000 平方米,不仅是当今世界上最大的 LED 显示屏,而且能爬能踩、能抓能踢、能"升帆"能"降帆"、能防水能防台风……而这些高科技产品的设计和制造都是由我国企业完成的。

　　当我们在为体育健儿的优异表现喝彩时,也让我们为"中国设计"、"中国制造"、"中国创造"在亚运赛场上的精彩亮相鼓掌加油!

——王府井漫步

【日期】 2006 – 01 – 12
【版次】 14
【栏目】 市场观察/王府井漫步

"金街"寻"金"

在这样寒冷的北国的冬夜,我真没想到会有如此多的游人和顾客徜徉在北京王府井步行街。店内灯火通明,店外流光溢彩,不管是宏大如王府井百货大楼、新东安市场、东方新天地,还是精巧似亨得利钟表、李宁体育用品店,都因为不断发生的买卖而透出一股子喜盈盈的"年味"。穿梭忙碌的麦当劳店员告诉我,他们会根据具体情况将营业时间延长至午夜一点甚至更晚。东方广场的地下四层停车场停满了纷至沓来的私家车。在步行街上,商家为迎接新年布置的一处景观吸引了不少市民拍照留念。人流之众,用"川流不息"来形容一点不夸张。

这是元旦之夜。"金街"超越季节、气候、时段、地域等诸多限制因素而汇聚了如此旺盛的人气,让许久没有到王府井的我惊叹不已。这次夜逛王府井,是这个言论专栏的第一篇。以王府井为起点开始"漫步",缘由大致有二:一乃王府井是我国商业发展的一个剪影和象征,观一街而知市场冷暖;二乃经济日报旧址就在这里,报社同仁对王府井有着特别的感情。粗粗"漫步"一圈下来,让我生出一个强烈的感受:"金街"之"金",正在于人气之旺;而人气的聚拢源于两股顾客流的交汇——过去那种"外地人才逛王府井"的所谓"商业定律"已经被打破,本地消费者所占的比重在逐渐上升。一项有关百货业的调查显示,目前在北京两个市级商业中心王府井和西单,60%以上的顾客属于外地顾客、流动顾客,本地顾客的比例已经增长到接近40%。

王府井在顾客总量逐年稳定增加的同时,发生这种顾客构成的变化,是值得关注的。在很多中心城市,都有这样一个现象,即知名度高的代表城市形象的商业中心,由于兼具旅游观光性质,吸引的往往是慕名而来的外地顾客,本地人却是较少光顾的。久而久之,很多"精明"的外地人到某个城市逛街购物时也会转而到集聚本地人的商圈,选择更实惠的价格、更精致的品质。这种人气的流失关系到商圈的立身根本。因此,像北京王府井、上海南京路这类商圈在吸引外地顾客的同时,如何留住本地消费者,是企业必须面对的课题,也是一大难题。

应该说,王府井大街在近些年来不断进行的改造升级中,作出了积极的尝试,顺应消费需求日益细分的潮流,注入更多时尚元素,以提高自身的竞争力。比如有百年历史的新东安市场在去年7月的调整中,专门研究了本地消费者的需求,有针对性地引入了许多本地消费者认可和喜爱的品牌与商品,通过传统与时尚、商业与文化的结合,吸引本地消费者。去年9月重张后销售额稳步增长。

店铺林立的商业街既蕴藏着无限商机,同时也意味着激烈的竞争。在零售业快速发展和市场日益细分的过程中,消费需求的差异化表现得越来越明显。如何满足不同顾客群体的需求,使人气更旺,"金街"更靓,将是一道永远的命题。

【日期】　2006 – 01 – 26
【版次】　14
【栏目】　市场观察/王府井漫步

"年味"之中觅商机

　　1月21日、22日是狗年来临前最后一个周末,到商场随便一转,立即被满场满街的人气冲得眼晕头晕。"两天只顾得上吃了一顿饭。"在北京万通市场,一位卖唐装的摊主告诉我。对面的华联商场里,同样人流不断。衣服、鞋帽、饰品、数码产品都销得很快,收银台前排着队,顾客手里总是大包小包的。

　　就在一周前,还没有见到这样红火的场景。经历了元旦、春节之间短暂的调整后,商家精神猛振,开始大赚"过年"的生意,而春节市场人气骤旺,迅速升温。吃、穿、用、行、玩的各个方面,均呈现出供需两旺的态势。元旦、春节、国庆、中秋等几大节日历来是商家销售曲线的高峰期,但细分各个节日市场,可以发现如今的春节市场具有日益鲜明独特的文化内涵和特征。

　　先说"吃"。近些年来,吃年夜饭的传统成为餐饮业春节掘金的最重要的概念,而商家在年夜饭上的花样翻新又反过来促成了这一老习俗的新嬗变,选择到饭店吃年夜饭的家庭呈逐年上升之势。据了解,今年年夜饭的预订情况大体分成三个级别:星级饭店的年夜饭预订席位爆满,中档饭店情况尚可,至于小型饭店则因没有客源而打算关门放假。这种状况和人们消费需求的变化是相一致的,即对"吃"的需求已从饱口腹之欲上升到对年夜饭文化氛围和精神享受的关注。因此,消费者对就餐环境的要求越来越高,对菜品质量、口味的要求越来越高,名店、特色店、老字号比普通餐馆饭店明显受到消费者追捧。

　　再说"穿"。过年穿新衣是千百年来的老民俗了,而过年穿唐装正在成为一种新的文化风尚。这两年的春节,唐装销售均掀起热潮,很多专营店的日营业额比平时起码涨了三成。人们在购买唐装时,看中的其实是服装所蕴涵的文化符号:健康长寿、吉祥如意。服饰是文化中最具表现力的要素。在一些国家,服装是过节的最大标志,每位女性至少有一套特别的服装在一年中的多个节日穿戴。如果我们的商家通过经营方式的创新,进一步推动春节大家一起着唐装的习俗的形成,这将是怎样的一个大市场呢?

如果仔细分析当下人们的消费需求,就会发现在今天的春节生活中,"吃什么"和"穿什么"已经不再占据过去那样重要的位置了,"看什么"、"玩什么"等更加偏重精神层面的需求正在构成越来越大的消费比重。传统年俗饰品销量稳定增加的势头就是一个例证。传统门贴、灯笼、中国结、生肖狗、对联,日益受到顾客青睐。我在万通看到,很多年轻人在挑选造型新颖的"福"字、"春"字回家作装饰,以卡通狗为题材的生肖灯笼特别讨人喜欢。漂亮的小剪纸、小年画也吸引了不少小朋友的眼光。这些具有浓厚文化色彩的产品的旺销,反映出人们对春节独特文化内涵的追求。

在物质生活日益丰富之后,很多人曾经感叹"年味"的消失。事实上,"年味"的营造正需要在文化上做文章。怎样让春节在吃、穿、用、行、玩等各个细节上具有让人一目了然的文化标识,还需要商家围绕传统文化习俗,进一步探索和创新,让人们体会和享受到浓浓的"年味"。"年味"营造得愈浓,春节市场的商机就愈多。

【日期】 2006 - 02 - 23
【版次】 14
【栏目】 市场观察/王府井漫步

创新:老商圈的新出路

初春的深圳已有了浓厚的热意,灯火辉煌的人民南路充满着特有的动感。虽然国贸时代广场里不乏操着不同口音的顾客,但和销售人员聊起来,她们纷纷为即将进行的清场停业而感叹,"全部商品 1 折起"的招贴引人注目。

这里是深圳早期城市建设的象征地区,一直以来都是该市档次最高的核心商业圈之一。街区内高楼林立,购物环境优雅舒适,中外名牌商品荟萃一堂。尤为重要的是,独一无二的地理位置使其从来不缺少顾客流——人民南路片区是深圳的主要门户,全国最大的陆路客运口岸——罗湖口岸以及深圳火车站、罗湖汽车客运站均位于该区域内,每天皆有 10 多万辆次以上的车辆和数十万海内外旅客经此进出深圳。同时,地铁也已经在此贯通。

然而,高人流并没有转化为高人气,相反,曾经是深圳商业"金三角"的人民南路商圈的人气和效益日益走低。有业内人士分析了造成现有局面的三大主要原因:一是交通拥挤、混乱,停车困难,在很大程度上遏制了消费者的购物需求;二是开发过度,公共空间匮乏,缺少现代商业中心应该具有的休闲功能;三是商业布局不合理,大部分商业资源出现老化,缺乏集群效应和吸引力。

这种"诊断"当然是有道理的。

其实,不独深圳的人民南路如此,其他城市的老商业中心几乎都面临着上述问题,这也正是各地商街、商圈纷纷进行大规模改造的缘由。据了解,人民南从去年开始动"大手术",包括打通微循环路解决交通拥挤,增加改造两大景观广场,增添大量灯光设施营造"不夜天"氛围,等等。全部工程计划于

2007年上半年竣工后，将形成深圳面积最大的集购物、酒店、娱乐餐饮为一体的多业态商圈。

做大空间、做多业态的改造模式，效果肯定会有。但仅有此还不够，还须在结构调整和增长方式上下工夫。必须看到，真正在深层次困扰老商圈乃至我国整个商业发展的，是日趋严重的同质化竞争。比如，与人民南商圈仅有一路之隔的东门商圈，原来是以大众化饮食服装为特色，现在也走上高端品牌路线，大型百货加剧竞争，成为目前深圳商场最密集、商品种类最全的商业区；在素以经营电子产品著称的华强北商圈，超市百货激增，经营范围包括服装、鞋帽、皮具、珠宝首饰、钟表眼镜、音响、餐饮、家居用品等，涉及现代商业的各行各业。如此"大而全"的发展趋向，不能不让人担忧。

如何跳出经营品种和经营档次上的雷同现象，值得商家思考。同质化竞争的直接表现，是经营产品无特色，商场主题定位模糊，没有严格的功能划分，而其实质是创新意识、创新理念、创新产品和创新手段的缺乏。当前，以自主创新打造我国制造业的核心竞争力已成为共识，但自主创新对于现代服务业的极端重要性，还没有得到足够的认识。我国的传统服务业尽管已经很成熟，却弱在技术含量不足，缺少核心竞争力。沃尔玛在普通百姓眼中只是一家普通超市，实际上沃尔玛是一种集成式创新，它把各种各样的先进技术整合起来，服务于自身的商贸物流，这是一种软实力，也是创新的一种业态。沃尔玛的经验和做法值得我们学习和借鉴。加大商业创新力度，提升商业现代化水平，特别是大公司大集团要通过自主创新来实现传统服务业的升级换代，在发展业态、现代物流、电子信息技术等方面起到龙头带动作用，从而形成推动流通现代化的骨干力量。唯有如此，老商圈才能从根本上开辟新出路。

【日期】　2006 – 03 – 30
【版次】　14
【栏目】　市场观察/王府井漫步

商业道德须臾不可或缺

　　在春风中、阳光下看到孩子们如天使一样的笑容,确实是赏心悦目的。3月26日,正值周末,在北京王府井步行街举行的践行社会主义荣辱观主题宣传日活动中,东城区特殊教育学校的孩子们让我情不自禁地驻足,他们为过往行人展示着自己的才艺,软陶、剪纸、工艺品制作……几十件手工制品摆满了展台,看到13岁的听障学生史可蘸着墨写下"自强不息,拼搏奋进"八个大字时,我心里有种特殊的感动。

　　这是"以团结互助为荣"展区的"有爱无碍"板块。孩子,自然是"践行荣辱观,树立新风尚"活动的主角,因为他们的身上承载着祖国的未来。但在这510米长的具有全国性代表意义的"金街"上,我希望企业家也能亮相于活动的中心——荣辱观的树立、先进价值观的倡导,企业作为市场经济的主体,不应缺席。

　　在熙熙攘攘的人群中,顺着长街缓缓而行,终于,我发现了企业的身影。在"以诚实守信为荣"展区,稻香村、新华书店、永安堂等京城老字号正在展示企业文化。更为引人的是,发起"东城区企业诚信联盟"的王府井百货大楼、东安市场、世都百货、大明眼镜、三利百货、恒基燕莎百货、王府井医药、吴裕泰茶庄、稻香村食品等九家企业,也一一来到了现场。所谓"在商言商",尽管这些企业以产品展销和企业展示为主的参与形式不同于孩子们,但企业的出现毕竟是一种象征,表明了企业对诚信建设的认识在深化,对市场竞争中商业道德和商业文明的追求在提升。

　　不管是我们每个人,还是任何一家企业,都应树立社会主义荣辱观。从当前的市场环境出发,企业尤其要加强在诚信、守法基础上的商业道德建设。

商业道德环境是仅次于机制环境对市场秩序起影响作用的要素。没有企业不渴望有一个良好的商业道德环境,不期望所有的交易都能依法诚信;而与此同时,我国企业对道德环境现状所表现出来的信心指数却偏低。调查表明,在回答干扰我国市场秩序因素的问题时,高达 65.34% 的企业主和经理人选择商业道德的缺失是第一位原因。当道德和利益发生冲突时,总有一些企业会自觉不自觉地剑走偏锋,铤而走险,或者漠视商业道德的约束,或者寻找法律的空子,以便能快速地实现其经济目标。

　　商业道德与商业利益难道真的是对立的吗? 答案显然是否定的。一个国家不能缺乏道德建设,一个社会不能缺乏道德体系,一个企业同样不能忽视道德管理。违反商业操守的行为,终将付出巨大的代价。商业道德看起来可能是一个无形的概念,但是商业道德的缺失最终会造成有形的、实实在在的损害。有的企业因失信于消费者,所付出的代价初看起来是短时间内销售量的大幅下滑,以及部分产品"退货"或"先行赔付",但这还远远不是它将要承担的损失。姑且不论法律将如何制裁,消费者最终必然会用抛弃这个品牌的方式对其作出判决。从经济学的角度看,如果没有商业道德,经济运行将会紊乱不堪而且效率低微,更不会有健康发展的市场经济。换句话说,商业道德是确保市场经济高效运行的最基本要素之一。目前,我国的市场经济还不完善,商业规则还不成熟,商业环境还不规范,市场监管尚未完全到位。但这不是一些企业可以放纵任性甚至藐视道德和法律的理由。建立和谐的商业环境,我们不仅需要严肃的法律、严密的监管,更需要道德的自律以及对美好价值观的尊重。明荣知耻,树立企业公民良好的声誉和形象,应成为企业的共同追求。

【日期】　2006 – 04 – 06
【版次】　14
【栏目】　市场观察/王府井漫步

550 亿元的"奶酪"谁来动？

北京王府井大街总是不缺少新闻。4 月 2 日，当几位体形接近完美的模特身着高贵典雅的内衣亮相于王府井时，逛街的人们兴头不由高了许多。据悉，这是我国首批经过严格挑选的专业内衣模特，她们将承担内衣本土化传播的职能。

但是，吸引了满街视线的模特们并非这次活动的主角，而是"幕后"的组织者爱慕公司。作为引领国内内衣时尚的品牌之一，爱慕公司将在今夏成立"定制内衣工作室"，让内衣像高级成衣一样可以量体裁衣，以满足人们对个性内衣的追求。此外，为了进一步发挥内衣所承担的与成衣搭配融合的功能，爱慕公司还将上市一种将内衣与小礼服融为一体的"内衣礼服"。

据我观察，在内衣领域经营多年的爱慕公司如此煞费苦心、动作频频，一是出于掘金的动力，二是迫于竞争的压力。内衣是近年来纺织品服装市场最受消费者关注的品类之一。据不完全统计，目前国内内衣市场已形成年产值 550 亿元的巨大"奶酪"，而且还在以每年 30% 的增速不断扩张。特别是在我国服装业整体利润率下降的情况下，内衣业由于依然保持了相对较高的利润空间，而成为服装界最具发展前景的行业之一。理所当然地，这块香味扑鼻的庞大"奶酪"便成为众多商家竞相争夺之物，内衣市场由此变得"战火纷飞"，竞争日趋激烈。

近年来，有两股力量的进入备受关注。

第一，越来越多的其他行业的"领头羊"陆续将资金和品牌注入内衣行业，譬如羊绒业的"鄂尔多斯"、鞋类的"康奈"、袜业的"浪莎"、卡通业的"迪士尼"、护肤品行业的"丹芭碧"等等。第二，国际内衣品牌加快了大规模进军中国市场的步伐。比如,以生产女性内衣起家的品牌"梦特娇",尽管耕耘中国市场的时间已有 20 多年,始终没有亮出她的"当家花旦",但在今年,"梦特娇"将在中国市场正式推出其经典核心产品———女性内衣,产品线涵盖了文胸、内裤、保暖衣、塑身内衣、睡衣家居服、泳衣等全系列,第一期就将有近 15 大系列 200 余个款式面市,大有志在必得之势。

　　需要引起业界注意的是,虽然这两大"新军"的"出生"不同,但都有一个突出的相同点:都拥有强大的品牌优势,包括广泛的品牌影响力、雄厚的资金基础、成熟的品牌运作经验以及良好的销售渠道,他们在自己的领域内已经具有很高的知名度和市场占有率。这些强势品牌的纷纷进入,意味着我国内衣市场开始步入品牌时代,市场竞争的方式由以往的明星战、广告战、概念战、价格战转入品牌战。

　　显而易见,众多品牌争抢内衣市场的"奶酪",将使得这一市场出现变局,许多传统的内衣企业将面临前所未有的市场压力,但我们更应看到的是,品牌战也将促进内衣行业升级换代,内衣品牌的适度集中将有助于这一市场更加切合发展趋势。据中国行业企业信息发布中心于 3 月 27 日在京发布的信息,2005 年国内消费品市场供求都继续趋向高品质的品牌化产品,品牌集中现象日益明显。家电类消费品的市场集中度最高,接近 80%;随后依次为食品类、日化类、文化用品类。比较之下,服装纺织类消费品的品牌集中度是最低的,前十位品牌的市场份额之和不到 40%,前三位的市场份额合计为 18.95%,其中内衣品牌中前十名的累积销售额占销售总额的 45%。这说明尽管我国服装纺织业已经涌现了一些相对领先的品牌,但还没有出现具有绝对优势的强势品牌。

　　目前,我国消费品市场发展进一步加快,产品出现产销两旺的局面,居民消费更加倾向品牌化,66.06% 的购买力投向了名优品牌,品牌集中度不断提高。我想,包括内衣业在内的服装纺织业,只有顺应这一潮流,进一步提高品牌市场竞争力,才能"吃"得动 550 亿元的大"奶酪",在国内市场占据一定的优势地位。

【日期】　2006 – 04 – 13
【版次】　14
【栏目】　市场观察/王府井漫步

百货商场缘何要"分级"？

　　"我们正在加强服务,准备'应考'。"说起商务部新推出的零售企业分等定级制度,北京世都百货的一位部门负责人积极表态。一家老字号商场的销售经理说:"如果把金鼎挂在商场门口肯定'压秤',这是对企业实力的最好证明,对规范商场经营也有作用,所以这两天一接到市商务局通知,我们立刻就报名参加。"

　　在王府井商街上简单地"随机"调查之后,我发现将"分级制度"引入百货业确实在业内引起了震动,用一位老总的话说就是"这回的约束看得见、摸得着了。这也随时提醒你要小心经营,避免信誉危机"。

　　据介绍,这是商务部首次对国内零售企业推行分等定级制度,首批企业将重点围绕百货商店展开试点,以后将扩展到零售业的主要业态,包括大型超市和便利店等。合格者授予"达标示范店"称号,然后再将达标店分为"金鼎"、"银鼎"、"铜鼎"三个级别。届时,消费者购物时只要在店门前看看标志,就知道该商场的服务质量和商业信誉如何了。据悉,上半年将在9大试点城市展开,下半年则在所有省会城市全面推广。全国要在5年之内完成对商业零售企业主体业态的达标、分等定级工作。

　　诚如商家所感受的,分等定级是对商场经营的一种制度性规范,有利于引导商家的经营行为趋向健康和有序。眼下,不少商家把折价促销当作主要经营手段,由"节日送"演变为"天天送",不仅引发顾客彻夜排队"血拼",还使消费者对商品价格的"水分"产生质疑。北京王府井百货大楼的一位负责人说,之所以出现这些不规范的经营行为,关键是缺少约束。消费信誉度的不断降低正在影响着百货业的健康发展。正因如此,给百货企业分等定级,建立必要的约束机制,将对促进企业诚信经营大有益处。

需要看到的是,分等定级制度不仅是对商家的约束和限制,更是一种激励和提升,不仅是零售业发展的规范体系,更是一种促进体系,将进一步推动零售业培育品牌,满足消费者多层次需求。品牌化、专业化和标准化已经成为零售业发展的主要趋势,适时出台这个业态的具体标准,有利于整个行业的升级和转型。分析这次的"分等规范"和"定级规范"就可以发现,商场的豪华和高档程度不是决定性因素,更重要的是"服务",比如商场是否售卖"三无"产品,空气质量是否达标,能否保证消费者购物环境的安全等,都是重要指标。其中,多达40条的"分等规范"将对百货商店最基本的经营服务进行评定,如试衣间必须要有消过毒的挂钩和拖鞋,商场内必须有休息座椅,每层楼的卫生间数量应与经营面积相应……而"分级规范"有26条,涉及营业面积、营业额、商品结构、经营环境、服务、诚信等9个方面。应该说,如果各个商家真照上述标准改善环境、设施和服务,将会解决目前许多消费者普遍反映强烈的问题,使自身运营能力和服务水平得到提高,行业整体竞争力也会由此增强。

尤需强调的是,金鼎、银鼎、铜鼎不能评过就算了,等级评定固然重要,但是挂牌后的维护和监督更加紧要。标识后面要有强大的监督机制督促店家规矩做生意、悉心呵护"金"字招牌。假如我们能认真地维护一个招牌,那么评定的价值就出来了。否则,不管评级后的商家今后做得好不好,都不会收回牌子,这就会使牌子的可信度大大降低。所以,零售企业分等评级制度能否最终真正被商家所重视、为消费者所认可,关键在于能否建立一个长效维护机制和退出机制。

【日期】　2006 – 05 – 18
【版次】　14
【栏目】　市场观察/王府井漫步

"福娃"商机尚待深入开掘

　　"五一"期间到北京王府井工美大厦的奥运特许零售店逛了逛,只见80平方米的店面挤满了前来选购的顾客。正在挑选"福娃"纪念章的林先生是趁黄金周到北京旅游的机会,特地赶来购买奥运纪念品的,预备自己收藏一些,再给亲朋好友带一些。该店经理透露说,来店的大部分消费者都是像林先生这样的外地游客。相距不远的王府井百货大楼店的情况也差不多。据销售人员介绍,自第29届奥运会特许商品计划于2005年11月正式启动以来,5个饱含中国文化传承的吉祥物"福娃"所蕴藏的巨大商机开始逐步释放,形成了今年春节和"五一"两个销售高峰,目前销售曲线呈稳中有升之势。

　　然而,并非所有的奥运特许零售店都能迎来如此旺盛的人流和现金流。在金源燕莎MALL和当代商城店,我看到顾客明显少了许多。为什么会出现这种差别呢? 有专家分析说,销售情况良好的工美店和百货大楼店坐落于王府井商圈,是外地游客集中分布的地方;而金源燕莎MALL和当代商城少有外地游客光顾,奥运特许商品的销售自然"相形见绌"。事实上,奥运特许商品的市场空间并不限于游客群体,目前销售情况冷热不一反映出一个问题,即对奥运吉祥物商机的挖掘还不够深入。业内人士估计,如果加大市场推广力度,奥运特许商品销售有望再提升50%左右。

　　吉祥物是奥运市场开发的一大核心元素。2000年悉尼奥运会设计的3个吉祥物澳莉、塞德、米利,身价达2.13亿美元;2004年雅典奥运会的吉祥物雅典娜和费沃斯创利2.01亿美元。而2008年北京奥运会有5个"福娃",是历届奥运会吉祥物中最多的,加之我国有13亿人口之众,大众消费热情高,有专家大胆预测,"福娃"商品的销售收入有望突破 40 亿元人民币。

说起我国体育赛事吉祥物的市场运作,比较早的当属 1990 年亚运会的"盼盼"。只是由于当初缺少市场运作经验,没有知识产权保护措施的盼盼标志被商家滥用,带有盼盼标志的各类商品充斥大街小巷,衣服、扇子、帽子、手电……使这个设计成功的吉祥物未能产生应有的经济价值。与此相反,2001 年北京大运会的吉祥物"拉拉"却因太受冷落而没有体现出它的经济效益。拉拉是条绿色的小鳄鱼,当时看准其市场前景的商家很少,开发出的商品有限。没想到临近比赛结束,很多国外代表团的官员和运动员都想买拉拉作为纪念品,跑了很多地方却买不到。准备不足导致了一个巨大市场的丧失。

有了亚运会和大运会的经验和教训,有关方面对此次奥运会吉祥物的商业开发已经做了充分准备。从众多商家对奥组委特许经营项目所表现出的极大热情可以肯定,"福娃"不可能再像"拉拉"一样受商家冷遇。同时,奥运会特许商品的知识产权保护被放到重要位置,北京奥运会吉祥物已在世界上绝大部分国家和地区进行了商标注册和版权登记,并选择了一部分有特色、群众喜爱的吉祥物进行了专利注册。北京奥组委法律事务部还与工商、海关、城管等单位保持着密切联系,对社会上一旦出现假冒吉祥物制定了应急预案。因此,我们可以判定,"福娃"也不可能再遭遇"盼盼"曾经面临的市场无序。上述因素都为"福娃"商品的市场开发提供了良好的环境和条件。

从近几个月奥运特许商品销售的情况来看,以下几个现象应当引起商家的关注:一是顾客群体较为单一,基本以外地游客为主;二是收藏纪念类商品受青睐,消费性商品销售乏力;三是市场营销多由各家特许零售店分散进行,缺乏整体运作的声势和力度。这些现象的产生,还是在于商家对奥运会吉祥物市场开发的规律把握不够。比如近一半的消费者表示奥运特许服饰给人的"一次性"感觉减少了他们的购买欲望,限量收藏版的纪念品则卖得比较好,其中又以金银制品最受欢迎。这实际上是与人们特定的消费取向紧密相关的。这就提醒设计商在产品开发上要顺应需求做灵活的调整。

前两天德国朋友 ASTRID 来北京度假,回国前要给儿子买礼物,我推荐她去看看"福娃"。结果此前对"福娃"一无所知的她顿时被"贝贝"、"晶晶"、"欢欢"、"迎迎"和"妮妮"迷住了,买了好些玩具和纪念章带给家人,回去后还传来一张3岁小儿子抱着布娃娃"迎迎"睡觉的照片,足见一家人对"福娃"的喜爱。我相信,色彩与灵感来源于奥林匹克五环、中国辽阔山川和人们喜爱的动物形象的"福娃",具有极强的可视性与亲和力。只要进一步对吉祥物进行深入的市场开拓,扩大市场空间,"福娃"将会带给商家更多的惊喜。

【日期】　2006－06－15
【版次】　14
【栏目】　市场观察/王府井漫步

品牌服装为何频吹打折风

　　日前,记者到北京王府井的世都百货转了转,发现这里正在举办知名品牌男女装夏日特卖活动,吸引了不少时尚男女。在 2 层的名品女装特卖区,LINE、LYNN、米茜尔、GTS、棉花堡等品牌打的折扣都很低,而在 3 层进行的名品男装衬衫促销,LEO 长袖、短袖衬衫 120 元/件,路易韦根以及 ENZO 长袖、短袖衬衫 80～200 元/件。一位职业女性顾客告诉我,别看如今的打折销售到处都是,但这种高档商场举行的名牌当季服装打折,还是很具诱惑力的。

　　消费者总是对市场变化最灵敏的,这位女士一语道出了目前百货商场打折的最新特点:一是高档商场的打折较一般经营场所更受青睐;二是越来越多的知名品牌从昔日的"自高身价"转向"放下架子"搞打折促销;三是打折日渐由反季节性销售转变为当季销售。不止是在世都百货,在很多百货商场,人们都会发现打从夏装上市起,商家就在以各种形式搞促销,打折、特价、降价、抽奖……曾几何时,商家打折或是选择逢年过节要制造销售高点,或是瞄准季节变换进行清仓处理、反季特卖,当季的新品是少有打折优惠的。而近年来,当季商品削价已越来越成为商场促销的"法宝"之一。就拿今年的夏装市场来说,目前男式的短袖 T 恤和薄料长裤,女式各系列的夏装都比往年抢先做出打折调价,销售情况相当不错。事实上,现在商家打折已经不再刻意去寻找某种概念某个时机,而是让打折之风一直吹遍春夏秋冬。也就是说,打折日益成为商家普遍而经常化的销售方式。

　　了解和把握打折促销的这些新变化、新特点,对于消费者和经营者来说,都应获得某些新的启示。就消费者而言,从接连不断、令人眼花缭乱的打折花样中理清商家的经营逻辑,有助于使自己的消费趋于理性。据了解,服装打折的奥妙非常之多,有业内人士透露了品牌服装打折的"四步曲":第一步,品牌服装的定价策略一般是上市之初价格偏高,先赚一笔超额利润。主要针对那些经济条件较好、追求时尚、对价格不敏感的人士。第二步,大概在半月到一个月后,开始促销打折。这时的折扣会不高不低,以求打动既想赶新潮又稍欠经济实力的群体。第三步,再过两个月,就开始喊出"换季打折"的口号,进入洗货清仓阶段。第四步,刚刚过季的品牌服装,可打出"全场半价"或"两三折起"的旗号,目的主要是消灭积压、盘活资金。尽管各个品牌的折扣有所不同,但基本上是按这个节奏操作。在打折已变为商家销售的常态方式时,消费者完全不必跟着折扣跑,而要树立"适合自己才是最好的"消费观念。

不仅要价格折扣,还要品质优良,一般产品削价促销反应平淡、名牌产品打折才受消费者青睐的现象,也在提醒商家不能一味在低价上做文章。如今人们的消费观念日趋理性,购物越来越重视商品质量,单靠价格并不能吸引消费者的目光,必须在价格与品质之间找到切合实际需求的动态平衡。夏季是女装销售的旺季,但竞争也异常激烈。据我观察,在京城各大百货商场,中档产品仍是服装市场的主流,服装市场的一个明显走势是趋向自然化、生活化。如法国"艾格"这样走中档休闲路子的服装品牌,就比较有市场。目前,国内的服装名牌产品一般价格较高,尤其是大量的进口服装在一定程度上也抬高了国内服装的整体价格水平。而近几年夏季服装连续打折所引起的消费热潮,更能说明服装价格与普通消费者收入水平间的距离,经过市场的不断磨合,正在逐渐缩小。而人们期待的正是整个服饰市场能尽早走向成熟与理性。从这个角度来看,品牌服装频吹打折风,正是使市场趋向良性发展的一种过渡性调整。

(刊发原题为《品牌服装打折促销趋于理性》)

【日期】 2006 – 06 – 22
【版次】 14
【栏目】 市场观察/王府井漫步

饮料市场"茉莉花开"

　　饮料市场随着暑热的增加而不断升温。王府井步行街头的露天茶座总是坐满了想一品清凉的人们,经营人员兴冲冲地介绍说,又到了一年销售中的旺季,每天流水比前段时间增加了三至四成。问她哪种饮料今夏最受欢迎,一口干净利落的京片子回答道:茶饮料!

　　其他销售渠道的情况也是如此。在欧尚、家乐福等超市里,茶饮料成为促销力度最大、种类最多、"点击率"也最高的饮料种类。茶里王、桂花清茶、大麦茶、凉茶等茶饮料均被摆在显眼的位置。在西四环一家超市的饮料销售区,一位销售人员表示,目前茶饮料的销售额约是该超市饮料总销售额的60%。有关调查数据显示,茶饮料的增长速度高于果汁、水、碳酸等即饮饮料,排在首位。特别有意思的是,茉莉茶饮成为这一市场的"当家产品",仅口味就有三四种,涉及到康师傅、雀巢、统一、农夫山泉、今麦郎等近十个品牌,共同演出了一幕"茉莉花开"的夏日图景,这在往年是没有过的。包括一向以乌龙茶饮料闻名的三得利,除了将乌龙茶以全新包装亮相外,还根据消费者的口味需求,推出全新茉莉味和桂花味的低糖乌龙茶。

　　饮料市场"茉莉花开"表明了经营者对消费趋势的敏感和快速反应。如今,随着人们物质生活的改善和自我保健意识的增强,消费观念正一步步地改变,不再单纯偏向于所谓的"口感",而是越来越讲究天然、低糖(无糖)、营养。茶饮料以其清凉解渴、防暑降温、兼备营养和保健功效的特点,迎合了消费者崇尚自然、有益健康的需求,从去年开始即显出流行势头,在国内饮料市场的份额大大提升(占比23%),大有赶超碳酸饮料(占比30%)的趋势而成为饮料市场上的新主流。此外,茶饮料低糖的特点也正好规避了糖价上涨的压力,在满足消费者口味的同时满足了经营者降低成本的要求,双重动力引发了众多商家争相开发茶饮新品的热潮。目前市场上的茶饮料种类齐全,有红茶、绿茶、乌龙茶、果味茶饮料、碳酸茶饮料、花茶饮料等。

但是,饮料市场"茉莉花开"并不纯粹是一件好事,它在某种程度上反映出我们的商家对市场开发的创新不足。茉莉茶饮作为茶饮料的一种,最早是由康师傅推出的。去年4月,康师傅茉莉清茶上市,很快以其特有的清香淡雅、自然芬芳的特性,成为了花茶饮料市场的畅销品,从而将茶饮料市场进一步细分。面对康师傅在花茶饮料市场所取得的成功,其他饮料产商纷纷将目光投到了花茶饮料的生产上来,推出类似产品,以至于今夏市场呈现出"茉莉花开"的情形,某些企业甚至连产品名称都用相同的"茉莉清茶"来命名,在包装设计上也看到了模仿跟风的影子。这种"一窝蜂"现象暴露出了当前茶饮料市场竞争的无序,以及一些生产厂家仍然缺乏"原创"的意识和动力。

有业内专家分析,康师傅茉莉清茶被市场接受的主要原因,在于产品本身切合市场对天然、健康饮品的需求,为消费者提供了有独特个性的花茶饮料产品。从这个角度来观察,时下一些企业跟风而上茉莉茶饮,只是学到了"表",而未能抓住"本"。据一项最新调查,绝大多数消费者将"纯天然"列为购买饮料的首选标准,但消费者对"纯天然"的概念是模糊的、宽泛的,几乎对所有类型的饮料都有纯天然的需求。也就是说,一款饮料能否被市场接受,并不在于它是否叫茉莉茶,而在于它是否把握住了消费者寻求天然的心理。调查还显示,消费者更欢迎有鲜明个性的品牌,比如专注果汁的汇源、以纯净水为主体的农夫山泉,市场份额都在逐年上升,一些盲目跟风、开发过度的品牌,其影响力则在渐渐下降。因此,加大产品创新力度,找准品牌定位,变饮料市场"茉莉花开"为"百花盛开",当是商家更为明智的选择。

【日期】　2006 - 07 - 06
【版次】　14
【栏目】　市场观察/王府井漫步

商街改造不可一味求"大"

　　前几天到我国北方一座大城市采访,特意去那里最有名的一条专营古玩字画的商业街走了走,发现整个氛围已经和数年前完全不同:一是规模变大了,改造后的这条商业街的经营面积是原来的 20 倍! 二是建筑变新了,不仅原来的商铺全部翻新重建,而且新增了许多门面;三是业态变多了,在过去单纯经营艺术品、收藏品的基础上,增加了餐饮、娱乐、休闲等设施和功能……而在这诸多变化中最让我没想到的是,人气和商气变淡了! 不止一位商户在苦恼:经营成本上升,流水额大幅下降,顾客一到这儿就散开到众多门脸中,街上显得冷冷清清,有些商铺一天也等不到几个顾客。

　　这条老商街所面临的问题,在全国很多城市都有代表性,也让不少商业街的管理者头疼——老商街如何改造? 改造后如何留住特色,重聚商气? 近年来,随着城市化进程不断加快,国内各大城市都一直持续着商业街建设与改造的热潮,而一个明显的现象就是商街改造普遍求"大"。改造后的商业街一味追求上规模,商业街成为了"商业城"、"商业圈",结果人们超过疲劳极限逛不动了,"步行街"最后变成"不行街"。尤其是新商街规模扩大之后,市场供给往往超过区域及项目辐射范围内人群消费能力的真实需求,造成很多商街设施闲置,人气流失,商气难聚。这样的情形不少城市都有。"现在不少老商业街改造后不缺名气,但缺商气;不缺面积,但缺效益。"有业内专家一针见血地指出。

　　如何解决这个问题? 或许北京王府井改造的经验能给人们有益的启示。作为北京市最早的商业街之一,王府井大街距今已有 700 多年的建街史、100多年的商业发展史。自 1992 年以来,王府井为打造"金街"先后三次进行大规模的开发建设。第一次是从东安市场改造开始,到了1998年,王府井改造思路有了全新的改变:停止一切大拆大建,按照国际一流的步行街标准进行整治,老店名店陆续迁回,增加品牌效应,形成王府井独有的风格;同时调整商业功能,集购物文化休闲于一体,多元化经营,错位经营,改造商业结构。随着这一新的改造规划得以实施,王府井开街后受到广大群众的欢迎,人流激增,恢复了首都第一街的风采。从2004年起,王府井商业街开始进行第三次升级改造,其核心内容是还原历史特色,创出王府井特有的老字号品牌,形成文化底蕴深厚的中国商业文化氛围。

　　从王府井商业街改造的最终成功,我们可以看到,商业街的规模和内容必须根据市场需求决定,切不可盲目贪大、求全。事实证明,那种不顾经济发展和市场需求实际来打造商业"巨无霸"的做法,是违背商街经营规律的。就开发步行商业街而言,打"特色牌"、追求"小而精",是更明智的选择。更为重要的是,商街改造莫丢"商魂"。老街商业繁荣自有其"商魂"所在,这就是它的商业文化。这种商业文化的形成往往要几十年甚至上百年。而现在商街的改造更多考虑的是规模、形象、档次等等,一些老街改造后长高了,长大了,硬件高档了,但人流少了,商流少了,街也冷清了,就是因为没有关注原来老街"商魂"的存在,在改造重建过程中人为地把它给丢掉了。因此,商街的完善是一个渐变的有机更新的漫长过程,不能急于求成,也不可能一蹴而就,商街改造应避免"大拆大改大建"。

【日期】　2006－07－13

【版次】　14

【栏目】　市场观察/王府井漫步

鞋业该如何"走"市场？

　　不管是走进王府井百货大楼，还是漫步东方新天地，夏日市场上最让人眼花缭乱的商品之一，当数缤纷多姿的女鞋了。款款女鞋时尚亮丽，动物花纹、经典饰扣、明媚彩石、手工编织……每个品牌都推出多系列多款式，真是琳琅满目。但业内人士告诉我，这只是"外行看热闹"，在内行人看起来，大部分国内品牌的差异并不大，甚至同类别产品趋同化的趋势越来越明显：一是原材料趋同化，相近价位的产品在原材料的选取上基本相同；二是工艺趋同化，多数品牌都没有自己的工厂，以订单加工的方式生产；三是设计趋同化。《中国服饰报》的一项跟踪调查表明，所有女鞋品牌有70%以上的产品设计趋同。

　　听完行家的分析，自己再一琢磨，发现还真是这么回事：商场里的女鞋品牌一个挨一个，而且不少品牌推出的款式确实很多，乍一看真是花样翻新，各有不同，但几乎没有哪个品牌能让人留下很深的印象，能让人感受到这个品牌的独特个性。这种表面化热闹下的单薄，在国内品牌中表现十分明显，从中暴露出我国鞋业在实施品牌战略过程中的一个突出不足，即品牌缺乏鲜明的个性。

　　为什么一双菲拉格木的鞋子可以卖到数千元？追根溯源，不仅仅是制造技术的差别，还体现在品牌的差距上，这是一个品牌制胜的时代！许多国内鞋企都已认识到，实行品牌运营，走品牌发展之路，是中国鞋业的必然选择。但中国鞋业要实现品牌的市场突围还非常艰难，尤其是设计和工艺要求更高、产品附加值也更高的女鞋，品牌之路可谓荆棘丛生。奥康、康奈、红蜻蜓等大家熟悉的皮鞋品牌基本以生产制造男鞋为主，我国女鞋自主品牌在国内外市场上尚处于散而杂、缺少竞争力的状况。

　　这几天媒体纷纷报道康奈把专卖店开到巴黎中心商业街的消息,这的确是中国鞋业要把品牌打到国际市场上去的一种积极努力,从中可见到国内鞋企对品牌战略的日益重视。康奈集团学习和借鉴国际品牌的运作模式,从1996年开始,全面从批发市场退出,在国内市场构建起东西衔接、南北呼应的连锁专卖网络。到2004年底遍布全国各地的康奈专卖店达到2300多家。同时,在美国、法国、意大利、西班牙、葡萄牙、比利时、希腊等10多个国家的近20个城市开设了90多家皮鞋专卖店。康奈由此成为第一个在海外打出自主品牌的中国鞋企。应该说,建立起自己能掌控的营销网络,对于中国鞋业实现品牌战略具有极其重要的意义。

　　打造知名品牌,必须解决品牌个性化问题。这既包括了科技含量,又包括了文化含量。国外知名鞋品牌无论从原料上还是从整体的感觉上,都充满个性,你很难在它们之间找到相同的产品。为什么能做到这一点?

　　因为它们对工艺与技术更新的投入非常高,这方面的投资每年以递增的速度在增长,不但有专门的科技人员进行研发,还请有经验的医生配合探讨鞋与脚的科学,请引领审美潮流的人士共同研究鞋文化。然而在国内,目前还很少有品牌会在每年的投资计划上列出工艺这一项,更别说在挖掘鞋品牌的文化个性上下工夫了。可以得出一个明确的判断,中国鞋业要走好品牌之路,决不能仅仅停留在广告推介、价格竞争包括渠道建设上,必须改变目前产品趋同化的现象,创造自己独特的品牌风格和市场定位。

【日期】　2006 – 07 – 27
【版次】　14
【栏目】　市场观察/王府井漫步

小吃街还是"小"点好

　　雨后的王府井大街依然游人如织,由新东安市场往西的小吃街在渐浓的夜色中越发热闹起来。一位卖烤羊肉串的摊主乐呵呵地告诉说:"夏天是我们一年里最赚钱的时候,一个月的流水是其他月份的三四倍。"

　　这条小吃街上卖得最多的就是烤羊肉串。

　　北京人喜欢一边吃羊肉串一边喝啤酒,也有以羊肉串配贴玉米饼子一起吃的,叫做肉馍馍。一字排开的小摊卖的当然不只有羊肉串,还有卖烤臭豆干、牛蛙腿、小龙虾、鱿鱼丝的,以及煮成一大锅的羊杂碎、白水羊头和爆肚,清真点心驴打滚和艾窝窝等。不同于仿膳那般精巧细致,这儿的艾窝窝像包子一般大。自然也少不了北京的特色小吃大碗茶,以滚水冲泡,分酸枣、杏仁、莲藕、黑芝麻等不同的口味。

　　别看这条小吃街不长,规模不算大,却是王府井商街上最有特点、最具活力的组成部分之一。记得十几年前我和大学同学第一次逛王府井时,一大享受便是到这条街上吃了个痛快,对北京小吃的最初了解正是在这里完成的。时至今日,去小吃街上品尝北京风味仍旧是众多外地游客到王府井观光休闲的一个内容。可以说,小吃街为王府井的金字招牌增添了不少亲切、放松、大众化的气息。尤让人赞叹的是,在王府井商街的数次改造中,这条并不那么精致的小吃街都被保留了下来,不能不说是一种明智的选择。

　　近些年来,不断听到很多城市改造或者取缔一条条小吃街的消息,动因主要是考虑到自发形成的小吃街多半档次低,影响城市形象。于是,一些小吃街被拆掉了,一些小吃街进行"升级",露天小摊纷纷"登堂入室"。比如,在南方一座城市,就因为拆迁了一条传统的小吃街而引起市民争议。据了解,这条当地最著名的小吃街已有数十年历史,汇聚了四川、广东、广西等地的大量特色小吃,拥有数千从业人员,而且生意长期红火,演变成为当地人气最旺的饮食文化街区。旧城改造中,小吃街附近建设了高档的写字楼,而夹杂于大厦之间、以低矮摊档为主的小吃街则被拆除,另找地方搬迁"克隆"。然而当传统小吃走进装修豪华、设施一流的饭店、餐馆以后,却水土不服、少人问津,更令人叹息的是20多年积累发展起来的饮食文化品牌已经风光不再,走向衰败并逐渐消于无形。不少市民表示相当惋惜,一位网友留言说:现在许多城市想发展特色小吃街还发展不起来,这里却为了几栋写字楼毁掉了一个特色品牌,太可惜了。

应该说,这种将传统小吃街由简变精、由小变大的做法,初衷是为了改善市容,出发点不可谓不好,但为什么最终效果却不尽如人意呢? 一个关键原因就在于没有认真研究和尊重小吃街这一商业业态固有的特点和文化。许多人都有这样的感觉,同样的小吃,放在露天小街上,和着室外的风景,和着来来往往的人流,和着空气中的各种香味,即使粗糙一些,也显得生动而诱人,而一旦搁在饭店酒楼的餐桌上,似乎就少了点味道,少了点精气神。正如一位朋友对我描述的,在露天小摊上吃小吃的感觉特别真实,一串烤肉、一盘凉粉、一扎啤酒,比大饭店里的山珍海味要让人舒服得多,而且站在街上看车来人往,常常让人有种回到小时候的亲切感。

其实,自然、简单、朴素正是传统小吃街的魅力所在,也是这种业态不同于其他餐饮方式的个性所在。加强对小吃街的管理,改变一些地方存在的脏乱差现象,并不等于要破坏这种个性,并不意味着要将它变"大"变"精"。王府井小吃街在越来越现代化的商业环境中,始终保留它在诞生之初的大众风格,聚积着旺盛的人气和商气。这表明,传统小吃街的生命力,完全可以和城市建设的现代化融为一体。小吃街还是"小"点好。

【日期】 2006 – 08 – 24
【版次】 14
【栏目】 市场观察/王府井漫步

反季销售挑战商家创新力

　　虽已立秋,暑热尚未消退,走进王府井百货大楼,发现不仅夏装正在大面积换季打折,羽绒服等冬装也开始竞相登场,引来顾客选购。一对老年夫妻左挑右选,看上了一件蓝色的短款羽绒服,一位 40 岁左右的妇女则选中了一款白色的长款羽绒服,两款服装的价格均不到 200 元,而同样的羽绒服,冬季旺季销售时的价格要高出一倍不止。据销售人员介绍,她们每天的销量都在几十件左右,基本能与当季销售时持平。

　　"夏卖棉袄冬卖衬衣"的反季销售向来是商家淡季促销的法宝,但是,与百货大楼的情况相反,更多商场今夏所推出的羽绒服反季销售不再被消费者看好。我连续走访了京城几家商场以及专卖店,同时通过朋友了解到天津、南京、太原、成都等市的市场信息,发现尽管许多商家都适时推出了以羽绒服为代表的反季商品,价格也显得实惠诱人,可销售状况大不如往年。某商场销售羽绒服的人员承认,"过去那种抢购的热闹场面难得一见了!"

　　准确地讲,昔日受到消费者青睐的羽绒服反季销售出现了日益明显的冷热不一的现象。一是名牌热,杂牌冷。前些年,不管是有名无名的生产厂家和销售商搞反季销售,打的一律是降价牌,羽绒服夏季销售以清仓、甩卖为主,款式陈旧,货色单一。记得三五年前,我曾受超低价格吸引,一时图便宜买了件名牌羽绒服,结果在衣柜里放了半年,拿出来想穿时,又发觉式样已经过时,再不愿穿了。如今,这种市场营销策略出现了分化,一些品牌厂商包括生产企业和零售企业,逐渐将"价格战"与"品牌战"相结合,降价不降质,增加了时尚、优质的商品伴以低廉的价格,稳定住了销售业绩。而那些仍旧沿袭以往处理大路货式的市场路线的商家,则迅速失去了消费者。

　　二是商家热,顾客冷。别看反季销售的市场反应普遍今不如昔,可加入其中的厂商依然浩浩荡荡,规模逐年扩大。许多商场开设的羽绒夏季专卖场面积越来越大,有的达到上千平方米。参与的品牌不断增多,仅南京某商厦就云集了全国约60个著名品牌的羽绒制品。同时,羽绒服反季销售的时间也持续得更长,大约有两个月之久,其中7月中旬至8月中旬是销售旺季。与此形成鲜明对比,顾客的消费行为却日趋理性和冷静。人们的消费品位、消费观念正在加速升级,购物时考虑的不再仅仅是价格,而转向时尚与品位。另一个同样重要的原因是,目前百货零售业界的打折促销、返券送礼几乎贯穿全年,司空见惯的消费者对于以降价为主要内容的反季销售渐渐丧失了敏感和热情。

　　分析羽绒服反季销售的冷热不一可以看出,随着人们消费能力和生活质量的提升,特别是买方市场的发展和深化,过去那种"一招鲜,吃遍天"的现象已不可能发生了,厂商单靠某种一成不变的市场手段是无法生存和胜出的,即便曾经屡试不爽的价格战也是如此。我们更要看到,虽然现在一些品牌厂商开始了反季销售的创新,比如增加服装款式与品种、增强品牌影响力、加大价格吸引力等等,这是好的苗头,但这种创新的力度和效果,比起市场的内在要求来说,仍然非常不足。

　　为什么在消费者兴趣减弱、商家利润减少的情况下,众多羽绒服厂家仍不惜血本、热衷于搞低价清仓式的反季销售?核心缘由是全行业产能严重过剩,大厂家羽绒服大量积压,小厂家不断倒闭。面对行业内重新洗牌的巨大压力,厂商不得不纷纷做出抢占先机式的调整。因此,羽绒服反季销售力度之大、参加厂家之多,都是一年比一年来得猛烈,而市场影响和经济效益则一年比一年现出疲态。所以,反季销售的冷热不一暴露出厂商的创新能力正面临严峻挑战,包括技术创新、营销创新、服务创新等等。市场的升级需求呼唤产业尽快实现升级。

【日期】　2006 – 10 – 12
【版次】　14
【栏目】　市场观察/王府井漫步

普洱茶产业潜力在哪里?

前些天记者到北京王府井参加首届中国国际普洱茶学术研讨会,收获甚丰,所感亦多。与会者的共识是,近几年来,在生产企业、产地相关部门和业界其他各方人士的共同努力下,普洱茶独特的收藏价值、文化内涵和保健功效等逐步为人所认知,普洱茶市场因此呈现出快速发展势头。但当前普洱茶产业在从种植、研发、生产加工到销售这一价值链条不同环节之间的发展并不均衡,基本呈现"市场先动,研发滞后,标准缺位,工艺落后"的特点。这一现象的存在,不利于普洱茶市场的可持续发展,这就意味着加强普洱茶各方面学术研究的重要性。

会议期间记者乘兴到王府井一家有名的老字号茶庄转了转。销售主管介绍说,他们每月的茶叶销售中,普洱茶的销售量占七八成。如今,不管是长年以经营批发茉莉花茶为主的北方茶市,还是曾被铁观音覆盖的闽粤市场,普洱茶的市场份额都在节节上升,已占了半壁江山。市面上的普洱茶供不应求,价格一路飙升,这对于商家来说本是一件好事,但这位主管言语之间却流露出一些担心:利之所趋,市场不规范动作就不断冒出来,以新造旧、以次充好、以假乱真的做法不一而足;部分商家恶意炒作,普洱茶价格出现了不正常的"虚高",在数年间提升了10多倍。种种商业运作成功地引发了一场普洱茶饮用和收藏的热潮。"问题在于,一旦这股骤起的热潮急速回落,这个市场难免会面临衰退的危险!"他说。

确实,无论是经营者、生产商还是专家学者、产地管理部门,都在探讨这样一个问题:现在的普洱热是"虚热"吗? 到底能"热"多久呢? 会不会爆起爆落? 这些问题的核心便是普洱茶产业如何可持续发展。

　　上述顾虑是有历史依据的。有着千年发展史的普洱茶,在明清时代就曾经"名重天下",但后来又寂寥许久。1950年以来,现代普洱茶发展有三波热潮:第一波是在四五十年前,香港茶楼兴起喝普洱加菊花的"菊普茶",带动其商业市场;第二波是在15年前,许多砂器收藏人转向了品饮及收藏普洱茶,进而引发了普洱茶市场热;第三波就是在当下,三四年前在广州开始吹起了普洱流行风,并逐渐自珠江三角洲扩大到全国各地。

　　从目前的情况可以初步判断,时下的普洱热和以往有所不同,即它有着更为强大的市场需求作为支撑。从投资需求来看,我国普洱茶主产地云南省已将其作为促进农民致富、地方经济发展的支柱性产业,形成了生产链条的利益共同体。调查显示,云南省现在投入普洱茶产业的资金最少在10亿元。2005年全省新增加工厂400家左右,产量达5.2万吨,比上年增加1.6倍。像思茅市去年投入3000多万元,只收了300万元左右的税,目的就是要放水养鱼,让这个产业有充足的养分不断长大。从消费需求来看,普洱茶已成为世界性的茶饮市场新热点,在国际市场由亚洲走向欧美,在国内市场由高端走向大众。从进出口贸易来看,进入21世纪,我国普洱茶出口数量呈上升趋势,总量已达60000吨。正如国家茶叶质检中心主任骆少君所说,普洱茶世界性的利润空间还远未发掘,其经济价值的充分开发将带来更大的市场飞跃。

　　不容置疑的是,普洱茶在面临重大发展机遇的同时,也存在着不容忽视的问题。特别是质量及市场准入标准体系还没有形成规范,以致市场呈现出一定的无序。要保证普洱茶热能平稳、长久地"热"下去,当务之急是要转变经济增长方式,通过对普洱茶文化与科技的深入挖掘,特别是对普洱茶种质资源、群落下分布、历史沿革、加工工艺、市场营销、古茶树保护、茶马古道以及茶文化发展定位等方面进行系统研究,正确引导普洱茶的生产、消费和流通。抓好普洱茶市场准入标准、茶园茶厂技术改造和优势品牌打造3个环节,加快市场营销体系、科技支援体系、质量标准体系、管理服务体系4项建设,使"中茶"、"大益"等一批知名品牌进一步发展壮大,从而推进普洱茶产业持续健康发展。

【日期】　2006 - 11 - 02
【版次】　14
【栏目】　市场观察/王府井漫步

谁能抢占零售业调整先机？

　　走进北京王府井大大小小的商场，明显感受到商家共打"秋日"主题的努力。虽然一眼望去还是消费者熟悉的"返券"、"打折"、"买赠"类促销活动，但仔细观之，还是和过去有些不同。比如说，原先商家在各种宣传页和券、卡上印有的"最终解释权归本店所有"的字样很少看到了。再比如说，打折商品一经售出概不退换的规矩开始变了，某服装品牌的销售人员对记者明确表示，只要符合要求，打折商品和原价商品都可实行退换。这些变化的产生，当归功于自10月15日起实施的《零售商促销行为管理办法》。由商务部、发改委、工商总局等5个部门联合发布的这一《办法》，对商家开展打折、降价、返券等促销活动进行了规范，不但保障了消费者权益，也有利于整个零售市场环境的进一步完善。

　　不过记者同时也发现，有些商家的促销行为与《办法》仍有一定距离。例如个别商家"全场打折"的概念模糊，说是全场，其实只是部分商品进行的部分促销活动；一些商家长期虚挂"清仓甩卖"、"歇业甩卖"的招牌，显然这些都违反了《办法》中"零售商促销活动中的广告和其他宣传，其内容应当真实、合法、清晰、易懂"的规定。消费者对此表示反感，认为此类促销活动缺少诚信，影响了消费的热情和信心。

　　事实上，近年来对于规范商家促销行为、加快促销创新的呼声一直不断，但始终未有根本改变。对于商家来说，小促销周周上，大促销月月有，节日促销更是猛烈，而形式与内容却越来越难推陈出新，效果越来越不尽如人意。频繁的促销令消费者养成了不打折不购物的习惯，而促销中的雷同甚至"掺水"又使其对商家的诚信度产生了怀疑，消费需求逐渐向按需购买、理性购物上过渡,由此导致商场促销的成本不断上升,效应则日益递减。

那么,为什么众多零售企业在意识到促销创新重要性的同时,却少有深入、扎实的行动呢? 一个关键原因是这些年的日子过得还不错。受我国居民人均收入增长和城市化进程加快的驱动,消费需求尤其是消费品零售额保持持续增长的势头,并使得零售行业进入了长期景气周期。国泰君安的研究报告显示,从主营业务收入、净利润等主要经营指标看来,近几年商业零售板块的经营业绩处于上升周期。据中华全国商业信息中心对全国百家重点大型零售企业的调查,今年"十一"黄金周期间,百家商场实现销售额483913万元,同比增长20.82%;零售额达到462388万元,同比增长23.09%,其中零售额增长幅度达50%以上的商场有14家。据预测,2006年—2010年间,国内零售业仍将保持年均10%左右的增速。

在这样的景气周期中,尽管竞争日益激烈,促销的难度在增加,但零售企业整体上的形势是好的,这就掩盖了企业进行调整和创新的紧迫性。而这是尤其需要引起业内人士格外重视的。诚如中国人民大学商学院教授黄国雄所指出的,所有零售业的竞争都是争夺消费者的行动。促销就是这种争夺的一种集中体现。促销手段的乏善可陈,暴露出企业核心竞争力的不足。决定零售业的发展未来,应该是以人才为核心,以服务为内容,以企业形象为条件的全面竞争。要清醒地认识到打折是没有出路的,尽管从短期来看是有效的,但层次低,没有长期效益。因此,零售企业要在增强核心竞争力上下功夫,从现在做起。

经验表明,行业景气周期正是企业进行调整、加强核心竞争力的良机。《零售商促销行为管理办法》的实行是通过政策规范,从外部给予企业和行业加快调整和创新的压力,并创造公平竞争的环境,而企业和行业自身的当务之急,则是要增强打造核心竞争力的内在动力,抓住机遇主动进行调整,尽快解决同质化竞争、低层次竞争的问题,从而实现可持续发展。可以说,谁抢占了零售业调整的先机,谁就把握住了未来竞争的优势。

【日期】　2006 – 11 – 16
【版次】　14
【栏目】　市场观察/王府井漫步

商业街区特色化渐成趋势

俗语有云:"王府井大街商品多,日卖万金不费难。"初冬的北京虽然天气日渐转凉,但王府井街头仍是一派火热景象。从南口北京饭店入街北行,但见牌匾高悬,店铺井然,人头攒动,如流水一般,从早到晚,每天进入这条街的中外顾客多达百万人次,不愧为京城最有名的商业街区。数十年来,外地游客若想逛逛北京的特色商业区,自然便会想到王府井。而如今的人们则有了更多的选择:不仅有高碑店古典家具街、什刹海茶艺酒吧街、东直门餐饮街、马连道茶叶街、莱太花卉街和十里河家居建材街等特色商业街,也有名扬四海的潘家园旧货市场和红桥珍珠市场。这些特色商业街和特色市场也像王府井大街一样,成为了京城独特的亮丽景观和城市名片。

据了解,目前北京已经培育发展并正式命名了 6 条特色商业街和 1 个特色市场。下一步还将继续加大特色商业街区和特色市场的发展力度,到 2008 年北京的特色商业区将发展到 10 个左右,特色商业街达到 15 个左右。事实上,在全国很多城市的"十一五"规划中,都将建设特色商业街区列为城市经济发展的重要组成部分。比如,深圳建市 26 年来首次正式出台了系统的《深圳市商业网点规划(2006—2010)》,在对全市进行详细的商业网点普查基础上,围绕消费者需求以及商业区的功能定位,确定了 5 年后形成"两轴、两带、十四个特色商业街区"的商业新格局。

对特色的注重已经逐渐成为我国商业街区发展新的趋势。特色商业是城市的亮点、旅游的名品、商旅互动的平台。特色商业街区现已成为城市的新地标。许多到上海的游客都有体会,以前没看过东方明珠、金茂大厦,就等于没到上海;现在则是没逛过新天地就等于没到上海。新天地的成功在于这条步行街的个性化。这里不但保留了体现上海人文底蕴的石库门房子，还吸纳了来自世界各地的风情餐厅、购物休闲公司，形成了历史与现代的对话。走进新天地，中国人感到有开放气息，外国人又感觉非常古典，这就是商业特色的最大化。同时，这也是商业效益的最大化。不管是一个城市的管理者，还是商业企业的经营者，要提升商业在城市经济中的地位，要保持社会消费品零售总额的持续增长，要确保商业经营效益和零售绩效的不断提高，应该说，走特色化商业之路，不仅是必须的，也是可行而有效的。

可以欣慰地判断，趋向特色化的新趋势意味着我国商业街区开始步入了快速、健康、可持续发展的新阶段。当前中国零售业的竞争已经从店与店的竞争，发展到街与街的竞争，国内近些年因此掀起了步行商业街的开发热潮，但一个普遍现象是千街一面。不少城市的商业街道路越来越宽，商店面积越来越大，而特色却越来越少。形象大于需求，开发重于经营，规划落后于策划，规模落后于效应，导致商业发展与城市建设失衡。专家们指出，在各种商业形态中，特色商业街区最有生命力。没有特色就会迅速老化，发展便也失去了依托。据中国步行商业街工作委员会的统计，全国县级以上商业街的数量目前已经超过了3000条，预计在未来两三年内将超过5000条。在商业街区的建设热潮中，如何解决既开发建设成功、又经营管理成功这个普遍性的现实问题，特色化经营提供了一个根本性的答案。

【日期】　2006 – 12 – 07
【版次】　14
【栏目】　市场观察/王府井漫步

羽绒服市场力求向高端转型

初冬时节,羽绒服开始旺销。

周末来到北京王府井大街几家市场定位不同的百货商场,发现其主打产品均包括羽绒服。丰富的品牌、款式以及灵活的价格,使这一时令服装聚集了不少人气,在收银台前,购买羽绒服的消费者排起了长队。一位买了两款产品的女士说,现在买羽绒服的感觉比几年前"爽"多了,不仅式样时尚,而且用不高的价格就可以选个品牌货。确实,大多数羽绒服专业品牌的定价都在几百元之间,一些品牌折后不过二三百元。

这样的价格定位集中凸显了羽绒服传统的优势和特点。较羊绒、皮革等冬季服装,羽绒服一直以较高的性价比取胜,并因此被消费者作为防寒服装的首选。

随着一些国际知名品牌近年来开始向这一市场拓展,高价羽绒服的出现成为另一个值得关注的市场现象。一批生产正装和时装的品牌纷纷进入羽绒服市场,其品牌影响力直接传递到了旗下的羽绒服,并吸引了一批中高端消费者。在某专柜,该品牌的男装羽绒服强调商务休闲,一件短款的价格上千元,一些长款的售价甚至要两三千元。而名牌女装专卖店的羽绒服更是品种各异,出现了羽绒制作的裙装、内衣、披肩等。像 ONLY 女装今年的新品已演变成以羽绒服为主,大量使用了毛皮、珠串、腰链、绸带等配饰,虽然价格在千元左右,仍有不少年轻人试穿、购买。

大约是受国际知名品牌的启发,国内几大羽绒服专业品牌开始加速向高端转型。今冬,波司登首次推出了价格在 1000 元以上的精品羽绒服,其对精品羽绒服的定义是:不只在面料、绒质上与普通羽绒有较大差别,而且在设计上也引入时装理念。比如说创造出了羽绒服皮毛的概念,每款售价在 1300 元以上。其他如雅鹿、鸭鸭这些羽绒服品牌都大胆试水高端市场,在价格上与其他普通品牌拉开距离,不再像过去一样停留于简单的"价格战"。他们认为,高端羽绒服市场进入者不多,先行者必然会先期获得厚利。

应该说,波司登、雅鹿、鸭鸭等国内羽绒服专业品牌瞄准高端的战略转型,是把握住了市场脉搏。国内羽绒服市场的发展虽然只有 20 多年的历史,但增长很快,年销售量已经从上世纪 80 年代初期的几十万件上升到了目前的 6000 万件。从行业内部来看,在总量扩大的过程中,品牌集中度越来越高。据统计,有一定销售规模的前 10 个品牌,已占全国羽绒服销售总量的 40.13%。这表明,羽绒服市场正在向优秀品牌集中,一批仅靠廉价争夺市场份额的小品牌将陆续退出。而这也意味着优势品牌已经在规模、技术、资金等方面,为向高端转型做了一定程度的积累。

从行业外部环境来看,随着人们生活水平大幅度提高,着装品位快速提升,羽绒服时装化、休闲化和个性化的需求日趋明显。这就要求生产厂商必须尽快提高产品更新换代的能力以适应市场变化。

在笔者看来,这些国内羽绒服行业的领军型品牌要成功实现向高端的转型,还面临着诸多挑战,乃至是比过去更加激烈的竞争。第一,在高端市场的争夺中,更多的竞争对手将是具有雄厚实力的国际知名品牌,后者固有的高端形象很容易被消费者接受,其强大的品牌辐射力目前还是国内几大品牌无法比拟的;第二,国内品牌长期依靠规模和低价所建立起来的竞争优势和市场形象,要转变为高端定位并被消费者普遍认同,在短时间内是有相当难度的;第三,也是最关键的一点,高端不等于高价,不是说服装价格上去了就自然变得品质提高了;向高端转型的实质是提升品牌价值,这就需要有科技、设计、文化等方方面面的坚实支撑,而这正是国内品牌欠缺的。

因此,只有沉下心来,进行产品创新、技术提升,进一步强化品牌战略,不断优化品牌价值,国内羽绒服厂商才会具有驰骋高端市场的竞争力。

【日期】　2006－12－14
【版次】　14
【栏目】　市场观察/王府井漫步

百货业如何实现差异化竞争

　　虽然已去过巴黎两次,但在王府井百货集团与法国驻华使馆经济处联合举办的"王府井百货法国节"上,近千种原产自法国的食品、酒类、饰品、时装、香水、护肤品、纪念品等名牌货,还是让记者大开眼界。这一盛大的市场活动从 12 月 8 日开始,将一直延续到月底,参加的王府井百货门店除北京地区的百货大楼、长安商场、双安商场外,还包括广州王府井、成都王府井和长沙王府井 3 家外埠门店。据悉,这是国内流通企业首次举办国际间商品、文化交流活动。

　　王府井百货集团精心策划的这次市场运作,从不同的角度可以有不一样的精彩看点:可以说是一次文化营销的案例,其间,法国图片展和电影欣赏等手段进一步增强了商品的文化吸引力;也可以说是品牌战略的集中运用,集团公司在全国 16 家连锁经营门店中选取有旺盛需求的几家同时展开主题活动,确实充分发挥了"王府井百货"这一金字招牌的聚集效应和辐射能力。不过,最让记者感兴趣的,是公司负责人透露的动机:面对目前百货业竞争激烈、商品重叠率高的现象,必须致力于构筑企业差异性核心竞争力。此次活动正是其探索商品和营销层面差异性核心竞争力的积极尝试之一。

　　对于差异化竞争的重要性和必要性,百货业近年来已逐步形成共识,认为差异化是市场竞争的关键。这是针对目前百货业普遍面临的同质化竞争而提出的。百货业同质化主要表现在以下几个方面:定位的同质化、商品的同质化、品牌的同质化和营销手段的同质化,由此导致了"千店一面"的现象。如何解决这一问题,在竞争中找到属于自己的市场,已经成为每个商家寻求突破的着力点。因此,在转型过程中,百货业逐渐从粗放式扩张过渡到有效整合,差异化、精细化越来越成为主旋律。

但实际效果并不明显,百货业离真正实现差异化经营还有不小的差距。很多消费者都有同感,大部分百货商场仍然存在商品结构类似、营销手段雷同的现象,缺少鲜明的特色,同质化竞争的状况尚未得到根本改变。百货商场为什么会出现这种愿望与实效之间的反差呢? 从市场客观运行规律来看,差异化经营都是商家经过无数次调整之后才逐渐形成的。国际知名品牌零售商在找准自己的定位前,也都经历了曲折的寻觅过程。而我国百货业深层次的结构性调整还刚刚开始,有一个逐步积累、变化的过程,绝不是短时间内就能完成的。

同时,百货业差异化竞争格局的形成,有赖于我国百货企业的进一步成长。现在不少企业一提到差异化竞争,往往指的就是高、中、低三类,或者说是开女性商店还是儿童商店等等,也就是说,只是停留于对商场定位的简单把握。这种对差异化的理解还是表面的。管理大师彼得·德鲁克曾讲过,若要成功经营企业,必须做到两点:一是清楚客户真正需要的是什么,二是用比竞争者更好的创新方法满足客户的需求。这两点法则实际上也给了差异化竞争一个清晰的描述,就是要找到市场的特定需求点并推出创新性的服务。因此,百货商场要搞好差异化经营,不仅需要通过不断明确定位来找到细分市场,而且需要系统性地具备差异化竞争的能力,包括从企业战略的制订到市场策略的设计,从营销手段的创新到服务水平的提升等等,从而实现差异化竞争的根本目的——营造比对手更强的优势,赢得顾客的认同。正是从这个意义上说,王府井百货探索营销层面差异性核心竞争力的努力,反映了我国百货业龙头企业的日渐成熟。

【日期】　2007 - 01 - 30

【版次】　15

【栏目】　市场观察/王府井漫步

奥运特许商品展现良好市场前景

　　1 月 28 日,温暖冬日下的北京王府井商街人来人往,透出一股临近春节的喜庆。自南往北沿街漫步,令笔者多少有些惊讶的是,在面积不算大的商业核心区,竟接二连三密布了七八家奥运特许商品专卖场所,包括东方新天地、工美大厦、百货大楼、新东安市场等都设立了销售专柜,而工美对面一家门脸不小的专卖店是在去年年末才从服装店改成专做奥运特许商品经营的。

　　走访了四五家奥运特许商品专卖店之后,笔者总结出一个"三多"现象:一是店铺明显增多。记得去年年中王府井还只有两家特许零售商。这反映出商家对奥运特许商品市场前景的乐观预期以及销售渠道的进一步扩大。据悉,北京奥运会特许经营计划自 2004 年 8 月开始试运行至今进展顺利,目前已在全国重点城市设有奥运特许商品零售店近 600 家。到 2008 年为止,北京奥组委计划在全国范围内开设 8000 个特许零售点。可以预计,在接下来相当长的一段时间内,加速布点都将成为一种趋势。

　　二是商品品种大大增加。一批价格更为便宜、实用功能更强的奥运特许商品崭新面市,像不到 10 元的文具、12 元左右的头巾、38 元的福娃多用袋等,笔者都是第一次见到。据了解,特许商品单品种类现已超过 4000 多种,300余种奥运特许商品新品在春节前将陆续上市,绝大多数特许商品将打出"平价牌",让更多普通消费者买得起。特许商品每个系列都会推出面向不同消费人群的高、中、低端产品,这将使奥运特许商品的市场容量进一步扩展。

　　三是消费者人气不断上升。销售网络的完善和新品的大量上市,尤其是中低档价位的品种纷纷进入,激发了人们的消费热情。劳益奥运特许商品专卖店负责人介绍说,临近春节,人们购买奥运特许商品的情绪很高。其中,

200 元以内的商品是大多数消费者选购的焦点。"顾客通常都是一买好几个,回去捎给朋友。"销售人员说,"这些天感觉是越卖越好。"据粗略统计,在 1 年多的试运行阶段,特许商品销售收入已达 6 亿多元人民币,显示出了良好的市场前景。

奥运特许商品零售市场"三多"现象的出现和持续,为国内广大特许经营(生产)商提供了发展良机。正如北京奥组委执行副主席兼秘书长王伟所说,北京奥运会特许商品计划要为广大国内企业参与奥运搭建平台,为扶持民族企业的发展、塑造"中国制造"的高品质形象作出贡献。笔者了解到,许多"中国制造"产品已借此获得了更大的市场空间。像北京的"绿典"彩棉、河北的藁城宫灯和江苏的宜兴陶瓷等等,都因成为奥运特许商品而走上了更为广阔的世界大舞台。

但是,笔者也由衷地感到,如果要最终达到用好商机、树立"中国制造"高品质形象的目的,还需进一步重视对"中国设计"的投入,提高"中国设计"的水准。从市场反馈来看,奥运特许商品设计水平的高低在很大程度上决定了销售情况的好坏。"设计出彩的商品比外形普通的好卖得多。"工美大厦专卖店的杨经理说:"有些时尚新品甚至一周内就超过了别的产品一季的销量。现在我们进货是千挑万选,坚决拒绝模样平庸的。"

事实上,奥运特许商品是一个典型的创意产业,就目前而言,中国创意产业中最具发展潜力的当属工业设计,同时,最需迫切发展的也是工业设计。索尼公司前总裁盛田昭夫曾说:"今后我们的竞争对手将会和我们拥有基本相同的技术、类似的产品性能乃至市场价格,而唯有设计才能区别于我们的竞争对手。"对于众多中国制造企业来说,要想在预计 10 亿美元的 2008 北京奥运特许商品市场中一展身手,通过提升设计水平增加产品的高附加价值,是一条必由之路,这也是"中国制造"借国际性盛会打造国际化品牌的关键。

【日期】　2007 – 04 – 11
【版次】　11
【栏目】　市场观察/王府井漫步

品牌建设:做大珠宝饰品市场的关键

　　在绚烂的春天的气息里,各珠宝首饰品牌都开始备战5月销售旺季了,纷纷推出新品,有的打婚庆牌,有的以母亲节为卖点。记者从北京王府井施华洛世奇专卖店了解到,该品牌5月将正式推出婚礼系列首饰和家居饰品。近年来,国内婚庆首饰市场一片红火,而珠宝市场上却很少有专门为婚礼设计的首饰。施华洛世奇的设计师敏锐地感觉到了其中的无限商机,由此推出婚礼系列别出心裁的设计。

　　以人造水晶产品闻名于世的施华洛世奇创立于1895年,和卡地亚、爱马仕、路易威登等国际品牌享有同样的盛誉。事实上,它所用的材质在珠宝饰品行业并不是最高档的,却卖出了令我国同业品牌称羡的高价。国家珠宝玉石质检中心副主任柯捷介绍说,珠宝饰品市场大致可分为三个层次,一是极少数顶级珠宝品牌,不仅是真正的珠宝钻石,而且工艺和设计都是顶尖的,价格也十分昂贵;二是大众化珠宝品牌,材料都是真的黄金和天然珠宝,但品牌定位和价格居于中档;三是人造珠宝饰品,拥有最广泛的消费群体。她说,从材料属性来看,施华洛世奇应当属于第三类,但其拥有的市场影响力和获得的市场效益是令人惊叹的,国内许多品牌即使采用的是真正的天然珠宝,都未必能有如此之高的市场回报。个中奥妙正在于它的品牌建设和推广。面对极具潜力的市场,中国的珠宝饰品行业到了建设品牌的关键时刻。

　　近年来,珠宝钻石成为百姓的消费热点。有数据显示,2006年中国珠宝市场销售总额约1600亿元,较上年增长15%以上,已成为世界珠宝首饰的主要消费国。伴随着国内消费市场持续增长,国际上的珠宝钻石加工订单正在逐步向我国转移。据统计,现在中国已有200多个加工厂常年为海外加工首饰,年产值30多亿美元,还有300多个工厂具备接单加工的能力。在加工业务方面,中国珠宝钻石行业近年来已形成一些特色鲜明的产业基地,并逐步显露出规模效应。珠宝钻石加工在生产规模、工艺、质量、构思等方面具有相当水准。目前,珠三角地区已形成珠宝产业集群,加工出口贸易额占全国60％以上。

　　尽管中国珠宝钻石行业发展很快,但还有很多方面尚存在差距。一些珠宝饰品企业在开发种类方面,还存在同质化现象,品牌之间、企业之间缺少差异性,不利于品牌的树立和企业的发展。随着竞争的日趋激烈,珠宝饰品企业还需继续做大做强品牌。尤其要看到,境外各珠宝商开始利用品牌优势加速抢占市场份额。比利时钻石加工贸易公司"欧陆之星"做出斥资1亿美元开设百家连锁店的计划。因此,国内珠宝市场竞争的核心就是"品牌"。企业的人力资源优势、管理优势、营销优势、渠道优势、财务优势等企业竞争力,最终都应该整合为企业的品牌竞争优势,才能在国际品牌林立的商战中突围而出,做强做大。

　　令人欣慰的是,在竞争中,珠宝业也取得了快速发展。2004年,珠宝企业有9个黄金首饰品牌被评选为"中国名牌产品",2005年,又有11家珠宝企业的产品获得"中国名牌产品"称号。深圳市力富珠宝有限公司董事长、罗兰芳娜品牌创始人吴光唐深有感触地说,他进入珠宝行业20多年,许多从事生产、加工、批发、出口等的企业,发展到现在留下来的不是当初生产规模最大的,而是注重了品牌建设的企业。现在,力富从"品牌学习"转变为"品牌创新",要做的不是永远追赶别人,而是在创新中超越别人。我们相信,只要在品牌与渠道的竞争上苦下工夫,我国珠宝饰品业必将涌现出一批世界知名品牌。

【日期】　2007 – 06 – 05
【版次】　15
【栏目】　市场观察/王府井漫步

服装行业要培育出响当当的自主品牌

——一谈服装自主品牌为啥取个外文名？

　　比初夏阳光更绚烂的,是大大小小商场里多姿多彩的夏季服装。各式新品缤纷上市,拨动消费者购买的心弦。走在加速进行升级改造的王府井"金街"上,稍一留心就会发现,越是定位高端的商场,服装销售就越是以国际化的品牌取胜。在东方新天地里,近75%的男装标的是外文品牌,尽管价格不菲,但生意红火。许多崇尚名牌的消费者都以为那些看不明白、叫上去拗口的外文品牌非比寻常。事实上,业内人士都清楚,尽管这些外文品牌的产品品质是有一定保证的,但起码1/3以上从设计、生产到销售,完全是中国制造。

　　这一值得关注的现象在一些大中城市和消费品领域普遍存在,尤以服装、化妆品、保健品、家居用品等领域最为突出。从事服装行业多年的陈先生透露说,厂商广为采用的有两种做法:一是自己在国外注册商标,然后在国内找个厂家生产。这么做既能降低生产成本,也可以借助国外品牌的声势提高销量,以获取高额利润。二是在国内注册商标,但起个外国名字。正因为这种方式是合法的,所以一些国内厂商在面临真正的国际品牌的巨大压力时,采取了这种"包装"的策略,以求快速打入高端市场,在短时间内赚取厚利。

　　当前,"中国制造"正处于向"中国创造"的转型阶段,服装品牌化战略成为越来越多中国服装企业的自发性选择。许多企业家已经认识到,我们服装行业有很多数量上的世界第一,却少有国际化品牌,因而在国际价值链中处于低端,获得的附加值并不多,所以开始加快采取品牌化战略,走国际化之路。这是一种自我品牌意识的觉醒和竞争手段的进步。比如,随着我国服装产业的发展,目前已经形成大品牌企业数十家,服装企业总量达到数万家。一批大型服装企业以资产规模经营为纽带,以名牌产品为龙头,拥有世界一流的服装生产设备和技术,推动着我国服装产业的品牌化进程。从帮国外厂商加工服装,到筹建自己的设计队伍,做自主品牌,然后逐步在国内市场发展壮大,进而再进行国际化。这是国内服装龙头企业正在探索的路径,也是当前服装企业广为认同的一种思维。

虽然中国服装企业在品牌化之路上已经取得了很大的成绩,但目前一些厂商采用的"外文品牌"思路需引起我们的重视和深思。一位在服装界打拼多年的设计师曾经激动地说,在我们自己的国家里,中国的服装品牌也要打着外国的名字才好卖,才能挤进高端市场,这是很难让人理解的事实。从更长远来看,这也是急需改变的事实。我们的企业家还应进一步认识到,要完成实现"中国创造"的伟大使命,要在国际国内两个服装市场的生存空间中应对极为严峻的考验,仅有一般性的服装自主品牌是远远不够的,必须加快培育强势自主品牌。而这样的自主品牌,必然是包含着中国技术、中国设计,更重要的是有着中国文化内涵的。要创出彰显中国文化精气神的服装品牌。唯有如此,中国服装企业才能在全球化的市场竞争中行之久远。

【日期】　2007 – 06 – 19
【版次】　15
【栏目】　市场观察/王府井漫步

培育积极的自主品牌消费文化

——二谈服装自主品牌为啥取个外文名？

　　本栏目6月5日刊发《服装行业要培育出响当当的自主品牌》之后，陆续接到一些读者的电话，认为提出了一个值得思考的问题，但涉及因素非常多，希望能进一步探讨。这也正是笔者的感受。这篇文章只是提出了一个现象和一点希望，即一些国内企业在创造自主品牌过程中选用外文名字的现象，既表明其自我品牌意识的觉醒，开始从"贴牌"向"创牌"跨越，同时又暴露出在品牌建设上的不足，因为要在全球化的市场竞争中取胜，仅有一般性的自主品牌是远远不够的，需要加快培育出饱含中国文化精气神的响当当的自主品牌。

　　为什么一些国内企业要把自己辛辛苦苦创出来的牌子起个外文名呢？这在很大程度上是迎合市场需求的选择。一位服装生产商告诉笔者，即使是同样的品质，不少消费者往往更"认"外国牌子，哪怕价格更高一些。

　　"在国内生产一件衬衫，人工成本四五十元，如果纯粹打国内的牌子，卖五六百元，如果挂着外文品牌的旗号，能卖1000多元。"据上海服装行业协会统计的各主要商场服装销售排行榜上，600多个服装品牌相当一部分是外文名字。

　　这样的消费倾向使得零售渠道不断向外国品牌倾斜。近年来，很多大中城市的商街、商场在升级改造中，大幅度提高跨国公司一线品牌的招商比重。比如，三枪牌内衣是国内的服装名牌，在某知名商业街上原有3家专卖店，但随着商街对进驻品牌的调整，其中两家被迫关闭。有人调查过，大城市一些顶尖商场相当一部分都是外国品牌产品，国产品牌仅占40%左右。在中高档商场,活力较强的国产品牌能与国际二线品牌站在一起就不错了。销售渠道的制约,使许多国产品牌的生存空间受到挤压。

在现阶段,引导全社会转变消费观念,改善自主品牌消费环境,不仅意义重大,而且时机和条件已成熟。我国制造业加快转变增长方式,出现了附加值增加的可喜变化。从"十五"期间至今,是很多行业技术进步最快、品牌发展最活跃、劳动生产率提高最快的时期。正如中国纺织工业协会会长杜钰洲所指出的,"中国制造"的比较优势已不再停留于简单的低价,而是良好的性价比。以纺织工业为例,劳动的质量逐年提高,单位劳动创造的价值量在提高。因此,消费者决不应忽视国内产业升级所带来的新的竞争力,应该相信国内自主品牌满足市场需求的能力。

当前,在改善自主品牌市场环境方面,国家有关部门正在做出积极努力。商务部会同发改委、财政部、科技部、海关总署等八部委建立了自主品牌战略部际协调机制,以期形成统一有效、覆盖全国的品牌战略工作机制和扶持政策体系。《国家质检总局关于进一步加快实施名牌战略的意见》、《商务部关于品牌促进体系建设的若干意见》等先后发布,从各方面营造自主品牌成长的政策环境。通过卓有成效的努力,许多自主品牌产品包括汽车开始出现在政府采购的名单中。

在此基础上,自主品牌的发展还需要社会各界尤其是消费者更多的关注与支持。要增强全社会消费自主品牌的意识,以"知我名牌、爱我名牌、用我名牌"的实际行动,培育出支撑自主品牌发展壮大的消费环境。笔者相信,只要全社会形成积极向上的自主品牌消费文化,营造公平、公正的消费环境,自主品牌一定能够得到良好发展,并给消费者以满意的回报。

【日期】　2007 – 07 – 17
【版次】　15
【栏目】　市场观察/王府井漫步

扎扎实实推进自主品牌国际化

——三谈服装自主品牌为啥取个外文名?

6月19日,本栏目刊发的《培育积极的自主品牌消费文化》一文,从市场环境特别是消费文化的角度,分析了一些国内自主品牌为何要取外文名字。在现实条件下,不少自主品牌起个外国名,并采取"国际注册、国内生产、国内销售"的方式,深层次的想法是在面对国际知名品牌的巨大压力时,希望以此走出一条快速的国际化之路,增强品牌竞争力。

这样的初衷可以理解。越来越多的企业家意识到,仅仅贴牌加工难以占据国际产业链和价值链的高端,尤其是在销售成本很高的欧美市场,单靠低价和数量的积累很难获得更大的发展,打造高品质、高附加值的品牌才是长远的制胜之道。运用国际注册、国内生产的办法,让自己的品牌名字看上去更国际化一点,既发挥了国内制造业的成本比较优势,又吸收了国际商业运作的元素,从而在更大范围内,以更开阔的视野来利用国际国内两种资源。

那么,这种打造国际品牌的方式能否可持续呢? 这需要我们对国际品牌的定义有一个更深入的认识。目前,究竟什么样的品牌算是国际品牌,并没有一个可以量化的清晰明确的标准。不少商街和商场在升级换代时,常常简单地以产地为认定标准,认为只有来自国外的有着外文名称的品牌才是国际品牌,而众多生产企业也将品牌的国际化简化为注册地的国际化。对此,一些研究企业战略管理的专家指出,尽管"国际品牌"本身是个模糊概念,人们在说这个词的时候会联想到很多不确定的东西如销售业绩、品牌形象、市场范围等,但其核心还是品牌对多国市场的影响力和占有力。国际品牌是靠国际市场造就和检验的。如果将品牌的国际化单单理解为来源地的国际化,未免失之偏颇,不利于品牌国际竞争力的锤炼。尤需一提的是,自主品牌在国际化上的探索中,决不应忽视对本土市场的开掘和巩固。众多的国际知名品牌如沃尔玛、西门子、家乐福、P&G 等,无不对其本国市场有着强大的控制力。任何国家的自主品牌,都离不开本国市场的依托,这是自主品牌赖以生存的最坚实、最持久的基础。同样,我国的自主品牌要想在国际化道路上走得更稳更快一些,也必然需要在中国这个大市场上牢牢扎根。如果我们的自主品牌与国外品牌同场竞技时连本土市场都没有把握住,就永远不可能成长为国际名牌。

强调这一点意味着什么呢? 意味着自主品牌在向国际品牌努力的过程中,一定要充分认识中国文化的魅力和价值,并将其有效运用到创牌的各个环节。在国外,一个优秀的品牌往往有着几十年甚至上百年的历史,有着浓厚的民族文化特征和色彩。消费者愿意花高一点的价格进行品牌消费,不只是在消费一件物品,还蕴涵着精神消费的需求。正因如此,品牌文化内涵在产品的价格中占了相当大的比例。据了解,在过去的 10 年中,我国服装企业从事了很多国际名牌产品的生产。这表明,我们的产业基础非常好,许多企业具备了较强的资本实力和生产水平,然而还欠缺什么呢? 除了国际销售渠道,就是品牌文化内涵。国产品牌使用外文名,从短期来看,好像更能迎合时下的消费取向,实际上却因为文化符号的不好识别和记忆,错失了更多的消费者。更重要的是,随着国内经济的发展和消费者的成熟,人们在进行自主品牌消费时,自然而然会倾向于富含我国文化内涵的品牌。这只是一个时间早晚的问题。所以,从长远来看,起外文名字反而不利于自主品牌商品的销售以及知名度的提高。创立一个品牌,需要时间和资金的长期积累;建设一个国际品牌,更是一个"破茧成蝶"的蜕变过程。自主品牌的国际化,不是淹没在国际大潮中、丧失自我的特色,而是要以高品质和鲜明的文化特征,在国际市场上占有一席之地。注重对自身文化的塑造和维护,扎扎实实树立具有民族特色的品牌,这才是我国自主品牌国际化之路的发展方向。

【日期】　2007 – 08 – 01
【版次】　14
【栏目】　市场观察/王府井漫步

服装打折季提前意味着什么

　　眼下还是伏天,夏装市场却已纷纷开始了打折清货。走在北京王府井大街,笔者发现,不论是百货商场还是路边专卖店,夏季服装大部分打到 4 至 8 折,有的服装甚至打出了 2 折、3 折。与此同时,部分一线品牌的秋装早早亮相。笔者在东方新天地看到,不少品牌的新款秋装亮丽上市,连一些看着就觉得热的冬装也夹杂在夏天的裙袂飘飘中"迫不及待"地登场了。据了解,与往年相比,今年夏装的清货期和秋装的上市期都提前了一个月左右的时间,而且打折的幅度很大。"以往起码 8 月以后才会开始打折,9 月才会出现这样大面积的低折扣。"多家专柜的销售人员告诉笔者。

　　7 月份的夏装仍属当季商品,论理还有一个月的热卖期,为何夏装打折会提前这么多呢? 部分原因是因为现在的夏天来得越来越早了,市场概念里的夏天已经超越了自然季节的时空。早在今年 3 月春天的气息刚刚冒个头时,夏装就已大规模上市。4—6 月期间,夏装的旺销已回收大部分利润。"来"得早,"走"得也早,夏季服装提前清货,又为秋冬装的更早出场腾出了空间,如此循环往复。总体而言,属于每个时令服装的市场周期还是动态平衡的。

　　那么,当服装打折季的大幅度提前逐渐成为一种行业惯例时,它究竟意味着什么呢? 首先,意味着国内不少品牌生产商和销售商正加快向国际惯例接轨。在服装市场,国际一线品牌的新款往往提前一季或两季上市,引领流行,并显示品牌实力。现在,国内一些品牌店开始在上年冬天就订下第二年的新款秋装,在夏季陆续推出,直到 10 月全部出齐。比如,MAXMARA 今年的秋装首次与意大利同步上市,6 月就已面市。王府井百货有关负责人告诉笔者,如今 7 月份就上秋装的国内一线品牌已越来越多,有些二三线的品牌也开始这么做。

其次,意味着服装厂商现金流管理能力的提高。服装提前打折比拼的不仅是速度,更是厂商营销能力的全面较量。服装企业的营销有着极强的季节性,时尚流行的变化较大,强大的现金流和物流同时完成。现实情况中,很多企业的产品仅仅停留在流通的中间环节,没有达成最终的销售。库存和现金流管理长期以来严重制约了我国服装企业的发展。对于已有一定规模的企业更是十分头痛的问题,每年在销售渠道上压制货款可高达亿元。因此,当季服装从过去的"季末"出清转为如今的"季中"出清,从表面上看似乎降低了新品的利润,整体上却极大地刺激了消费者的需求,扩大了市场总量,在应季时段就能充分"消化"库存,有利于厂家的整体运转,加快资金回笼速度,实现生产经营的良性循环。穿梭在各大卖场的客流,就是市场对这一变化最好的回应。不同于过去的"换季打折压箱底","当季打折当季穿"的消费体验充分调动了消费者的热情。据悉,服装"季中"打折的销售要比平常翻两番以上,比"季末"打折高出一倍。

此外,我们更要认识到,应季服装打折提前这一营销手段的变化,实质上对我国服装企业的创新能力提出了更大的挑战。据一位有经验的零售商介绍,如今服装款式更新越来越快,新品的出货率较前几年快了近一倍,以前一个月出一批新品算快的,现在半个月出一批都不新鲜,新品不断上柜,旧款只有打折。现代纺织品市场日益呈现"多品种、小批量、变化快"的趋势,消费者的消费心理及消费行为倾向于一个"新"字。谁拥有新品种,谁就能吸引消费者;谁拥有新品种,谁就能开拓新的市场空间。企业必须不断根据市场需求研发新品并适时推出,才能在激烈的竞争中始终保持优势。希望市场营销手段改变所带来的压力,反过来能促使国内服装品牌不断加强产品创新能力,真正实现"以创新求发展,以品质赢市场"。

【日期】　2007 - 08 - 30
【版次】　11
【栏目】　市场观察/王府井漫步

"量量"暑期旅游市场的温度

暑期里走在熙熙攘攘的王府井街头,会发现很多外地游客是携子女而行。在旅游观光之余到这里转一转,尝尝传统老字号的地道风味,品品顶级专卖店的国际时尚,已成为很多人到北京游玩的"保留节目",这也进一步带旺了金街的人气。

购物、餐饮自然是旅游消费的一个内容,但毕竟还不是主要的。比起滨海胜地、名山大川这些休闲避暑的好去处,王府井所感受到的暑期旅游市场的火热,只不过像大海中的一朵浪花。从全国各地旅游景点的情况来看,近几年来暑期旅游市场连年升温,规模迅速做大,效益不断增加,其迅猛发展的势头令经营者喜出望外而又始料未及。携程旅行网向近 4000 名会员做的调查问卷显示,相比去年 59% 的出游比例,今年暑期出游的人数呈现增长趋势。多家规模型旅行社提供的信息表明,今夏出游人数与去年同比,增长了近三成。某旅行社负责人坦言,近两年,旅游市场日趋理性,往年"黄金周"的井喷现象已难再现,相反,介于两个"黄金周"之间的暑期旅游却成为一个新的亮点。从目前的发展态势看,暑期旅游市场的红火程度与"含金量"已经接近甚至超过了三大"黄金周"!

据了解,在全年的旅游市场中,众多旅行社以往最看重的还是"五一"黄金周,因经历了春节之后相对漫长的淡季,且气候较好,人们的出游热情会在这一时段集中释放,暑期旅游时间因靠近"五一",其后又有国庆长假紧随,再加上天气炎热,消费者的旅游意愿并不高,因而暑期旅游市场前几年比较淡。但这两年的暑期旅游市场却出现了客流势头猛、进入峰值早、持续时间长等特点。

暑期旅游市场连年升温,是多方面因素共同作用的结果。一是传统消费群体的规模不断扩大。据介绍,今年暑期旅游的主力军仍然是初高中毕业生和返乡的大中专学生,占到了整个暑期旅游客源的60％以上。各个旅行社围绕学生夏令营大做文章。河南光大旅行社负责人分析说,尽管夏令营产品在郑州已推了七八年,但以往产品还显粗糙,特色不够鲜明。而今年随着暑期旅游市场日趋成熟,夏令营产品已提升到全新层面,错位经营更加明显。同时,今年暑期"教师游"和"家庭游"也呈上升趋势。绝大多数家长不再把孩子们的旅游看作是浪费,不但鼓励支持,而且积极加入,众多适合家长和学生同游的"家庭游"日益升温。二是新兴消费群体成为市场生力军。随着休假制度的普及和人们休假意识的提高,许多公司、机构的员工纷纷利用年假等出游以放松休憩。在携程旅行网的调查中,46％的暑期出游者注明是利用了带薪假期。

此外,很重要的一个原因是,暑期旅游新产品的有效开发,大大调动了人们出游的热情。为了抢夺暑期游这块大蛋糕,各大旅行社纷纷提早推出各式新鲜线路,从夏令营、亲子团到修学游、合家欢游,从红色旅游、山水旅游到丝绸之路、探险旅游特色团,花样百出的旅游新产品,无论是主题、特色,还是内容、种类,都让消费者比往年有了更多选择。比如说,红色旅游达到了一个新高潮。今年,多数旅行社都推出了红色旅游线路;既有飞机团,也有火车团,既有长线的省外团,也有短线的省内团,价格由300多元到3000多元,满足了游客的多样化需求。

随着暑期旅游市场的日益增温,这一市场也面临着日益激烈的竞争。不少经营者反映,今年学生游不像以前那么好做了,像夏令营做的人多了,竞争比以前大了。同时笔者注意到,不少旅游企业对暑期商机似乎认识得还不到位,要么促销力度跟不上,要么缺乏针对暑期旅游特点设计的旅游产品,让大好商机从身边"溜走"。

在盘点今年暑期市场之际,笔者认为,相关部门和旅游企业对暑期旅游市场的发掘,应有更充分的认识和更好的把握。进一步提高对做好暑期旅游重要性的认识,抓住市场热点加大产品开发力度,打造出更加富有特色和新意的产品,将有助于暑期旅游市场持续健康发展。

（刊发原题为《促进暑期旅游市场持续健康发展》）

【日期】　2007 – 09 – 18

【版次】　11

【栏目】　市场观察/王府井漫步

月饼市场大做"心"文章

　　随着中秋节的临近,毫无悬念地,月饼成了各大卖场的旺销品。"中秋节不管怎么过,节日习俗不管怎么变,吃月饼都是传承不变的传统,肯定要买,图个团团圆圆。"在王府井百货大楼,正在月饼展销区选购的林先生向记者表示。

　　他的话代表了绝大多数消费者的观点,月饼作为一种文化产物,有着极其稳定的市场。据中国焙烤食品糖制品工业协会统计,近年来,中秋月饼市场的消费需求在 80 亿元至 100 亿元之间稳步上升。面对这个消费集中、规模巨大的市场,商家从来不会掉以轻心。而漫步今年的月饼市场,在琳琅满目的产品和花样翻新的促销中,明显感到一股清新的风扑面而来——月饼市场已从"卖包装"向"卖内在"转变,从"价格战"向"价值战"转变。用一位业内人士的话来说,就是不再停留于做表面文章,而是大做"心"文章,即摸准消费者的心理、市场的脉搏,抛弃以往奢华的包装和配搭的礼品,围绕着"品质"和"口味"展开较量。

　　月饼的"心"自然是月饼馅儿了。回想往年的情形,人们依然记忆犹新,众多商家在月饼包装上用尽心思,华而不实、滥用资源的过度包装加重了环境成本和消费者的负担,最终引起了各方面的反感和批评。迎合市场对健康、理性发展的需求,今天的厂商将竞争的重点由"外在"转到了"内涵"。今年月饼主要以纸盒包装为主,比例大概占到六成以上,明显增多。这些纸盒包装的色彩鲜艳夺目,但并没有豪华的装饰,也没有复杂的设计。铁盒包装的数量大为减少,木质包装由于存在环保方面的隐患,容易释放甲醛危及人身安全,目前已退出月饼市场。在包装"瘦身"的同时,商家加快了产品创新,一个突出的表现就是在月饼馅儿和口味上不断推陈出新。今年的月饼除了传统的豆沙、五仁、椰蓉、莲蓉、蛋黄、水果外,又增加了许多新品种,如野菜月饼、果蔬月饼等,并且主打细分市场,瞄准儿童、女性、年轻人、老年人等不同的消费人群推出不同口味的月饼。

消费者的"心"是什么呢?从今年月饼市场的销售情况来看,注重安全营养、认同理性消费,成为最主要的消费需求,中低档月饼唱起了市场主角。以往,不少豪华天价月饼以燕窝、鲍鱼、鱼翅等高档馅料为卖点,现已受到冷落。过去大行其道的月饼搭配洋酒、餐具等现象也很少见到了。记者在一些大商场、超市、酒店看到,尽管月饼的品种十分丰富,但绝大部分是大众化的原料。这就保证了月饼价格的平稳适中,最大限度地满足了消费者的需要。"这种月饼实惠,几十元或 100 元出头,自己吃可以,送人也不错。"在北京四季青一家超市内,市民王女士说。据某大型卖场相关负责人介绍,在月饼进货时,他们充分考虑了消费者的需求偏好,没有选择上千元的天价月饼,而以价格在百元上下的礼品装为主。

月饼市场所呈现出的可喜变化,得益于卓有成效的制度建设。去年国家四部委出台实施的《月饼强制性国家标准》,对限制月饼的过度包装及天价月饼产生了重要作用。今年则是我国糕点类食品实施 QS 认证制度的第一年。按照要求,9 月 1 日以后生产的月饼经过认证获得 QS 标志后才能销售。法律法规的完善,有力地推动企业从原先的重包装,转到如今的重质量,不断增强可持续发展能力。

另一方面,在日益激烈的市场竞争中,理性发展也成为企业的内在诉求。品牌效应在当今的月饼市场上表现得越来越突出。由于月饼市场丰厚利润的驱动,目前,竞争队伍"兵出多路",一是老字号食品企业,二是酒楼,三是酒店,四是外国食品企业,五是国内新兴的连锁食品企业。不管来自哪里,无不需要依托品牌优势和良好口碑在市场上占领空间。随着品牌社会认同感的加强,各个商家认识到不仅要以质取胜,还要以"牌"为先,企业品牌意识逐步增强,消费潮流也趋向知名品牌。这就促使企业自发地加强自律,使月饼市场得到一定程度的净化。

一年一度中秋,人月两圆共盼。期盼团圆是人类永恒的精神需求,这就决定了中秋月饼市场的价值和魅力。只要抓住消费者的心,在为人们提供高品质产品和优质服务的同时,企业也就获得了发展的不竭动力。

【日期】　2007 - 12 - 27
【版次】　11
【栏目】　市场观察/王府井漫步

从新店岁末集中开业看零售业发展趋势

在零售业热火朝天掘金岁末市场的风景中,有一个现象颇为突出,这就是新店集中开业。12 月 22 日,北京集美家居倾力打造的装饰性艺术品卖场开业,占地 5 万平方米,为京城南部大红门商圈增添了又一大体量的商业场所。12 月上旬,位于城北中关村的鼎好电子商城二期盛大开业,至此,该商城总面积达到 20 万平方米,成为全国最大的单体卖场。11 月下旬,京客隆购物广场亮相京东的酒仙桥电子城高新技术产业功能区,建筑面积近 8 万平方米,与燕莎商圈、丽都商圈和望京商圈毗邻,弥补了京城东部地区没有大型商业设施的不足。

不独北京如此。在其他中心城市,各大新商铺赶在岁末扎堆开业,也是一个普遍的行业行为。前几天记者到深圳出差,发现这座南国滨海城市已成为全球零售业巨头排兵布阵的焦点区域。12 月 13 日,全球第三大零售集团麦德龙在深圳的第二家商场开业。海岸城购物中心于 12 月 16 日开业,保利天虹百货于 12 月 15 日开业,家乐福保利广场店于 12 月 18 日正式开业。

新店岁末集中开业,自然是一种顺应市场需求变化规律的选择。对于零售业来说,元旦至春节这一段时间是一年中商业经营"含金量"最高的时节,是确保全年收益的最重要时段,任何商家都会全力以赴。新店抢在岁末开业,正可以融合"新店"、"新年"、"新春"的多重优势,借"市"发力,顺势而为,夺得先机。

但是,综观 2007 年零售业全年走势就可以发现,新店岁末集中开业所透出的信号远没有这样简单。事实上,随着国内市场消费需求持续走旺,零售业加速扩张,新店不断开张,已成为贯穿全年的常态。据世邦魏理仕(北京)

2007年北京市场回顾和展望报告表明,2007年北京进入商场开业高峰期,本年度开业商业面积高达410万平方米,新增商业面积是去年同期的两倍。其中以购物中心模式运营的商业面积为280万平方米,占总面积的68.3%。总结起来,零售业有三大趋势值得关注。

一是扩张趋向"连锁化"。自2007年以来,百货商的连锁扩张表现突出。以北京为例。蓝岛大厦借助与金隅集团的合作,在北五环西三旗商圈开出了首家连锁店——蓝岛金隅百货。百盛购物中心在北京的第3家门店进驻位于东四环的美罗城,完成了在城市东部的布局。2008年,这一趋向将得以延续。比如,翠微大厦在成功开出牡丹园店之后,又选址天通苑开设新店,总面积近4万平方米,预计2008年初开业。王府井百货与大钟寺国际广场签约,将在此开设一家4万平方米的新店,预计也将在2008年开业。

二是布局趋向"郊区化"。随着北京、上海、广州、成都等一大批中心城市的整体扩张,城市边缘区的大规模居住社区逐渐形成,对区域性购物中心的需求也随之产生。同时,这些区域内一些大型商业地产的放量也给零售商的扩张提供了空间。对商业市场发展前景充满信心的大型零售商顺应趋势,网点布局的郊区化趋势开始显现,在城市传统商圈之外,分散形成了更多新商圈的雏形。

三是业态趋向"组合化"。随着收入水平及文化素质的持续提高,人们的消费需求逐渐向复合式、感性化的方向发展,不再将商场看作一个单纯的购物场所,而是希望在其中能够满足购物、休闲、聚会等系列功能需求。商业业态的组合式发展便成为许多商业企业的战略方向。像前面提到的京客隆集团,作为北京超市连锁行业知名品牌,多年来一直坚持规模化发展,用10年时间发展到拥有180余家门店的连锁集团。它在2007年岁末建成开业的购物广场,标志其完善了除便利店、超市、大卖场之外的第四种业态——以品牌百货为主体的大型综合性购物中心。而王府井、物美等零售业知名品牌早已开始了百货、超市等多业态的组合式发展探索。

上述三大趋势尚处于初现端倪的状态,在未来还将表现得更加明显。基于我国社会消费增长势头强劲,相信2008年的零售业将会继续稳定增长。元旦、春节将至,祝愿国内零售企业在新的一年里把准大势,抓住未来难得的发展机遇,开拓出一片新天地。

【日期】　2008 − 02 − 19
【版次】　13
【栏目】　市场观察/王府井漫步

进一步扩大品牌鸡蛋的市场规模

　　"虽然品牌鸡蛋的价格比普通鸡蛋略高一些,但还是明显更受消费者欢迎。"这是记者从京城某大型超市销售部门获得的信息。鸡蛋是老百姓日常生活中必备的食品,是蛋白类食物中价格最低的食品,这两点决定了鸡蛋市场的巨大和稳定。品牌鸡蛋的畅销,说明人们对蛋品整体的消费水平和消费档次已经提升上来。

　　记得五六年前看一篇文章,讲到在法国家乐福超市买到的任何一枚鸡蛋,消费者都可以根据编码追溯它从"出生"到走上人们餐桌的全过程,甚至具体到是由哪个"鸡妈妈"产下的细节。当时觉得这样的情形似乎离国内的鸡蛋市场还很遥远。然而,就在短短几年间,这已经成为现实。北京的德青源鸡蛋在进入流通前,会被送到编码室,蛋壳上被标注各种相关信息,包括生产地址、时间、批号、序列号、质检员工号、鸡舍号、鸡笼号及产蛋鸡龄等等,号码长达 12 位数。若鸡蛋出现问题,可在第一时间直接追踪到对应的鸡舍,查找原因。这是鸡蛋生产龙头企业推出的一大举措。

　　再看流通领域。北京市畜禽产品追溯系统从今年 2 月起投入使用,逐步淘汰无法提供源头信息的食品。猪、牛、羊、鸡、鸭等畜禽类产品今后可以从养殖、屠宰、流通环节实现全程监控,并首先在 55 家大中型商场、连锁超市、6 家大型批发市场设立食品追溯终端,市民在终端一扫描食品包装的条形码,就能显示出该食品来自哪家养殖场、在哪里被加工。北京市食品办新闻发言人唐云华强调:"安全的食品一定是可追溯的,而可追溯的产品一定是由有规模有安全保障的企业生产的,不能进行追溯的必将被淘汰。我们应该知道吃的东西是从哪里来的。"

在生产和流通环节所发生的这些可喜变化,给消费者带来了太多的喜悦。在消费者心目中,品牌鸡蛋的暗含之意,就在于它是有质量保证的。上述措施无疑从机制上保障了人们对鸡蛋等常用食品的质量安全需求。追求健康、绿色食品成为时下人们消费的首选,精明的商家适时地满足了这一市场需求,近年来品牌鸡蛋纷纷涌现,有全国性品牌,也有区域品牌,昆虫蛋、生态蛋、草鸡蛋、山鸡蛋、富硒蛋等各种新概念蛋品也不断面市。

转变生产经营方式是促进鸡蛋市场健康发展的根本之举。近几年,各地都在提倡专业化饲养,蛋鸡饲养水平有了很大的改进。随着养殖户出村(村庄)进区(饲养小区),以前简陋粗放的小规模大群体的饲养方式正逐渐被管理规范的养殖小区所取代,饲养规模也逐渐扩大,而且随着蛋鸡养殖进入微利时代,靠规模获效益已得到认可。大型龙头企业的作用日益凸显。龙头企业凭借资金、技术、信息等优势,产业链快速延伸。可靠的质量、完善的服务、系统的培训,使得不少品牌企业已经突破地域限制,渗透到全国各地,引发了当地中小企业的整合洗牌。

同时,我们也要看到,尽管鸡蛋品牌日渐丰富和壮大,但蛋业的生产经营方式距离现代化要求仍有很大差距。目前,蛋鸡养殖和鸡蛋销售依然以量大面广的中小经营者为主,产业化和行业集中度不高,全国产量前12名的鸡蛋生产企业的总产量占全国总产量的比重仅为0.41%。尤其是农村养殖户,饲养密集、品种繁杂、引种分散,而且鸡龄大小不一,抗风险能力弱。鸡蛋销售的流通环节和运输环节尚未健全,还主要靠小商小贩收购销售。因此,大力发展品牌产品和品牌企业,进而建立高效的集约化产销体系,是未来我国蛋业发展的基本方向,其原因有三:一是蛋品品质的控制与提升能够得到有效监控和保障;二是有利于对社会生态环境的保护;三是品牌企业的形象与信誉将受到社会大众广泛的关注与监督,其行为必然相对理性和规范。

2008年将是我国蛋业市场变化极大的一年。据悉,我国首部鸡蛋国标《无公害鸡蛋国家标准》将出台,届时将实行鸡蛋市场的准入和准出制度。这必将有力地推动蛋业行业集中度的提升,促进我国蛋业从分散的小农生产经营模式向集约化产销体系的过渡,让千家万户都能高高兴兴、放放心心地吃上品牌鸡蛋、健康鸡蛋。

【日期】　2008 - 02 - 28
【版次】　11

捕捉特菜市场的大众商机

作为北京最大蔬菜集散地的新发地市场,堪称观察蔬菜市场发展变化的风向标。去年 12 月建成的特菜大厅运营两个多月来,呈现出供需两旺的红火势头,为我们提供了一个分析蔬菜产业新走势的生动案例。

记得 2000 年以前,一到冬季,蔬菜品种就比较单一。当时荷兰豆等南方产的蔬菜,在新发地的批发价格高达每公斤 12 元,比北京其他普通蔬菜卖价高出十几倍。到了 2005 年,新发地供应的特菜品种增加到 100 多个,吸引了来自东北、河北、天津的大批客户。如今,新落成的特菜交易大厅建筑面积 6000 余平方米,经营着大约 200 多个品种,除了有来自广西、云南、台湾等地的菜品以外,一些国外的菜品比如新西兰菠菜、巴西香草等在这里也能见到,都是商家用冷藏方式从外地运输而来,价格整体上比一般性蔬菜品种高出 2—3 倍。在短短几年间,特菜市场已经发生了品种大为丰富、价格大大降低、需求明显增加、供给显著改善的重大变化。

什么是特菜?特菜是指在一定范围的地区,在某一个时期内,生产面积小、产品较少、人们不太认识、消费不多的蔬菜种类群。它一般具有风味独特、营养丰富、经济价值较高的特点。特菜的种类有地域性。如芦笋,原产地中海东岸,20 世纪初传入中国,它在国外是大路菜,在中国是特菜;如佛手瓜,在福建栽培普遍,以果为食,而在华北地区被列为特菜。特菜还有时间性。如番茄,在国外很早就是大路菜,而在我国 20 世纪 50 年代才普遍发展起来,刚开始是特菜,随着时间的推移,现在成了大路菜。特菜主要由国外引入、野生植物驯化、药用植物转化、引进异地栽种等四个方面而来。

从上述特菜的定义及演变来看,特菜虽然姓"特",其市场却并不小,有着广泛的需求,尤其是规模发展到一定程度,也就成了大众菜。近年来,我国蔬菜生产迅猛发展,2006 年,全国蔬菜播种面积达到 2.7 亿亩,比 1996 年增加1.1 亿亩,蔬菜播种面积占经济作物的 77%,蔬菜年生产量约为 5.8 亿吨,出口量居世界第一。体现在消费上,"左挑右选"成为菜市场所有消费者的选择。消费者对蔬菜产品的需求随之由数量消费型向质量消费型过渡,开始追求花色、包装、营养,以及清洁、绿色、食用方便等高层次的品质目标。相应地,蔬菜生产也逐步从单纯数量型向数量质量并重型转变,市场供给发生了从"有啥吃啥"到"吃啥有啥"的根本变化。蔬菜产业地位日趋重要,在种植业中已成为仅次于粮食的第二大产业。其中,特菜市场的应运而生和蓬勃发展,适应了市场新的需求,也适应了农业和农村经济结构调整的需要,并成为农业增效、农民增收的最主要来源之一。

因此,在生产、销售、消费等各个环节,特菜都越来越受到人们的青睐,特菜市场在大众消费上开拓出了广阔商机。据悉,蔬菜产业是河北省农业三大主导产业之一,产量稳居全国第二,总产值连续 7 年居种植业首位。据初步测算,2007 年全省农民人均纯收入 4293 元,其中蔬菜收入占 18.7%。云南省蔬菜产业产值已超过百亿元。山东寿光农民收入的六成来自蔬菜。这些地方发展蔬菜产业的着力点都是特菜产业。

从目前的情况来看,经营者积极捕捉特菜市场更多的大众商机正逢其时。农业部 2007 年发布了《特色农产品区域布局规划》,蔬菜规划重点发展魔芋、莼菜、芋头、竹笋、黄花菜、百合、荸荠、松茸等 15 种特色蔬菜。主攻方向为:加强特色蔬菜良种繁育和推广,发展优质特色蔬菜;强化特色蔬菜产后处理,积极发展深加工,延长产业链,提高附加值;加快特色蔬菜质量标准体系建设,规范行业标准,提升产品市场竞争力,培育名牌产品。到 2015 年,优势区良种覆盖率达到 95% 以上,扶持建设一批特菜种植基地,以加工企业为龙头带动产业发展,增加特色蔬菜花样品种,实现高档蔬菜标准化生产,做大做强特菜名牌产品,提高特色蔬菜在国内外市场上的占有率。各个地方也出台了鼓励蔬菜产业尤其是特菜市场做大做强的政策。这表明,蔬菜产业正迎来新的发展机遇,不断推陈出新、由小变大的特菜市场将使人们的"菜篮子"越来越丰富。

【日期】　2008 – 04 – 29
【版次】　14
【栏目】　市场观察/王府井漫步

开拓毛线市场新的发展空间

　　说起、想起"毛线"两个字,人们共同的第一感受是"温暖":身体上的温暖,感情上的温暖。

　　记得上大学时,每天宿舍熄灯以后,总有女生借着楼道里昏暗的灯光,拿着针,编着线,运指如飞,编织毛衣、围巾,这是上世纪 80 年代包括 90 年代初大学校园里的一道风景。再早一些,人人都记得当年母亲灯下织衣的情形,那时候,绝大多数人是穿着手织毛衣长大的。这些毛衣可能不是太漂亮,穿在身上却会觉得格外温暖,特别是女孩织给男孩的毛衣、围巾,被称为"温暖"牌,那不仅是为了保暖,更是充满情意的。

　　从上世纪 90 年代中期开始,人们生活水平的提高激发了成衣消费需求的快速增长,而服装业的蓬勃发展又为满足这种需求创造了条件。工业化流水线上生产的毛衣美观、便宜,让人们放下了手中的针线,买毛衣穿的越来越多,自己动手编织的越来越少,面向大众的毛线市场随之萎缩,毛线作为曾经备受青睐的日常消费品,逐渐淡出众多经营者和消费者的视野。

　　然而,在新的发展空间中,毛线市场一直活跃着! 如果说过去的毛线市场直接面向大众消费者,那么,在成衣消费为主流的今天,则主要面对服装生产商。在很大程度上,毛线从终端消费品变成了上游的原材料。由于服装市场的整体规模不断扩大,毛线市场的容量也在持续增长,催生、壮大了一批专业市场和毛线品牌如"恒源祥"、"双鹿"、"三利"等,其品牌知名度和市场影响力日益提高。同时,在零售市场,随着近年来个性化消费潮流的兴起,传统手工编织在沉寂了一段时间后再度流行起来,手织毛衣消费转暖,一些毛衣编织专营店应运而生,部分毛线经销商逐步由批发＋零售向销售＋订制加工转型。比如,北京的老字号亿兆商场、重庆渝中区新华路毛线市场,都在这种业务转型中找到了出路,获得了效益。

值得一提的是,不管是做服装厂家的原料供应商,还是做面向终端消费的经营者,毛线市场的各路商家都不再只打"温暖"牌,而是在"时尚"牌上狠下工夫。机织毛衣也好,手织毛衣也好,以保暖为核心的消费需求逐渐退居"二线",这就要求商家不断加大创新的力度,用新的毛线品种和毛衣式样来满足人们多样化、高品质的需求。毛线市场的专业性、特色性愈显突出,各种品牌各种花色的毛线丰富着人们的生活。除了人们熟悉的全毛、澳毛、丝光、高羊绒外,近年新增了时装线、天丝线、羊毛保罗丝线、棉线等新品种,这些材质的毛线全面改变了传统产品单调、刻板的缺点,为编织毛衣融入了时尚元素。比如有一种"轻柔时装线",由高弹羊毛和高弹维利克纤维混织而成,没有一般毛线的厚重感,非常轻盈,适合青年人编织宽松的休闲外套。再比如天丝线,由竹纤维、天丝和醋酸丝混织而成,可以用于编织夏季 T 恤,穿起来又透气又凉爽。而目前市面上的编织店主要瞄准三大消费群体:追求时尚的都市职业年轻人,追求实惠的工薪群体,部分偏胖、偏瘦的特殊体型消费者。一些经营者承诺,凡消费者能够想得到、设计出的任何款式,都可以量身定做。应该说,这样的努力,是把住了消费者的需求脉动的。

有专家指出,在"时尚"牌之外,随着毛线市场消费需求的升级,商家还有必要关注"健康"牌和"生态"牌。一些厂家以健康为核心概念,开发出具有防臭、防蛀、除菌、消炎、促进微循环等多种功能性的毛线产品,受到消费者欢迎。还有一些厂家敏锐地捕捉到了环保、生态理念对消费趋势的改变,在生产工艺和原料、染料、助剂的选择上,积极执行绿色环保标准,开发出具有高技术含量的生态毛线产品,把握住了市场竞争的新动向。

有句广告语叫"因你而变",还有一句管理界的行话说"没有夕阳产业,只有夕阳企业"。对于沉淀了人们很多感情和记忆的毛线市场来说,只要紧紧跟踪市场需求的变化,不断创新,这个一向带给人们"温暖"的行业,无疑将是永远充满如阳光般的活力和温度的。

【日期】 2008 – 05 – 06
【版次】 14
【栏目】 市场观察/王府井漫步

做好"美丽"与"便利"的大文章

　　"慈母手中线,游子身上衣。临行密密缝,意恐迟迟归。"这几句唐诗是对母子骨肉情深的经典描述,而诗中刻画的缝制衣服的场景,只要稍微上一点年纪的人,都不会陌生。在社会生产力还不发达的岁月里,人们穿的衣服多是手工缝制的,或靠母亲的巧手,或靠裁缝的技艺。当然,去裁缝店里做衣服是更"奢侈"一些的,为了省钱,许多人家常常是买了布料送到店里请裁缝裁好了,自己再拿回家缝出来,记得上世纪 80 年代初我上初中时最爱穿的一条踩着流行节拍的喇叭裤,就是妈妈用这种办法做出来的。在那些尚不宽裕的日子里,穿上一件裁缝做的漂亮衣裳过春节,真是老老少少的赏心乐事了。

　　随着改革开放以后我国加速进入工业化时代,生产生活方式的变化引起了各行各业的变革,曾经红红火火的裁缝店不少已风光不再。分析这样的市场变化,不必谈太高深的道理,简而言之,就是因为一些裁缝店不能为人们提供想要的东西了。人们消费服装时想要什么呢?概括来说,一要美丽,二要便利,在成衣制作水平快速提高的情况下,既然裁缝店里做出来的衣服既没有商场里卖的那么时尚、漂亮、丰富多彩,又没有随试随买、随买随穿的方便快捷,谁还会花工夫、费心思地去做衣裳呢?就行业整体而言,裁缝店日见式微是很明显的了。

　　但市场起落最有意思之处,正在于市场本身的波澜起伏、多姿多彩。当我们去跟踪和搜寻近几十年来我国裁缝店行业的发展变迁时,惊喜地发现,一些具有创新意识和能力的经营者不仅没有退却,反而逆势而上,不断发展壮大。永正、瑞蚨祥等新老裁缝店的销售额稳定增长,品牌影响力日趋巩固,拥有着业内人士都为之赞叹的细分市场份额。之所以能做到这些,最关键的因素就在于它们总是在不断调整和创新,创新经营模式,创新产品风格,创新行业标准。调整和创新的根据是消费者需求,消费者的需求是什么？是美丽和便利。

这两大需求推动裁缝店这个有着千年历史的古老行业发生了两种转型。一种是向现代经营机制下的量身定制服装商转变。以永正裁缝店为典型,厂店分离,连锁经营,实现手工制衣的标准化、规模化生产。这种业态主要围绕"美丽"做文章,不惜以高成本、高工时来满足特定人群对"美丽"的高端需求,向高级化、个性化发展。其丰厚的利润吸引了很多服装厂家的视线,但由于其对技师的高技术要求是较难达到的,真正的进入者和成功者还是不多见的。于是,一些经营者采取差异化经营的理念,专营职业装、婚礼服饰的量身定做,赢得了市场的认可。

另一种是向类似便利店的社区服务经营者转变,往往和洗衣店、商场服装售后服务融合在一起,提供轧边、缝补、合体修改等服务,也可做一些技术性不强的加工业务。这种业态主要围绕"便利"做文章,没有大的经营品牌,但从业人员并不少,遍布街区和商场。这种裁缝店叫"改衣店"也许更贴切。虽是微利经营,但细水长流,这一块的需求并不小。

人们对美丽装扮的需求是永恒的。悠久的历史、浓郁的文化、精湛的做工、独特的个性所凝结而成的"美丽"内涵,是裁缝店的生命力所在。过去如此,现在如此,未来依然如此。愿更多的经营者做好"美丽"与"便利"的大文章。

【日期】　2008 – 05 – 20
【版次】　14
【栏目】　市场观察/王府井漫步

自行车市场前景几何

人们熟悉的家庭"老物件"里,自行车是很有代表性的了。改革开放前,谁想谈婚论嫁,自行车是必不可少的"三大件"之一。看看反映那个年代的电影,小伙子骑辆单车带着姑娘在如画风景中飞奔,那可是特别时尚而浪漫的。

改革开放以来,随着生产生活水平的提高,人们的物质条件得到极大的改善,和许多老物件一样,自行车在人们生活中的重要性渐渐减弱了,曾经所附有的超越物质层面的价值也随之消散,从而引发了整个行业巨大的变迁。但是,与很多老物件从生活中淡出的命运不同,自行车在新的时代环境下,又具有了新的内涵,获得了新的发展空间。

这些年来,自行车行业通过积极引进、消化、吸收国际先进技术和装备,在生产技术、工艺、产品质量及自动化生产程度等方面有了明显提高。中国已成为全球最大的自行车生产、消费和出口大国。数据显示,我国自行车产量、出口量均占世界总量70% 以上,国内消费量居世界第一。2006 年中国自行车行业规模以上自行车企业有 881 家,生产自行车、电动自行车共计 6732.7 万辆,全年完成工业总产值 518.3 亿元,销售收入 508.4 亿元,利润总额 13.8 亿元。经济效益和社会效益突出。

在激烈的竞争中,自行车行业的生产和市场流向更适应市场经济的区域和厂家,并形成了天津、上海、江苏、浙江和广东等 5 大生产基地。经过市场的洗礼,培育并催生了不少抗击市场风险能力及核心竞争力强的企业和品牌。像捷安特等,在市场占有率、品牌影响力及顾客满意度等方面走在了同行的前面。

自行车行业的发展有着强大的需求作支撑。自行车作为简便的代步工具,三大优势受到消费者青睐:一是价格优势,国内市场自行车品牌多达数十个,价格每辆在 150 元—300 元之间,普通百姓都能承受。二是性能优势,自行车轻便自由,大道小路均可骑行,停放便利,众多家庭即使已拥有了汽车,仍需要自行车。三是绿色环保优势。当今世界把自行车列为"绿色产品",特别是电动自行车的兴起,成为国际公认的"绿色交通工具"。在汽车尾气肆虐之时,电动自行车深受国内大城市欢迎。我国现有开发电动自行车的企业近 110 家,还有扩大发展之势。在世界上许多国家,骑自行车已成为仅次于游泳和跑步的大众喜爱项目。环保和健身给自行车带来了新的希望,自行车业仍具有强大的生命力。

从市场的新动态来看,我国自行车市场前景依然广阔。中商情报网研究显示,目前全球自行车年生产量约 1.2 亿~1.3 亿辆,需求量在 1 亿~1.2 亿辆左右,呈现出供需两旺的态势。中国自行车协会对北京、上海等省市的问卷调查报告显示,45.5% 的消费者表示"近期内有购车意向",购车用于代步的占被调查人数的 84.2%,用于休闲健身的占 6.4%,用于短途运输的占 9.4%。这些潜在的消费者年龄大多在 21 至 35 岁之间,月收入千元以下。我国自行车社会保有量中使用 10 年以上的自行车占 72%,大都未进入更新期。调查结论认为我国自行车市场今后会有稳定的消费群体,随着自行车更新期的到来,将会引起新一轮购买自行车热。此外,当前乃至今后很长时间内,农村自行车销售市场是最被看好的市场。农村人均收入较低,很多农民还是把自行车作为主要的交通工具,这在相当长的时间里不会改变。业内人士预测,到 2010 年,中国自行车行业将会达到 800 亿元的销售规模。

有关专家指出,自行车行业应以市场为导向,进一步加大结构调整和资产重组的力度,提高品牌集中度,走一条"控制总量,提高质量,振兴名牌"的路子,重振"自行车王国"的雄威。

(刊发原题为《自行车市场前景依然广阔》)

【日期】　2008 – 07 – 15
【版次】　14
【栏目】　市场观察/王府井漫步

钟表市场：追寻时光变化中的永恒

　　说起钟表——时间的度量衡，不能不令人感慨岁月流逝而带来的市场变化。

　　从上世纪物资匮乏年代走过来的人们还清晰地记得，作为"三转一响"之一的手表在当时是衡量一个家庭经济实力的标志。戴表的人总会故意将衣袖卷得很高，以吸引人们羡慕的目光。上海、北京、海鸥等国内钟表品牌，在人们心目中就像那时表盘上的装饰一样，虽然朴素，却熠熠生辉。往后，随着国门渐开，从国外引进的石英表、电子表以价格便宜、使用方便的优势，成为八九十年代的消费时尚，国产机械钟表品牌受到极大冲击，许多品牌应声倒下。从上个世纪末开始，消费潮流向传统的机械钟表回归，以"瑞士造"为代表的高端产品大举进入我国市场，百达翡丽、江诗丹顿、劳力士、欧米茄等国际知名品牌占据了越来越大的市场份额……

　　岁月的河流带不走人们心底的记忆，却改变了一幕幕岸上的风景。这风景，有阳光下的精彩，也有精彩背后的缺憾。

　　让人兴奋和自豪的是，经过改革开放 30 年的发展，我国已成为世界上最大的钟表生产国！随着全球钟表产业的转移，目前除了瑞士生产高端手表、德国生产名牌时钟、日本主产机芯外，最大的生产基地就在中国。国内钟表制造业逐渐形成了以中小企业为主体的集群式发展结构，聚集在广东珠三角地区、福建、浙江、江苏、山东、天津等 6 个主要产区。消费需求的增长同样吸引了世界范围内的关注。中国钟表市场正成为继美国、日本之后的世界第三大市场。统计数据显示，我国钟表市场年销售额已达到 500 亿元，年增长率在 20% 左右。

　　中国钟表行业发展虽然取得了长足的进步，存在的问题也是显而易见的。占世界70%的产量却只占世界30%的产值,这样一个事实暴露出国内钟表业的几大主要问题:第一,在国际竞争格局中,处于被动的地位。尽管我国近年来出口的钟表产品依靠劳动力成本和原材料上的比较优势,获得了较大的市场份额,但大多数属于中低档产品,大而不强。第二,在世界钟表分工体系中,处于较低的层次。具体表现为产品价格低、技术含量低、创新能力差,钟表产品的竞争力和利润主要来源于报酬较低的加工阶段。第三,在世界品牌影响力上,缺乏优势品牌。国内钟表企业的无序竞争、不注重钟表文化的开发和培育,大大制约了品牌建设。第四,在世界销售体系上,缺少自己的渠道。我国一些钟表品牌如北极星、飞亚达等,目前在实物质量水平上,与瑞士、日本同类产品基本一致,材质和加工精细度也不相上下,但在营销渠道建设上差距甚远,以致难以获得足够的利润。

总之,我国钟表行业产业转型滞后于消费结构的升级,钟表产品的结构性矛盾突出。一方面中低档产品积压严重,生产能力大量过剩;另一方面,适应高消费的有效供给不足,技术含量高、质量好的高档名牌产品仍然依靠进口。要看到,钟表已经从计时工具转变为装饰品,消费者的选购行为变得越来越理性,更加注重品牌价值和品牌文化。据专家预测,到2010年之前,还将有超过10个瑞士钟表品牌进入我国;到2020年,进入我国并跻身中高档钟表市场的瑞士品牌将超过50个。

在这种情况下,当前中国钟表行业亟须加快技术创新步伐,提高产品文化含量,搞好产品结构调整,化分散为集中,聚小变大,由弱转强。这一切的核心是加强品牌建设,解决长期以来量大值小、缺少厚重文化支撑、营销手段单一等问题,从而实现我国钟表业的健康发展。据了解,飞亚达、天王、依波、北极星等国内品牌都已确立了向高端转型发展的战略,正在积极做好品牌和渠道开拓,以期提升国际竞争力。

展望未来,按照"十一五"规划,到2015年,中国钟表业要成为世界钟表生产强国之一,在市场占有率、出口贸易金额、品种结构、技术水平、营销方式等方面初步达到钟表业发达国家的水平,在世界钟表业中具有重要影响力。品牌的建设如钟表的运转,必须一丝不苟、分秒不息。期待我国钟表企业寻找到新的突破,树立起新的形象,在时光流逝中收获永恒——具有国际影响力的知名品牌。

【日期】　2008 – 07 – 29
【版次】　14
【栏目】　市场观察/王府井漫步

把"丢失"的手帕找回来

在很多人心里,手帕是一个并不陌生却已经远去的记忆。

多年前,小小手帕在我们的生活中可扮演着"大"角色,无论老少男女,擦汗、抹嘴甚至装扮,都离不开它。上世纪七八十年代,女孩子用手帕在长发上扎个蝴蝶结作装饰,那可是相当时尚的。手帕甚至成为爱和希望的象征。当年曾在国内掀起热潮的日本电影《幸福的黄手帕》,那飘动的黄手帕讲述了一个动人的故事,打动了多少人!

还记得那首儿歌吗?"丢、丢、丢手绢,轻轻地放在小朋友的后面,大家不要告诉他,快点快点抓住他……"1948年,著名音乐家关鹤岩在延安创作了这首脍炙人口的儿歌。"丢手绢"的游戏,陪伴无数人度过了快乐的童年。然而,令音乐家没想到的是,数十年后的今天,在纸巾遍地的社会里,手帕真的被许多人从日常生活里丢掉了。如今,要找到一个销售手帕的商业点,是很困难的一件事,因为没有大的市场需求的支撑了。据不完全统计,我国现有手帕生产能力大约近6亿条,每年出口4.5亿条,国内市场仅消费1亿多条,每10个人年均消费1条手帕。

"上世纪80年代,我们一个月能卖500万条手帕,每天都有一卡车手帕运往全国各地。"回想起手帕的辉煌岁月,国内最早生产手帕的江苏百花集团负责人颇为感慨。据了解,现在国内手帕生产厂家数目剧减,为数不多的坚持者基本靠外销得以生存,而且普遍不再专做手帕,改向家纺制品、药品销售等多种经营方向发展。

其实,被消费者冷落的手帕,在国外却卖得很红火!在欧洲国家,手帕的使用普及程度较高。在亚洲国家,日本、韩国的手帕市场也不小,因为国家控制餐巾纸消费,手帕一直是人们日常生活必需品。据了解,目前上海市一家印花手帕企业,一年可出口几百万条手帕,95%以上是销往手帕使用非常普及的日本。

国外手帕市场需求的稳定,除了手帕使用的文化传统,更大程度是因为环保意识的深入人心,以及"绿色"消费导向的确立。环保业内人士介绍,用纸巾虽然方便,但无节制的消费纸巾有三大害处:一是消耗大量木材资源,生产1吨纸巾需要砍伐17棵10年以上树龄的大树;二是纸巾的一次性使用产生大量垃圾,造成环境污染;三是部分纸巾中含有荧光增白剂、氯等有害健康的化合物。为了环保和节约森林资源,"少用纸巾,多用手帕"已成世界潮流。

诚然,用纸巾还是用手帕,纯属个人喜好,然而,统计数据令人震惊,我国年人均消费纸巾1.74千克,这意味着每年有1000万立方米的森林被砍掉。尽管洗手帕也要用宝贵的水资源,但比起树木的消耗,这笔环保账还是划算多了。

把"丢失"的手帕找回来,就是一个大市场! 随着环保教育的推广和环保意识的普及,国内手帕市场具有很大潜力,手帕生产企业应加大产品开发和市场开发力度。专家建议,具体应从以下方面入手:一是提高手帕质量。目前国内市场上的手帕多为低档产品,花型单调,手感硬,产品质量差。企业应加强中高档手帕的生产和开发,尽快投放市场。二是拓展手帕功能。充分利用高科技纺织材料制成杀菌、除味的多功能手帕,使手帕既卫生又有保健功能。如高支高密超柔吸湿手帕、抗菌防臭手帕等。三是扩大手帕消费领域,比如礼品化。我国有一些名胜旅游景点仍在出售印有当地风景名胜的特色纪念手帕,但大多档次较低,难以吸引旅游者将其作为礼品消费。企业应在质量、包装等方面加以改进,使手帕产品具有礼品功用。而目前最为迫切的手段之一,则是要通过一系列宣传、推广活动,唤起消费者的绿色消费意识,让用手帕有利健康、节约资源、减少污染的观念深入人心。希望通过各方努力,使找回"丢失"的手帕,成为人们的共识和自觉行动。

(刊发原题为《手帕市场潜力有多大?》)

【日期】 2008－09－02
【版次】 14
【栏目】 市场观察/王府井漫步

缝纫机市场步入转型升级新阶段

　　说起缝纫机,上了些岁数的人都会情不自禁回忆起二三十年前那些朴素而温馨的镜头:或者是慈爱的母亲,或者是贤惠的妻子,或者是手巧的姐妹,坐在高凳上,脚踩着老式的缝纫机,低头仔细缝制着全家人的衣服,还有窗帘、枕套、床单等等,不一而足。当时,人们的消费以生存型为主,自行车、手表和缝纫机被称为"三大件",在家庭中占有重要位置。

　　随着人们生活水平逐渐提高,缝纫机随之从家庭中淡出,却转而依托服装工业的快速发展走向了广阔天地,获得了前所未有的大空间。缝制机械行业自1999年以来,保持了年均近30%的高增长,成长为一个年工业生产总值达三四百亿元的产业。目前,我国是世界上最大也是最重要的缝制机械生产国,产量占世界总产量的70%以上,集中了全球最优秀的缝制机械制造企业,产品面向全球170多个国家和地区。仅台州一地,2007年缝制设备企业就超过1000家,年产缝纫机550万台,行业总产值达到240亿元,出口创汇5亿美元,是世界性的缝制设备制造基地。业内人士非常自信地断定,中国缝制机械工业的制造基础、配套优势、产品性价比、市场拓展能力和劳动力素质等各种综合实力,在未来10年甚至更长的时间内,都是无可替代的。

　　值得注意的是,自去年下半年起,缝制机械行业在经历了连续8年快速发展后开始减速。对此,业内的共识是:多年的规模扩张性发展对行业自身提出了周期性调整的要求,缝制机械行业正在步入一个转型升级的新阶段。只要企业变压力为动力,积极主动采取措施,切实解决盲目扩张、结构失衡、核心竞争力不强等深层次矛盾,切实转变低成本、粗放型的增长方式,就将迎来全新的发展周期。

　　要认清中国缝制机械行业的美好前景,必须从行业的供给和需求两方面来看。从供给来看,经过这一轮的行业调整,优胜劣汰,留下来的企业将更加优秀,市场竞争环境将更加健康;从需求来看,全球人口现已超过65亿。全球人口的快速增长和消费升级意味着纺织服装服饰等下游产业的发展有了一定的空间,也意味着与之配套的缝制机械市场的潜力巨大。据预测,到2010年,我国服装出口创汇要达到500亿美元,这充分说明国内市场对缝纫机的需求也是十分旺盛的。此外,伴随个性化消费潮流,富有较高技术含量的新一代家用缝纫机正在回归家庭,受到越来越多消费者的喜爱,这个新兴的大市场亦不容忽视。

　　据了解,很多企业已经纷纷把当前的调整当作苦练内功、强身健体的大好时机,主动转型。一是加强管理、降低成本,提高企业的整体运营质量和效益;二是狠抓产品质量,大力实施"精品战略",努力把产品质量提高到一个新水平;三是增强自主创新能力,开发有自主知识产权和核心技术的产品。比如,目前飞跃集团启动了"瘦身计划",包括扩大高附加值、高利润空间产品的产能,减产或停产微利产品,加快回收应收账款,处置与主营业务无关的资产等,取得了显著成效。下一步,他们还将通过深化企业改革、强化全面创新来进一步提升竞争实力和发展后劲。

　　中国缝制机械协会有关负责人表示,调整产业结构,整合行业资源,需要完成两个任务,一是更新市场竞争理念,重塑行业专业市场新秩序;二是更新发展理念,确立速度、质量、效益协调发展的战略。协会今年将拿出500万元科技专项资金支持行业提高科技创新能力。行业要加快两个转变,即通过行业市场秩序重塑活动促使市场秩序从无序向有序转变,行业的发展模式从粗放式靠物质资源的投入来求规模,转变到依靠科技进步、劳动者素质的提高和管理创新的轨道上来。

　　如果这两个转变能够实现,缝纫机行业的前景将是光明的。

【日期】　2008 - 10 - 28
【版次】　14
【栏目】　市场观察/王府井漫步

小小彩烛"点亮"缤纷大市场

　　说起年代最为久远的家居用品,小小蜡烛一定位列其中。在没有被电灯照亮的漫长的日子里,蜡烛是居家过日子的必备品。记得在笔者的孩提时代——上世纪70年代,城市供电还不充分,也不稳定,家家户户自然不忘备好蜡烛以供断电之用。到了今天,随着我国电力事业的发展和供电服务的完善,许多在城里长大的孩子除了领略生日蜡烛的多彩之外,恐怕还从没见过那种简单、朴素、纯粹用于照明的白蜡烛呢。

　　说起凝聚最多文化蕴涵和人类感情的家居用品,小小蜡烛也一定位列其中。小时候,曾和无数同龄人一样,怀着敬仰的心情把"春蚕到死丝方尽,蜡炬成灰泪始干"的诗句献给老师,慢慢长大后才知道这名句不只可以赞美老师的奉献精神,还可以形容一切对所爱所求的全力投入、矢志不渝的境界,包括对事业对亲情对爱情对所有美好的东西。而关于蜡烛的诗文更是难计其数,却又无不和人们内心的感情联系在一起。即使到了现代社会,"烛光里的妈妈"仍然成为歌曲中传唱的经典形象。烛光照亮的,是人们心灵深处,是一种心境的诠释和美的感悟,是温暖、祥和、光明、友谊和幸福!

　　那么,当我们细数那些沉淀岁月记忆的老物件的发展脉络时,说起依然具有持久市场空间的家居用品,小小蜡烛会位列其中吗?答案是肯定的。在过去给人们带来光明的蜡烛,如今已完全超出了它古老的、原始的实用范围,被赋予了新的使命和功能,在更多的场合成为烘托气氛、渲染感情的日用品,并由此支撑起一个大市场。蜡烛工艺品及配件作为新兴礼品在欧美国家十分畅销,在礼尚往来和家庭装饰方面起着不可或缺的作用,是近年来欧美礼品市场中规模最大且发展最快的产品。业内人士分析认为,全球对蜡烛制品的消费需求将长期稳定存在并持续提升。根据美国蜡烛协会提供的测算资料，目前全球蜡烛及相关工艺制品年销售额为 100 亿美元以上，其中欧美市场占 70% 以上。

依托国际市场的需求，我国蜡烛生产与销售已经形成了完整的产业链和庞大的网络，成为世界第一大蜡烛生产国，多年来凭借优质价廉的蜡烛产品得到国际市场的认可。随着近年来我国蜡烛出口的快速增长，国产蜡烛在国际市场的份额逐渐加大，一批自有品牌迅速做大做强。像龙头企业之一、青岛金王集团的系列产品已被 100 多个国家和地区的消费者认可，与世界 500 强企业沃尔玛、麦德龙、家乐福等建立了直接稳定的贸易合作关系。在欧美国家，每 4 个家庭中，就有 1 件"金王"产品。

需要注意的是，蜡烛及其相关产品的消费有较大周期性起伏。一旦国际市场产品价格大幅度波动，或主要消费国家和地区的政治环境、经济景气度及购买力水平、贸易政策、关税及非关税壁垒以及行业标准等因素发生变化，都会对我国蜡烛企业的生产、经营带来重大影响。为实现可持续发展，国内蜡烛企业增强抗风险能力至关重要。

其中，一个重要手段是加快产品结构调整步伐，提高产品附加值以适应市场变化。从产品结构变动趋势看，近几年新材料蜡、香味蜡的发展较为迅速，无味蜡的销售则逐渐萎缩，中低档蜡烛销售保持平稳，而高档蜡烛消费持续增长，高分子合成蜡、植物蜡等新材料制成的蜡烛制品，由于具有原材料来源天然、使用无污染、观赏性更强等优点，在国际市场受到欢迎。此外，具有保健功能的香薰蜡，获得了越来越多消费者的青睐，渐渐成为一种消费趋势。这就要求国内企业顺应趋势，以科技创新为基础，以市场需求为动力，通过开发新产品，刺激新消费，拓展新市场，从而熨平经济周期变化带来的风险。

【日期】　2008 - 12 - 07
【版次】　15
【栏目】　市场观察/王府井漫步

电风扇市场依然充满生机与活力

在秋意渐浓的时节,又到了电风扇市场盘点的时候。最新的统计数据显示,今夏的电风扇市场仍然保持了稳定增长的态势,我国电风扇销售总额已达到 50 亿元;市场竞争更加激烈但总体格局变化不大,美的、艾美特仍是市场主导品牌;先锋、联创、格力等品牌占据第二梯队。加剧的市场竞争和广阔的市场空间,使得厂家加大了产品研发与创新力度,"创新、环保"成为 2008 年电风扇行业发展的关键词。

电风扇曾在上世纪八九十年代风光一时,但随着空调行业从兴起到繁荣,电风扇市场一度萎缩。记得笔者在 1998 年曾写过一篇报道《空调"热"了,电风扇会"冷"吗》,对此进行了分析。事实表明,在经历了空调行业最初带来的冲击以后,电风扇市场依然"风光"无限,以美的、艾美特为代表的电风扇企业实行了一系列的创新战略,通过技术创新、功能创新和设计创新,为电风扇寻找到了新的发展空间。

通观各家电风扇企业开辟新空间的线路图,基本上都是围绕"差异化战略"而展开的。其中一个核心,就是差异化定位,避免与空调在市场定位上的碰撞。空调主要是"降温",电风扇则是"自然防暑"和"通风"——厂家不断突出和强化电风扇区别于空调的效果,从而使自己拥有了固定的用户群。当今的电风扇行业,在技术、设计、市场理念上与以往相比均发生了巨大变化,电风扇已经不仅仅是一种通风消暑的普通小家电,而是变身为具有多重功能的"智能化"产品。比如,负离子、光触媒等功能对空气品质进行了改良,预约定时、温控调节风速等功能使得电风扇的使用更加人性化。据业内人士介绍,如今电风扇市场上的所有类别已超过 40 种,每年进入市场的新款式在 30

种左右。比如美的电风扇的六大系列今年都有新品面市,"智屏摩天扇"和 COOL 派迷你空调扇,一上市就成为消费热点。

从这两年的发展趋势来看,对"环保"功能尤其是"节能"功效的开发,成为电风扇厂商实施差异化战略的一个新的重点和热点。这方面的努力适应了社会对节能减排和绿色环保的新需求。虽然空调制造商也在下大力气做节能文章,但相比电风扇,其产品能耗仍然高得多。为节能降耗,国家早在 3 年前就发出了空调"26 度"的倡议。在这种情况下,将电风扇作为空调的重要补充,二者交替使用,无疑将大大节省电能,这既符合当前倡导绿色环保的主旋律,又将大为增加电风扇的市场潜力。

当然,主打"节能"牌的电风扇行业本身也有个节能的问题。据悉,国家有关部门今年已开始制定小家电强制性能效标准,首先以微波炉、电饭锅、电风扇为试点,之后再逐步推进,全面覆盖小家电产品。目前,电风扇的能效标准已通过了专业标准化技术委员会的审查,有待国家标准化管理委员会的审批,该标准将我国交流电风扇能效等级分为 1 级、2 级和 3 级 3 个等级,其中 1 级能效最高。尽管电风扇的能效升级会给行业带来调整,但电风扇有待挖掘的市场空间更需要环保节能来保驾护航,这将促使各家企业加快技术开发和产业升级,谋求长远发展。

因此,从节能、环保和创新的角度而言,电风扇市场具有持久动力。